亲爱的罪人

和平 著

北京日报报业集团
同心出版社

别一样的小说风景

吴秉杰

有朋友推荐我读一下和平的小说《亲爱的罪人》，它确实没有让我失望，超出了我的期待，甚至于部分地改变了我对中国同类侦破、悬疑小说的看法。有两类作品，以前我对它们评价不高，一是革命历史题材创作，在西方称为战争小说；二是20世纪80年代后兴起的侦破小说，我们称之为法制文学，西方命名为犯罪小说。不同的称呼已意味着不同的趋向、艺术阈值和肌理深入的追求，让人失望的则是我们作品的模式化、肤浅和受种种限制而想象力的萎缩。这种情况近10年来可能已有所改变，不过真正能让人满意、惊异、怦然心动、难以割舍乃至为之震撼的作品还是很少。前一类战争小说暂且不讨论它，当前市场流行犯罪和悬疑小说则是在我们的和平发展时期格外有吸引力并让人关心的创作。注意到国外的畅销书作家，譬如我们熟悉的阿加莎·克里斯蒂、西默农、迪伦·马特、谢尔顿、罗宾·科克、约翰·格里森姆，乃至近年风靡一时的丹·布朗等，他们都是一些专业性、高智商的知识分子，而在我们看来，似乎只有那些写不了“纯文学”“严肃文学”的作家，才去写“通俗文学”或畅销书，这是我们的认识的第一个误区。实际上，出现一个优秀的畅销书作家，要比当前不断涌现的纯文学“新星”困难得多。通俗文学创作，包括侦破、悬疑、犯罪小说，间谍小说，大量的社会问题小说和一部分战争小说，如赫尔曼·沃克的《战争风云》，在西方便被归入通俗畅销书，而在中国可能要被视为史诗般的创作；但不管怎样，通俗创作都是在一定艺术规范内的创作，表现了一种社会普遍审美意识，譬如强烈的正义感，道德感，邪不压正，罪犯一定要受到惩罚等。它要维护我们已有的审美情感，强化、丰富，有时也补充我们既有的审美意识，自然便受到欢迎，引起普遍的共鸣。可既然是文学创作，它在表现人的情感、深入人的心理，进而开掘人性方面，便和纯文学并没有什么区别，它和不断创新的“纯文学”是一种动态交流的关系，互相影响乃至一定时候可以互相转化的关系。把纯文学创作和上述类型畅销书、雅和俗对立起来，是我们认识的第二个误区。实际上，许多纯文学作家其作品所提供的社会生活、历史认识、心理乃至人性表现方面可能还远远不如上述畅销书作家所做出的贡献。和平的《亲爱的罪人》也是这样一部做出了自己贡献的小说。

《亲爱的罪人》书名是矛盾结构，意味着作家要做一种不同寻常的深入。它语言生动，闻其声如见其人，生动性就在于贴近人内心的起伏。作为一部悬疑和破案的小说，其情节的扑朔迷离和人物关系的纠葛复杂，以至于疑团重重自不待说，但它却坚持用第一人称“我”、作品中的一个人物，一位从警校毕业刚三年的女警察海棠的角度叙述故事；这不仅是作品的特色，增加了叙述难度，同时也表明它不避忌主观性，主观的眼光，主观的感情，目的也是为了更贴近人物的心理。任何有说服力的人性开掘，都是来自于心理的深入。这种叙述方式，一开始便孕蓄着矛盾，表面看是一个警察破案的故事，以及我们所熟稔的社会众生相，故事呈示底下则暗涛汹涌；一个接一个的“命案”，一环连一环的“报应”，都激起情感波澜，使这部悬疑侦破小说又可以转化为广义的情感小说。《亲爱的罪人》中对立的双方似乎是方哲、唐安以及由此牵出的克奇、丁瑶、少义等，可真正的第一号人物应该是海棠，她热情、好奇、善良、聪慧，如同“邻家女孩”，除了职业身份之外，更有一种健全的人性。由于这一主人公的存在，使读者也可以参与到故事案件之中，判断和思索，完成一个开放的结构。

和平的小说超越了一种简单化的模式，把爱情、友情、恩情和道德、犯罪、法律等因素结合在一起，便呈现出了一种更为真实、复杂的面貌。当我读到《亲爱的罪人》三分之一的时候，我以为对于案件的性质、内容自己已经了解，其实不然。能把悬念、谜底保持到最后，如同那些写侦探小说的大师那样已属不易。再进一步，读完全篇，我有些感动，它并非仅是一种智力游戏，那就更为不易。唐安在审讯中对海棠谈到她和方探长的关系时说：你由崇拜他到爱他到怀疑他，你不信任他，因为你不了解他；你们是两种不同类型的人。又说“在这个世界上，没有人值得完全信任。”那是对立双方两个同样坚强的灵魂之间的较量，一度让海棠非常惶恐不安。情理与法律的抵牾、冲突，自然是《亲爱的罪人》的内在的矛盾。我认为一个坚强而又明智、成熟又自信的社会不应该回避犯罪背后的历史的、社会的、精神及心理的等种种复杂的因素。法律是刚性的，不容置疑；但情理在生活中也是有力量的，它会慢慢地补充和完善我们的法律。但最后，更重要的是我们的理想，爱与对善、恶的处置，建立一个公正、美好的世界的目标，它更是有力量的。我想，这可能才是这部创作的追求，和它不懈长存的意义。

从《亲爱的罪人》这本书的内容来看，作者对于她笔下的人物和生活内容是熟悉的，有相当的素材的积累，才有如此独特的构思。我认为中国的警察应该感谢和平，因为它真实地塑造了一批当代警察的形象，或者说多少改变了人们心目中警察的形象和恢复了警察应有的形象。中国的读者或许并不很了解警察，敬而远之或避而远之者都有，甚至于还有些“偏见”，受过去法制不健全时传闻的影响，认为警察多少有些特权，多少有些“仗势”欺人；和平的小说则是从内部打开了这一生活领域，她写了一批有血有肉、有情有义的警察。真正把人当作人来描写，更人性化而非符号化，便取得了超出以往同类作品的成就。我记得自己以前曾看到过一篇报道，美国的联邦调查局到美国高校去招募联邦警察，各名校学生报名踊跃，以至于调查局优中选优。联邦警察就是大学生心目中的优秀分子，并非旧社会的“打手”，而是允文允武的人才。零七年的时候，我还参加过一次何家弘所著的“犯罪悬疑小说系列”的研讨会。何家弘先生是中国作家协会的会员，本人又是教授、法学专家，担负了许多重要的职务，他有兴趣从事这样的“通俗”小说的创作，自然地又表现了高出一截的眼光。同样，去年麦家的小说《暗算》，那是写间谍与情报工作的作品，也获得了第七届茅盾文学奖，证明了传统意义上的畅销书，通过作家的努力，也能登上优秀文学的殿堂。现在再回到谈和平的作品，我觉得小说中的海棠这一人物尚未完成，还有发展的空间。也许正是由于这一“未完成性”，作者便可以继续写下去，形成如克里斯蒂、西默农或是约翰·勒卡雷这样的围绕着一个人物的系列创作。我的意思是，希望能有更多的知识分子精英能够从事大众小说的创作，提升它的品位，吸引和感染读者，这样，我们就将看到一种别一样的小说风景。

是为序。

吴秉杰
（中国作家协会创作与研究部主任，著名文学评论家）

目 录

第一部

一

那个警察又来了，我想躲起来，可已经晚了，她已经看见我了。她，还有经常来找我的那些警察总是逼我去想那些我害怕去想的事。我真的不愿去想！也不愿听他们说！

两小时的谈话后，我觉得自己好像被人从一个瓶子里拽了出来，我的世界碎了！记忆的碎片撒落一地……

你想听听我的故事吗？我突然觉得很想跟什么人讲讲自己，也许讲出来，我就可以重新上路了。

我是谁？我的职业是个警察，是专门办理涉外事、案件的外事警察。据他们说，当初的我，不会拍桌子、不会瞪眼睛，甚至不会大声说话，问案的时候还经常笑审，是个不怎么像警察的警察，好像是。我的名字，嗯……叫我海棠吧，反正不过是个称呼而已。那他呢？就是我主要想说的那个人，他是谁？他也是警察，可因为很多原因，我不能说出他的真名，我们叫他方哲吧，我是说，在我的故事里，我们就叫他方哲吧。方便起见，故事中的所有人也都使用化名吧。

该从哪里开始呢？我想，就从在警局里发生的那件桃色事件开始吧。

那年夏天，为了掌握更多的现代侦查技术，我又回到警院“回炉”深造。出事的那阵子，正是我将二度毕业的后期。

那天天很闷，老天不肯送一点点风给我们，我在学院里的小树林里背书，那些逻辑概念快把我绕疯了，我心里有些烦，说不上的那个劲儿，也许是种征兆吧。世界上的事，很多都是有征兆的，只是我们往往当时感觉不到而已。

小树林深处隐隐传来一段对话："你认识丁瑶吗?""丁瑶?分局刑警队的内勤?""对，我刚刚听说她自杀了。""啊?自杀?什么时候?""昨天晚上。"

我的耳朵猫一样地竖了起来。我认识丁瑶，她未婚，看上去有二十六七岁，但谁说她有三十岁了，也许吧。从辈分论她算是我的师姐，人长得很漂亮，有剧组曾经邀请她去拍过电影，当然是演女警察，她演得很差，不做作却拘谨，比那些假警察演得还假，但这符合她的特点，她本来就是个拘谨的人，言语不多，跟所有人说话好像都是就事论事，一笑开始，一笑结束。

对她，我谈不上喜欢，也谈不上不喜欢，因为我们没有过多接触过，她在刑警队，而我在外事处，仅仅是认识而已。可好端端的，她怎么会忽然自杀呢?我屏着呼吸听着，那边的话好像被树林挡住了一些，听起来断断续续的，但被我收听到的那几句话，还是让我惊出了一身冷汗。"……听说她的死与方探长有关。""刑警队的方探长?""是啊，听说，他们俩关系暧昧，有人说丁瑶死前曾与方探长谈过一次。分局政治处已经开始调查这件事了。"

天呢！方探长！我蒙了，我不知道后面的话是我无心再听，还是说话人已经走了。我只记得那一刻，我满脑子都是方探长，那个我进分局后一直崇拜的大英雄……

任何地方，人们都有自己心目中的精英，比如医院里有手术高手，足球界有人肯出大价钱购买的"香"脚，股市里有眼光独到的分析师，而在我们那里，最能破案、面对死亡最面无惧色的人就是精英。当然也有人佩服那些升迁有术的人，但我不是，我是喜欢真英雄的，哪怕他再不得志。方探长就是这样一位真英雄，他二十多岁当片警时就因为工作有方而被分局看上挑去做了预审员，然后是预审处处长，不久他又被刑警队的头头儿看上硬把他挖去做了刑警队大队长。在那里，他大显身手，战功连连，好几次都与死神擦肩而过。分局的人把他看做是年轻有为、前途无量的少壮派和大权在握的实力派。对于那些信仰“不经历风雨就看不到彩虹”的人来说，这家伙似乎也太顺点儿了。

尽管有关他的故事大部分都好像是被人演义了的传说，但我还是佩服他，也可能是因为他长得就像一个大英雄吧。他三十七八岁，身材魁梧，目光犀利，厚厚的嘴唇见棱见角，任何时候都是一副充满自信的表情，在有些人眼里，那是一种专横跋扈、目中无人的表情。但像他这种完全靠实力而不是靠背景上来的人，锋芒外露似乎又合情合理。假如不是因为他早早就娶了青梅竹马的陆云做妻子，想必方探长一定会成为众多年轻女警的追求对象。

还是说那天听到的事吧，实在是太离谱了！他的内勤自杀了，并且是由于他？由于一个任何男人都可能犯的普通而愚蠢的错误？外人不知道，在我们那里，绯闻是最能毁掉一个人的，绝不像社会上那么通情达理。说关系暧昧是好听的，难听的我也别说了。苛刻地对待生活中的感情纠葛，是我们那里的一大特色。无论你有怎样的业绩，只要沾上这种事，你会立即威信扫地，你如果不把自己说得清清楚楚，摘得干干净净，再想晋升那基本就是没门儿的事，何况这愚蠢的错误发生在两个名人警察身上。就方探长而言，仅仅锋芒外露和战功赫赫就已经够刺眼了，加上这等涉及人命的桃色事件，他不成为警界大“明星”才怪呢。最最麻烦的是，他已经结婚了，有妻子有孩子，而且妻子也是警察，还是个全市局颇有威望的派出所所长。

老天为什么要以这种方式去打击这么一个完美的英雄呢？这不公平！当然，这对丁瑶也不公平，她那么温柔、和善、年轻、漂亮，那么勤勤恳恳地工作，好名声跟随她快三十年了，却突然因为这么一个事件断送了年轻的生命和前途，真叫人惋惜！当然，这对方太太更更不公平，她爱丈夫、爱孩子、爱工作，她招谁惹谁了？以前他们在大家心目中是一对很让人羡慕的夫妻，突然发生了这样的丑闻，这让她这个一所之长的脸往哪儿搁？当然，还有我，对我也不公平啊，为什么就不能让我崇拜的人一直都完美下去呢？

也许你会猜，我那时是不是也在暗恋着方探长？其实，当时我也问过自己这个问题。人都说，女人的爱是从崇拜开始的，那自己对方探长的那种偶像式的崇拜也就是爱了吧？或者是要爱了吧？不过从逻辑上说，不是所有的崇拜都是爱，我当时的崇拜也可能属于另一部分里的。我赞同这句话：喜欢是淡淡的爱，爱是深深的喜欢。其实喜欢和爱不过是一种感觉的两种程度而已，就好像是一座桥，就看你让不让自己走过去。有时候，心可以走过去，人却不可以走过去，因为桥上有个叫“道德”的法官在那里守着。总之，先别管我了，毕竟那会儿被扯到这桥上的人不是我，而是丁瑶。

两个月后，我结业了，在重返分局的路上，我又听到了两个有关方探长的重大新闻。

前来警院接我回分局的是我们处的同事李克奇，一个天生聪明和习惯性愤世嫉俗的小伙子。他长得有点对不起别人也对不起自己，不知道大家是因为长相还是因为他的怪脾气，似乎都不太喜欢他，但我还是挺喜欢他的，因为他很有特色。他读过很多书，什么都知道，说话口气虽然有点吹，但减去“泡沫”部分，他知道的事似乎还是挺多，同事开他玩笑说“前知五百年，后知五百年”。他似乎对任何事都有与众不同的见解，专门喜欢与上司或权威人士抬杠，而且不分场合，而且经常获得最后的胜利。因此头头儿们一般不敢对他的意见掉以轻心。我个人判断，依他天生的个性，当官好像不太容易，但这不妨碍他做个好警察，因为思路怪异的警察常常会把罪犯的思路搞乱，当然了，也常常把自己人的思路搞乱。

这天，路上堵车堵得厉害，我们的车不是在开，而是在挪，就是我走着回去估计也跟开车的时间差不多。克奇跟我讲起了那起桃色事件，不是我问他才说的，而是他自己说的，虽然我也正想要问。所以我判断，这件事在最近这段时间是警察内部最受关注的一个事件。他告诉我：方探长被撤职了，不再是刑警队大队长了，他被调到了我们外事处，而且已经离婚了。

“啊？调、调我们这里？”这真是难以置信！撤职！离婚！到我们处！我不知道哪件事更让我惊讶。

“真不知道头头儿们是怎么想的，他又不会外语，干吗叫他到这儿来？难道我们这里是‘收容所’吗？”

我知道克奇一向不喜欢刑警队的人，但我却不知道他那么不喜欢方探长。是同性之间那种天生的排斥吗？

“这么说，他跟丁瑶之间有事是真的了？”

“那还假得了。”他肯定地说，“撤销他的大队长职务，是分局调查组在调查后作的决定，如果是假的，分局会这么做吗？他老婆会跟他离婚吗？”

“可即便，即便两人之间真有什么，也、也不至于死人啊？”

“这就是了。”

“是什么了？”

“这就是事情的复杂性，也许这并不只是婚外恋那么简单。”

我仔细地看着克奇的脸，想从他的脸上看出他的思路。他的表情似乎有些轻蔑，我熟悉这表情，每当他跟谁抬杠的时候就是这表情，但我相信此刻他肯定不是想跟我抬杠，在他眼里，我们的智商不是一个等级，根本就不值得他费神去赢。那此刻他怎么会是这种表情呢？是不是他心里有个要对付的“敌人”？

“克奇，你是什么意思？你是说除了感情纠葛还有别的什么？”

“我是说，看问题不能只是看表面。假如换了你，你会仅仅因为爱不成自杀吗？即便是被你爱的那个人狠狠地拒绝了。”

“我啊？”我好好想了一下，“我可能不会，那不等于说其他人不会，为情而死的人这世界上多着呢。你又不是没见过。或许，丁瑶就是那种内心脆弱的人……”

“她内心脆弱？你了解她吗？”克奇的语气有点生硬。

“这么说你了解她？”

“当然了解。我们从小就认识。”

“是吗？你们是同学？”

“不是。”

“是朋友？”

克奇没有马上回答，过会儿才说：“总之，我比你、比你们大家都了解她。她并不是你们想象的那种软弱的人。”

“那你怎么看这件事？你说她为什么要自杀？”

克奇沉默了半天才说：“我想是压力，一种无法承受的压力……或许她心里有什么秘密，或许这个秘密对什么人不利……我敢肯定。”

“秘密？关于谁的秘密？”

“我不知道。”

“你知道，你明明是在指方探长！”我很气愤地说。

“你难道没感觉出来吗？方探长不是你我这种人。人家可是那种黑道白道都很吃得开的人！”

关于这点我的确也听说过，可树大招风，难说这不是什么心术不正的人对方探长这种英雄人物的一种诋毁。

“那不过是你听说的而已。”

克奇奇怪地看了我一眼，“你怎么了？在为那位大队长抱不平吗？”

我气哼哼地说：“我讨厌你这种乱怀疑的态度！如果丁瑶真是被方探长逼死的，那分局干吗就只是把他撤了，而不把他抓起来枪毙！”

克奇见我真的生气了，笑了一下，“你刚毕业的小屁孩懂什么？算了，我不跟你说了。”

“你才小屁孩呢！讨厌！”我把头转向车窗外，真的很生气。我本想问问克奇关于丁瑶自杀现场的情况，这会儿也没心情了，再说，我也不想让他再用那些不着边际的想象和自由发挥来破坏自己的情绪，反正我会从别人那里知道的，我会找到证据让克奇这家伙自己抽自己嘴巴的。讨厌的自以为是的家伙！哼！丑八怪！心眼不正，能长得好看吗？我甚至想起我们处的头儿曾因为克奇的长相当年差点没用他的事。

汽车郁闷地向前移动，我一直没再跟克奇说一句话。

一想到克奇这种想法可能代表很多人，想到那些人可能已经把方探长看成了杀人恶魔，我就心疼不已。不，不是这样的！绝不会是这样的！

我刚进办公室的门，胖子、杜欣等几个没有外出的同事就围了上来。

“学生毕业了？”

“变白了！学校真养人啊！”

看见他们，我立即把刚才和克奇生气的事给忘了，我真高兴同事像欢迎家里人那样欢迎自己。喜欢就是淡淡的爱，而这淡淡的爱，让我感到如此幸福和满足，有时我想，假如有一天，我们中的某人因为与歹徒作战而牺牲了，我会怎样？我一定会伤心致死的。我知道这种事是不会发生的，因为我们是外事警察，因为我们不负责侦破，也不负责抓人，因为我们是警察队伍中最没有危险的幸运儿。我边跟同事们搭讪着，边观察着办公室里的一切。我想看见被“下嫁”到这里的方探长被安置在哪个角落，但办公室里似乎没有什么变化，更没有方探长的身影。

胖子他们要中午一起出去吃饭为我接风，我推掉了，因为有好几个同事外出工作回不来，到时他们会说我不够意思；我也不希望看见克奇又跟谁抬杠，从而把饭局变成战场；还有一个最主要的原因，我想跟杜欣单独在一起，我想从她那儿听到我想知道的一切。

我和杜欣刚走到电梯口，电梯门就开了，方探长意外地从电梯里走了出来，也许是太没有思想准备了，我竟忘了打招呼。

杜欣："方探长，回来了？外面很热吧。"

方探长："还可以。"

杜欣指指我说："这是咱们处的海棠，刚从警院进修回来。"

我朝方探长笑笑，希望他以为关于他的事我什么都没听说，什么也不知道，也许这样好些，这样就不会有什么尴尬了。"您不记得我了吧？"

方探长浅笑了一下，"怎么不记得？你给我当过翻译。"说完转身走了。

我和杜欣上了电梯。

杜欣："方探长这人，说话总是这么居高临下，难怪分局很多人不喜欢他。"

"我刚才听克奇说，方探长调到我们这里来了，是真的吗？"

杜欣点点头，"是。"

"他真的什么职务都没有了？"

"是啊，和我们一样了。挺惨的。"

"是因为丁瑶……"

"公开调令不是这样说的，但谁都知道，其实就是这回事。"

"他跟我们在一间办公室吗？"

"他有自己的办公室。就是处长办公室旁边的那间。"

"旁边？那不是……"

杜欣点头说："对，就是我们以前的小档案室。"

"唔……他一个人啊？"

在饭馆里，杜欣把她所知道的有关丁瑶之死的事告诉了我，经过大概是这样的：6 月底的一天上午，方探长正在大兴和当地刑警研究一个案子，丁瑶忽然把电话打到他的手机上，方探长听见她吃力地说："救救我，救救我……"她告诉方探长她快要死了。从大兴那里到丁瑶家开车至少一个多小时，于是方探长边往丁瑶家赶，边将此情况通知了刑警队副大队长闵建。这边，丁瑶的母亲，确切地说是养母，她买菜回家后发现丁瑶喝了敌敌畏，于是急忙叫了120。当闵副队长等人赶到丁瑶家时，120急救车已经将丁瑶送往医院了，等闵副队长他们到达医院的时候，丁瑶已经奄奄一息。等方探长到的时候，丁瑶已经去了。据说，丁瑶死前，嘴里一直念着方探长的名字。

杜欣还告诉我，丁瑶一直跟她的养母住在一起。那天一早她养母出去买菜了，一回家就发现丁瑶出事了。而关于她亲生父母的事，杜欣也不知道。

“那分局凭什么怀疑丁瑶的自杀与方探长有关?”我问。

杜欣有些困惑地摇摇头，“关于这件事，分局成立了调查组，调查了一个多月，可最后究竟调查出什么了，调查组一直没有向外透露。大家所看到的就是对方探长的调动。职务免了，但还保留着相应的级别。”

“对方探长与丁瑶之间的事，大家怎么说?”

“还能怎么说？连我这个最不轻信的人，都几乎百分之百地相信他们之间有事。”

“有事，是啊，当然有事，没事丁瑶也不会自杀，我是想知道是什么事，丁瑶为什么会自杀？人们为什么怀疑方探长?”

“我也想知道。”

杜欣是个从不搬弄是非的女人，即便是非撞到她脸上，她也会跟没看见一样。其实，她的丈夫就在刑警队工作，而且每天中午两人都一起在分局食堂吃饭，可她对刑警队的事知道的似乎还不如其他人多。有人认为这是她的与生俱来的好性格，而我认为这其实是她的一种好习惯。她并不像大家认为的那样对分外的事漠不关心，她只是不想表现出关心而已，我很庆幸身边有这样一位理智的大姐姐，我一直是她优点的受益人之一。此刻，我猜，她知道的事情一定比她告诉我的多，但那些一定是她认为她不该或者无权透露的。

“丁瑶的葬礼你参加了吗?”

“没有。分局当时只通知了很少的人参加，据说连方探长都没去。”

“哦？是他自己不想去，还是人家不让他去？”

杜欣摇摇头，“不知道。”

我把克奇在接我的路上说的那些话对杜欣说了一遍，杜欣只是笑笑，没做任何评论。整个中午，我都不知道吃了什么。

二

在方探长来我们这里之前，我们几间办公室都已经坐满。上面一直答应给我们增加办公室，可一直没见兑现。当韩处长突然接到方探长要来这里工作的通知后，急忙叫人将一间存放档案的房间收拾出来，将方探长的办公桌放了进去。这样的安排，在一部分人看来是一种特惠待遇，因为在我们那里，只有领导才可以享受独立办公室；而在另一部分人眼里，这不算是歧视，也算是一种冷落。因为这房间又黑又小，一半还被档案柜占着，如果把它与方探长在刑警队的那间大队长办公室相比，搁谁身上也不会以为这是一种优待。

忽然间和一个自己崇拜的人物朝夕相处，我心里真有一种说不出来的兴奋。虽然是这样一种特殊形势下的相处，我不该感激命运如此安排。

自从方探长来到我们这里后，他似乎完全变了一个人，少言寡语不说，而且有一种，怎么说呢？有一种向命运低头的状态。那种威风八面的气派一下子就看不到了，大家在一起开会的时候，如果韩处长不点名道姓地逼他发言，他几乎就不发言。大家在一起开玩笑时，他也从不加入，完全是一副局外人的感觉。中午吃饭时，他也总是等大部分人吃完了才去，然后自己坐在一个角落里独自用餐。他这副拒绝入流的样子和那冷冰冰的面孔，没人愿意上前自讨没趣。

好几次我见他形只影单的时候，都想过去跟他说点什么，可说点什么呢？坦白说，我一直就怵他，不知道你有没有那种时候，因为太崇拜一个人，反而想远远地躲开他，这大概就是人们所说的敬畏感吧，由于敬因此畏。

这天我出勤回来晚了，正赶上方探长自己坐在角落里吃饭，如果我坐到一边去，当然没什么问题，但这样，如果被他看到会让他以为我是在故意躲着他；如果在他风光的时候我躲着他，也没什么问题，因为有的是人想往他身边凑呢，他不会想到更不会注意到谁为什么会躲着他。可现在不同，他已经被人冷落了，排斥了。而以前的他也正在冷落和排斥现在的自己。在这种时候，他的神经一定很敏感，尽管他会装作什么也没看见。

我端着饭碗朝他走了过去。“方探长……”我的招呼还没打完，就把端着的汤洒了一桌子，还溅到他裤子上一些，我立即就变得手忙脚乱了。真是的，我那天为什么非要买汤呢？

方探长跟我打的第一个招呼就是：“没烫着吧？”他用餐巾纸擦了擦桌上的汤，动作很沉着。

“没有。”我红着脸说，“真对不起，把您的衣服弄脏了吧？”

方探长：“没事。”他看了我一眼，抹了一下裤子上的油汤。“本来也该洗了。”

真是丢脸！我坐在他对面，尴尬得头也不敢抬。“真对不起，我……”

方探长帮我把桌上的汤擦干净后，继续慢慢地吃着碗里最后几口饭，“你怎么才来吃饭？”

“我上勤去了。”

“怎么样？还是在学校里好吧。”

“嗯，是，整天就是上课上课……”废话一句！

沉默了一小会儿，我没话找话问：“您怎么也才来吃饭？”

“我不喜欢排队。”

“是啊，我也是。”

然后就又沉默了，我们俩似乎没什么话题。是啊，我一个刚上道的新兵和一个久经沙场的名流之间怎么可能有共同语言呢？何况，我们又在两个彼此都不太熟悉的部门工作，何况，又在这种敏感时期，除了吃，除了天气，我看真没什么可谈的。我开始后悔不该凑到这桌上来自找尴尬。

他已经吃完了碗里的饭，抬头看着我低头默默地吃。

我看了他一眼，“您、您吃完了吗？您吃完了就走吧，不用等我。”

“嗯，那我就……”他站起身，拿起碗筷，“你慢慢吃吧。”

“好。”

方探长走了，我如释重负，然后满脑子都是汤！

我开始自责：“你为什么表现得跟没见过明星的傻瓜似的？平时从来都不买汤的，为什么非今天买汤呢？干吗慌里慌张的，还把汤洒在人家身上？知道的说你天生小脑不发达，动作不协调！不知道的，还以为你是受什么人的指使故意把汤洒在人家身上呢！啊？天呢，他不会真这么想吧！”我沮丧得快哭了，不，我当时好像真的哭了！好像还用手使劲捶了两下自己那傻瓜一样的头。沮丧中，我无意中抬起头看了一眼周围，天呢！出大事了！让我看见的那情景才是我当时真正该哭的呢！

食堂里有好几个人都用很诧异的目光看着我，充满猜测和困惑。让我同样诧异的是，克奇和杜欣居然也在那里，他们远远地看着我，低声议论着什么，显然他们是在议论我和方探长的“非正常”接触。刚才他们明明都不在的，怎么忽然之间都冒出来了？尤其是那该死的克奇，他的表情太恐怖了！揣测、狡猾还充满担忧，就好像看到什么人正在走向死亡似的。在他们的目光注视下，我立即觉得自己就是丁瑶第二！我惊慌地朝他们笑了一下，看见我那笑，克奇的表情似乎更奇怪了！是啊，刚还哭着捶自己的头，突然又笑，疯子也不过如此吧。想必我那笑也一定是满腹鬼胎的样子。

这个中午真是糟糕透了！

那天，我真希望克奇和杜欣来主动问我跟方探长谈什么了，我也好有机会把洒汤的事说了，那样，我的心情就自然多了，可他们谁都没问我，一整天及过后的几天里，他们也没问过，后来还是我自己把洒汤的事找机会说了，至于他们怎么想，那我就不管了。后来杜欣说了这样一句经典的话：“人们对敏感人物的关注会引发他们丰富的想象力。”从听到这话的那天起，我开始尽量躲着方探长了，我并不担心人们会怎样地把我“丰富”进去，因为我不属于敏感人物，我担心的是人们会因为我而丰富对方探长的想象力，我相信，在出了丁瑶事件之后，那想象的内容绝不会是什么好事。咳！真希望自己是个男的，如果我是个男的就好了，我可以毫无顾忌地去接近他，了解他，倾听他内心的委屈与苦闷。我始终认为，在丁瑶的事情上，他一定是有委屈的。可我每次这样想时，又觉得这想法很对不起丁瑶。

三

“十一”前，我们的工作紧张起来，办公室里整天见不到几个人影。这天下午我们接到一个报警电话，说是一个外国人在华容饭馆喝多了，乱喊乱砸。韩处长让方探长和我一起去现场处理情况。

方探长开车带着我驶出了分局大门。

我们分局是在一条狭窄的胡同里，警车进出很不方便，尤其是赶上事多的时候，那真能急死谁。

我们的车刚刚开到胡同的一半，也就是胡同最窄的地方，一辆返回分局的警车就迎面驶了过来。平时遇到这种情况，必须有一辆车倒一下，让其中一辆先过去。按道理说，如果双方都有倒退的条件，那回来的车应该让出去的车先过。可今天，好像出了点问题，对方的警车停在那里不动了，根本没有倒车的意思。我仔细看了看对面的车，车上坐的是刑警队副大队长闵建，不，他现在已经不是副大队长了，从方探长走后，他就不再是副的了。我转头看了一眼方探长，他面无表情地坐着，用冷峻的眼神看着对方。闵队长也以同样冷峻的目光看着他。这怎么了？较劲吗？也许是开玩笑吧？两人僵了一会儿，方探长索性拉上了手刹。闵建也不示弱，干脆熄了火，再看闵建，居然开始点烟了。我再去看方探长，他一脸坚定，毫无退让的意思。这，这好像不是开玩笑，天呢，他们真的是较起劲来了。这可怎么办？

“方探长，要不要我过去跟他们说说，我们是……”我要拉门下车。

“别去！”他语气坚决地制止我。

我傻坐着，不知所措。现场！方探长，现场还在等着我们呢！或许那个闹事的酒鬼已经要把房子拆了！围观群众没准已经骂上了：这帮警察是干什么吃的，这么磨磨蹭蹭的！要是他们知道出现场的警察正在胡同里跟自己人较劲呢，他们非把状纸当传单发不可。我心里焦急地想，假如他非要和对面那杠头僵下去的话，那我，那我可就要打的走了。我又一次去看方探长的脸。只见方探长拿出警灯放在车顶上，警笛伴随着警灯的闪烁刺耳地响了起来。我看见闵队长笑了一下，扔掉手中的烟，拉开手刹，将自己的车倒了回去。

方探长也笑了一下，放开手刹，一加油门，汽车朝前蹿了出去。当我们的车经过闵队长的车时，方探长还得意地轻敲了两下喇叭，“嘀嘀”！以示……

我松了口气问：“方探长，闵队长是在跟您开玩笑吧？”

方探长：“也许吧，他本来就是个幽默的人嘛。”

我看了他一眼，但还是没看明白他们这是不是在开玩笑，也没弄明白方探长说的“幽默”是正话还是反话，只是心里觉得这“玩笑”似乎带点火药味。

“海棠。”

“嗯？”

方探长打断了我的思路。

“请你以后改改称呼怎么样?”

“啊?”

“请你以后，不要叫我方探长好吗?”

“啊……”

“我现在不再是探长了，我想这你已经知道了。”

“那，那我叫您什么?”

“叫我方哲。”

“可是，我已经习惯叫您……”

“习惯是可以改的。就叫我方哲吧，这样我听着心里舒服些，别人听着也舒服些。”

“哦，那、那好吧。”

十几分钟后，我和方探长到达了华容饭馆。此刻，门口已经围满看热闹的人，他们朝二楼上看着，发现我们的警车开过来后，立即有人喊道：“警察来了！警察来了！”

我们走下汽车，一个胖子快步迎了出来，他看见方探长惊讶地说：“方哥!”

方探长笑着说：“馒头，又怎么了？给政府添麻烦是吧?”

馒头？什么名字？我禁不住笑了。

馒头：“这点儿小事怎么还把您惊动了?”

方探长笑了一下，“我现在改行了，专管这类小事。”这话说得很带情绪。

馒头：“您真的不干刑警了？我还以为他们胡说呢……”

方探长：“人在哪儿?”

“在二楼。”

馒头是这家饭馆的老板，姓匡，有三十多岁，从他和方探长的对话看，他们像是认识的时间不短了。我们跟着馒头上了二楼。

到了二楼，我们发现瓶子、碟子碎了一地，一个年轻男性老外正垂着头，闭着眼坐在一张椅子上。其他客人已经都走了。

馒头："这家伙，从中午12点就开始喝，一直喝到这会儿。您可不知道，折腾半天了。乱喊乱叫的，满口鸟语，谁也不知道他喊什么呢，这才刚刚踏实。"

方探长推推外国人，"喂，醒醒！你有证件吗？"

外国人似乎醉得很厉害，他晃了一下，没有抬头。

方探长又推了推他，"喂，醒醒！先生！你的证件呢？"

外国人抬眼看看我们，一脸茫然。

方探长对我说："要他证件！"

我用英语跟他说了一遍。

外国人从口袋中掏出证件，突然一伸脖子吐了一大口污物，吐了自己一身，证件也掉在地上。

方探长从地上捡起证件递给我。

我看过证件，告诉方探长："他叫马修，是、是日本籍，工作护照……"

外国人又伸了两下脖子，像是又要吐，大家都躲到一边，方探长顺手从桌上抄过一个盘子接在外国人嘴边。马修"哇"地吐了一盘子，他吐出的污物溅在方探长的手上。馒头急忙从一旁拿过一摞餐巾纸递给方探长。

方探长："他喝了多少？"

馒头："七八瓶啤酒。"

方探长笑了一下，"小酒量嘛。"等外国人吐得差不多了，他把盘子放在一边，用餐巾纸擦擦手。

馒头："方哥，赔钱不赔钱不是事，关键得赶快把这老兄弄走，他不走，谁敢进来。"

方探长看着马修对我说："海棠，你问问他能不能走？"

我问了两遍，可马修闭眼不语。

馒头："我看是够呛！"

方探长二话不说，揪起马修的胳膊，一弯腰把他扛在肩上。

馒头："哎，方哥，我来我来……"

方探长还是扛着老外朝楼梯口走去。

那老外很重，浑身放松着压在方探长的肩上，我真担心方探长是否真能把他从这么陡的楼梯上背下去。

馒头对身边几个看热闹的服务员不满地说：“哎，哎，你们几个缺心眼啊？让方哥干这活你们看着？帮把手帮把手。木头！”

就在我们把老外弄进了汽车，要开车的时候，馒头忽然想起什么，“哦，对了。方哥，上次您说的那件事……”他犹豫了一下，“咳，算了，回头电话里说吧。不耽误您了。”

方探长发动了汽车。

我们将马修带回分局，等他酒醒后，对他进行了治安处罚。

这是我跟方探长处理的若干现场中的一个，本来是小得不值得一提的，只是后来发生的事似乎都与这天的事有关。人生中似乎总有那么几天是这样的，上帝在那一天里给你出了一连串的问题，然后你要花许多天去寻找答案。

回到局里，我把方探长与闵队长在胡同里较劲的事讲给办公室的几个同事听，我想让他们告诉我这是不是一个玩笑。

以胖子为首的多数人认为是玩笑，还说我大惊小怪，只有克奇不这样认为，“玩笑？哼，别幼稚了！他们的关系说个人恩怨都很牵强。”

“你什么意思？”我诧异地问。

克奇：“这里面的事情太复杂了，不是你这种脑袋能想明白的。”

胖子：“哎，克奇，咱别这样啊，听你这话，好像把我们大家都给骂了。您有什么见解，说来我们听听啊。”

克奇：“我说，你们又会说我跟你们抬杠，‘2·18枪战事件’你们听说过吗？刑警队那帮蠢货让人给算计了，差点让人家给包了饺子。”

“啊？没听说过，什么时候的事？”

大家都看着克奇。

克奇："这么大新闻，你们都没听说过，还一个分局的呢，孤陋寡闻！"

胖子："行了，说吧，别那么多废话！"

杜欣笑笑转身朝门口走。

克奇："杜欣，别走啊，这事你肯定知道，你给他们讲讲，省得他们说我散布谣言。"

杜欣见大家都看着她，"我？我不知道，刑警队的事我上哪知道去，我又不是局长。"

克奇："'枕头情报'还不跟局长情报一样准确？"

杜欣："去你的。"说完，她走出办公室。

大家又看着克奇。

克奇："她不说，我也不说。总之，我告诉你们，别太相信自己的眼睛和耳朵，那些零件儿只是用来接受信息的，可不是用来思考的。"

"这事就不麻烦您老提醒了。"有人插话说。

克奇："判断还是要靠大脑。不然说不定哪天自己也给人当了饺子馅。"

耸人听闻！他又在攻击方探长！我不满地看着他。心想，我可是刚刚目睹了方探长在现场的表现的，他就是好人！可要是我把这话说出来，他准会挤对我"用眼睛思考"。

胖子最后回击了克奇一句："您聪明，我真纳闷，不认识您之前，我们是怎么活过那二十多年的。"

"而且还挺胖。"有人接了一句。

这句话把我们大家都逗笑了。

关于2·18事件，我问了克奇几次，他都借口这个那个的捏着不说，他就是这种人，好像他知道的比别人多能抬高他的身价似的。你越对他保密的内容表现出兴趣，他就越不说，等你什么时候彻底没兴趣了，他恨不得追着告诉你。可这次，还没等到他熬不住追着谁想解密，胖子就从一个刑警朋友那里获得了有关这起枪战的情报。

胖子告诉我，那是前年的事了，是几个歹徒对警察实施的一次有准备的报复行动。方探长等人当时受到一个假信息的欺骗，中了人家的圈套，有人告诉他们一个重要嫌犯出现在一个什么人家，方、闵两人赶去了解情况，谁想，两人一进房间，就被人围在里面，幸好，当时方、闵二人身上都带了枪，也幸好武警接到消息后及时赶到，不然，两人那次都性命难保。那件事当时让分局刑警队大感丢脸。在那次行动中，闵队长受了重伤，在医院里住了好长一段时间。从那以后，他和方探长之间的关系就开始紧张了。

"为什么?"

胖子："什么为什么?"

"方探长和闵队长的关系为什么从那事以后就开始紧张了?"

胖子："谁知道?好像是在与歹徒枪战的过程中发生了什么事，当时有人听他们争吵过，说是子弹怎么了。事后，闵队长一直在骂方探长装孙子。可具体怎么了，他们俩谁都不对外人说，别人也无法搞清楚。因为当时在里面的只有他们俩。"

子弹?子弹怎么了?

在那个屋子里，究竟发生了什么?

装孙子?闵队长为什么这么说?

难道说方探长当时做了什么对不起闵队长的事了?

这是他们之间不和的全部理由吗?

这个故事带给我的疑问太多了，没有头绪，只有一种说不清道不明的不安。这样看来，那天在胡同里发生的事就不是玩笑了。

胖子："小廖（那个刑警朋友）说，他分析这次分局对方队长的调动，也许不单是因为丁瑶的死，可能也有他和闵队长之间矛盾的因素。"

"是'数罪并罚'啊!"

胖子点点头。

我问："你知道他们俩以前关系怎么样吗？是不是以前就有矛盾？"

胖子不肯定地说："听说他们以前的关系非常不错。他们俩是警院的同学，是前后脚调到刑警队的，两人一起搞过很多案子，也算是生死之交了，可是……"他挠了挠头，"咳，谁知道是怎么回事。"

"夫妻在一起还闹矛盾呢，两人天天一起工作，怎么会没有矛盾呢？"

胖子微微摇摇头，"好像还不是这么简单。"

"怎么？"

胖子："听小廖说，他们以前也经常争吵，也红过脸，可吵完就完了。可从那次遇难之后，他们几乎不吵架了，改冷战了。丁瑶的事情发生以后，他们的关系更怪了，几乎成了仇人。"

"仇人？难道他们的矛盾跟丁瑶有关？"

胖子："说不好。"

"那他们会不会是……"我不知道该不该把下面的话说出来。

"你说情敌？"

"我瞎猜的，可能吗？"

胖子："不会，不会，不会。闵队长早就结婚了，有老婆有孩子的……"

"那方探长不是也有老婆有孩子……"丁瑶可是警花啊！我心说。

胖子："要非说有这种可能的话……"

我急忙反驳："哎，我可没非说，我说了我只是瞎猜，你可别把我瞎猜的话告诉别人啊，到时候说着说着成真的了，我就是跳进黄河也洗不清了。再出人命的话，那我就完蛋了！成罪魁祸首了！"

胖子："你急什么？我知道你是瞎猜的，我是说，这样推断也属正常，男人嘛，谁见着漂亮女人不动心啊。何况，丁瑶还是那么温柔可爱的。我要是整天跟她一起工作，我也可能动心呢。

不，我肯定动心。”

我笑了：“脸皮真厚。”

胖子：“不过，说闵队长与方探长可能因为女人闹矛盾，我觉得不大可能，闵队长是全分局有名的‘气管炎’，爱老婆爱得出名，别看他五大三粗的，据说回家什么活都干。”

“那是表面现象，人怎么想的，有时候你根本就看不出来。”比如我，我心里崇拜方探长，我不说，你能猜得到吗？

“反正，我不认为闵队长是这种人。再说了，是丁瑶在追方探长，又不是方探长追她，闵队长又不傻，这他能看不出来？”

“你说丁瑶追方探长？你怎么知道？”

“我怎么不知道，刑警队的人都这么说。咳，所以说，被女人追也不是什么好事，方探长就是一个例证。”

“爱错了人，更不是什么好事，丁瑶就是例证。”

“所以人活着要理智一点，这对我们来说，都算是一个教训。”

那是啊，可谁不想理智，如果理智那么容易做到的话。

四

方探长“炸”了！本来他一直在用冷漠拉开和大家的距离，他的低调有时让大家几乎忘了他的存在。可不知为什么，那天，他的情绪忽然变得十分反常。一大早，他就因为有人动了他桌上的文件，大声斥责内勤刘兰，把刘兰骂得脸红得跟红皮萝卜似的，大家都以为出什么大事了呢。中午，他又跟食堂卖饭的吵了一架，说他们做的菜烂得像猪食。争吵中，食堂的人说了很多难听的话来回敬他，什么“别再摆你大队长的谱了，没人再买你的账”，什么“早知今日，何必当初”，什么“要耍威风去跟局长耍，别拿小人物撒耙子”等等，哎呀，反正也是够刺激人的，要不是身边有人拉着，方探长一定会把饭菜扣在那个卖饭人的脸上。下午，我无意中又惹了他一下，于是他便把积压了不知多久的火全撒到我头上了。

当时，我听见方探长办公桌上的手机一直在响，可他却不在办公室，于是跑去他的房间替他接了这个电话，我告诉电话里的人，方探长暂时不在，让他过几分钟再打过来。我当时是想问那人的姓名来着，可一想反正手机上有电话显示，问多了也许不合适，我犹豫中就把电话挂了。过了一会儿，方探长回来了，他走进我们办公室虎着脸问："刚才是谁接了我的电话？"

我说是我。

方探长："是谁打来的？"

"我，我没问。"

"为什么不问？"

办公室里的人见方探长一副兴师问罪的样子，都诧异地看着他和我，以为我犯了多么不可饶恕的大错误。

"我忘了。"我当时也不知道为什么这样回答，也许是被他那一脸怒气吓糊涂了吧，还是我就不想把我接电话时的顾虑说出来，反正我的回答显得既轻率又没理。

"忘了？"他狠狠地瞪着我，"你当几年警察了？难道连接电话都不会？"

"我……"

"就你这样的，还是换个职业干吧。"说完，他气呼呼地转身走了。

他的话也太粗暴太伤人了！大家同情地看着我。

有人议论说："这老兄今天是怎么了？吃了炸药似的。"

"过分了吧。"

我觉得心里很委屈很委屈，低着头，一句话也说不出来。说真的，我当时很想跳起来跟他吵一架，也很想说食堂卖饭师傅说的那句话："别再摆你大队长的谱了，没人再买你的账。"可我知道，我不能那么做，我不想再刺激他，再给他增加任何伤害，他到今天这份上，已经够倒霉的了，况且，他很可能刚又遇见什么新的倒霉事了，不然，他不会突然变得如此粗暴无礼的。如果在这个时候我当众顶撞他，会让他更难堪、更难过的，那过不了今天晚上，我就会后悔的。我是新人，挨顿骂也没什么可损失的，可他不一样，他也许已经输得再也损失不起了。我忍着委屈，一句话也不说，可我还是挺难受的！我从小长这么大，我爸妈也没这么骂过我。

克奇气不忿儿地说：“不就是一个电话嘛，至于这么暴跳如雷吗？又没有什么不可告人的秘密。何况人家还是好心替你接的，真过分！以为自己还是那个刑警队长呢吧？”他见我低着头，很委屈的样子，生气地说：“海棠，你也真够窝囊的，干吗不回他两句。跟我辩论的时候你不是挺能说的嘛，今天怎么哑巴了？”

胖子说：“喂，你就别添油加醋的了，你没看见海棠已经快哭了吗？”

如果不是胖子这句话，我还没事，他这么一说，我的眼泪一下子就掉下来了。

胖子：“你看，你看……我说什么来着。”

克奇：“海棠，不会吧，咱就这么点本事啊！”

我抹着眼泪跑了出去。

胖子：“咳，早上骂傻一个，中午骂急一个，下午骂哭一个。”

我独自在楼下小会议室躲了半天，想来想去，虽然觉得方探长的态度有些粗暴，但确实也是自己做得不对。我记得从到了分局的第一天起，韩处长就嘱咐我们，接电话一定要问清对方的姓名、身份。我们是警察，我们的职业不同于其他职业，虽然不能说每个电话都那么至关重要，但其中的某些电话却可能人命关天。也许，我刚接的那个电话就非同一般！也许因为我的错误已经坏了方探长的大事。想到这里，我开始不安，急忙来到方探长办公室。

我敲了敲门，“我，我可以进来吗？”

方探长：“进来吧。”他的表情已经平和多了，声音低沉地问：“有事吗？”

我紧张地嗽了嗽嗓子，“我想，想为刚才电话的事，说一声抱歉。”

方探长笑了一下，“耽误了事，抱歉又有什么用？”

我不安地问：“真的？真的耽误了您的大事吗？”

方探长没有回答，他点上支烟，看着我说：“你呀，总是这么粗心大意吗？”

我想起那天洒汤的事，心里好一阵自卑，我尴尬地笑笑，“您觉得我很不适合做警察吧？”

方探长含笑说：“怎么说呢？应该说还不能算一个合格的警察吧。一句话：太缺练！”

“其实，我刚才是想问他姓名来着，可是，可是又怕问多了不好。再说，我想您的手机上能显示那个人的电话号码，您肯定一看就知道他是谁了……”

方探长吐了口烟，“肯定？那个电话是个公共电话。你说，我怎么知道他是谁？”

“啊？公共电话？那，那……”

方探长笑笑，“别那了，他已经又打过来了。”

我心里的石头落了地，“谢天谢地！有什么重要的事吗？我可以问吗？”

方探长摇摇头，“没有。”他想着什么说：“无关紧要。”

他说得如此轻松，就好像刚才他不曾因为这个“无关紧要”的电话把别人骂得狗血喷头似的。我心里想，哼，反正以后不到万不得已我再也不会去碰你的电话了。

我站起身，“真不好意思，幸好没事。那我走了。”

在我开门的那一刻，方探长叫住我，“海棠。”

我转过身看着他，“嗯？”

方探长：“你不会为我刚才的态度恨我吧。”

我笑笑，“不会，是我做得不好，我以后会注意的。”

方探长：“是真的？”

“是真的。”

“那以后万一我不在办公室，听见我电话响，你还会替我接，是吧？”

我困惑地看着他，“啊？我……”那可不一定，我刚想了，不到万不得已……

方探长：“记得下次一定要问清他是谁？有没有急事？回头怎么跟他联系？”

“您不怕我坏了您的事？”

方探长笑笑，“你是在责怪我，我听得出来，好吧，对不起，请原谅，刚才是我态度不好。”

“不，我没有怪您的意思。”这句话是真的，我真的一点都不再为他的粗暴生气了，心里似乎还有点感动。

他看见我真的笑了，点了点头。

我不知道是不是所有精明的人都有自己的怪脾气，我见过很多精明的人似乎都有，有时怪得就像这里5月的天气，阴一阵晴一阵，风一阵雨一阵，冷一阵热一阵，变化无常，难以琢磨。方探长是，克奇也是。方探长发过脾气后的第二天，克奇也犯了怪病，快把刘兰气疯了。

这天中午，我和杜欣一起吃饭，刘兰苦着脸坐到我们身边说：“喂，你们俩看我最近是不是长得特不顺眼啊？”她的话让我们丈二和尚摸不着头脑。

杜欣：“怎么了？挺顺眼的。”

我认真地看了看她，真没发现什么异常，“比昨天还顺眼呢。”

刘兰：“可为什么这几天谁见着我都想数落我。我真搞不明白？”

杜欣："谁数落你了？"

刘兰："昨天吧，方探长非说我把他桌上的文件弄乱了，鼻子不是鼻子，脸不是脸的，把我痛骂了一顿，这我就生了一肚子气了。今天，克奇又来找我麻烦，非说我排的值班表有毛病，说我没脑子，我问他有什么问题，他绕了半天也没说出个所以然，最后才说了一条莫名其妙的理由，说女同志就不该值夜班。你们说说啊，让女同志值夜班又不是我的主意，那是处长决定的，我说了算数吗？干吗跟我过不去啊。你们说说，不是我长得不顺眼招人数叨，还能有什么理由？"

我和杜欣都笑了。

杜欣："克奇还挺关心我们的，真没看出来呀？"

刘兰："难道我不是女的？我不向着女同胞？可小万和小古他们一出差，处里还剩下谁了？不就我们几个吗？我们都不值班，那胖子他们几个就得把家搬这儿来，这不明摆着吗？再说，处长的指示，我也不敢不执行啊？克奇这小子也不知犯什么病了，他又不是女的，他急个什么劲呀？"

杜欣："咳，他不就是这么个挑剔的人嘛，你不让他闹点事，他寂寞得慌。"

刘兰："他倒是不寂寞了，可别人受得了吗？"

女同志不值夜班，这是我们处的老规矩了，除非有紧急情况。处长突然改了规矩，也确实是因为那阵子处里的人手过于紧张，这也没什么不好理解的，但不好理解的却是克奇，因为这确实不干他的事。可我相信，克奇之所以挑剔此事，绝对不是吃饱撑的没事找事，他一定有他的理由。我心里隐约有种感觉，他最近一段时间的怪异多少都与方探长有关。

回到办公室，我把新的值班表仔细看了一遍，的确，我和杜欣都被排在值夜班的名单上。我发现值班表上我有个夜班是和方探长一天，想必就是这件事让克奇心里闹得慌，他关心的不是女同志该不该值夜班，而是，女同志不该跟某人一起值夜班。他在担心什么呢？难道方探长是色狼？他为什么有这种担心？是丁瑶的出事让他有的这种担心吗？这种担心就会让他对值班表反应如此强烈吗？我想起他从学校接我回来的路上说的那些话，他说他和丁瑶从小就认识，也就是说他很了解丁瑶，那是不是丁瑶跟他说过些什么关于她和方探长之间的事呢？他究竟知道些什么事？咳，算了吧，可能是我想多了，可能就像杜欣说的："跟敏感的人接触会让人的联想非常丰富。"

我想告诉刘兰，如果把我和方探长调开，估计克奇就不会有什么意见了。可我不敢这样说，这样会让刘兰把事情想到别处去。

又过了一天，我发现值班表被改了，原定我和方探长一起值的那个夜班，改成我跟另一个男警察小薛一起值了，方探长被换成与胖子一起值班。我问刘兰为什么值班表改了，是不是克奇又说什么了？刘兰说这回不是克奇，而是方探长要求改的，方探长说那天他有事要办。哦，是这样，也许吧，也许他真的是有事，要不就是他也想到了那个问题——避嫌。事情还真的挺蹊跷啊。

蹊跷的事还有呢，就在我和小薛值班的那天晚上克奇出了车祸！克奇打来电话告诉我们有人想害他，在他骑摩托车回家的路上，一辆黑色奥迪把他撞进了沟里，现在他人已经在医院了。我的老天爷！

因为办公室不能离开人，我们急忙把此事向韩处长作了汇报，韩处长立即联络了分局政治处的人一起前往医院了解情况。

这晚上，我和小薛都心神不宁的，谁要害克奇？他有什么值得谁去动害他的念头？难道他在外面得罪什么人了？克奇爱吹牛抬杠这没错，可吹牛抬杠也不至于招来杀身之祸吧？我和小薛都觉得克奇准又是在制造"泡沫"，他善于如此，要是这样，这回他制造的泡沫可够大的，连分局领导都惊动了。

五

第二天上午，克奇跟伤兵似的来上班了。一看见他，我就笑起来。真不是我这个人没有同情心，他的样子实在太可笑了，他的头、胳膊都缠着绷带，脸一道子一道子的跟花瓜似的，走路还一瘸一拐的。

此时，办公室里的人都已经知道了克奇昨晚遇难的事，在他出现之前大家已经议论半天了，我们正商量着去他家看他，他就来了。大家立即围了上去。

"宝贝儿，是谁把你害成这样?"胖子忍着笑问。

克奇没好气地说："你也在怀疑之列。"

胖子："我昨晚和女朋友在一起，我有不在现场的证据。"

克奇："那难说，你就不会雇人去做了吗?"

胖子："咱俩好像没那么大仇吧?"

杜欣："行了，别贫了，人都伤成这样，你们还有心思开玩笑，克奇，来，坐下。"她把克奇扶到椅子上坐下。"到底怎么回事啊? 你跟我们说说。"

"是啊，怎么会发生这样的事啊?"

大家关心地等着克奇回答。

我倒了杯水递给克奇。

克奇把水杯放到桌上，表情有些严肃，"其实，我心里知道这是谁干的，但我现在不能说。"

胖子问："为什么?"

克奇："我当然有我的理由。"

小薛："行，随你，那就先说说经过吧。"

克奇喝了一口水，"昨天下班后，我去见了一个，嗯，就说是朋友吧，我跟他分手以后，大约晚上八点多钟，我骑摩托车回家，我刚过蝴蝶立交桥大约一站多地，就觉得好像有辆车跟着我，是辆黑色的奥迪，脏乎乎的，我现在想，也许它是被人故意弄得脏乎乎的，好让你不清楚它的状况，以后查起来困难。开始，我没太往心里去，以为是自己疑神疑鬼，可又过了一阵子，那辆车还跟着我，这时候，我真觉得有点不对了。那时，我已经到了花吉新村那条路上，你们知道花吉新村那条路吧，挺窄的，还坑坑洼洼的……”

小薛：“知道，那边的路好像修了有好几年了，老是修修停停的。”

克奇：“对，就是那条路，旁边有条河你们记得吧？”

大家点点头。

克奇：“在离那条河大约几百米的时候，那辆奥迪突然朝我开过来，紧紧贴着我，想把我挤到那条河里去。说真的，如果我在那里被挤下去，就冲我当时开的那速度，我必死无疑，可他哪知道，咱开摩托车的水平也不软啊，当我发现他的意图时，我就拼命往前开，在它前面画龙，尽量不让它开到我的侧面。我们就这样大约跑了七八公里，在快到一个路口的时候，他妈的，真不巧，突然从斜路上蹿出一辆出租车，我急忙躲它，就这时候，奥迪赶了过来，好在这时我已经离开那条河了，旁边只有小河沟了，他妈的！没办法，我只好减速，于是……”

胖子：“于是你就被挤沟里去了？”

克奇摸摸受伤的胳膊：“那你以为呢，我能飞过沟去。”

胖子：“我靠，那怎么不能，这会儿你就不该减速，应该加速才对！”

克奇：“别逗了，你根本不了解地形，再说黑灯瞎火的，我知道我会飞哪儿去啊……”

胖子：“真他妈笨！面瓜！要是我……”

胖子是我们这里驾车水平最高的，美国总统克林顿来华访问时，他曾被叫去开过警卫车，连那些洋保镖都称赞他的车开得有水平，所以他最不能忍受别人跟他争论驾车技术了，在这些问题上，他要不把你说服了，你就别想跑。

克奇："要是你早上西天了！别站着说话不腰疼，你以为我脑袋不是肉长的吧？"

杜欣："行了，行了，别瞎争了。哎，你看清那辆车的车牌了吗？"

胖子："甭问，根本就没顾上！"

克奇："什么没顾上？它就没车牌！"

杜欣："那开车的人，你看清了，他什么样子？"

克奇："是个男的，别的……"

"克奇？你怎么来了？"韩处长走进来，"不是说让你好好在家休息吗？"

克奇笑笑说："我不是还没散架吗？"

韩处长："回去，回去，回去，都什么模样了？再说，你跑出来怎么也不跟你妈说一声啊？手机也不开，害得你妈四处找你。"

克奇："哦，我没开手机吗？"

现在，我们似乎没什么理由不相信确实是有人要故意害克奇了，可那人是谁呢？做警察，好像还真难有消停的时候，不是这事就是那事，我们好像每天都生活在问号世界里，大脑总要不停地转，不知疲倦地转，在关键的时间里，慢一点，就可能出大事。

我们大家好像还有一大堆话想问克奇，但他生被处长拉到他的办公室去了。

就在韩处长拉着克奇离开办公室那会儿，方探长拿着杯子进来倒水，他看见克奇的样子，愣了一下，"你，你怎么了？"

克奇："我嘛，被疯狗咬了一口，不过，您不用担心，我有九条命！"他说话时，看着方探长，那表情显得很不友善。

方探长目送着克奇和韩处长走了出去，问在场的人，"他怎么了？出什么事了？"

胖子："昨晚他被人开车撞沟里去了。"

方探长："哦？是意外？"

胖子："不是，好像是什么人故意干的。"

方探长："故意？是什么人？"

"谁知他在外面惹着谁了？算他命大！"

从方探长进屋的那一刻，我就一直盯着他看，观察他每一个反应，那种不安的情绪又来了。为什么？说不清，也许是克奇灌输给我的某些东西在起作用吧。这时，我看见方探长微微皱起了眉头，满脸思索。他完全没有注意到我正在观察他。此刻他在想什么呢。我真想知道他在想什么。他走到饮水机前，把杯子放在出水孔下面接上水，然后，眼皮也没抬一下就转身走了。

这天，我的思绪一直被克奇的事控制着，我有一种强烈的愿望去找克奇，听他把他没告诉大家的那些话说出来。而这一天，方探长似乎很忙，几乎一天都没回办公室。

晚上下班前，我给克奇打了个电话，我说我想去看他，并把他喜欢的游戏盘带给他。克奇说："你来可以，但别问我什么事，如果你想问什么的话，那你就别来了。"

我问："为什么？"

克奇："因为我什么也不想告诉你。"

"只是不想告诉我，还是谁都不告诉？"

克奇笑了，"套话是吧？告诉你，除了我自己，我谁都不告诉。"

"你指哪件事？"

"就是你想知道的那件事。"

我说："好，好，我不问，我不问，我什么不都问，行了吧？"我不问才怪呢！不给你问个底儿掉才怪呢，"那我可以去了吗？"

"好吧，顺便给我带10根冰棍儿。"

"好，没问题，我给你带20根，算我请客。"

克奇将我领到他家楼下的一个茶园。这家茶园的生意很差，整个晚上也没见几个人光顾。我们俩先谈了谈天气和他的伤，又谈了谈那阵子流行的游戏，以及电视里说的一些新闻……我看得出来，他和我一样心不在焉。可不嘛，这些废话本来就不是我们今天想交流的主题。

克奇边聊天似乎边在心里盘算着是不是该告诉我一些事，而我也在盘算怎样才不会被他一口回绝。如果当时他没有带我到这里来，而是去一个比较热闹的场所，我估计要让他说出点什么还真要费点事，而这个地方太安静了，太适合说秘密了，在这样的环境里，即便我真的什么也不问他，想必他也不会憋着什么都不说的。我心里暗自高兴，看好时机直奔主题。

我问："克奇，究竟是谁撞了你？你为什么不能说？信不过我啊？"

克奇早有思想准备，"哎，电话里说好的，不谈这件事，你不守信用吧？"

"虽然我很笨，智商没法跟你比，可我相信一个人的智力水平再高也不如多个脑子去想问题周全，你现在不告诉我，万一哪天再出点什么事，恐怕你想告诉我都来不及了。"

克奇笑笑，"你咒我啊？可我必须承认，你的话有点说服力。"

"哦？这么说你愿意告诉了？"

克奇："我不告诉你的原因首先是我认为现在还不是时候；第二，我也的确不太相信你。女人都是感情用事的动物，而你，尤其如此。"

我说："而我猜，你不告诉我最主要的原因，是因为这件事与我认识的人有关，对吧？"

克奇似乎没想到我会这么直截了当，他看着我没有回答。

"你不回答，那就是喽？"我紧盯着克奇的眼睛，"我认识这个人吗？"

他还是没有回答。

“是……方探长？”我追问。

克奇有些无奈地笑笑，“我干吗要答应见你？这不是自投罗网吗？”

“你答应见我是因为你需要有人诉说。”

“可你像是在逼供。”

“我只是在推测。”

克奇不露声色地反问：“你为什么会想到他？是第六感觉吗？”

“还有第七感觉。”我假装神秘地说。

克奇：“第七感觉？我还是头一次听说。”

“所以说，一个人的智商再高，也不如两个人的。第七感觉在科学上叫光子信息感觉，你不知道吧，简单地说，有时候，有人在身后注视着你，虽然你不知道，可你却能感觉得到。”

他想想说：“哦，这就是所谓的第七感觉？不过，我做事从来不凭感觉。”

“也就是说，你怀疑方探长是那个想害你的人，是有真凭实据了？”

克奇：“有真凭实据，那就不叫怀疑了。这是严重的逻辑错误。”

“克奇，咱们别兜圈子了，累不累啊？你就不能痛快一点吗？这一切究竟是怎么回事？你为什么认为方探长会对你做那种事？说出来，我帮你分析分析嘛。”

克奇摇摇头。

“为什么？求你了，不要拒绝别人的关心好不好。”

克奇想了想，“这么说吧，如果……我说如果，有人告诉你，胖子，不，还是杜欣吧，你们俩关系最好，如果有人告诉你杜欣是个罪犯，加入了一个犯罪团伙，你信不信？”

我张大嘴巴，“克奇，你的这个比喻实在是太恐怖了，这怎么可能？”

克奇：“为什么不可能？”

“因为我不仅熟悉她，而且了解她，所以我说不可能!”

“你看，这就是你，你太容易相信概念的东西。而这恰恰是你我的区别所在，也是我恰恰不能告诉你们的理由，我把我的想法讲给一个我不认识的人听，都比讲给你容易接受得多。”

“那好吧，那你就当不认识我好了，当我们是萍水相逢，我会尽量去忘掉所有那些你所说的概念性的东西。”

克奇：“你不会。”

“我会。”

克奇还是摇摇头，“这很难。”

“看，你也很容易相信概念性的东西，不是吗?”我用他的逻辑反驳了他，我觉得自己非常聪明。

克奇：“看来定期回回炉，深造一下，还挺有用的嘛。”

我笑笑，“那是当然，学习总会让人有所进步的。”我看着他问，“怎么样?”

他还在犹豫。

“要不这样吧，如果你真的不想告诉我撞车的事，那我们换个话题吧，我们谈谈丁瑶怎么样?”

克奇笑了一下：“我可以假装没看出来你是在跟我玩迂回战术。”

我也笑笑：“那你也假装没看出来我有点狡猾吧。其实，对你来说，装一次傻不会让你有什么损失。”

克奇：“关于她你想知道什么?”

“你所了解的一切，我记得，你说过，你们从小就认识。”

克奇：“对，我们是邻居，从幼儿园到上小学，我们都在一起。她比我大，嗯，大四个月吧。”

“你们一直关系不错，是吗?”

克奇点点头：“小时候我们常在一起玩，在她8岁那年，她随父母去了外地，后来父母双双在一起工程事故中去世，直到她回来上大学时，我们才又见面，那时她18岁。她当警察还是我建议的呢，她大学读的是经济管理，本来是想进企业的。早知道她会有今天，我真不该建议她来当警察。”

“丁瑶的父母去世后，她跟什么人一起生活？”

“跟她的养母，她以前是丁瑶母亲最要好的同学。”

“没有其他人了？”

“她养母有个儿子，一直在国外生活，好像早就加入外国国籍了。”

“哦，他们的关系怎么样？”

“非常好。我听说是这样，是丁瑶自己说的。”

“那你和丁瑶呢？你们是那种无话不说的朋友吗？”

“嗯……算不上吧，她是个不怎么爱讲话的人。”

“那你，那你爱她吗？”我问得有点唐突。

克奇扬了一下眉毛，“爱？”他沉吟了一下，“不！”

“是真的？”

他避开我的目光，“你想哪去了。我们就是朋友，是发小儿，没有其他关系。”

可我从他复杂的表情中看出，不是“不”而是“是”。这是一个疑点，我要记住这点。

“她曾经跟你谈起过方探长吗？”

克奇点点头，“对，那当然。”

“她怎么说？”

“很多。但都是一些工作上的事。”

“她对方探长是什么印象？是好人还是坏人？”

“好人坏人？”他笑了一下说，“你真逗，我们是小孩子吗？实话说，她对方哲这个人感觉很好，有点追星族那种感觉。”

哦，这倒跟我的感觉很相似。

克奇叹口气说：“女人啊，有时幼稚得就像孩子。”

“大家都说她爱上方探长了，是这样吗？”

克奇：“也许是吧。只不过，我不认为她这是一厢情愿。”

“也就是说，你认为方探长也爱她？”

克奇沉吟了一下，“对于他方哲，我不想用爱这个字眼。也许‘勾引’两个字对他更合适。”

这是偏见，是基于同性之间的那种偏见，但我不想因为过早地替方探长辩解而让他失去说下去的兴趣，于是接着问：“丁瑶对方探长的感情是她亲口告诉你的，还是你自己猜的？”

克奇：“开始她并没有告诉我，我问她，她也不承认，也许是因为我也是分局的人吧，直到后来发生了那件事……”

“什么事？”

“方哲将丁瑶写给他的信，嗯，就说是情书吧，散发出去了。”

“什么？你说什么？散发？”真难以置信，“怎么回事？”

克奇：“他把丁瑶写给他的情书，夹在人民来信中发出去了。”

啊？

克奇：“结果，所有人很快就知道了，哼，他这招真是太损了。”

方探长会这么做吗？真太意外了！

在我们那里，各部门都会不时地收到群众反映问题的来信，我们叫它“人民来信”。秘书处在收到信后，会通过机要员把它们分别交给相关部门的领导们研究解决，在这些领导批示后，再通过机要员把它们返回分局秘书处。如果方探长把情书当人民来信发了，机要员倒不一定知道，可秘书处的肯定知道。

“你是怎么知道这件事的？是秘书处的人告诉你的吗？”

克奇：“不。是丁瑶亲口告诉我的。那天，她给我打电话约我晚上见面，我猜，她肯定出了什么事，不然她不会是那种语气。下班后，我们一起到外面吃饭，她看见我，还没张嘴就先哭了，我问她出什么事了，她开始还是不肯说，我问了半天她才把这件事告诉我。她说那天闵队长不知从哪儿听说了情书的事跟方哲吵了起来，说方哲不地道，正好被她听到了，她一气之下去质问方哲，她来找我那天，就是刚刚跟方哲吵架之后，从那天起，我才知道她对方哲是什么样的感情。咳，真是愚蠢，居然爱上这么一个人。那天她哭得眼睛都肿了，我跟她认识那么多年，从来没见过她那么伤心过。”

我说：“咳，真是的，方探长也太不小心了！这也真是够伤人的。”

克奇：“不小心？我看他是故意的！像方哲这么精明老道的人，能出这种错？鬼才相信呢。”

“他有什么理由要故意这样做？”

克奇：“他当然有他的打算，他那是为日后证明自己清白无辜做的一种铺垫。他真是太狡猾，太没人味了！”

“铺垫？”

克奇：“现在不就是这种结果吗？局里上上下下都认为丁瑶是因为遭到方哲拒绝后，想不开才自杀的。”

“你认为不是？”

克奇摇摇头：“没那么简单，丁瑶不是心胸狭隘的人，要因为这点痛苦就去死，那她早就死好几回了！”

“你总不会认为她的死是他杀吧？”

“这很难说。总之，我知道她这么一死，有人就合适了，就可以高枕无忧了。人死了，什么也说不清了。”他愤愤不平地喘着粗气。

“克奇，你别激动，我不知道你这么固执地认为丁瑶的死另有原因，是不是你还知道些什么，反正凭你刚才说的这些，真的不足以让我相信方探长会害丁瑶，或许是你某种心理在……”

克奇：“对，我知道你想说什么，你干脆说是我瞎猜的吧，我倒真希望这是我瞎猜的！这样，我们大家就都可以心安理得了。可……可如果一个女人死前对你说，‘我不该做警察，不该爱我不该爱的人，不该知道我不该知道的事……’你会怎么想？什么是‘不该知道的事’？谁是‘不该爱的人’？如果她对你说，她每天都生活在恐惧中，就像站在悬崖边上，随时都有掉下去的危险，你会怎么想？”

“这是她的原话？”

克奇："你以为这是我凭空编造的？是我吃饱撑的没事编人家的故事？我有病啊？"

"那她没告诉你那些让她恐惧的事是什么？她没说吗？"

克奇："如果她说了就好了，她也不会出那样的事了，可惜，她什么也不肯对我说。她太封闭自己了。"他长长地叹一口气，"丁瑶，你怎么是这种性格……"

我们俩沉默了一阵，我听克奇像是自言自语地说："不管怎样，我相信，恶有恶报，善有善报，不是不报，时候未到。"

他的话真让我浑身发冷，我说："克奇，你没有依据就这样说方探长，是不是有点过分啊？"

克奇："过分吗？你知道黑道都怎么称呼他吗？"

"黑道？"

克奇："老大，方哥，方老板。"

"你是说方探长是黑道上的人……"

克奇："说黑白两道更准确。"

"好吧，假定你说得对，假定方探长不是什么好人，他下黑手也得有个理由啊，你既然什么都不知道，他们为什么要对你下黑手呢？"

克奇："你终于把话题绕回来了。"

"是啊，难道你知道他们的事吗？他们为什么会把目标对准你呢？"

克奇皱起眉头沉思着说："坦白说，这也正是让我觉得不可思议的地方。撞车以后，我一直在想，这件事跟丁瑶的事有联系吗？或许我还得罪过其他什么人？我把当警察以来能记住的案子都想了一遍。"他一脸困惑地摇摇头，"咱们处的案子你也知道，基本上都是老外，哪有什么大不了的？所以问题只能出在丁瑶这件事上。可关于她，除了我刚才跟你说的那些，我也真不知道什么了。会不会是……"

"他们以为你知道什么，以为丁瑶对你说过什么，对吗？"

他沉思着点点头，"要么就是我最近的动作……"

“什么动作？”

他没回答，顺着自己的思路说：“如果说以前我对丁瑶的死仅仅是出于某种怀疑的话，他们这次行动反而让我更坚定了自己的判断。尤其是……”

“什么？”

“这不会是时间上的巧合……”

“你在说什么？什么时间上的巧合？”

克奇，“你记得方探长那天早上骂刘兰的事吗？他骂她翻了他桌上文件。”

“怎么？难道是你？”我惊讶地问。

克奇思考着说：“他为什么这么敏感？为什么我刚翻了他的文件就有人出来撞我，这是巧合吗？该不是我打草惊蛇了吧？”

“可你干吗要翻方探长的文件？你想找什么？”

克奇：“我听刘兰说，她曾在方哲的桌上看见了一份关于丁瑶自杀的调查报告，我想看看内容，想看看里面有没有什么有价值的东西，可我没找到。”

“所以你认为……”

克奇微微点头。

我想起方探长那一整天的反常，难道是这件事让他心神不宁吗？是因为发现有人在暗中调查他所以不安吗？还是因为别的什么事让他焦虑？他为什么焦虑？紧张什么呢？之后，克奇就出事了……我不敢想下去了。

我担心地看着克奇，“克奇，如果事情真像你说得这么严重，你该跟领导汇报啊，你汇报了吗？”

克奇：“我只是把经过告诉了他们，其他的……”他摇摇头。

“为什么？”

“方哲这人是个黑白两道都玩儿得转的家伙，这次对他的处理就是证明，在我没有证据之前，我不想说得太多。”

“你不说，他们就不问吗？你可是当众说过你知道是谁害你的。”

“我告诉他们说我没想好，等想好了再说。”

“克奇，我真不理解你，你既然这么怀疑方探长，为什么不把你的想法说出来，也许他们比你知道得多，当时就会给你个解释，这不就排除你的某些怀疑了吗？”

“你想得太简单了，我知道我的对手是什么人，我可不能像你那么轻信。再说，我就是把我的怀疑都告诉了他们，他们没有证据，又能怎么办？”

“由组织出面调查总比你单干要好吧？”

“难道组织没调查吗？一个专案组对方哲调查了一个多月，调查出什么了？”

我不知道该说什么，心里很乱，真的很乱，跟乱麻似的，而脑子却忽然一片空白。

克奇：“要不是你今天非逼着问我，我本来也不该把这些事告诉你。这不完全是信任不信任的问题，我觉得有些事，对于你或我身边的什么人来说，知道得越少越好，知道多了没好处，反而可能会害了你，丁瑶走了，这已经足以说明问题的严重性了。我不想害人。”

“你想当大侠？单枪匹马地深入虎穴吗？如果事情真像你说得那么严重，对手那么强大，那你不是太冒险了吗？”

克奇：“丁瑶是我的朋友，无论怎样我都不能看着她死得这么不明不白而不闻不问。但这与其他人无关，至少目前如此。”

“那你想怎么做？”

克奇叹了口气：“我……还没想好。”

我说：“克奇，坦白说，我确实不相信方探长是你所说的那种人，也许是我太幼稚太没脑子了吧，可即便如此，即便我的用意是想证明方探长是好人，也不妨碍我帮你搞清楚真相，这点你不怀疑吧？”

克奇严肃地看看我，不置可否。我不知道他在想什么，也许他在想，在他日后的行动中我不帮倒忙就算不错了，但说不定什么时候，糊涂蛋也有糊涂蛋的作用，至少他们非常诚实。

“再说吧。”

“哦，对了，”谈话快要结束的时候，我突然想起一件事，“那天你说出事前，你刚好去见了一个朋友，我能知道那人是谁吗？”

克奇：“嗯……以后吧，以后我会告诉你，但现在我不想说。你也别再问为什么为什么的了。知道吗？我今天真被你问烦了！很烦！”后面的话，他是笑着说的。

我朝他做了个鬼脸。

因为事情过去一段时间了，我不知道关于那天的谈话是否记清楚了，不过大概就是这样。我们分手的时候，天已经完全黑了，克奇在门口为我叫了出租车，临走的时候，他问我：“你来看我的事，别人知道吗？”

“不知道，大概没人知道吧。我是在外面用手机给你打的。”

“好，到家后给我来个电话。”

我回到家，给克奇打了个电话，报了平安，感觉自己好像开始进入了某个角色，某部小说里的角色。

这天夜里，我做了一个噩梦，梦见丁瑶站在悬崖边上眼泪汪汪地看着我，她的样子好可怕，她穿着便服，披散着头发，脸色惨白。我问：“是谁害了你？”她看着我说着什么，可我一句也听不见，我试图靠近她，但她惊恐地朝我摆手，像是在制止我，就在我又向前迈进一步的时候，她的身子向后一退，从悬崖边上掉了下去！我被吓醒了，浑身是汗。一种复杂的感情涌上心头，我忽然非常想哭，“方探长……”我心里叫着这个名字，惘然若失！

六

克奇因为受伤，有半个月没来上班，而同事们似乎对他被撞的事并没显出太多的关注，这也许是因为他平时说话泡沫太多吧，也许大家从一开始已把那事归到克奇"聊斋"里了。我相信，如果他们知道克奇在茶园里跟我说的那些话，准不会这么想。

我几乎每天都跟克奇通电话，心里非常担心他，越看不到他，心里就越不放心，不知道他又会于无声处炸出什么惊雷。但还好，他身上的伤让他只能乖乖地在家待着。每天通话时，他都不厌其烦地向我打听方探长的"行踪"。比如"他今天去哪儿了？什么时间回来的？""他今天见了什么人？""接了谁的电话？""他有哪些反常的表现"等等，尽管我回答他的提问时，心里很不舒服，可我还是这样做了，就像个可恶的密探。可就是这样，克奇还总认为我说得过于笼统和轻描淡写，他甚至也不相信我把所有看到的事都告诉了他，其实，我都告诉他了，只不过也确实是轻描淡写。我为什么要渲染？唯恐天下不乱吗？克奇，真抱歉，尽管我也想知道真相，我也在努力从方探长那里发现什么，可我与你的目的不同，可以说完全相反。

不久，克奇回来上班了，他对方探长的敌意似乎完全写在了脸上。我能理解他，可让我不能理解的却是方探长，他对克奇明显的敌意表现得麻木不仁，毫不在乎，既不奇怪，也不反抗，就好像克奇对他的态度原本就在情理之中。请你试想一下，假如，你来到一个新的环境，一个人总是莫名其妙地用敌视的眼神看你；当你和他擦肩而过时，他就像不认识你爱答不理的；每当你一张口说话，他就跳到你的对立面挑剔你，难道你就不奇怪？你就不想问问他哪不对？对不正常的现象有所反应才应该是正常的，反之，就有问题了。而方探长对克奇的态度就绝对属于不正常，他要么是在装傻，要么是在容忍，但绝不是没有察觉。无论是装傻还是容忍，都必有原因。要么有短儿在人家手里，要么是等待反击的时机，总之，都不是我所希望的。咳，世界上许多事就怕你去深究，深究多了，苦恼也就多了。弄不好，还会把自己给“深”进去。

七

元旦过后，同事们因为节日值班而开始了轮休。原定的值班表再次被打乱。这天快下班时，胖子忽然给我打来电话，说家里有事让我替他值这个夜班，我答应了。下班后，当我看见方探长还在办公室忙着，才突然意识到，今晚的这个夜班是我和他。当我告诉方探长今晚的夜班由我来顶替时，他稍微惊讶了一下，问了问原因，没有多说什么。

吃过晚饭后，方探长就一直关在屋里接电话，他屋里的电话铃声此起彼伏，足足让他接了两个小时。我坐在值班室的桌前，漫不经心地看着杂志，本也没想去偷听他的电话，可他的门虚掩着，接电话的声音不时从门缝里传出来，我的注意力不由自主地就被吸引过去。方探长跟电话里的人高一声低一声地侃着，他有时叫对方“领导”“兄弟”，有时叫“孙子”“王八蛋”“傻×”什么的，不时还夹杂着亲昵的脏话和情不自禁的笑声，显然，那些电话似乎都是熟人打来的。黑白两道吗？我的脑子里冷不丁地冒出了这个词儿。也许黑白两道的人就是这个样子吧，他们上通大官、大商人、大明星，下通小流氓、小地痞、小商贩。然后天下就都是他们的了，他们任意践踏法律，为所欲为。可怕！这种人真可怕！利欲熏心，没有良心！没有灵魂！我可不是指方探长，是指那些真正走黑白两道的坏人。

方探长最后接的一个电话，好像是谁要约他出去喝酒，我能听见他在一个劲地推托，但过了一会儿，他走出房间告诉我，他有事要出去一趟，让我有事给他打手机。在他说话时，我一直观察着他的表情，想看出是否有“敌情”，可他的表情非常平常。

他走的时候已经是晚上9点多了，我预感今晚将会是一个风平浪静的夜晚，我准备再看一会儿电视，然后就去睡觉。明天我可以告诉克奇，我和一个危险分子值了一夜的班，平安无事。

大约晚上9点半的时候，方探长办公桌上的电话又响了起来，我以为他一定是锁了办公室的门后走的，可我走到他门口时发现，他的办公室并没有锁门，于是我走进去抓起他桌上的电话，“喂，你好。外事处。”

“方哥在吗?”来电话的人是个男的，他的声音低而急促。

“请问您是谁?”

“他在吗?”

“他这会儿不在。”

“他不是值班吗?”

“他临时有事出去了。请问您是哪位?”我想起上次接电话被骂的事，不敢怠慢，连忙追问。

“他带手机了吧，我打他手机吧。”

“喂，请问……”

电话里面“咔哒”一声。

“喂，喂，喂，喂。”我焦急地喊着。

电话里传出“嘟嘟”的声音。

我是不是又犯错误了?我不安地放下电话，忽然觉得电话里的那个声音好像有点熟悉，可一时又想不起来，咳，猪脑子，真没用!没过几分钟，电话铃又响了，我急忙又拿起电话，“喂?”

“海棠，是我。”是方探长的声音，“我有事可能要晚点回去，你睡觉前，把我办公室门锁上。你那边没事吧?”

“哦，方探长，刚刚有人给您来过电话，可还没等我问，他就挂了，他说他会给你打手机。”我又着急又心虚地说，真怕被他再骂一顿。

“我知道了。别忘了锁门。”他不等我回答，就匆匆挂了电话。

我放下电话，长出了一口气。脑子又回到刚才的问题上，那来电话的人是谁呢？为什么那么熟啊？“方哥？”“方哥？”哦，对了，好像是那个人，那个叫馒头的老板，在处理那个酒鬼现场的时候，我们见过面。方探长说有事，难道就是去见他？他们……

门“咣当”一声被风给吹上了，吓了我一大跳。我急忙走到门口，伸手去开门，当我的手摸到门把时，忽然有个念头涌了出来，我想到了克奇说的那份关于丁瑶死因的调查报告。现在就我一个人对吧？方探长刚刚打过电话，肯定不会很快回来，如果克奇在这里，他一定不会放过这样的机会的。我像个贼似的把办公室的门从里面锁上了，然后站在原地，静静地观察着屋里的一切。

方探长的办公桌上很整齐，文件、书报有条理地摆放着。我轻手轻脚地走到桌前，想起了上学时学过的密搜课程。在侦查工作中，这是一个细活，出不得半点差错，任何一个微小的错误，都可能引起被搜查人的警觉，从而导致无法估计的后果。如果你的对手是个精明的人，或者受过同样的专业训练，那他就可能设置“敏感”记号，比如将一根头发夹在笔记本中，以此来确定是否有人动过他的东西，而方探长是警察学院毕业的，就属于受过专业训练的人，没准还跟我学过一样的课程。我踌躇着，如果他真的设置了“敏感”记号，那我不是跟克奇一样又“打草惊蛇”了吗？放弃吧，我转身朝门口走去……“不，不会的。”我站住脚，如果他不想让人看见他的东西，他有的是方法保护它们，何况他的办公室也没被宣布为禁区，每天出出进进的人也多着呢，他即便想设置敏感记号，也根本起不了什么作用，我很快就推翻了自己的想法，再次回到他的桌前。

我在他的文件堆里翻了一阵，没有发现克奇说的那个“调查报告”，却发现了一个牛皮纸档案袋。袋子的外面没有写明文件内容。我快速地打开袋子，从里面翻出了几张照片。天呢，那些照片快把我给吓昏过去了。

那是几张凶杀现场的照片，两具尸首已经被人肢解了，尸首变成了血淋淋的肉块儿，在现场勘察人员的灯光下，人头，还有肉块儿，血肉模糊地拼在地上……“哟！”我的心里一阵恶心，晚饭吃的东西直往上顶，眼泪都出来了。实在是太恶心、太恐怖了！我捂着嘴，浑身汗毛都立起来了。

“铃……铃……铃！”值班室的电话忽然急促地响了起来。

这铃声响得也真是时候，差点没把我的魂给吓没了。我顾不上镇静一下自己，手忙脚乱地将照片放回牛皮纸袋，哆里哆嗦地打开房门，离开了方探长的办公室朝值班室冲去，两腿软得好像不是自己的了。

这是警局内线电话，是花园派出所打来的，派出所民警告诉我，有个老外在出租车上，不知什么原因，突然从后面掐住司机的脖子，差点出了车祸，司机把人拉派出所来了，让我们去询问一下情况。直到听他说完案情，我的心还为刚才偷看的那几张血淋淋的照片在怦怦地跳。

“他，那老外喝酒了吗？”我问。

“看样子不像。应该没有。”

我挂上电话，看了看手表，已经10点多了，我收拾好出现场的东西，想给方探长拨个电话，通知他这个现场，但又一想，那个老外反正已经被带到派出所了，如果需要什么支持，那里有的是警察可以帮我，我不必非要有他在身边才能处理。于是我跟车队约了警车，准备前往派出所。

我走到方探长办公室门前，想要帮他锁上门，可就在这时，他桌上的电话再次响了起来。老天爷，这晚上可真是够忙活的。我走进屋，拿起电话，说道：“喂，外事处！”很奇怪，电话里半天没人说话，只有噪音，就是马路上的那种噪音。

“喂？请您说话？”

“‘发糕’（咕噜咕噜咕噜）……”一个男人……不，应该说完全就像个男鬼的声音，含混不清地说着。

“什么，您说什么？”

“‘发糕’（咕噜咕噜咕噜）……”

"发糕？什么发糕？您是谁？"

那声音太怪了，无法叫你相信那是人的声音，甚至不可能是大舌头，因为再大的舌头说话也不可能发出这种怪异的声音，就像一个人藏在水里或者是外星人用着什么鬼才知道的传声器在跟你说话。在半夜，在这空空的办公室里，那声音让我觉得害怕，特别是面前不远处就放着那装着"肉块"的牛皮纸袋，这种氛围……

"发糕……"

"我不知道您说什么？我什么也听不清，您再重新拨一下吧。"

我挂上电话等着，心怦怦地跳着。也许是电话信号出了问题，这是常有的，由于信号原因，人说话的声音有时会发生变形。我让自己镇静。那会是谁这么晚来电话呢？没过两分钟，电话铃又响了，"喂？"

"'发糕'！（咕噜咕噜咕噜）'发糕'！！……"那"水鬼"又来了，那咕噜声急促起来，假如那是、那是一个水鬼在说话，我感觉它像是急了。

"什么发糕？你神经病吧！我们这儿可是警察局！"我这样说着，"咣"地挂上了电话，我真的害怕了，假如不是急着去出现场，我很可能会告诉我们的技侦部门去查一下那个恐怖声音的来源的。我心惊肉跳地走出方探长的办公室，锁上门，朝电梯口走去。

我把楼道里所有的灯都给打开了，我不想让自己伴着脑子里那阴森可怕的声音，独自走在黑黑的楼道里。是打错了吧？可能是打错了，我把自己的恐惧都归于那几张肉块儿照片，不然，我可能不会这么害怕。走进电梯，我从镜子里看见自己惨白的脸，起了一身鸡皮疙瘩，我安慰自己说："不就是几张凶案现场的照片嘛，有什么可怕的？如果你连照片都不敢看，那人家那些经常出此类现场的警察呢？还不得疯掉？那么我真的适合做警察吗？我看着镜子里的自己自问，也许我的选择从一开始就是错的。"

我想起当初报考警察学院的情景，多少人都问我：“你想好了吗？不是一时心血来潮吧？那可是要经历很多残酷的场面的？”特别是我的家里人，他们对我的选择反对了好长时间呢，他们并不是仅仅是因为警察的平均寿命短、牺牲率高才反对的，而是因为觉得奇怪，我们家几辈子里没人做过警察，他们不明白是什么因素让我做了这样一个选择，时下，在中国经济飞速崛起的时代，钱显得比任何时代都可爱，哪个女孩子不想去做个高薪白领，而要去出生入死地去当什么警察？其实当时我的想法很简单，就是狂热地喜欢上了阿加沙克里斯蒂笔下的大侦探波罗，还有那些让我兴奋不已的破案电影，比如《替罪羔羊》《七重罪》，比如《本能》……破案这工作实在是太有趣了，太有吸引力了。再加上我一向不怕走夜路，我会在同学聚会后，半夜三更，大步流星地独自一个人走着回家。跟其他女孩子比，我觉得自己的胆子比她们大很多。但现在看来，可能我是高估自己了。

我在警车上给方探长发了条短信，告诉他我前往的方位和去做的事情。等我快到派出所时，他才把电话打过来。他问我：“你自己可以吗？”

我说：“可以，应该没什么问题。”

方探长：“好吧，你先处理，有什么问题，给我打电话，我这边完事马上赶过去。”

“不，不用了，有事我会给您打电话的。”我可不是你想的那种废物，我心里说。

我到派出所后，值班民警领我朝后院的一个小接待室走去。

“那个司机怎么样了？伤得厉害吗？”我问。

“不厉害，只是被吓得够呛。这种怪事，人一辈子也难赶上一回。他算是中大奖了！”

“呵呵，司机人呢。”

“我们已经让他回去了。”

“是外事的吗？”

我身后忽然传来一个女人的声音。我回头借着院子里微弱的灯光看了看说话人，哎，这不是方探长的爱人，陆所长吗？我记得她以前不是这个派出所的。

我回答：“是。我是，陆所长。”

也许是因为陆所长是分局少有的女所长及赫赫有名的方探长夫人，哦，应该说是前夫人的缘故吧，分局的人都认识她，但她却并不太认识我。

陆云走近我，皱着眉看着我问：“怎么深更半夜就来你一个女的？你们那儿的男人都死光了吗？”

哇，真不客气！

我想说是方探长跟我一起值班，可又不知道妥不妥，于是支吾着说：“他们有事去了。”

陆云：“我记得你们那儿平时都是两个人值班的，今天应该谁在？”

没办法，我还是回避不了这个问题：“是、是方探长。”我小声说。

陆云看看我，“方……你说方哲？”

灯光太暗，我看不清她的表情，只感觉语气很不客气。我点了一下头。

陆云：“他去哪儿了？该值班不值班？”

“不知道。说是有点事儿要办。”

陆云：“有事？哼，天底下就他忙，现在还没给累死，真是个奇迹。”她不满地看着我说，“你们这也叫值班？谁想去哪儿就去哪儿？”

她的口气，让我有点生气，方探长是你以前的老公，也许这还让你保留着随便数落他的权利，可你也不该对外事处的工作指手画脚啊，再说，你又不了解情况。

“你回去告诉他，告诉你们那位姓方的同事，让他别老借着工作的名义去花天酒地！最后再把自己给玩死！”她气哼哼地说。

走前她看看我问："你叫什么来的？"

"海棠。"

"好吧，小刘，你带她过去吧。"她嘟囔着说，"早知就你一个女的，我就不给你们打电话了，这三更半夜的。"

这算是一种关爱吧，如果没有丁瑶的因素，我会这样认为的。

让我惊讶的是，那个老外不是别人，正是马修，就是在馒头那个饭馆喝多的那个小伙子，他看见我，有点不好意思。他告诉我，是因为那个司机装傻充愣故意给他绕道，他才这么做的。那也不至于上去就掐人脖子，绕道也不是死罪，他的解释实在让人不能理解。我不得不怀疑马修有什么精神方面的问题，于是联系了他们的使馆，让他们核查此人的精神状况。使馆很快就来人把他接走了，并答应有什么结果会马上通知我们。他真要是有什么精神方面的缺陷，我们可能就要责令其离境了。

在我走到警车前，正准备离开派出所的时候，方探长开车过来了，他问了问我情况，点点头，"好！干得不错！辛苦你了！"他显得有些疲倦，浑身散发着汗味儿。"哦，你出来之前又接到过找我的电话吗？"

"没有。"

"嗯。"他微微皱了皱眉头想着什么。

"除了一个打错了的。他总是在说'发糕'，我听不明白给挂了。"

"发糕？"他看着我。

我把"发糕"的电话描述了一遍。

他听着，忽然像是意识到什么，掏出手机低头看着，"他妈的！"

"怎么了？"

"我手机什么时候没电了？"

"那个'发糕'是、是找您的吗？"

“唔……他还说什么了？”

“他说话呜噜呜噜的，我……”

“回去吧。”他转身朝自己汽车走去。

我有些茫然地看着他。

回来的路上，开警车的司机问我：“你现在跟方哲一起啊？”

“对。他调我们这里来了。”

“哼，真行。真有道儿。”

我看着他，“啊？您说什么？”

“我说他真行，他会外语吗？”

“据说不会。”

“那还不奇怪？”

“这有什么奇怪，他会办案啊！我们那里也不是所有的人都会外语。韩处长他们几个老同志都不会。”

“哼，人家这才叫会玩儿呢。”

“会玩儿？”

“是啊，犯了再大的错误也能平安无事。”

“您是指丁瑶那件事？”

“哼……算了，当我没说。”

我打量了他一会儿，“听您的口气，您好像不喜欢他？”

“不喜欢。”

“为什么？”

“不够哥们儿。”

“怎么不够哥们儿？”

“嗯……”他想了想，“‘2·18 枪战’听说过吗？”

“您说的是刑警让歹徒围了的那件事？”我兴奋地问。

“嗯，你也知道吧，当时里面就他和闵队长两人，他身上本来有子弹，可他愣说没有了，可当那帮拿枪的家伙逼近他的时候，嘿，人家枪又响了，你说，这不是装孙子吗？”

“……”

“换了别人，生死关头，咱不好说，几颗子弹就能决定谁死谁活，可那是闵队长，是吃一锅饭混起来的，多少年了，没日没夜的，他们可不是一般的交情，别的不说，咱不是他们刑警队的人，知道的事情没那么多，可就冲那件事，就是闵队长送方哲的母亲去医院那件事，那可是我亲眼见的，闵队长好人啊！他方哲这样做太不够意思了。”

我看着他的表情，他似乎非常感慨。我问：“那次是怎么回事？”

“那天，方哲的母亲不知吃了什么，上吐下泻的，邻居发现后，急忙给分局打了电话。当时方哲不在北京，陆所长在哪儿，我不记得了，反正正好两口子都不在身边。那天闵队长正发高烧，刑警队的车又都出去了，分局让我把闵队长送医院去输液，路上闵队长接到电话后，二话不说就往他家赶，到了他家，他背上方哲的母亲就走，我看他把那老太太背下来时，衣服几乎都湿透了。那样子，真是……您想，发着高烧的人，多虚啊，我那天也真是没有眼力见儿，怎么就没上楼帮他一把。路上，闵队长还一个劲儿地安慰那老太太，咳，真是……就是自己的母亲生病也不过如此吧，我当时就想，靠，我要是有这么个哥们儿，这辈子都值了！方哲这人，真不够意思。你看他平时那德行，吆三喝四的，和社会上那些‘大老’勾勾搭搭的，就他这号人，不出事才怪呢。”

我看着司机，不知道该说什么。

回到分局已经是半夜了，我一头栽到床上，脑子昏昏沉沉的，我决定把所有想不明白的事留给明天，于是呼呼睡去。

半夜，我被隐隐约约的电话声吵醒，那电话好像是从方探长的房间里传出来的，电话铃响了几下就没声了，可能是方探长接了电话，都几点了，他还在忙活？

我重新闭上眼睛，心想，该不又是什么“馒头”，或“发糕”

打来的吧？他们不会是黑道上某个团伙的代号吧？不一会儿，我听见开门的声音，然后是脚步声，有人朝我的房间走来，我睁开眼睛，屏住呼吸紧张地听着，那脚步声在我的门口停了下来，我的心提到嗓子眼儿，我以前听说有个夜里在庙里作画的画家，就是被外面的脚步声给吓死的，此刻我虽不是在庙里，但想到复杂的敌我斗争存在于各个领域，警察局也不例外，我真能体会到那种惊悚的感觉。又过了大概几秒钟，应该就几秒钟吧，当然，我指的不是心理时间，心理上的时间起码也得有十几分钟，那脚步声离开了。我再也睡不着了，我真想给克奇打个电话，告诉他，我这一晚上是怎么过的，我想对他说，你说得对极了，女同志真的不该和某人一起值夜班，如果她不想被吓死的话。

第二天早上，我起得很早，这是我从上学时就养成的习惯，我发现方探长办公室锁着门，开始我还以为他昨晚睡得太晚，可能这时还在睡，到了快8点的时候，他屋里电话响个不停，可一直都没人接，我才知道，那里早就没人了。

八

“昨天夜里有现场？”克奇看着我问。

“嗯。”我想我的脸色一定很难看，被他看出来了，不然他怎么知道有现场？

“什么事？”

我把老外跟出租车司机的事给他叙述了一遍。

“几点完事的？”

“大约12点吧。”

“但你怎么好像一夜没睡？”

可不，几乎是一夜没睡。但我没接他的话茬。要不是他的态度显得那么神经过敏的话，也许不等他问，我就会把昨晚的一切都讲给他听，也许还会朝着于他判断有利的方向添点油加点醋，可现在，我想象得出，即便我用再平淡的语气叙述关于昨晚发生的一切，“肉块照片”“发糕”“半夜脚步”，还有司机的那番话，都一定会让他像听说了“9·11”事件那样亢奋起来。实话说，对他的那种斗志昂扬，我总感到有些危险，不知道那会让他走到什么地方去。

“你是跟方哲一起值的班？”

“是，有什么问题吗？”我的语气有点强硬，他这话问的，真让人搓火！就好像我一夜没睡与跟方探长一起值班有什么不好的必然联系似的。

他似乎看出我不悦的表情，“哎，你别生气啊，我没有别的意思，我只是关心你，因为你看上去真的很疲倦，真的。跟见鬼似的。”他盯着我的眼睛，一脸狡猾。讨厌！

“谢谢你的关心，鬼知道你怎么想。”

我们的谈话就这么结束了，我那一肚子本想从他那里找点答案的疑问，也不知该跟谁去说了。

韩处长见我一上午都没精打采，哈欠不断，还没到午饭时间，就把我轰回家睡觉去了。我一觉睡到下午4点，还没等我完全清醒，克奇就把电话打了过来，“Hello，是我，怎么还在睡啊？”

“干吗？”

“我想晚上请你吃饭，去不去？”

“不去。”

“为什么？心情不好？”

“我为什么心情不好？”

“因为你正在渐渐地否定你心里的偶像人物。”

“谁是我心里的偶像人物？”

“嘿嘿，你倒是去不去？”

“你又想从我这里探听什么情报？”

"别这么说，好像我是狗仔队似的。其实，我是想跟你交换一下情报。"

"交换？这么说，你的侦查工作有进展了？"

"怎么样？"

"可我没的跟你交换。"

"你有。"

"我有什么？"

"那个昨晚跟你一起值班的家伙，难道不是溜溜儿忙活了一整夜？"

这家伙鼻子还真灵。

"你听谁说的？该不会你昨晚一直藏在分局某个角落偷窥吧？那你可太可怕了！"

"想知道吗？想知道的话，吃饭的时候，我可以告诉你。"

"你为什么不能现在告诉我？"

"现在？当今社会科技水平这么发达，万一谁给我的电话安了窃听器，那我不就完全暴露在光天化日之下了吗？我可没那么傻。"

"好吧，你说吧，去哪儿？"

我在克奇说的一家饭馆里找到了他，他已经来了一阵子了。

"嗯，脸色好多了。"他一见我就是这话，"睡了这么一大觉，现在脑子清楚了吧？"

"我脑子一直就挺清楚的。"我白了他一眼。

"那好，把昨晚的事情跟我说说吧。"

"怎么？不交换了？那我走了。"我假装站起身要离开。

"哎，别呀。"他见我没真走的意思，笑着说："我以为就我这样喜欢探听别人的事呢，原来我们是同类。"

"喂，给不给饭吃啊？人家可从中午就没吃饭，饿着呢。"

克奇笑笑，叫来服务员点了菜。克奇今天的心情显得格外地好，不会是因为他的秘密调查真有什么进展了吧，我有点担心地想。不瞒您说，在最近这段时间里，我很怕他心情好，他的心情一好，我的心情就面临变坏，就好像我们俩正在朝两个方向拉车，谁都不愿朝对方的方向走。

我们下面的对话是在边吃边聊中进行的。

我问克奇："你先告诉我，你是怎么知道方探长昨天忙活了一整夜的？这个消息不作为交换内容。"

克奇："这还用问吗？他跟韩处长请假回家睡觉了，毕竟他方哲也是人啊，无论有多么大的野心，该睡觉还是得睡觉。"

这消息太不值钱了！

他接着说："除此之外，我还有其他证人。"他看了我一眼，得意地笑笑。

"什么证人，我可没说什么。"

"当然不是你。"

"那是谁？"

"胖子。"

"胖子？"

"方哲昨天夜里给胖子打了个电话，他告诉胖子他有事要出去，他让胖子回来陪你值夜班，可胖子放下电话就睡着了。哎呀，方哲同志还挺会心疼女同志的嘛。"

"这是什么时间的事，我怎么一点都不知道？"

"据胖子说，大概夜里3点左右。"

"3点？"我回想了一下，那正是我听见有脚步声的时间。

"哦……难怪我听见有脚步声。"

"脚步声？"他警觉地看着我。

我只好把半夜听见脚步声的事跟他说了，"哎呀，当时真快把我吓死了。"

"这或许正是他的意图。"

"什么？什么意图？"

"把你吓死！"

“别胡说了。克奇，你没病吧？你的推断怎么越来越离谱了？他吓死我干吗？我又没得罪他，再说，如果他真是想吓死我，那他为什么还要给胖子打电话让他来陪我呢？这不是自相矛盾吗？”

“那胖子来了吗？”他反问。

“……”

“没来对吧？”

我反驳说：“那是胖子的事，你总不会认为方探长给胖子施什么魔法了，让他来不了吧？”

“那他为什么偏要给胖子这种嗜睡如命的人打电话？处里难道就没其他人了。”

“胖子好说话呗，这不明摆着吗？”

“你呀，你知道你是哪种人吗？”

“哪种人？”

“你就是那种人家把你卖了还帮人家数钱的那种人！”

“得了吧。”我不服地嘟囔了一句，而你呢，绝对是聪明反被聪明误的那种极端分子。我虽然嘴上不服气，但他的话却让我想起了那些恐怖的照片和那个恐怖的电话，说真的，它们的确差点把我吓死了，这是巧合吗？

“你在想什么？”他好像发现了我表情上的变化。

“没想什么。”

“不对吧，你肯定在想什么，该不会昨天晚上还有其他事？”

“你说好要交换的啊，别耍赖！”其实我知道我最终会告诉他一切的，只是我目前还没想好该怎么告诉他才不至于导致他犯病。

克奇：“我答应你的事一定会做的，绝不会反悔的，我让你说出来的原因，是怕我要说的事影响你的客观陈述。”

我审视了克奇一阵，他似乎不像是在瞎说。“那好吧。”于是我把那天整个晚上的事给他叙述了一遍，我是从方哲走后，我接了馒头的电话开始说的，并告诉他我认为那个馒头就是华容饭馆的老板，然后说了想找“调查报告”却发现了“肉块”照片的事，说了出现场之前接到的那个“发糕”电话。尽管我开始叙述之前，告诉自己要尽量保持平和的语调，但一叙述起来，就不由自主地进入了身临其境的状态。

在我叙述的过程中，克奇几乎没有插话，全神贯注地听着，只是在我说完“馒头”又说“发糕”时，他禁不住笑了一下说：“全是面食啊。”等我全部叙述完之后，他沉默了一会儿问我：“你怎么想？”

“嗯？”

“我是在问，你对昨晚的事怎么想？”

“我、我只是觉得……”

“恐惧是吗？”

我没有否认，“嗯，有点儿吧。”

“有点儿？可你刚才的表情告诉我，你昨晚被吓坏了。”

“是吗？也许……”

“所以我说，昨晚的一切都是他方哲有意安排的，那些照片还有那个电话，都是他精心策划的。”

我看着克奇，“精心策划？为我吗？”我摇摇头，“难道我是他的敌人吗？”

“但你是我的同伙，至少他这么认为。”

“他凭什么这么认为？”

“方哲可不是傻瓜，你看他平时装得跟没事人似的，其实他什么都知道，不然就不会有那次车祸了。”他停了一下又说，“我估计那次你来看我的事，他早就知道了。”

“你是说，他估计到了我会受你的指使，趁没人的时候进他的办公室偷看他的东西？所以才把照片放在那里的，对吗？”

克奇点点头。

“我不信，他是下班的时候才知道胖子刚刚跟我换班的……”

“他安排这一切很容易，对他来说再容易不过了。这不需要什么准备。女人天生就是胆小鬼。”

“你说的这些未免太危言耸听了吧。我不相信方探长会因为想吓唬我动这么多脑子，这也未免太、太那个了。”

“你不相信，我也没办法，总之，我提醒你，事情很复杂，它远比你想象的要复杂得多。今后，你必须多加小心才是。”

“好吧，我会的。说说你的情报吧，也让我知道知道，事情究竟有多复杂。”

克奇用筷子搅动着盘子里的菜，沉吟半天后说：“我见了……丁瑶的养母。”

“哦？什么时候？”

“其实我找过她好几次了，但每次都被她拒绝了。你还记得我跟你说过，撞车那天我去见了一个人吗？”

“是啊，记得，你见的就是她？”

“对。丁瑶去世后，我就一直想跟她谈谈，看她知道些什么情况，可她一听说我也是警察，死活不肯见我，我一找她她就说，‘该说的都已经跟你们领导说了，求你们别再来麻烦我。’她根本不听我解释。我猜，她是对警察的调查或者对方哲的处理有抵触，于是有一天，我给她打了个电话，我告诉他，我和丁瑶是从小长大的朋友，跟丁瑶的父母都很熟，我说我有一些跟丁瑶的通信要交给她，开始她还是推托，又过了几天，她终于答应见我。我撞车那天，就是刚刚跟她分手。”

“你真的有许多丁瑶的信吗？”

“是有一些，但都是她在外地的时候写给我的，都是很早以前写的了。那时她还很快乐。”

“那她跟你说了什么？我说的是丁瑶的养母。”

“那次见面她什么也没跟我说，只是把丁瑶自杀那天的情况跟我大概说了说，关于当时的现场，她说的和我知道的基本没什么出入，她也相信丁瑶是自杀的，她认为这都是因为方哲不地道才出了这样的事。”

“怎么不地道？”

“她说丁瑶曾经跟她讲过，方哲曾答应要离婚，然后和她结婚。可他欺骗了她。”

“所以她就想不开死了?”我想用“归谬法”来反驳他的逻辑。

“喂，你别这表情好不好?”他很不满地说道，“你还想不想听啊?”

“好，好，好，我错了。你接着说吧。她还说了些什么?”

“没了。”他好像真的有点生气了。

“行了，快说吧，我保证不再乱发表意见了。”我忙笑着说。这时候，在他还什么都没告诉我之前，我可不想得罪他。

“哼，真没劲。”

“我错了，我错了，还不行?你都大侦探了，别那么孩子气行不行?”

克奇:“哼，我说的时候，你尽量别插嘴啊，别来打断我的思路。”

“好，好。我不插嘴。”

克奇接着说下去，“我问她，丁瑶去世前有什么事发生吗?为什么她告诉我她感到十分恐惧?我把丁瑶对我说的‘好像站在悬崖边上’的话跟她学了，她说不知道，但我肯定她知道，她只是不想说而已。”

“你为什么那么肯定?”

“因为，她的表情不对。她听我说的时候，反应似乎很平静，不，实在是太平静了……”他回忆着当时的情景说，“假如她真的不知道，就应该是……比如你现在这样，一定会很惊讶，然后追问，毕竟她是丁瑶的养母，她们在一起生活十几年了，跟亲生的没什么两样。就她们这种关系，当有人告诉她有关她女儿生前的一些反常现象，她能不关心吗?而且，这些事情还可能是导致她女儿自杀的真正原因。”

我点点头，很同意克奇的分析。

“我问她：‘丁瑶去世前，您真的没感觉到她很恐惧吗?她什么都没跟您说吗?’她摇摇头，看上去，显得很有顾虑。她在顾虑什么呢?是有什么原因让她不能说?还是有什么原因让她不敢说?”

“你是在说有人威胁她?”

克奇点点头,“前天晚上,我忽然接到了她的一个电话,她告诉我以后不要再找她了,关于丁瑶的事她不想再提了,她希望我也不要再跟其他人提这件事,她说方哲前几天去她家里找过她。”

“方探长?找她做什么?”

“是啊,我当时也问她,方哲想干什么?他去都说什么了?可她不肯告诉我,只是说今后不要再找她,说丁瑶已经死了,再说什么都于事无补,她也不想再节外生枝,因为她还有儿子、孙子……”

“她这话是什么意思,听上去好严重哦,难道是方探长威胁她了?”

克奇:“你说呢?难道还有其他可能吗?”

这样说来,方探长确实太可怕了。假如他和丁瑶仅仅是大家理解的那种桃色事件,那出了这等丑闻,惹麻烦的人肯定应该是想躲得越远越好,尤其是对那些恨他恨得牙根疼的死者家属,他不躲还等什么呢?等着让人用吐沫淹死他吗?可他……

我忽然想到,也许有其他可能?比如方探长找丁瑶的养母也像克奇一样是想了解什么呢。这样想也合理。

克奇听完我的话,摇摇头:“如果是这样,那丁瑶的养母就不会那么害怕了,她是受害者,又掌握着别人秘密的重要线索,她的表现应该是理直气壮才对,而不是害怕。”

“你能确信她是害怕吗?这不会是你的错觉吧?”

克奇肯定地说:“我确信。特别是在听你说了昨晚的事后,我更加确信。”

“昨晚的事,和这……这两件事怎么能扯上关系呢?”我很困惑。

“当然能。这两件……不,还有撞我的那件事,其实都很明白地说明了一个问题,方哲在极力堵住可能泄露他秘密的出口,他在通过各种途径警告他身边可能接近他秘密的人，别去蹚他这条河！”

哦！事情真是比我想象的要复杂得多！

“那你还想再去找丁瑶的养母吗？既然你那么肯定她知道些什么。”

“也许吧，我要先看看再说，失去女儿，已经够让她难过的了，我不能给她太多压力，但我会找合适的机会让她把她所知道的一切都说出来。”

“这样，你不会再招来什么杀身之祸吧？”

克奇笑着说：“有你为我报仇，我怕什么？从现在起，你，海棠就是我伸张正义的同盟军和见证人。你愿意吗？”

“嗯，我、我愿意。”我不很坚决地回答，真有点硬着头皮，“假如最终结果真的证明你是对的话。”

“这点毋庸置疑，你会看到的。”他信心十足地回答。

我看着克奇，看来他正在有计划有步骤地接近那秘密的核心目标。也许是我所不希望看到的结果——方哲是个十足的恶魔，即将在不久的将来被证明。此刻，我觉得自己的心像是被人一刀从中间劈开了，那分开的两半在互为敌人，互相厮杀。如果不是因为我必须替克奇保守秘密的话，我真想直接去找方探长，问问他，你到底是什么人？好人还是坏人？丁瑶是不是被你逼死的？

九

世上是否真有上帝我不知道，但每当我被困惑围着感到无助时，我真的希望他存在，希望他能在冥冥之中给我们这些“迷途的羔羊”指点迷津。

这天，处里的同事都去分局礼堂开会了，我被要求留下值班。没过多一会儿，派出所的一个同事不知什么事，把正参加会议的方探长从分局礼堂找了回来，两人关上门在他的办公室里聊了大约一个多小时，然后，派出所的人走了，那时离散会的时间也没多久了。正好这个时候，我接到了使馆方面转过来的函件，证明马修没有精神方面的问题，他们认为他的行为只是个性方面的原因，那也就是说，我们可以让他继续留在中国了。一些经历让我认为，个性有缺陷的人，经常是麻烦不断的。我觉得该把这个结论告诉方探长，万一马修那小子再惹出什么麻烦，我们不至于把他当做精神病人对待。

我来到方探长的办公室，他正在看照片，我仅仅扫了一眼他手中的那张照片，就知道他看的是什么了，那些照片曾吓得我魂不附体。可他，他看照片时的表情就像是在欣赏一张普通的家庭合影。这个比喻有点不恰当，也许说他看照片就像医生在看 X 光片一样坦然比较好些。

“您、您在看什么呢？是现场照片吗？”

“是啊，有什么事吗？”他放下手里的照片，看着我。

我把关于马修的那份函件内容告诉了方探长，他摇摇头，“咳，这些烦人的家伙，整天浪费我们的宝贵时间。”

我凑到方探长面前，装出第一次看见那些照片的样子，“这、这是什么呀，好恐怖啊！”然后快速地看了看他，想知道他是不是看出我在装傻，如果像克奇说的那样，这是他“故意”的杰作，那他心里一定会嘲笑我在演戏。

可方探长没什么特别的表情，他拿起其中一张照片，“这是我两年前接手的一个案子，很血腥是吧？”他见我正咧着嘴，于是这样问。

“是什么案子啊？能讲给我听听吗？”

他看看我笑笑说：“你不害怕？”

“不怕。”这当然不是实话，“您给我讲讲吧，我很想知道。”

“嗯。”他低头看看手表。

“您还有事吗？”

方探长："嗯，还有时间。"

他开始点烟，我能看出他此刻心情不错，虽然还是微微地皱着眉头，但那与平时不一样。

"那是两年前的事了。"他吐了口烟，"有天凌晨，我们接到报案，说有人在一个小区住宅门口发现一些血迹，于是我带着几个人赶了过去。到了那儿以后，我们发现那房间门口的确有几滴像血一样的东西，但房门怎么叫也叫不开。几个邻居对我们说，那房间里住的是两个哑巴。我们撬开了房门，同时联系上了房主。我们进屋一看，好家伙，就是照片上这种情景，两具被人肢解了的尸体就那么摆在屋子中间，周围都是血，简直像到了屠宰场似的。那两个人身上什么证件都没有，房主说，他根本不认识这两个人，跟他租房子的是个叫阿冰什么的外地人，好像是来北京打工的。他说，那人付了一年的租金，以后谁也没再见他露过面。我们对这两具尸体进行了检查，我们推断他们死了大约才三个多小时，也就是说，那罪犯早上四五点钟才从这里离开，我们找了周围一些人了解情况。旁边的邻居说，夜里一点多的时候，他曾听见屋里有来回走动的声音，感觉里面好像有很多人，他也没太在意，因为这里经常来人，来的人还大多是哑巴，所以只能听见屋里的动静，听不见说话。由于很多哑巴的思维跟其他人的不太一样，再加上他们也不愿意跟人交流，所以邻居们都不太管他们的事。根据这个情况，我们一边寻找那个叫阿冰的租房人，一边找来了几个哑巴，让他们来辨认尸体，为此，我们还特意把市局哑语专家找来跟他们对话，好，那个费劲。"他笑笑，摇摇头。

我也笑了，我能想象出那种情景。

"当时我还学了几个哑语手势，你知道这是什么意思吗？"他用手比划了几下。

我笑着摇摇头，"你，嗯……我？我不知道了。"

"这意思是，'你别害怕，我们会帮助你的。'"

"呵呵，真逗。您以前没办过哑巴的案子吧？"

“不太多，有也就是小偷小摸的，没什么太大的事。”方探长深深地吸了口烟说，“那些日子，我们打交道的人几乎都是哑巴，当时闵队长也在，按他的话说，他的头都被他们比划大了。”听他提到闵队长，我认真看了看他，他没表现出任何不自然。

“经过几个星期的辨认工作，谢天谢地，终于有个人认出了死者，他在看到死者的那一刹那，表现得非常害怕，浑身不住地颤抖，脸都青了，真好像看见了鬼似的。开始，我们以为这只是他对血腥场面的一种恐惧反应，可他告诉我们的事当时吓了我们一跳，他告诉我们，其中的一个死者姓王，是外地一个斧头帮的老大。”

“一个哑巴？”我惊讶地问，

“对，不仅他是个哑巴，这个团伙里的人都是哑巴。我们急忙跟当地警方取得了联系，经他们辨认，此人正如那个哑巴说的，是斧头帮的头子，是他们一直在追踪的对象，这个人，就是这个哑巴老大，领着一帮手下专门在繁华的都市行窃、行抢，非常嚣张，警察也不被他们放在眼里。一个月前，就在当地同行们准备对他采取行动时，他突然从警方的视线中消失了，据说这个人做事心黑手狠，谁敢挡他的道，违背了他的意志，他们不是被剁手就是被剁脚。他的手下，有好几个都被他弄残了。”

“唔，真可怕！太恶了！”

方探长接着说：“像他这种人，真是死有余辜，那究竟是谁杀了他？从肢解行为和他的身份来分析，我们有理由推测，这可能是一起仇杀案件。经过摸底排队，有几个嫌疑人进入了我们的视线，但调查了一段时间后发现，我们怀疑的那些对象好像都不是。就在一筹莫展的时候，我们的一个耳目了解到了一个重要的情报，说那个团伙的第二把手和第三把手早就对这个姓王的不满，虽然他们都有不在现场的证明，但，很有可能他们是雇凶杀人。当我们把视线集中到那两个人身上时，他们都已经逃之夭夭。这个案子真让我们费了不少脑筋……”他的话说到这里戛然而止，似乎陷入了沉思。

“那、那后来呢？”

方探长又沉默了一会儿，从沉思中回来，“嗯？后来？后来案子就破了呗。”他笑了笑。

“怎么破的？你们抓住凶手了？”

“那当然。”他眼睛望着前面，似乎在想什么，“要不是他，我们的案子还真不知道要拖多长时间。”

“谁啊？他是谁？”

方探长：“你还记得我们值班那天晚上，你接的那个电话吗？就是你说听不清他说什么的那个……”

“哦，您说那个‘发糕’？”

“嗯。”他点点头，“他以前也是个聋哑人，后来经过医治恢复了一点语言功能，所以你听不出他在说什么。一般情况下，他都是通过短信跟我联系，可那天我的手机忽然没电了，他只能给我打电话，可又说不清，呵呵，真难为他了。”

“哦，是哑巴，难怪。我还以为是外星人呢。可、可那‘发糕’是什么意思？他为什么老重复说‘发糕’？那是联络暗号吗？”

“暗号？”他哈哈大笑起来，“你想哪儿去了，他那是在叫我，他叫我‘方哥’，被你听成‘发糕’了。”

我不好意思地笑了，“哦，是这样……那这个案子是他帮助您破的吗？”

方探长感慨地说：“有他很大的功劳。他本来是个很胆小的人，但在我们的说服下他还是答应了为我们工作，他通过很多渠道帮助我们暗中查找证据，冒了很大的风险。你知道，哑巴这个圈子是很难相信外人的。”

“哦……”

“这个案子扯进去了我们许多朋友。”他喃喃地说。

我想，我知道他说的“朋友”指的是什么，他们是那些业余为公安局工作的人，他们生活在不同的社会领域，有着不同的社会背景和身份，可能是商人，也可能是学者或者艺术家，他们因为不同的原因，本着不同的信念和目的，在各自的社会圈子内为各类侦破工作起着积极的作用，他们中，有些是心甘情愿的，有些是迫不得已的，有些是阳奉阴违，有些则是为了正义的事业随时准备赴汤蹈火的。对于这些人，我们称他们为“特情”“耳目”“线人”……但工作中，我们常称他们为“朋友”。有些人，可能会几年、十几年也派不上用场，可一旦案子需要他，他就会出其不意地行动，有的可能就因为一次行动暴露身份后，“朋友”生涯就结束了，有的则可能为此而献出了宝贵的生命。

我想起那天那个哑巴来电话的情景，于是问道：“那天他来电话，是不是又有什么急事啊？都怪我太着急、太糊涂，没问清楚。”

他点点头，“当然是有急事，非常紧急，不过，你也不可能问清楚。幸好你及时告诉了我，不然就坐失良机了。”

“啊？坐失良机。”

“我们就是那天夜里将凶手抓捕归案的。”

“什么？您是说，两年前的案子，到那天才……”

方探长点点头，然后笑着说：“纳税人又要说我们是草包了。呵呵……”

“那凶手到底是谁啊？”

“是这个团伙的第二号人物。”

“哦，原来是内讧。”

去开会的同事们这个时候都陆陆续续回来了，可我根本没注意他们。我好像还有好多问题想问，但一时又不知道该问什么。

方探长又看看手表，“好了，该吃饭了，我要出去一下。”

“哦。”我站起身。

在我到水房洗碗的时候，克奇也正好去洗碗，他从墙上的镜子里看着我，“怎么？又听什么英雄故事呢？”

我也从镜子里看着他，“不行啊？”

克奇嘲讽地笑笑，“哼，又被人家忽悠晕了吧。当心点儿，错误的崇拜可是要付出代价的。”说完他转身走去。

我看着镜子里的自己，脸上似乎还挂着刚才听案子时的兴奋，“忽悠？我被人忽悠了吗？”我问自己。

在去食堂的路上，我追上了克奇，“喂，侦探，我有情报卖给你。”

“那好啊。”

“今天这顿饭你请客。”

“小意思。说吧，是什么？”

“我知道‘发糕’是什么意思了。”

“什么意思？”

“是‘方哥’！那个来电话的人原来是个哑巴。”

“是吗？哑巴都会说话了？哼，听着都新鲜。是他告诉你的？”

“哎，你先别急啊，听我说完吧。”

我在路上，简明扼要地把方探长侦破哑巴案件的事情跟克奇说了一遍。其实，我的用意很明确，我想证明的是，克奇关于方探长那套想故意吓唬我的推论不成立。

“虽然，我必须用一顿饭来感激你告诉了我这些，但坦白说，我根本不信。”

“那是你的权利，可作为同盟军，我必须把事实真相告诉你，对吧？”

“事实真相也要看是谁说的，对吧？”

“你想说……”

“好了，去吧，一边数钱去吧。看卖你的钱数对不对！”

“得了吧，这次肯定是你的错，我敢打赌。”

“海棠，说真的，谁要不想把你卖了，都对不起你那傻劲儿。”

“不知咱俩谁才傻呢。”

“好了，别废话了，想吃什么，我去买。”他朝买饭的队伍走去。

咳，我真佩服这位老兄，什么事到他那里都能往歪里想，这不是自己跟自己过意不去吗？难道这种事还能是方探长自己编出来的不成？他就不怕我去刑警队问问别人？哼，克奇呀克奇，如果这次是你输了，看你有什么话说。

十

从方探长给我讲述了哑巴故事之后，有那么几天，我好像卸了一个包袱一样轻松，谁说一个小破笑话，我都会情不自禁地使劲笑，在处里或者在家，我都是这样。

那时，我多数时间都住在我姐家，因为她家离我工作的地方很近。有天晚上，姐姐见我被我小外甥女的一句话逗得前仰后合，不解地问：“你没吃错药吧？”她是个大夫，对人的情绪尤为关注，在她看来，那话不至于让我笑成那样，白痴似的。说实话，当时可能连我自己都没意识到，我开心的源泉只有一个，那就是，我开始相信很多对方探长的怀疑、猜测、不信任，来自克奇或者其他人的，都会随着时间的推移而烟消云散，哑巴的案件就是一个例证，尽管还有许多问题没有彻底搞清楚，比如克奇撞车的事，比如丁瑶养母的顾虑等等，但那些也只是时间的问题。我想起我们小时候读的那个“疑邻盗斧”的故事，很多事情就是这样，当你怀疑什么的时候，你怎么看怎么是，“视其行步，窃斧也；颜色，窃斧也；言语，窃斧也；动作态度，无为不窃斧也。”当你不怀疑的时候，怎么看怎么不是。心理，这是一个经常左右人们判断的重要因素，它所带来的后果，有时会让你走入误区。我当时认为，克奇就是那种“疑邻盗斧”的心态，那我呢？我对方探长的崇拜难道就不是吗？

我刚刚高兴没几天，事情就又发生了变化。这天，分局的人都看到了一份内部通报，表彰刑警队将哑巴犯罪团伙一网打尽。

我从外面刚刚回来，克奇就把这份通报放在我的面前，“看看吧，好消息！”

“什么好消息？”我接过通报的那一瞬间，发现克奇正用一种得意的眼神看着我，就好像他刚刚赢了一场赌局。

“你最欣赏的英雄故事。”

我来不及坐稳，就看了起来，上面立功人员和表彰人员的名单足足占了一页纸，最前面的就是闵建，闵队长，而唯独没有方探长的名字。我不解地看着克奇，“这、这是怎么回事？是不是他们搞错了？”

克奇笑笑，“也许吧。”他耸耸肩膀，“也许你该去政治处问问，我猜他们的回答一定会令你满意的。”

看着克奇的样子，我心里忽然升起一股无明火，“看到方探长倒霉，你就那么高兴吗？你真是个小人！”

克奇：“哎，你朝我发什么脾气？这通报又不是我写的。”他走到一边说，“往自己脸上贴金谁不会？可事实就是事实。”

“方探长这种人还需要往脸上贴金吗？在我眼里，他脸上的金已经够耀眼的了。”

他转过身，“对呀，你说得没错，既然他已经不需要往脸上再贴什么金了，那他干吗还要贴？嗯？只能说明他另有目的。”

我又掉进克奇的“井里”了。“我不想再跟你说了，在这件事上我们俩没有共同语言。无论怎样，我都不会相信方探长那天跟我说的案情以及那些细节全部都是在胡扯。”

克奇：“如果你连明摆着的事实都不肯相信，那就不是你的智力问题了，而是你的立场出了问题。”他也有些生气了，“这样的话，我也就不需要你来做我的同盟军了。因为你不够资格！”

“谁稀罕做你的同盟军啊？你除了拼命地把人往坏处想没别的。”

“那好啊，既然他是好人，我是坏人，那你现在就去找他好了，你去帮他好了，你可以告诉他我正在寻找他迫害丁瑶的证据，你去出卖我吧！”他的眼珠子都快瞪出来了，“去啊！”

“你别说得那么难听，谁想出卖你了？”见他生气，我有些不忍，因为毕竟这次他说的事是有真凭实据的，反而是我的心理在作怪，我软下来。“我只是说，你不该把什么事情都往坏处想嘛。”

克奇拍了一下桌子，“难道我差点被人撞死也是我自己想出来的？你没病吧？”他实在太不客气了，简直像疯了一样，我有点害怕。

“出什么事了？”韩处长、方探长和杜欣等人从外面走了进来，看见我们在吵，韩处长不解地问，“你们俩为什么吵？”

大家都看着我们。

我没说话。

克奇狠狠地瞪了我一眼，“哼，叛徒！”然后走了出去。

大家都看着我。

杜欣：“怎么了，海棠，你们俩为什么呀？”

“没事。”我低着头说。

杜欣：“真的没事？”

“没事，真的没事。”我偷偷看了一眼方探长，糟了，他正侧着头看着桌上的那份通报。我想把它收起来，但显然这样做不妥当。

韩处长：“哎呀，你们都多大了，一没事就瞎斗嘴，斗着斗着就斗急了。让你们干的事，你们都完成了吗？这克奇也是，最近也不知怎么了，一天到晚跟吃了枪药似的，招了这个惹那个。”

杜欣一直看着我，也许是女人天生的细腻吧，从她的眼神中，我感觉得出她并不认为我和克奇是在瞎斗嘴。

果然，杜欣找了一个没人的机会来问我了，“你和克奇怎么了？他为什么那么大吵大闹的？”

我没有说话，这是我和克奇之间的秘密，在他没答应我告诉别人的时候，我对谁也不能说，也包括我最好的女朋友杜欣。

“他干吗骂你叛徒？你做了什么对不起他的事？”

“我没做什么对不起他的事，那是他说的气话。”

“我问的就是这个，你怎么惹他了？让他生这么大的气？”

我低下头。

“你不愿意告诉我啊？那好，那我不问了。”

我看看杜欣，我真想把自己肚子里的话都向她倒出来，那样，即便她什么都回答不了我，我也会轻松很多。咳，秘密，我忽然觉得保守秘密真是一个很崇高的品德，因为这太辛苦、太辛苦了！

杜欣看着我为难的样子，“那……我该怎么安慰你呢？要不要我给你讲个笑话。”

杜欣真是太善解人意了！可我现在，没有一点心情去听什么笑话，哪怕它是最新出炉的，能让所有人听了都捧腹大笑的。

“杜欣，我想问你件事。”

“什么事，尽管问吧。”她微笑着看着我。

“你看过刚刚送来的那份通报吗？就是关于、关于刑警队破的那起大案。”

“你说是那个哑巴团伙案子吧。”

“对。你知道？”

“嗯，我早上看过了，怎么了？”她看着我说，“你跟克奇不会是因为那个通报在争吵吧？”

“我们就是因为那个通报在争吵。”

杜欣有些诧异，“怪事，通报说的是人家刑警队的事，这跟你们有什么关系？”

“其实没什么关系，只是，只是我有个疑问……而克奇他……”

“什么疑问？”

我把方探长给我讲案子的事告诉了杜欣，“所以我知道，方探长从头至尾都参与了这个案子的侦破，可为什么……”

“可为什么通报的名单上没有他？你是想问这个吗？”

我认真地点点头，“是。”

“嗯……”她沉吟半天才说，“据我所知，方探长最初是参与了这个案子，最初的现场也是他去的，但后来究竟是怎么破的，我就不知道了，也许他参与了，但不是主要的，也许是他后来就交给其他人去搞了，这都有可能……是他亲口告诉你的，这个案子是他破的?”

“他没这么说，但我从他的叙述中听得出，他的确参与了，而且还是主要办案人员，你知道吗，那个凶犯是我们值班的那天抓的，那天，方探长可是忙活了一整夜呢。”

“哦，这个问题，我回答不了你，因为我也不知道内情，我能告诉你的是，不是每次每个参与破案的人都会受到表彰，原因有很多，也许是他没做那么多工作，也许他在工作中有重大失误，也许因为其他的什么事，不便在某个时期对他进行表彰，也许……总之，有很多可能，表扬谁，不表扬谁，怎么去奖励有功人员，上面有他们全面的考虑，所以，你没必要替方探长抱不平，他心里应该比你清楚是怎么回事。”

是啊，他当然清楚，这会儿他不定多伤心呢。换了我，才不干呢。

“该表扬的不表扬，那岂不是太委屈人了。”

“做警察的，还怕这点委屈吗?”她微笑地看着我，那表情就像是她经历过多大的委屈似的。

“嗯，也许你说得对，但我真是搞不懂。就是觉得这样对待方探长不够公平。杜欣，你说，上面是不是因为方探长和丁瑶的那件事才决定把方探长从立功的人员名单中除去的?如果是这样的话，这简直就是功过不分嘛。错误归错误，成绩归成绩，怎么能混在一起说啊?”

“你别那么孩子气了。这不是我们该考虑的事。”

我可不认为这是什么孩子气。上面的考虑?什么是上面的考虑?我突然觉得，在我们这里，似乎什么解释不清的事都能被“上面的考虑”给说过去。

如果方探长没有重新回到郁闷的状态中，没有像从前那样用冷漠与其他人拉开距离，或许，我会相信杜欣所说的“他心里应该比你清楚”，但他不是的，他突然的沉默似乎表明，他对这个结果并不接受。几天里，他刚刚显得轻松了的情绪又跑得无影无踪了。

十一

克奇两天没有理我，我也没死皮赖脸地上赶着跟他说话，第三天他没有来上班，胖子告诉我他有事请假了，我担心他是因为生我的气才不来上班的，心里觉得很不安，我给他打了几次电话，想说几句软话让他消消气，可没找到他，也不知道他是故意不接我电话，还是真的不在。这事要搁在以前，我才不会这么惯着他呢，你有自尊心，我就没有吗？何况那天大家也都看见了，是你在恶狠狠地指责我，说我没资格做你的同盟军，骂我叛徒什么的，就差说我同流合污了，道歉的人本来就应该是他。可现在的情况不一样，他的安全要比我的自尊心重要得多。虽然他对敌情的推断没准都是“疑邻窃斧”的瞎想，可毕竟，确实有人用车撞过他，还差点要了他的命，这是不可否认的事实。我正担心着克奇，杜欣来叫我，说韩处长让我到他的办公室去一趟。

韩处长是从桌子后面钻出来的，他好像正在满地找着什么东西。

我问：“您在干什么呀?”

韩处长：“找笔，刚才还在这里，怎么又不见了?”

“那不是就在您耳朵上呢吗?”

“哦。”他摸摸耳朵，难为情得像个孩子，“瞧我这脑子。我真是老糊涂了。”

“才不呢，老爸，您哪儿算老啊？绝对正当年。”我跟他开玩笑。

“海棠啊，你也学会拿我开心了。”他嘴上这样说，但我知道他心里很高兴。

韩处长已经59岁了，还有一年就要退休了。他经验丰富，为人谦和，能团结下属，在任何棘手的问题面前，都能表现得沉着冷静，四平八稳。他一点也不威严，也从不跟谁红脸，很多时候，他不像我们的头儿，倒像是我们的家长。所以大家总喜欢跟他开玩笑，叫他“老爸”。他从不偏向着谁，不，我说得不完全对，在工作安排方面，他常常公然地向着女同志，为此，胖子他们几个经常抱怨说男人在这个处里是“弱势群体”。如果用一个词来概括韩处长的话，中庸，我想是最合适的。

我曾几次劝说克奇把心里的疑问告诉韩处长，我认为他可以谁都信不过，但他没有理由信不过我们的老爸，他可算是什么都见过的老前辈了。但克奇不肯，他执著地认为方探长疏通黑白两道的功力不可估量。既然他这么坚持，我也只能不对韩处长说什么，我不能去破坏克奇的计划。

韩处长问我：“你跟克奇那天究竟是怎么回事？”

“哎呀，没什么事，闹着玩的。克奇那人，您还不知道，不就爱争强好胜吗？”

韩处长好像不太相信我说的，“是吗？你们俩之间真的没什么矛盾。我看他那样子都快把你给吃了。”

我笑着说：“没事，真的没事。”

韩处长：“没事就好，你知道，我是最讨厌是非了，它除了削弱我们的战斗力以外没有任何好处。”

“您可真是的，怎么比我还幼稚，您讨厌是非，是非就不存在了吗？世界上哪有没有是非的地方？”

他停了停，看着我问：“克奇最近是不是有什么心事啊，为什么总显得对工作上的事心不在焉似的？”

“是吗？我，我不知道。”

“还有，他跟方哲之间有什么过节吗？怎么看他们之间总是那么别别扭扭的。”

“没听说。”我只能撒谎，“您认为他们之间有什么问题？您找他谈过吗？”

“我找过克奇几次，他总是说没有，那我就只能先当他没有好了。你们这些孩子，没一个让我省心，什么事都不告诉我，我一个老头子上哪儿知道那么多事。”

“我才不信您说的呢，我猜您心里什么都知道，只不过不肯说而已。”

“你是说我是装傻？”

“我哪儿敢呢？您是我的领导，得罪您，您还不得给我小鞋穿。”

“嘁，这孩子。”他笑了，“我是那种人吗？”

我嘿嘿笑了一下，“当然不是，不过……老爸，我想问您一件事。不知当问不当问。”

“什么事呀，还神神秘秘的？”

“关于克奇上次被人开车撞的事，分局调查了吗？有什么结果吗？”

“哎，我说最近你们都怎么了？怎么突然轮着来找我问这件事？前天胖子和杜欣来问，昨天方哲，今天是你。”

哦？方探长也在关心这件事？这有点让我意外，因为从表面上看，方探长对克奇的事没一点兴趣，完全不像克奇对他那样。“那有什么奇怪的，我们都很关心克奇呗。”

“分局已经把这件事交给刑警队去办了，可他们说，一直没有找到那辆撞他的奥迪，不过，他们还在找，有消息他们一定会告诉我们的。”

“哦……”

“海棠，克奇跟没跟你说过，他怀疑什么人？”

“没有。”

“真的没有？”

其实，这一刻，我真的很犹豫，真想把克奇心里的那些疑问告诉韩处长，让他帮帮克奇。但我还是决定不说，“哎哟，老爸，他连您都不告诉，难道会跟我说吗？您看他平时跟我说话的样子，哪把我放在眼里啊。”

“你是说他知道什么，但不肯说出来吗？”

啊，天呢！是我说漏嘴了吗？

“我，我是瞎猜的。”

“海棠，你跟我说实话，他跟你怎么说的？”

“我确实是瞎猜的，我真的什么都不知道。”

“那为什么胖子说他知道。”

“那您问胖子去吧，也许他跟胖子说了，反正没跟我说。”

他看着我，像是在考察我说话的真假。

“海棠，我可告诉你，如果真是有人想要克奇命的话，那这件事情可不是儿戏，你知道吗？搞不好，会出大事，你如果真的什么都不知道也就算了，可你要是知道什么却不说，那出了事情，我们谁都负不起这个责任，你明白吗？”

“明白。”我小声说，韩处长的话，让我的心情更加复杂了，说了吧，万一要影响了克奇正在实施的计划，那可能会害了他；不说吧，就像韩处长说的，我能负得了这责任吗？此刻，我真想马上见到克奇，劝他依靠组织去调查，不要再自己单干了。克奇这小子真可气，这会儿他究竟跑到什么地方去了？

我问韩处长：“克奇与方探长之间总是别别扭扭的，您就没去问过方探长是怎么回事？”

“我没直接问过，因为毕竟他们俩没有公开闹过什么矛盾，我只是向他侧面了解过。”

“他怎么说？”

“他说，从他这边说，他既没得罪过克奇，也没跟他共过任何事，他也不明白克奇为什么对他那种态度，也许是因为看他不顺眼吧。”

“那他为什么不直接问问克奇？我看克奇对他的态度有时候

挺过分的呢。”

“我也劝他去跟克奇谈谈，但他好像无所谓，也不想谈。”

“为什么？他怎么说的？”

“他觉得分局里看他不顺眼的人多了，他不可能挨个去谈。”

“哦……”那倒也是，可这会是真的理由吗？

“不过，他说得也对，分局里不喜欢他的人也的确不少。也是没法挨个去谈。他这个人啊！”

“他怎么了？我觉得他不错啊，可为什么有那么多人不喜欢他啊？”

“也许是性格吧，有些人就是这样……”他的脑子里想着什么。

晚上，大约8点钟，我估计克奇已经回来了，于是没打电话就去了他家，但还是没有找到他，他的父母说，他找同学玩儿去了，说晚上不在家吃饭。哦，他还活着！这真不是夸张，这是我听了他父母的话后出现在脑子里的第一个念头。“那好，那就好了。”在跟他父母告别的时候，我都不知道自己在说什么呢。

我来到克奇家楼下，坐在他家附近的街心花园里等着，从我坐的这个位置正好可以看见所有要回到克奇家那栋楼里的人。今天晚上我一定要见到克奇，一定要劝说他把对方探长或别的什么人的怀疑向组织汇报，尽管，我很不情愿他把方探长当怀疑对象去说给组织上，可这也是没办法的事，我实在没有这个承受能力每天独自一人替克奇担惊受怕。他要是有个好歹，那我非得自责死自己。

这是二月中旬的一天，离春节没有几天时间了，看重春节的人们都已经把过节该买的东西都买回家了。这个时节的晚上，基本跟深冬的没什么区别，冷得要命。一过8点，街上、路上几乎看不见几个人。前几天刚刚下过一场雪，地上还结着冰，冰雪在昏暗的灯光下泛着寒光。我缩在羽绒服里，独自一个人坐在街心花园的椅子上等着，盼着早点看见克奇的身影。我呼出的哈气在眼前变成团团白雾，带着我身体的温度慢慢飘散着……

我一遍一遍地在心里重复着那些准备说服克奇的台词，假想他会怎样反驳我，然后我再怎样继续反驳他，总之，我就是说破了嘴，也要说得他改变主意。

一个小时过去了，又一个小时过去了，我几次拿起手机想拨，但都没拨，我担心他要是知道我在这里等他，可能就不回来了。马上就要到10点了，我冻得有点熬不住了，我又一次站起身原地跺脚，也又一次犹豫要不要再等下去。他要是真的去跟朋友聚会了，不回来了，可能吃过饭又去了歌厅或酒吧什么地方，难道我还在这里等他一夜吗？"天呢！他不会以为我是在追求他吧？"我的脑子里忽然冒出这么个念头。是啊，谁会在这天寒地冻的大晚上，就为了说服人家把一些没影的事告诉组织，一个人在外面坐了两个小时，也许最后是三个小时或者更长。克奇不会这么想吧。

像我那时的年龄，正是很容易被人猜测爱谁不爱谁的年龄，人们会根据很多迹象猜你可能跟这个好跟那个好，但之所以几乎没什么人这样地猜我，是因为我那时有个"男朋友"做幌子。我刚到处里来的时候，我是有个男朋友，他是我中学时期的同学，但后来他和他那个妈总是对警察这个职业说三道四，说他家有个什么亲戚曾被警察怀疑是杀人犯，受过警察的"逼供"，最后被证明完全是冤枉的等等，虽然那事跟我毫无关系，我也并不太知道他们说的是不是事实，可我还是根据他们的愤怒假设那是事实，跟着他们一起骂过那个不是东西的警察。然而，让我受不了的是，我的出现，总让他们一家人快速联想到那深仇大恨，就好像那个冤枉过他家亲戚的警察是我表叔似的，我要不替我"表叔"彻底认罪，那我就是个不是东西的警察，所以我们只好分手了。

关于我们分手的事，其实别人并不知道，我没告诉任何人。也许是因为我当时的虚荣心吧，我总觉得如果没个男朋友在身边好像有点没面子，好像没人要似的，所以就没想去纠正大家对我有个“男朋友”的错觉。这样一来反倒好，这个由于我的虚荣心给别人造成的误解，反而让我省去了许多不必要的麻烦。还有就是，我也觉得没什么必要大声告诉人家，“我可正单着呢！你们可以来追求我。”那也太缺心眼儿了。单着或双着，那是我自己的事，与外人无关。

坦白说，对于我那男朋友，我也有点弄不清楚自己对他究竟是怎样一种感觉。和他在一起的时候觉得很开心，可分手的时候却似乎没那么痛苦，心灵的创伤愈合之快，连我自己都不可思议，他，是我今生要守候的那个人吗？还是爱情也不过如此，只是因为我看书看多了以为爱情不是如此呢？人们都说爱情是轰轰烈烈的，铭心刻骨的，歌词不是说吗，“问世间情为何物？竟叫人生死相许。”我不知道情为何物，可让我跟他生死相许，我还真没这么想过，也许是我们的缘分只是很好的朋友而已。那，跟我有缘的人在哪儿呢？我觉得缘分这东西非常奇特，它不是说你想要就来的，你跟谁有缘分或什么时候有缘分，那是上帝的活儿，不是我们的，上帝不点头，他就不会出现。也许此刻跟我有缘的那个人正在某个地方等着我呢，只不过，他会在上帝安排的某个时间出现，但无论怎样，我都相信他早晚会出现。

就在我犹豫着是不是该把要说的话改在一个更好些的时间再说时，一辆银灰色的宝马从我面前开过，夜色下，那宝马像洒了水一样地闪着光，在雪地上留下了几道明显的车印。当它经过我面前时，我隐约感觉坐在司机副座上的那人很像是克奇。那宝马朝楼房开过去，并在克奇家楼前停下，有人走了下来。是克奇！真是克奇！我一阵惊喜，急忙朝楼前跑过去。

克奇站在门口目送着汽车掉了个头后，朝来的路驶去。他转身要走进楼里去。

“克奇！克奇！”我激动地大声叫他，我这时才感觉到，我的嘴都已经木得快张不开了。

克奇听见喊声站住脚，他借着从楼道里透出来的灯光，朝我这边看着，可能那时我把自己裹得像个狗熊吧，他一时没认出我。当我走近他，拉下头上的帽子，他才惊讶地说：“海棠？你……你怎么在这里？出什么事了吗？”他快惊讶死了，从他的表情看，一定是以为大难临头了呢。

我笑笑，“没，没出事。”我突然觉得这句话很可笑，没出事，你半夜三更一个人跑人家来干吗？还是这么一个冰天雪地的半夜三更。

“那你这是……”

“你怎么不接我电话啊？”什么呀，这能算是我今晚怪异行为的理由吗？我一时都不知道该怎么把自己说明白了，本来我这样做是理由充分的。

他听了我的问话更惊讶了，“你就为了这个？”

“你别那么惊讶，好不好，没有重要的事我跑这儿来干吗，只不过，没有什么太紧急的事，你不必那么大惊小怪。”可人家不大惊小怪才怪呢。

“你什么时候来的？看你冻得那样子。”

“刚来。刚来没一会儿。”为了降低他惊讶的程度，我撒了一个很对不起自己这几个小时挨冻苦等的谎。

“真的没什么急事？”

“真的没有。我就是想跟你说几句话，可又联系不上你，再加上你又没来上班，我怕你还在生我的气。”

“你是怕我出事吧。”

“嘿嘿……你真聪明。”

“傻不傻呀你？”

“谁让你没事老吓唬我的。”

克奇肯定是被我感动了，他半天都没说话，只是看着我无奈地摇头。一时间，我也不知接下来从哪里开始说起，“是跟朋友聚会去了？我还以为今晚你不回来了呢，我正要走。其实，我就是想跟你说，你还是把你心里想的跟组织上说说吧。”

克奇伸手把我背在身后的帽子重新扣到我的头上，声音低低地说："走吧，有什么话，我们找个暖和的地方再说吧。"

"哎，不用了，时间不早了，我没几句话，我们还是在这儿说吧。"

"你看冻得那样儿，还能说吗？"

我也实在是冷得不行了，就跟着他随便进了一家小饭馆。

我们叫了一个火锅，虽然我是吃完饭才过来的，但我还是把那一锅热汤都灌进肚子里，与此同时把我刚才在花园里想的那些话说了出来，我把韩处长找我，用"严重后果"吓唬我，以及我的担忧都说了，我逼着克奇同意明天就去找组织把心里的怀疑说出来。

"说是肯定要说的，"今晚他的态度一直非常和气，"不过……"

"怎么又是不过，我再不想听你说不过了，如果你还是这样犹犹豫豫，那我可就要跟老爸说了，你就是骂我叛徒，我也要去说，我不能等着哪天人家告诉我克奇出事了，我再去找头儿们说那些马后炮的废话。"

"海棠，你让我很感动，知道吗？"

"感动？克奇，我不是来感化你的，不是在玩苦肉计，我是觉得老爸说得对，如果你再这样瞎撞下去，不知道会出什么事，我是害怕，你知道吗？"

"真对不起。我不该跟你说那么多，这是我自己的事。"他低声地说。

我真有点生气了，我是害怕，但不是因为我被牵扯进来才害怕，而是因为我不愿意看见克奇出事，不愿意看见同事流血。"克奇，你误解我的意思了，你该知道我在说什么，我要是怕自己有什么，装不知道就是了，我才不会没完没了地劝你呢。"

"我明白你的意思。这样吧，我今晚考虑考虑，考虑好了，再做决定。"

“OK，OK，随便你吧，脑子是你的，命也是你的。你愿意怎么考虑就怎么考虑吧，反正，作为我，我是一定会向组织反映的。到时候，你可别说我打乱了你的计划。”

克奇沉吟了一会儿说：“我想，这件事还是我去说吧，还是我自己跟组织上说吧。你说，会让人觉得事情更麻烦。”

“好，行，你去说，那你准备什么时候去说？”

“我会尽快的。”

“什么时候？”

“就这两天。”

“不，就明天。明天你必须去说。”

克奇笑笑，“好吧。就明天，我答应你。”

“不反悔？”

“决不反悔！”

太好了，我舒了一口气，我终于把他给说动了，今晚这场冻真是没有白挨。我真希望老爸知道我是怎么把克奇说动的，如果他知道，他一定会表扬我能干。可我是不会去说的，就像克奇说的，事情已经够复杂的了，如果中间再插个我，那就更乱了。如果克奇自己去说了，我一定会装着不曾有过今天这个夜晚一样，虽然有一点点委屈我自己。

我见克奇低着头，眉头微微皱着，脑子里好像在激烈地想着什么，于是问道：“你怎么了？是不是还是有点不情愿？”

“不是，我在想别的。”

“在想什么？”

“我在想，老爸为什么跟你说那番话？”

“哪番话？”

他没有回答。

“他向我了解情况，这很正常啊，你觉得有什么不对吗？”

“可是……咳，算了，别去想它了，时间不早了，我送你回去。”他站起身。

我不知道克奇对老爸的话有什么想法，也不知道他为什么那么不愿意把他正想的事告诉我，但这无关紧要，与他明天将向组织谈出一切的决定相比，其他的想法都无关紧要。我这时才觉得困了，实在太困了。

十二

第二天，我发烧了，我姐姐给我向处里请了两天假。

“你真是抽风，有什么大不了的事三更半夜地往外跑。”我姐姐责怪我说。她哪儿知道，这对我来说，可不是什么大不了的事，没准就因为那个晚上，我还挽救了一个宝贵的生命呢。

我在家躺了两天，心里一边惦记克奇是否履行了那晚的诺言，一边又惦记着方探长。如果克奇履行了诺言，向组织作了汇报，那对方探长来说，无疑是雪上加霜；如果他真是克奇分析的那种人，那也是，也是没办法的事，我不想用“咎由自取”这个词说方探长，这词的属性太恶，我不忍心这么方他。可如果他不是这种人，那方探长实在是太不幸了，他要面临更多的怀疑，更多的痛苦，更多的打击。然而，这两个结果相比，我倒宁愿他——我心目中的英雄，去承受更多的打击，也不希望他是克奇怀疑的那种人。

在我昏昏沉沉地又进入新一轮昏睡的时候，克奇打来过电话，是姐姐接的，他让我姐转告我，说我让他办的事他办了，并说快春节了，单位里的事情比较多，晚上还要夜查，他暂时不来看我了，希望我早日康复。

“你让他办什么事了？怎么还不能让我知道似的？”我姐奇怪地问我。

我只是笑了笑。那么也就是说，对克奇我可以完全放心了，因为从现在起，他不再是孤军作战了，而目前，我更需要关注和担心的人应该是方探长了。我的心情从一种沉重中解脱出来，又陷入另外一种沉重中去了。

晚上，杜欣带着一堆水果来家里看我。我问杜欣处里有什么情况，杜欣说没有，只是韩处长把克奇骂了一顿。我问为什么骂他，杜欣告诉我，下午韩处长要给大家开会，布置春节保卫，中午就把通知发了，还让内勤挨个给外出的同志打了电话，让他们没有急事务必赶回来参加会议，可克奇直到下午4点多才回来，理由是他家里有事要办。

“哦，是因为这个。克奇最近是请假多了点。难怪老爸会生气。”

杜欣像是有点心事地说：“今天老爸也不知怎么了，心情好像特别不好。一会儿嫌我们的办公桌乱，一会儿嫌我们工作不努力，还嫌我们不把他放在眼里，反正，今天他看什么都不顺眼。”

“是吗？他为什么说我们不把他放在眼里？”

“谁知道他指什么？我感觉他这话好像主要是冲克奇去的。”

冲克奇？这是怎么回事？难道克奇没有把该说的事情跟老爸说吗？他昨晚可是答应得好好的呀，而且刚才还来过电话说事情已经办了，如果老爸在前几天这样责怪他还有道理，今天责怪他就有点奇怪了。

“你为什么觉得他是冲克奇说的？”

“因为克奇刚回来，就被刑警队的什么人给叫走了，老爸就是在那个时候说的这些话。”

“刑警队谁啊？”

杜欣摇摇头，“不知道。电话不是我接的。我猜可能是调查他那起撞车的事吧。”

“哦，那件事有什么进展吗？”

杜欣摇摇头，“没听说。”

杜欣走后，我给克奇打了个电话，我问他是不是真的履行了诺言。

"海棠，这你还有什么可怀疑的，我向你保证我说了，真的说了。"

"你跟谁说了？"

"嗯。反正是我认为该说的人。"

"你没告诉老爸是吧？"

"干吗非要告诉他？他又不负责调查我那事。"

"原来你说的'组织上'不包括老爸？"

"如果他需要知道，他自然会知道的，自然有人会告诉他的，这你不用担心。"

"你怎么搞的，他可是一直都很关心你的，再说他也是你的直接上司啊，你不能连他也不信任啊！"

"我只是觉得，这事他知道不知道都无所谓，该知道的人知道就是了。总之，我没有骗你，我没有违背承诺。"

"我真不理解你。你的花花肠子真是太多了。"

"谢谢夸奖。"

"喂，讨厌的家伙，我并不是在夸你，我真讨厌你这怀疑一切的态度。"

"我知道，我也不喜欢我自己这样，可难道，你不觉得这件事知道的人越少越好吗？"

"对，当然，以后我也不会再问了。免得什么时候，你再怀疑我。"

"哈哈哈哈……"他在电话那边笑起来，"但愿你真有这种思想准备，那可是没准儿的事。"

"哼。"

"好了，别的事都不重要，你的身体怎么样了？还在发烧吗？"

"发！发得更高了！忙你的去吧。"

"别骗人，我听得出你好多了，行了，别想太多，好好休息，这件事以后就让该管的人管吧，我也不管了。"

"是真的？你真的不再秘密侦查了？"

“暂时是这样，以后怎样看情况再说，省得再害得您老人家因为我，或别的什么人整天坐立不安，提心吊胆的。我这样说，你不生气吧。”

“我反正也是叛徒，还有什么可生气的，您多保重吧。”

我放下电话，脑子又转悠了大半夜，好像什么也没想明白，总之，克奇的事不再是我一个人的烦恼了，组织会安排好一切的，不管那组织是韩处长还是别的谁，反正都是比我能耐许多的人，他们不仅有权调查一切，还有能力阻止一切不该发生的事情发生，有他们照顾着克奇，我没什么好担心的。只是这个该死的克奇，为什么他做事总是不让人觉得舒服呢？

十三

“海棠，到我办公室来一趟。”

我上班以后的第三天，老爸突然非常严肃地来找我，天呢！老爸怎么是这种表情？我心里打着鼓跟着老爸去了他的办公室。

老爸的办公室里，有个陌生的男人，他给我介绍说：“这位是公安部的孙处长，他有件事想问问你，你要如实回答。”

公安部？天呢！什么大事，让那么上面的人直接找我这个小民警？我仔细打量了一下那个姓孙的同志，他的样子给我的印象不太好，有点不像好人。他胖胖的，几乎完全秃顶了，中医说那是纵欲过度或吃饭太油腻的表现，但我倒觉得，那一定是用脑过度的表现。他眼睛不大，目光冷酷而富有穿透力，好像一下子能看穿你的骨头。就是好人到了他面前，也会对自己是否是个好人产生怀疑，对他这种人，你若有任何想说谎的念头，干脆放弃，因为你根本就不可能得逞。

也许他看出我有些紧张，于是说：“你别紧张，我只是想问你一个问题。”

您那样子，我能不紧张吗？我心想，“什么问题，您问吧。”

“前天，也就是2月15号那天，你跟克奇在一起吗？”

“2月15号是几号？”看着他怀疑一切的眼睛，我都不会说话了，“哦，我想问是哪天，我不记得了。”

老爸朝我笑笑，“海棠，那么紧张干吗？这都是同行，以前也是我们分局的人，是老刑警了。”

他说得倒轻松，他干多少年公安了，我才干多长时间，我笑笑，还是出于紧张。

“2月15号是星期三。”

老爸补充说：“也就是克奇请假的那天。”

“哦，那天啊，嗯……我晚上是去找过他。”

孙同志问：“为什么事？如果你认为是隐私也可以不说。”

“不是，不是隐私。我找他是想劝他跟组织上谈谈他的想法。他最近想法很多……”

“能具体说说吗？”

“自从他被人用车撞了之后，他好像怀疑谁，但我发现他不愿意跟组织上说，我觉得这样不好，所以劝他找组织谈谈。”

孙同志：“他怀疑谁？他怎么跟你说的？”

我支吾着不想说，“我……是，他告诉我了。可我想，这事您最好还是自己去问他。”

“是方哲？对吗？”

我看看他，没说话。

“你不要顾虑，这些我们早就知道了，他自己也早就跟组织说了。”

“啊？您说克奇吗？”

“对，我说的是克奇。”

这怎么可能啊？明明是我前几天才说动他跟组织上说的，怎么他早就……难道他在骗我？我有些怀疑地问：“他什么时候跟组织上说的。”

“一开始。也就是有人用车撞他的那天。”

“哦……是吗?”

“怎么了?你以为他没说?”

“是，我是以为……”什么人啊!大骗子!我又惊又气，为了怕他出事我都快得精神病了，他倒装得挺像。真够孙子的!

孙同志:“你那天见他的时候是几点?”

我看看老爸，我本来是不想让他知道的，“是晚上8点，可是我见到他的时候有10点了。”

“在哪儿?”

“我先去的他家，他不在，我就一直在楼下等。”

老爸惊讶地问:“你说你一直在外面从8点等他到10点?啊?”

我点点头，“还不是您说的，后果很严重什么的。我也怕他出事嘛。”

老爸像不认识我似的看了我半天，“你这孩子，你这孩子呀，我说你好好的，第二天怎么突然就病了，原来你是……”我感觉他有点哽咽了。

孙同志很理智地继续问:“他是一个人回来的吗?”

“不是。是一辆汽车把他送回来的。”

“什么汽车?”

“一辆宝马。”

“什么颜色?”

“银灰色。”

“你见到送他的人了吗?”

“没有。那人没下车。我只是看到他把克奇送到楼下，然后开走了。”

“嗯。”

我看着孙同志，不知他问这些问题是什么意思，听他的口气，好像克奇接触了什么不该接触的人了，那是什么人呢?他们为什么不直接去问克奇，反而来问我，“怎么回事啊?”

孙同志只是看着我，没有回答，却问:“你还记得那辆汽车的车牌号吗？”

我想了想，摇摇头，“我没注意看。”

“是北京的车吗？”

“我真的没注意。”

“这可不是警察的眼睛啊。”他冷冷地说。

我没说话，心想：哼，警察应该是什么眼睛？有事没事就去记人家的车牌号吗？我又不知道他是什么人。您干脆说我不适合做警察算了，反正这种话我也早就听惯了。

老爸看着我，“还年轻，以后锻炼锻炼就好了。”

孙同志对老爸说：“我像她这么大时都立功受奖了。现在的年轻人跟我们那会儿真是差得不是一星半点。”

你牛！那也没见你长出犄角来啊！我真的越发不喜欢面前这个人了。

老爸小声说：“哎，他们也有他们的长处。”

孙同志：“好了，今天就到这里吧。有个纪律请你遵守，请你不要把我们今天对话的内容告诉任何人，我说的是任何人。”他在任何两字上加重了下语气，但我理解那任何人的意思主要指的就是克奇。

我点点头。

“你先去吧，我跟韩处长还有话说。”

我起身离开了韩处长的办公室。

“海棠！海棠！”

好像有人叫我，是有人叫我吗？

“海棠！”

“啊？”我看见胖子在我邻近的桌前看着我，“是你在叫我吗？”

胖子：“是我在叫你，我叫你半天了，想什么呢？傻愣愣的。”

“哦，我、我没听见。”

“你知道你愣了多长时间了吗？”

“我吗？”

胖子低头看看手表，“足足有……足足有20多分钟。”

“是吗？”我有点不好意思。我朝左右看看，身边似乎还有其他人在往我这边看着，那些目光中有无意识的，也可能有有意识的。我意识到，如果我再这样愣下去，或许会让某个有意识的人看出什么破绽，比如克奇，假如此刻他在，他一定会追问我的，那就麻烦了。

胖子走过来：“你怎么了？是不是老爸说你什么了？”

我连忙说：“没有。他没说我什么，他只是问问我身体怎么样。”

“可看你的样子跟挨批了似的。”

我笑笑开玩笑说：“我这么好的孩子，工作如此努力，怎么会挨批呢？我只是在想一个问题。”

“什么问题？有什么想不开的，问我好了。”

我忘了当时我灵机一动编了一个什么问题搪塞胖子，只记得胖子当时非常认真地给我解答了半天，我眼睛看着他，其实一句也没听进去。

“明白了吗？”

“明白了……”

“可我怎么看你好像什么也没明白似的。”

我笑笑，心里对自己说，我不能这么没头没脑地瞎想下去了，因为许多事，不是你想就能想明白的，有些事情，你就是把自己想疯掉，也不可能想得明白。我觉得，我应该再去找老爸问问那孙同志问我那些话的意思，也许他什么都知道，他会给我答案的。我看了一下时间，估计那位孙同志已经走了，于是又朝韩处长的办公室走去。

快到门口时，韩处长的门开了，韩处长跟那位孙同志走了出来，原来他们一直在聊。我站住脚看着他们边说话边朝电梯方向走。这时方探长从电梯方向走过来了，他看见孙同志，有些喜出望外地高声问：“这不是孙老爷吗？哪阵风把您给吹过来了？”说着他上前握住孙同志的手。

孙同志笑着说：“是方大侦探啊，听说你行啊，越混越清闲了。”

“哎，我可没得罪你，别哪壶不行提哪壶。”

韩处长在一边笑着。

孙同志：“你哪壶行啊？让我知道知道？”

方探长：“起码头发比你多，这你没辙吧？”

三人笑了。

方探长：“快吃饭了，干吗走啊？”

孙同志：“你能给我什么好吃的。”

方探长：“既然来了，怎么也得到我屋里坐坐啊。”

孙同志：“我还有事呢。”

几个人正低声说着什么，克奇出现了，我看见克奇从电梯那边走过来。这可真是的，该出现的人总会在该出现的场合出现。我不想让克奇看见我在看着他们，急忙转身朝自己的办公室走。但忽然有个念头……我慢慢地转回身，朝他们看着。

我看见克奇从那三个人身边经过，他没跟他们打招呼，甚至好像连看也没看他们一眼就从他们身边走了过来，而那三个人也似乎没人注意他。只是老爸等克奇经过他们身边之后，默默地看了看克奇。这个场景表示了什么？我快速地想，这表示克奇与那个孙同志并不认识，也就是说，克奇所说的“组织上”不是他，至少不直接是他，总之，他们应该是没见过面的，不然不会连招呼都不打。当然，那孙同志那时是背朝着我站着的，如果他面朝我就好了，或许我能解读他脸上的表情，我自认为自己是很会解读别人的表情的，我会从那上面看出许多细节，这归功于我小时候曾经学过一段时间素描，我熟悉每一块面部肌肉的生理作用，我知道哪笔画下去会让一张脸表现得更生动，我会根据自己的意愿将他们处理得更悲伤或者更狡猾。

在克奇快走到我面前时，我装出漫不经心的样子转身朝办公室里走。

克奇走进来问我："喂，那人是谁啊？"

"哪人啊？"

"你不是看见了吗？跟方哲他们说话的那个秃顶。"

"不知道，反正不是黑道就是白道。"我没好气地说。

"啊？你什么意思？"

"你不是说了吗，方探长身边的人不是黑道就是白道？"

"你怎么了？怎么突然这种语气？"

"你觉得我该什么语气？"

克奇看着我，"是不是谁又给你上什么课了？"

我心想，还用别人给我上什么课，你不就刚刚给我上了一课吗，你刚刚让我知道诚意这东西在某些人那里一文不值。我没有回答克奇的话。

"你怎么不说话呀？我做错什么了吗？"

"您是天下第一聪明的人，能做错什么？"

如果克奇再接着问下去的话，我可能头脑一热就把他骗我的事说出来了，因为在这件事上，他做得实在是太没劲，太不够朋友了。可他没问，只叨咕了一句，"女人啊，都是些头脑简单的家伙，听风就是雨。"说完走到一边跟胖子说什么去了。

他这话什么意思啊，"听风就是雨？"怎么好像他知道我这"雨"是跟刚刚听到的"风"有关啊？难怪大家说他"前知五百年，后知五百年"呢，真对。

下午，我出了一趟外勤，快下班的时候才回来，我知道韩处长平时走得比大家晚，所以我故意磨磨蹭蹭地收拾自己手头的东西，直到大家都走了，我才又去敲他办公室的门。此刻，韩处长的屋里只有他一个人，他好像正在阅读文件，"有事啊？"他见我满脸疑虑的样子，估计已经猜到我要问什么了。

“是啊。老爸，今天公安部的人问我那些话到底是什么意思啊？我怎么觉得那么别扭啊，怎么觉得他像是冲克奇去的啊？”

韩处长笑了一下，“我一猜你就是为这事。其实事情很简单，就是因为克奇接触了一个人，而那人是上面的工作对象，人家想了解一下情况而已。”

又是“上面”，这词也太含糊了。“上面？上面是谁？”

韩处长笑笑，没有说话。我很清楚那笑，那就是说，这个问题，我无权知道。

“如果他想问什么，他可以直接去问克奇啊，他不也说了，克奇已经把他的想法都告诉组织了？那他们干吗还瞒着他来问我呢？”

“如果他能去问克奇他不就去问了，他不问肯定有不问的原因。”

“什么原因？莫非他们是怕克奇说出去，他们不信任克奇？”

“嗯……”他看着我，似乎在脑子里措辞，“我只能说这是工作需要，这与信不信任无关，因为有些事在某个阶段，不能让所有的人都知道，作为警察，我想这点你明白。”

“我不明白，我要是明白，就不来问您了。”

“总而言之，这是纪律，不管你明白不明白，该遵守的必须遵守，该保密的要严格保密！”

又一个大秘密，我真怀疑自己是否能背负得了这么沉重的包袱，“这、这我知道。”

“本来，你不找我，我还要去嘱咐你呢，今天你来得正好。海棠，你不要有什么思想负担，同事还是同事，该怎么样还怎么样，在组织没有做出什么结论的时候，一切关系都没有改变，只是做事要多观察，多动脑子，别去轻信。你也要相信，组织是不会冤枉好人的。”

“嗯。”对这点，我曾经坚信不疑，可现在我不那么确信了。

韩处长又问了问我克奇的情况，然后说：“你知道我上次为什么问你，克奇与方哲有没有什么过节吗？他的情绪让我很担心，如果一个人执著地去怀疑一件事，是出于公心去做，那无论他做什么，最终是不会迷失方向的，但如果他是出于私心，嗯，那就不好说了，私心会把人往歧途上引，会让他鬼使神差地去做一些非理智的事情。”

离开韩处长的办公室后，我自己漫步回家。分局离我家有三站路，以前我都是坐公共汽车回去的，但今天，我等了几辆车都没心情挤上去。我的脑子一直想着韩处长那些话，特别是后面的那几句，“如果一个人执著地去怀疑一件事，是出于公心去做，那无论他做什么，最终是不会迷失方向的，但如果他是出于私心，那就不好说了，私心会把人往歧途上引，会让他鬼使神差地去做一些非理智的事情。”这明显地提出了一个疑问：克奇做事是出于公心还是私心？

克奇一直在执著地调查有关丁瑶的死因，这算是公心还是私心呢？或者是公私兼而有之……我想起克奇每次跟我谈起丁瑶时的口气和神情，它们实在无法让人不去想那里面内含着的私心，那就是他在心里爱着丁瑶，而且不是一般的爱！爱是会让人疯狂的！那丁瑶会不会让克奇疯狂呢？可对于这一点，克奇并不承认，他是不好意思承认，还是他怕人家看出他对方探长的某些推断，甚至某些做法是他的私心在作怪呢？我忽然觉得，世上的许多事，好与坏，是与非，对于错，是很难一分两段的，它们不像我们切菜那么简单。

我反复地问自己，上面突然来人了解克奇所接触的人，我可以把他当成上面是不支持克奇的吗？那反过来说，他们就是支持方探长了？如果说克奇对方探长的那些推断都是出于私心，并夹杂着许多个人的偏见，那其他人对方探长的态度又怎么解释？比如他被撤职，比如子弹的事，比如他把丁瑶的情书当“人民来信”下发，还有他跟社会上的那些人那种神秘的关系……那是不是还可以假设有这样一种推论：方探长是个阴险毒辣的恶魔，一条披着人皮的狼？克奇为了调查方探长，奋不顾身地去接触那些危险人物，而方探长为了使自己的秘密不被克奇揭穿，于是通过黑道或者白道来控制克奇，这就等于说，我今天接触的那个孙某某，不是什么正义的代表，而是以正义的外表出现，却在干着非正义的勾当，就连韩处长这样的人也被蒙在鼓里，这样想似乎也可以成立，不是吗？这种假设与克奇因为私心而误入歧途相比，似乎更加可怕。太复杂了，实在是太复杂了！这远不是我这种脑子能想明白的。我本来已经放下那些令人头疼的想法了，但现在，我不得不又重新将它们捡回来。我仿佛走进了一片沼泽地，不知道哪步下面是烂泥潭，哪步踩下去会让你无法自拔。我告诫自己，要清醒！一定要清醒！或许时间能够帮助我，时间，我相信时间能最终告诉我一切，只不过，从现在起，方探长或者克奇的话都将不再是我得出结论的依据，而我所能相信的依据，只能是用客观的眼睛和理智的头脑判断出来的。老天，请赐予我智慧和力量！

十四

本来，故事写到这里，第一部分就应该结束了，可有件事，我认为还是应该在这一部分里交代，因为这件事让我对方探长究竟是什么样的人这个问题更加不确定了。

这件事大概发生在那个孙同志跟我谈话后不久，也就是春节前夕的一天，我姐姐的一个同事要给他的孩子办百日庆祝，他邀请我姐姐一家去参加。那时，我正被乱七八糟的想法弄得心神不宁，我时常发愣，做什么事都出错，我会把炉子上的饭烧糊，离开家时会忘了拔掉电熨斗的插销……总之，一切都乱了。我姐姐以为我是工作太累、太紧张了，需要放松放松，于是叫我跟他们一起去参加那个庆祝的晚宴，我答应了。

没想到的是，一个普通大夫孩子的百日的普通晚宴能聚集那么多有头有脸的人物，什么张秘书、李主任、赵院长的都到场了，足足坐了有十桌客人，一个个还都西装革履的，跟参加国宴似的。我姐姐告诉我，请客的主人，刚刚给某个头儿的孩子做了一个难度相当大的手术，而且非常成功，因此，他的这次宴请就变得非同寻常了。从座位安排看，这家的主人好像是按社会圈子安排的，比如医院同事在一桌，亲属在一桌，好友在一桌，可能是因为我和姐姐一家去晚了的缘故，我们被安排在一张什么人都有的桌前。反正我们是来吃饭的，同时给人家捧场，跟什么人一桌坐着也是吃，所以，开始我没太注意桌子周围坐着的都是些什么人。他们官大也好，官小也好，都与我无关。

主人说了开场白后，大家开始吃饭，在这个过程中，我们桌的客人中有人提议让大家互相介绍一下，毕竟在同桌吃饭，总不能自己吃自己的，那显得不太好。于是大家纷纷自我介绍，有名片的还交换了名片。我这才知道，我们这桌还真有两位极品人物，一个是某位副市长的秘书，一个是某证券公司的老总，另外就是老总的司机和我姐他们医院的两名医生和他们的家属。当我介绍自己是警察时，全桌人的目光都显得有些惊奇，我也不知道他们是因为我是警察而惊奇，还是因为警察只能出现在办案场合而惊奇，警察有那么稀有吗？我为他们的惊奇而惊奇。有人问我是哪个局的，我如实回答了他们，我的回答刚一结束，竟然有两个人同时问我认识不认识方哲。哦，方探长，他果真是名声在外啊！尤其那位秘书，大家叫他乔秘书，他在谈论方探长的时候，就好像在谈论他兄弟一样，一直叫他“方哲那小子”。我自然很在意他们是怎么叙述方探长的，你们知道为什么，可他们不知道，他们只管谈他们自己的，什么方哲打网球的水平如何如何臭，什么他喝酒的时候如何如何会耍赖等等，不知道方哲是什么人的听了他们的议论一定会把“方哲那小子”当成一个只知道花天酒地的纨绔子弟，而非一个受人尊敬的警长。如果在那之前，我没有从不同的人嘴里已经听说过了有关他的一些“外传”，我可能对他们说的所有关于“方哲那小子”的事会很惊诧，可现在，我已经不惊诧了，除非有人直接告诉我方探长其实就是个黑帮头子，除此之外，他们现在说他什么我都不惊诧。

就在酒宴进行到一大半的时候，就在喝酒的人都已经喝得“全是兄弟姐妹”的那个境界的时候，有个过来敬酒的人着实让我晕了一把。他不到三十岁的样子，人长得相当英俊，瘦瘦的，一口整齐的白牙。我不知道他是从谁那里听说我是方探长的同事的，也不知道他是什么时候听说的，当他端着杯子晃晃悠悠地走到我面前时，上来就说：“听说你是方哥的同事？”

“是，如果您说的是方探长。”我机械地回答。

“来，就冲这个，我们喝一杯。”

“哦，可我……”

“你不能拒绝！”他醉醺醺地说，“你要是拒绝就是不给我面子，就是不给我方哥面子。”

我姐姐出来挡驾了，“她不会喝酒，别让她……”

“大姐，”那人说，“您不知道我跟方哥是什么关系，您要是知道了，绝不会拦我。”

“您跟他什么关系？”我笑着问。

“什么关系？你问我和方哥是什么关系？他，方哲就是我大哥，我亲哥，你知道吗？他比我亲哥还亲！你回去问问他，问他有没有个叫少义的兄弟。他要敢说不认识，我把这桌上，不，所有桌上的酒够给喝了。”

有人在一旁叫好，有人哄笑，我也跟着笑。

那位乔秘书笑着说：“你从没听方哲提起过少义这个名字吗？”

我摇摇头。

“那你可太……”

我想他是想说我太孤陋寡闻了。

“李嘉诚知道吗？”

“李嘉诚？那不是香港的大富豪吗？”

“他呀，”他指着那个自称“少义”的小伙子，“他就是咱这里的李嘉诚。你可别看他年轻。”

大家又笑了起来。

“哦，是吗？”我又认真打量了一下本地的“李嘉诚”，真看不出来，他长得那么白净，像个文弱书生，没有一点有过什么奋斗经历的样子，更不像个富翁。唯一让人会觉得他可能有点钱的是他身上那件喜来登衬衫，和手上戴的那块“满天星”劳力士，可这些牌子早让水货给乱了真假了，何人穿戴它们，也都说明不了什么了。

那本地李嘉诚挥了挥手，“哎，你别听他们胡扯，我不过是个混混而已。这么跟你说吧，哦，我该怎么称呼你？”

“我叫海棠。”

“哦，海棠是吧，这个名字好，这么跟你说吧，海棠，以前，我少义在许多人眼里就是个社会渣子，干了很多很……很多……咳，很操蛋的事，要不是方哥拉我，我现在可能已经早就毙的过了。方哥就是我的救命恩人，我的再生父母。”他表情严肃，看不出一点吹嘘的意思。但那严肃中有酒精的作用，酒精有时会让人表现得以假乱真。我虽然没醉过，但我曾看别人醉过，比如胖子那次喝多了跟克奇说，他最佩服的人就是他，但其实，我们谁都知道他平时有多烦他。

“所以你现在拼命想把方哥拉下水，以报答他对你的救命之恩？”

不知谁这样说了一句，大家又都笑了起来。

少义没有笑，他端起酒杯看着我，“甭理他们这帮家伙，狗眼看人低。来，咱俩为方哥干一杯。”

我看着少义的眼睛，过量的酒精让他的眼睛充满血丝，可那里面却似乎没有醉过头儿了的那种浑浊蒙胧，却反而显得炯炯有神，清澈如水。我不由自主地端起了酒杯。

少义看了我一眼，那目光似乎意味深长，他拿着自己的酒杯在我端起的酒杯上使劲一碰，然后一仰脖“咚咚咚”地把一整杯酒都灌了下去，那姿态让我觉得悲壮。他喝完酒，把空的酒杯重重地蹾在桌子上，看着我，我在他的注视下，也把一大杯啤酒喝了下去。

“好，好，真不错。”周围的人兴奋地叫好。

我以前也跟同事们喝过酒，但没人逼我去干，这次一口干了，竟然没有一点上头的感觉。

“要不说喝酒不能跟梳小辫儿的喝呢！她们只要敢端杯，最后倒的肯定是你。”

少义站起身看着我，“记住我这句话，好人有好报。”说完晃晃悠悠地走了。

好人？什么是好人？这也许要看是什么人给出的评价，如果这话是普通老百姓说的，我会感觉很幸福，可他说……那这评价就不那么让人放心了。

而后，大家又随意地吃喝起来。谈话中还不时扯到方探长的头上，那多是些赞美他的话，且赞美的那些事还都是有鼻子有眼的，他们对方探长的评价远比他身边同事给他的评价要高得多，比起我们，好像他们更了解他、更接受他。

有个人问我：“哎，方哲跟你们那里一个女警察的事有结果了吗?”

“哪个女警察?”我明知故问。

“你没听说吗，就是刑警队自杀的那个，方哲不就是因为她才被撤职的吗?”

“哦，我不太清楚，我刚从学校回来。”

“咳，方哲这小子也真是倒霉，怎么会沾上这种事。”

“方哲这小子……”

“方哲这小子……”

说真的，我没想到那个为一个孩子庆祝百日的晚上，竟会变成方哲之夜，还是一个没有方哲的方哲之夜。我更没想到，我会因为他的原因，成为这桌上的主角，并为此在众人眼里大放光彩。而我并不觉得这有多么愉快，我很郁闷，比赴宴前还要郁闷，因为此刻，我不知道该为方探长感到骄傲还是该为他感到悲哀。

第一部完。

第二部

一

就是春节快要过去的那几天，风卷着一个比寒流还冷的消息悄然席卷了整个分局：有人在丁瑶的墓地上给方探长立了一个墓碑！

我听说这件事时是春节的长假之后，警察们刚刚一批批轮休完，我刚一回来上班，就听胖子他们在办公室议论这件重大新闻，听说那个墓碑上还刻着方探长的死期，那年的6月27日，那是丁瑶的祭日。

天呢！不用说，您也能猜到我当时的反应，实在太震惊了！你想想，假如你本来没灾没病活得好好的，却忽然有人告诉你，某人为你立了墓碑，还告诉你就剩下三个多月的活头儿了，你会是什么心情？别说往坏处你会怎么想，就是往好处想，没准是有人在跟你开国际玩笑，可谁又会花那么多钱、费那么大事跟你开这样损辣的玩笑？除非疯子！

“这件事是谁发现的？”

胖子回答我说：“听说是墓地管理员，春节期间他们大部分人都放假了，等放假一回来，就发现了这个墓碑，开始他们并不知道方哲是谁，只是因为突然多了个墓碑觉得很奇怪，但后来他们感觉不太对劲，就通知了当地派出所，这才……”

“可派出所的人怎么知道那个方哲就是我们这里的方哲呢？

难道不会是重名吗?”

胖子一脸困惑地说:“谁知道,可能他们查了吧,要不就是那墓碑上有对方探长的什么描述?不知道,不管怎么说,反正现在大家都认为,墓碑上说的那个方哲就是方探长……”

“在说我啊?”方探长拿着水杯走了进来。

大家都愕然地看着他,好像这个事件一下子让他长成别的模样了,需要重新确认他就是我们认识的那个人似的。

胖子:“是啊,我们正在说那件事呢,那件事是真的吗?”

方探长跟什么都不知道似的,“什么啊?哪件事?”

胖子:“就是墓碑那件事,你、你没听说吗?”

“是我的墓碑啊?”

“是,我们听说是……”

我们都看着方探长,希望他说:“没那么回事,谣传而已”。

可方探长笑笑说:“好像是有这回事。”

胖子:“好像?怎么是好像?这难道只是个传言?其实没这回事是吗?”

方探长喝了口水,“不,你们听说的没错,这不是传言,是确有其事。”

“啊?”

小薛问:“你亲眼去看过了吗?”

方探长点点头,“是,我是去看过了,我一听说就过去看了。为我立的墓碑,我总得过去欣赏欣赏啊。”

“这真让人难以置信。”

方探长:“坦白说,开始我也不敢相信,如果不亲眼看见,我也有点不信。可我到那儿一看,好家伙,那墓碑还真不小呢,就是做工太粗糙了,太凑合了,这帮人也太不够意思了,为我方哲立碑总不该用那么破的材料啊,即便不是大理石,至少也该是花岗岩什么的吧,我大小也算是个知名人物啊。可他们就给我用了一块最普通、最廉价的石头板子。”

大家被他逗笑了,可笑得不那么舒服。

小薛："您还有心情开玩笑！"

胖子："那上面是怎么写的？只是写了您的名字吗？还是还写了别的什么？"

方探长："嗯，上面有四个醒目的大字'方哲之墓'，旁边写着我的死亡日期，那字体好像是隶书，嗯，我不太懂书法，我看像是隶书，难道碑文就不能用草书什么的？太没创意了。呵呵……"

"那你肯定那上面说的人就是你吗？或许是别的什么同名同姓的？"

"嗯……也不能完全排除这种可能，只不过，到目前为止还没有人出来承认那墓碑是他们为别的方哲立的，立碑的人既没有通过正常渠道申请，也不是在光天化日下立起来的，总之我猜，百分之九十九不会是别的方哲，就是专门为本人立的。"

"是谁这么缺德啊？"

"是啊，你觉得会是什么人干的？他们想干什么？"

"也真是够狠的。"

方探长笑笑，"什么人我也不知道，反正不是喜欢我的人。"他说着下意识地瞟了克奇一眼。

克奇坐在自己的座位上低头看着什么。

方探长："好了，用不着把它当回事。就当它是什么人跟我开的玩笑吧。"

杜欣："玩笑？我们可不这么想。"

方探长笑了一下，朝门外走去。

胖子有些不甘心地说："喂，你、你怎么走了？你倒是跟我们说说啊，我们好帮你去查呀。"

方探长站住脚，"查什么？有什么可查的？别浪费你们宝贵的精力了。有没有它又能怎么样？我该活多久，那是老天爷的事，谁说了也不算，大家干活吧，别去想它了。"

胖子着急地说："喂，方探长……"

方探长走出门后，又返回来笑着对一屋子人说："诸位，我可是没几天活头儿了，大家记得对我好一点，不然你们会后悔的。”而后走了。

胖子：“他怎么显得还挺高兴似的？”

小薛：“想必是心里有数了吧。”

胖子：“有什么数？他那不过是做给我们看的。死期都被人定好了，我看这不是什么好的征兆。应该要嘱咐他小心为是。”

在大家说话的过程中，我偷偷观察了一下克奇，当然，我不会怀疑到他会去做这事，但我怀疑他有可能知道这是谁干的。他自始至终都在低头看着什么东西，一直没有插话，就好像这件事跟他毫不相干，无论是大家的询问，还是方探长的玩笑，他都跟没有听见一样。

杜欣似乎也注意到了克奇，问道：“喂，克奇，你在忙什么？你怎么看这件事？为什么一言不发啊。”

“什么？你们在说什么？”克奇抬起头。

胖子说：“你装什么傻呀？我们说什么，你难道没听见。”

“没听见。”

杜欣：“墓碑，我们在说方探长的墓碑。”

“他的墓碑？”克奇装傻地问。

胖子：“行了，别装傻了，我不信你对方探长墓碑的事什么都不知道。”

克奇：“是吗？在哪儿？”

胖子：“嘁，这号人，甭理他。”

大家看他执意装傻下去，懒得跟他扯下去，各自朝自己的座位上走去。

克奇见我还盯着他，问道：“你看我干吗？你不会以为那是我干的吧？”

“我正在想，是否有这种可能呢。”

克奇笑了笑，“我可不想盼谁死，尽管我确实不喜欢某人，也不信任某人，但我决不会去盼谁死，尤其是在没有什么充足理由的情况下。因为我是个心地善良的人。”

我说："心地善良就一定不会做错事吗？他也许会被别人当枪使也说不定。"

胖子说了一句："这句话说得好！"

克奇瞥了胖子一眼，而后看着我说："当然，心地善良的人不仅可能做错事，还可能受人蒙蔽，受骗上当呢。告诉你吧，海棠，首先，我没还疯狂到那种地步，非要举个战旗去表明自己是个战士；第二，我很抠门，我没有闲钱去乱花，即便是为了我的敌人，我也不会那么去做，立个墓碑，起码也要3万块钱吧？有这钱我还留着娶媳妇呢；第三，你们看我这身子骨，我像能把那么重的石头背上山的人吗？"

胖子头也不抬地说："但我看你好像有点动机。"

"我？"克奇又看了看胖子后，再次把目光落在我的脸上，"我有什么动机？"他的目光让我感到他在怀疑我把什么说出去了。

胖子回答："你的动机就是你老是看方探长不顺眼。如果那个比利时侦探波罗大师在，他首先怀疑的就是你。"

克奇："谁爱怎么怀疑就怎么怀疑，这没人拦着你。"

胖子："克奇，说实话，我一直想问问你，方探长究竟怎么惹着你了，你为什么老是看他不顺眼？"

克奇笑笑，"不顺眼就是不顺眼，不用惹着不惹着，我看布什还不顺眼呢，那他怎么惹着我了？他连我是谁都不知道。"

"要不说，你这人心理有障碍呢，你最好还是抓紧时间看看心理医生比较好，晚了，可就耽误了。"

"都像你那么想，所有警察都应该去看心理医生，当然除了你以外，因为你根本就没有心。"

"你有心，可那竟是歪心，歪心长多了，在你眼里就没有正的了。"

克奇还要说什么，韩处长走进来说："怎么，春节都过得不顺心吧？刚一见面就拌嘴啊。克奇，你到刑警队去一趟。"

克奇："刑警队？"

韩处长："闵队长找你。"

"是。"克奇站起身看了我们一眼，带着一脸坏笑走了。

我揣测着闵队长叫克奇去的目的，也许是谈撞他的那辆车，也许是谈方探长，或其他的什么。或许闵队长，这个曾因枪战恨上方探长的人，就是克奇所说的"上级"。咳，也许墓碑的事根本就没人理会，甚至有些人还会觉得他活该，"自作自受"。可怜的方探长。

那天一整天，我的脑子都在墓碑上。那些活跃在方探长身边的是是非非，像鬼魂一样霸占着我的思维空间挥之不去，可越想越感到乱，好像自己不知不觉地走进了一间没有出口的房子里，那房子里的每面墙上都写着与方探长有关的是非，我似乎能隐约感觉到隐蔽在它们后面的出口，可却怎么也找不到，那个直接通往结论的通道好像被一幅幅抽象的、支离破碎的图像覆盖了。在这个压抑的空间里，我的判断力也好像被人用绳子捆绑住了。老师们曾经告诉我们，人的思路经常会被那些反复强调过的信号所局限，而这些局限要么会把你死死地堵在死胡同里，要么会逼你根据那些信号作出错误的判断，在这种时候，最最重要的是不能失去耐心。

我当然知道，要找到通向结论的通道需要耐心，可耐心往往意味着要付出时间的代价，可，从现在起，还有三个多月的时间就是方探长的"死期"了！也许一个可怕的谋杀行动已经进入了倒计时，还有多少时间够我们理智地去观察和思考呢？我的心好像被人提起来了。尽管那也可能只是一种诅咒，可能根本就没有谁真会把这个诅咒付诸行动，可、可万一有谁真想找麻烦，真有人想置方探长于死地，那怎么办？方探长这个人，您也已经了解了，他就是一个浑身绑着雷管的"危险品"，一个随时可能引爆的炸源。那些炸弹也可能是别人捆上去的，也可能……也可能是他自己制造的。尽管他看上去无所谓，但也许胖子说得对，那只是做给我们看的，是他装出来的，或许他心里比谁都清楚那诅咒来自哪里，清楚那里面隐藏着多大的杀机。万一方探长真有什么不测……不！这个想法让我透不过气来，仿佛死亡就在眼前，我似乎已经听到了死亡的脚步声，甚至想到一场生离死别的情景……生离死别，我想起第一时间我听到爷爷走了的消息时的那种感受，那几乎要把我撕成碎片的痛的感受……天！不！不要，我不要！无论是怎样的生离死别，无论他作为好人或者坏人，我都无法接受，我不要生离死别发生！它绝不能发生！

我不能就这么干等着，不能眼看着这种悲剧发生，即便方探长是个坏人，即便想置他于死地的人有充分的理由去那么做，那我也不能答应，不能袖手旁观，我总该做点什么，可我又能做什么呢？我忽然觉得，其实我并不了解方探长，我对他的事知道得实在太少了！也许，我该去丁瑶的墓地上看看，或许那里的情形会告诉我些什么，对，“现场的痕迹会说话”，老师是这么说的。总之，我不能只这么待着瞎想。

其实，从学校回来后，我一直都想找机会去丁瑶的墓地看看，可墓地这种地方大都不是在居家附近，而是在几十里地以外的郊区。我当初觉得，像我这种几乎与她没什么关系的人突然想去那么远看人家的墓地，会让人觉得莫名其妙，觉得我多事，毕竟她的去世牵扯着许多说不清道不明的是非。可现在，我想不了那么许多了。

我追着杜欣进了洗手间，并把我想去墓地看看的想法偷偷告诉了她，杜欣从镜子里看了看我，并没有表现出太多的惊奇，“好吧，我找人问问地址，我们抽时间去一趟。其实，我也早就想去一趟了。”

“我记得你说，她下葬的时候，只有几个人去了，是吧？”

“是啊。都是刑警队的人。”

“可为什么呀？”

“不知道，是政治处通知的，不知道他们是怎么考虑的，也许是因为她的死因有点……”

“也许。”

“不过，”杜欣说，“要知道我们去了也不会看见方探长的那个墓碑，听说分局早就派人把它给起掉了。什么消息等传到我们耳朵里，也都是老掉牙的了。”

“我知道，那又不是纪念碑，他们当然会很快起掉，不过，那我也想去看看。”

杜欣洗着手，看了我半天。

“怎么了？”

“没事。”她笑笑，没说什么。

第二天中午，杜欣从刑警队那里问到了墓地的地址，我们俩跟谁都没说就悄悄开车上路了。一路上，我们一直分析着这事，分析来分析去，总感觉这事很像是丁瑶的家人干的，很显然，某个憎恨方探长的人或许也会做出这等损事来，但他不会把他的墓碑选在丁瑶的墓地上，更不会以丁瑶去世的日期作为方探长的末日。立碑人这么做的目的，无非是想告诉世人：丁瑶的死与他方哲是有关系的，方哲是要为这件事付出代价的。所以，把这事定位在她家人身上，是最合理不过的了。可丁瑶的家里，目前除了她的养母之外没有其他人了，一个60多岁的老太太，可能做这种事吗？要么就是丁瑶的那个哥哥干的？虽然他一直都生活在国外，也许他春节期间回来了？可，如果是他的话，他一回国就闹这事，那他做得似乎也太过声张，太明目张胆了？再者说，丁瑶是自杀的，即便那自杀的原因可能与方探长有关，那就至于导致他做出这么极端的事来吗？没有深仇大恨，不是恨他恨到要他死的人，谁会想出立墓碑这么恶的招儿来？如果说，这件事就是他们家人干的，那方探长与丁瑶之间的关系就太值得深思了。

我们的车沿着高速路开了大约一个多小时，不知不觉中就到了丁瑶所在的那个墓地。这是一个修建得既优雅又气派的墓地，它坐北朝南，依山而建，大门远远看上去，就像中国皇宫的大门，肃然中透着一种神圣的威严。

三月里的春天，乍暖还寒，一切春的迹象仿佛还未被唤醒，几乎让人想不起现在已经是三月了，又不是清明扫墓的时节，墓地上冷冷清清的，这里除了我和杜欣几乎没有其他人。

我们顺着一条蜿蜒的石子小路走过去，那些路边的椅子、不时出现的雕塑、小湖，以及不远处的小亭子都让我们觉得这里并不是一个墓地，而完全就是个公园……或许天堂就是这个样子吧。安逸平静，没有烦恼，没有争斗，没有仇恨，也没有死去活来的爱……这里的一切，忽然让我觉得死亡并不那么可怕了，它不过是把人从一个空间移到另一个空间而已，我和杜欣都禁不住称赞那选墓地的人的眼光。

我们在一个看墓人的指引下来到丁瑶的墓前。我们惊异地发现，那墓碑前摆放着几束鲜花，花叶的新鲜还没完全失去。

“好像有人不久前才来过。”我对杜欣说。

“这不奇怪。听说有人给方探长立碑这种怪事，分局肯定会派人过来看看，也许顺便就……”

“天呢！我们怎么就没想到……”我和杜欣有些自责，方探长墓碑的事把我们的脑子都搞乱了，竟然没想到该给丁瑶带束花来。

“下次吧。”杜欣看着丁瑶的照片说。

是啊，也只能下次。

我看着丁瑶的墓碑，一个非常精美的墓碑，碑座和碑体都是黑色大理石的，丁瑶的照片也不是简单粘贴上去的，而是用针雕技术一针针雕出来的，据说那个技术是要花费相当多的钱的。丁瑶还是像我印象中的那样，淡淡地微笑着，温柔，美丽。这是她留给我们最深的印象，也将是永远的印象，她再也不会老了，什么也不会再让她楚楚动人的形象有所改变了。

我看着她的遗像，在心里很抱歉地说：“丁瑶，对不起，这次我们不是特意为你来的，以后我一定会特意为你来，特意来看你，无论以后的故事告诉我你是怎样的人，我都会因为我们曾经是战友而来为你献花的。希望你在天堂里一切都好。”

我和杜欣顺着一排排的墓碑找着，正如我们所听说的，方探长的墓碑已经不在了。我们看见一个穿着管理员制服的老头儿正清扫墓地，于是向他打听墓碑的事。

“是啊，是有这么回事。”他看见我们都穿着警服，于是说，“不是你们来人让把它拆了吗？”

“它以前在哪儿？”

他指指旁边的空地说：“那边，我们发现它的时候，它就立在那儿。”

他指的那块空地与丁瑶的墓碑隔着三排，因为在丁瑶的墓碑附近，也只有那里还有一块。能挤进去一个墓碑的小空地。从位置上看，那个立墓碑的人之所以选择这个地方，显然是想引起人们的注意，也许就是想引起警察们的注意。还有一个月就是清明节了，即使现在无人发现，到了那个时候，也一定会被来给丁瑶扫墓的警察们发现，他们一定会告诉方探长，那他的目的就达到了，恐吓也好，诅咒也好，也只有被方探长知道，立碑人的意图才可以实现。

我问老管理员：“是谁发现那墓碑的？”

老管理员：“是我。”

“您是什么时候发现的？是怎么发现的？”

“咳，那天，阴历十七那天，我在这附近转悠，收拾这些树叶什么的，过些日子不就是清明了吗？我总得把这里收拾得像点样子。我走到这里，忽然觉得怎么好像多出个墓碑啊。说是个墓碑，其实就是戳着一块大石头。上面写着那么几个字，我觉得奇怪，就把这事告诉了我们这儿的头儿，他一看也傻了，问谁谁都不知道这事。这不是怪事了吗？该不会是鬼干的吧？我们越琢磨越不对，干脆，报告派出所吧，接着他就报派出所了。”

“在你们这里建墓地，需要办手续吧？”

老管理员：“那可不是，不办手续，那不成野坟了？可人家偷偷放在那里的，谁也没注意啊。加上春节期间，大家都放假回家了，这里没剩几个人……”

“你们这里春节没人值班吗？”

“咳，有值班的，可这季节，天寒地冻的……谁没事老蹲在这儿。再说，谁想到会有这种怪事。我在这里四年多了，别说从来没遇见过这种事，我连听都没听说过。”

“难道就没人注意到有人往这里抬石头什么的？那动静应该不算小啊。”

老管理员：“那些人是夜里来的，而且也没有经过正门，谁知道他们……”

“没经过正门？这么说这里还有其他门？”

杜欣看了我一眼，我意识到我的语气显得有点急躁。

“这可不像故宫围得那么严实，还要买门票才能参观，这儿没有，你们看看那后面，好几条路都可以过来。”

我们回头朝四周看去，这座山没有被围墙封闭起来。

“有好几条路都可以过来，看见那条路了吗？那还可以开上汽车来呢。墓地上的那些石料都是从那里运上来的。”

杜欣指着丁瑶墓碑前的那些花问老管理员：“您知道这些花是谁送来的吗？”

老管理员说：“是你们那些穿警服的人送的。”

哦，杜欣猜得没错。

我们观察着周围的环境，我无意中发现，墓碑不远处散落着几片橘红色的花瓣，“哎，杜欣，你瞧这……”

杜欣走过来，仔细看着那些花瓣，花瓣有些枯萎：“是郁金香的叶子。从风干的程度看，它们好像有些日子了。”

“它们跟那些花不是一起的，你说呢？”

“嗯。”杜欣看着我手中的花瓣点点头，她问老管理员，“在那些穿警服的人来之前，还有没有别的什么人来过？”

老管理员摇摇头：“我没注意。”他忽然看见了什么，朝那边一个年轻人喊道：“瘸子，来来来。”

那个叫瘸子的，是个腿脚不大利索的年轻人，他一瘸一瘸地走过来，“干吗？”

老管理员：“春节前后，你见过有谁来送过花吗？”

瘸子看看我们，“有啊，他们那些警察不是一个星期前才来过吗？您不是知道吗？”

老管理员：“咳，我问你除了他们，你还看见过什么人来过？”

瘸子有点不耐烦，眼睛红红的，嘴里还有些酒气：“我不是都跟你们警察说了吗？怎么还问啊？没错，是有人来过。一个高个儿男的，四十左右年龄，穿着黑呢子大衣，戴着黑墨镜。”

杜欣：“那是什么时候？”

瘸子：“大年三十，如果我没记错的话。”

老管理员责怪说：“别的日子会记错，大年三十怎么还会记错？”

“咳，那几天，我见天地跟朋友们喝酒，喝得我迷迷糊糊的。就这么个碑，你们还要多少人来问啊？”他不高兴地转身走了。

“喂，等等。瘸……”我想叫住瘸子，再多问几个问题，但不知该怎么喊他。

“算了。”杜欣拦住我。

“这人真是的，问几个问题，干吗这么不耐烦。”

“你没看见他又喝了吗？一口酒气。”

这人酒瘾还真不小，想必一年三百六十五天里，他就没几天明白的日子。任何职业因酒误事都会受到批评甚至惩罚，只是谁会为这事去责怪一个看墓地的人呢。

我们又问了那老管理员几个无关紧要的问题，然后离开了墓地。

回来的路上，我们一直没有说话，我脑子里想的都是那个来给丁瑶献花的男人会不会就是丁瑶的哥哥，我以为杜欣也在想着跟我一样的事，可她开着开着车忽然问我：“海棠，我想问你一件事。”

“嗯？”

“你打算什么时候结婚啊？”

“啊？结婚？”她的问题问得也太突然了，我一时没回过神来，“结什么婚？”

“你不是一直在和一个中学同学交往吗？怎么？”

“哦，你说他呀？我……他……其实……”我支吾着。

“你支吾什么呀？怎么了？该不是你们已经分手了吧？”

“我们……是，”我点点头，“其实我们早就分手了。”我看了看杜欣，“我本来是想告诉你的，事情一多就忘了。”

杜欣：“你们为什么分手？”

我把自己和男朋友的事跟杜欣讲了一遍，把他母亲怎么不喜欢警察，他自己又是怎么表现得不让我满意等等都讲了。杜欣听完我的话，不知因为什么轻声叹了口气。

“怎么了？叹什么气？怕我嫁不出去呀？”

“那你现在怎么打算？”

“我？没什么打算，看缘分呗，等那个有缘分的家伙来了，我自然会感觉到的。”

杜欣看了我一眼，“感觉？你想不想听我一句劝告？”

“什么劝告？”

“你不要找警察做男朋友，至少……嗯，不要找身边的警察。”

“啊？”我不知道杜欣为什么突然在这个时候这样说，难道她觉得我在跟什么人……不会啊，连我自己都没有想过的事，她怎么会……

“找身边的警察麻烦会很多的。”

“你是不是觉得我看上什么人了？而且是身边的什么人了？”

“你没有吗？”

“没有。当然没有。你以为我看上谁了？”

“我什么也没以为。我只是想提醒你。”

我笑起来，“是不是咱姐夫让你不那么称心啊？你怕我步你后尘？”

杜欣笑了：“他？他是这个世界上濒临灭绝的人种，如果你还有机会遇见这种人，我也就不劝你了。”

“这就是情人眼里出西施。我要是爱上谁，我也会这么说的。”

“不是，我说真的，你姐夫这人确实不错，但如果他不是西施，即便是我爱的，我也不会这么说，而你就不一定了。只要是你爱的人，那他在你眼里就是百分之百的西施。”

“也许你说得对，你觉得这样不好吗？”

“那看怎么说了，反正我觉得你在这个问题上要好好掂量掂量，别脑子一热就……”

“你说什么呢？嫁人是一辈子的事，我可要好好地挑上一番。至少也要找个比姐夫差不了太多的。”我笑着说。

杜欣是怎么了？是不是从我身上看出了什么不好的苗头了？她是不是在担心我已经爱上了方探长了？有可能。从我告诉她要来墓地看看时，她就有点怪怪的。此刻，我真想问问她究竟是怎么想的，我看看她，她一脸沉稳老练的样子，我知道，她是不会把那些还是苗头的东西轻易说给人的。况且，假如我真的这样问了，搞不好会让她想得更多、更复杂。如果她再反问我，那我该怎么回答？我说得清楚自己对方探长的感情究竟是怎么回事吗？敬爱虽然也叫爱，可它和恋爱并不是一回事，虽然有时它们可能会纠缠在一起。杜欣啊，杜欣，你的脑子里究竟在想什么？你的话为什么给我一种感觉：爱上方探长会是一件糟糕的事？

二

我和杜欣查阅了从下面单位报上来的境外人员临时户口登记，想看看丁瑶的哥哥是否春节这段时间里在国内。按照规定，所有从境外回来的外籍人都应该有临时户口，如果丁瑶的哥哥春节期间回来过，并按规定申报了临时户口，那我们应该很容易查到他的名字。我们先从户籍登记上查到他的基本情况，丁瑶的哥哥叫唐安，38岁，已婚，25岁去了加拿大，30岁那年加入的加拿大籍，同时注销了中国户口，可从最近申报的临时户口中，我们没有发现唐安的名字。

我给丁瑶住家派出所打了电话，询问他们是否掌握唐安什么情况，是否可能漏报，因为春节期间警察们都很忙，特别是派出所的警察，如果发生个别漏报现象也在所难免。那个管界民警是个新人，他对管界里的情况还不完全了解，他答应我们马上去了解情况，然后把结果告诉我们。

在这个过程中，我们又查阅了前几个月的临时户口登记。唐安！有了！原来他去年11月底就申报了临时户口。“杜欣！我找到了。”我把杜欣叫到电脑前，让她看上面的登记。

杜欣看着说：“对，应该是这个人。”

“看这离境日期，是2月28日。也就是说，春节期间他应该在这里，而现在应该已经离境了才对。”

不一会儿，派出所的电话来了，那个新来的管界民警告诉我们，居委会的大妈告诉他，唐安去年11月份就回来了，目前还没有走，而且仍然住在家里，他查了登记，未找到他新的申报申请，这样说来，他的签证应该是已经过期了。管界民警说他会马上去他家了解情况。“嗯……要不你先不要去了。”我思索着说，“等我们商量一下，过会儿给你打电话。”

我挂上电话，杜欣看着我问，“你干吗？难道你想去？”

“你觉得呢？”

杜欣想想说：“这倒也没什么不可以。”

“我想去她家看看，接触一下那家人，或许……”

杜欣心领神会地点点头。

随着工作的日益繁忙，下面的工作也时常出现漏洞，韩处长早就想寻找办法解决这类问题，他听我这么说，便马上答应了，只是他并不知道我要去查的人是丁瑶的哥哥唐安。韩处长是个谨小慎微的人，如果跟他说了，我担心他可能会因为考虑过多而不批准我们亲自去查。

我无意间又看见了那墙上的时钟，真搞不懂，为什么到处都能看见它们，墙上，手机上，电脑上……特别是墙上挂着的那家伙，老是一个格一个格地移动，不，是一个格一个格地向前蹦，我每看它一眼，它就又转了一圈，总像个催命鬼在我眼前跳舞。我也是，有事没事的老去看它！难道它会给我意外的惊喜？会突然停住脚步，或倒转起来了？

我回到办公桌前，想再在电脑上整理些资料，但我桌上的电脑却偏偏在这个时候死机了，重启了几次都无济于事，也不知是病毒的原因，还是那些陈旧的装置受不了我们这么多手的轮番折磨，反正它就是说什么也不肯工作了。正巧，克奇被一个电话叫走了，他桌上的电脑被空了起来。太好了！我迅速跑到他的桌前，触动了一下鼠标，结束它的屏保状态，屏幕亮了起来，咦？这是什么？一辆黑色奥迪汽车图片出现在屏幕上，我这才发现，现在的页面位置是克奇的私人空间，也许是因为他离开得匆忙，忘了关掉页面了。我瞪大眼睛看着那辆车，那上面有几处损伤被圈了出来，等一等！这车是不是……

“你干吗？”克奇忽然回来了，“干吗动我电脑？”他的语气很不客气，就好像我是个小偷！自从我发现他对我隐瞒很多重要的事情后，就已经对他友好不起来了，现在见他这态度，我顿时来了气，“你的电脑？放你桌上就是你的电脑了？”

“你想找什么？”他警惕地问。

“我不想找什么！这是公用电脑，哪儿写着是你的了？它本来在小薛那边放着的，还不是你给搬过来的？”

“你那边有电脑，干吗非用我的？”

“那个电脑坏了。你也太奇怪了，就算这是你的电脑，用用又怎么了？难道那里面有什么见不得人的东西？”

“我不喜欢别人随便动我东西！再说，你要用为什么不跟我说一声，还偷偷摸摸的。我出去接个电话就……”

“你把全世界的人都当贼了吧？这要真是你家电脑，我连碰都不碰！”

也许克奇觉得自己的态度有点不好，语气缓和地说：“我不是说你不能用，你总得跟我说一声。你知道我在干什么？把我的文件弄乱了，我找谁去？”

“我怎么知道你在处理文件？”

“那我在干吗？玩儿呢？”

“那可难说，你又不是没这么干过？”

克奇上前，敲了几下键盘，关掉了汽车页面，并从他个人空间里退了出来。“好了，你用吧。”

他的样子让我更生气了，“破电脑，我还懒得用呢。”我站起身，走开了。

克奇笑笑着说：“怎么，真生气了？”

“反正我记住了，跟你有关的东西是国家，不，是地球一级绝密，绝对碰不得。不然非招你犯病不可。”

“得，得，得，看你，我就那么一说，你至于生那么大的气吗？小心眼！”

我没答理他，四处踅摸着哪台电脑正闲着，其实脑子里一直在想着那辆车和克奇的反应，他为什么那么紧张？

克奇走近我：“喂，有个好消息，你想不想听？”

“不想听。”

“真的是个好消息，我本来就想告诉你的。可我一忙就给忘了，真是个特别大的好消息。”

我猜他也许是想告诉我关于屏幕上的那辆车，说实话，我真想知道，可我嘴硬地说：“我跟你说了我不想听。”

“你知道我要告诉你什么吗?”

“对你的事情，我一律不感兴趣。”

“如果我告诉你的是有关那辆撞我的车呢，你也不想听?那可是一个重量级的大信息啊。”

什么大信息?我感觉自己的心忽悠了一下。您知道的，他高兴的事一直都让我担心，我从没希望他赢过，甚至暗中还希望他那些所谓的论据都不成立，我每次在他要说什么之前就偷偷摆好了姿势，随时准备把他竖起来的“墙”给推倒。可越是这样，我却反而越想知道他所获得的每一个消息，以便了解之后，去寻找那些可以将它们全都推翻的依据。我看着他，没有说话。

“你倒是说话呀，想听不想听，不想听我可就不说了。”

他这是被我逼的，要不是因为我看见他电脑里的图片，他才不会告诉我呢，我心里想。可要从他的角度上说，他也有理由防着我，因为我是“身在曹营心在汉”的可疑分子，而线索这东西一旦掌握在对方手里，使对方有了防范，那它可能就完全失去意义了，历史上不净是这种例子吗。

“你真的想好告诉我了吗?你确信说了以后不会后悔?”

“哎，别这么说。我可是从未把你当过敌人。”他看看我，“我不过只是把你当，当个傻瓜而已。”他嬉皮笑脸地说，“知道吗?你是个很特别的人，非常特别，你对受骗上当情有独钟。”

“谢谢恭维，只要你确信告诉我不会后悔，你把我当什么都行。‘叛徒’我已经当过了，傻瓜更当过无数次了，你还有什么好听的，随便你。”

“你这么说，我还真没法不告诉你了。好吧，告诉你，但你一定要保密。刑警……”他刚要说什么，见旁边有人，便走到我跟前，在我耳边小声说：“刑警队的人说，撞我的那辆车找到了。”

“哦?!就是你电脑里的那辆?”我也小声问。

“正是。”

“它在哪儿?他们是怎么发现的?”

“它是在包头一个居民小区里被发现的，有人把它停在那个小区的停车场了。”

“包头?”

“那里的住户发现好久没人来开它，而且还没有车牌，就报了警。刚才你看的那张照片就是包头刑警刚刚给我们这边传过来的，我一看，还真像是那辆车。”

“你说像？那也可能不是?”

“八九不离十。虽然车被人洗过了，不像当时那么脏，可我仔细研究了一遍那些特征，都跟撞我的那辆车很吻合。”

“那车主是谁啊？车找到了，那车主也应该能找到啊。”

“那当然。”

“什么那当然？车主是谁啊?”

“嗯……这个嘛，我先不告诉你，我怕你听了会晕过去。”

听他这么一说，我当时就快晕过去了，“不说算了。”我还真说不清自己还想不想往下听，如果它真会把我吓晕过去的话，也许不听更好。

“等去包头的刑警一回来，一切就真相大白了。哎呀，事情啊，变得越来越有意思了。”

他得意的样子真有点故意拱火。

“听你这话的意思，一定跟方探长有关?”我还是忍不住问了一句。

“我这么说了吗？我克奇可是个喜欢用真凭实据说话的人。”

我哼了一声，把我内心的慌乱给掩盖过去了。

“这事你可不许乱说去。知道吗?”

“我又没逼你告诉我，这可是你自己非要告诉我的。”

“那你也不许乱说，跟谁都不许说。”

三

我按照地址找到丁瑶家。这天我没有穿警服，这还是杜欣提醒我的，她觉得丁瑶的家人可能这个时候对警察的拜访不那么欢迎，为了我能顺利地走进这讨厌警察的人家门，我很乐于这样做，为了我终于有机会可以穿我那条牛仔裤，我更乐于这么做。走之前，我对着镜子美了半天，这改头换面的高兴把我去丁瑶家的紧张都消除了一半。这条牛仔裤可是花了我很多钱咬牙买的一个名牌！再不穿它，怕又快赶不上流行了。

丁瑶家住的这个小区是上世纪九十年代初建起来的，楼房看上去半新不旧的，小区中间有个挺大的街心花园，到了夏天，估计会有不少人来这里乘凉，可现在，花园里除了一个学生在背着什么外，再看不见什么人了。看着那个花园，我想象着丁瑶从前也许在这里坐过，想着愉快的事，或苦恼的事，也许花园中的植物曾经听见过她的心声；还有那条绕过花园通往她家的小路，也许她那个自杀的念头就是从这里走过去时产生的，也许她当时也很犹豫，如果当时她要遇见了什么人聊上那么几句，或遇上什么让人开心的场面，让她突然意识到那些让她轻生的想法很愚蠢，让她觉得烦恼只是一时的并算不上什么，也许她现在还活着，那此刻，也许正走在这条路上的人是她。真的，其实好多愚蠢的想法只是一念之差，可往往就那一念之差就能决定人的生死。

丁瑶家住在一幢六层的楼房里的第四层，楼房里没有电梯，只有破旧的楼梯。据管界民警介绍，唐安在国外的妻子是个有钱人家的女儿，像这么有钱人家的女婿，至今还住在这么个老破楼里，真让人觉得有点不可思议。是念旧，还是为了图某种方便？

我按了门铃，门开了一个缝，“找谁啊，姑娘？”一个看上去有60多岁的女人站在防盗门里问我，她戴着眼镜，穿着得体，语气也十分客气，我猜这就是丁瑶的养母了。单从面相看，她应该属于那种比较有亲和力的人。

“请问，这是唐安先生的家吗？”

“是啊。姑娘。”

“他在家吗？”

“他刚出去了。你找他有什么事吗？”

我怕报了身份后，可能连门都进不去，便笑着说：“我可以进去说吗？我不是来推销的。”

“当然，请进吧。”她打开防盗门，把我让进屋里，虽然保持着微笑，但回话中略显迟疑。

我浏览了一下这个家，它像是没装修几年的样子，无论是家具、窗帘还是房间的布局都接近现代家庭的眼光，虽然算不上豪华，但还算是有些品位，从中你能感觉到这家人的日子过得蛮不错。依照这家人家里的装饰，为丁瑶选择出那样一个典雅的墓地，是很合乎逻辑的。

她见我在环视着房间，便说：“我刚买菜回来，还没来得及收拾，请问你是……”

“哦，我是分局外事处的。”

“分局？”她的笑凝固在脸上，目光警觉地问：“你是警察？”

天！警察，不是罪犯！至于吗？杜欣的提醒还真是对了。

“哦，对。”我回答。

“你找唐安什么事？”她的语气骤然冷了下来。

“我是为他签证的事来的，根据他在我们那里的登记，他的签证已经过期了，按规定他该申请延期，然后重新申报临时户口。”

“是吗？好吧，等他回来，我会告诉他的。”她冷冷地说。

看她这种态度，估计她是不想我继续待下去了，可我怎么能就这么走呢？我想问的事可还多着呢。我趁她还没来得及下逐客令，赶紧说："阿姨，我跟您女儿在一个分局里工作，我们以前是同事。"然后努力笑着，好像一点都没看见那张难看的脸似的。

"是吗？"她微皱着眉头，满腹狐疑地看着我。

"您身体还好吧？"

"我身体？嗯……"

"以前我和丁瑶经常见面，我们不是在一个处，可我对她的印象挺好的。"

"谈她干吗？你不就是来问签证的事吗？"

"哦……"我一下子就被噎住了，"因为，因为以前我们是同事，您是她的母亲，所以，我顺便……"

"你是怎么知道我的？"她的目光变得有些凶狠，跟刚才的温和完全判若两人，"你们不在一个处，肯定也不经常聊天，你是怎么知道我的？"

"我，我是听同事说的。"

"哪个同事？"她像是在审问我。

"哦……"我想说克奇，但又觉得不好，毕竟克奇见过她的事，他只告诉过我，"是派出所的小谢，小谢您认识吧，他是你们的管界民警。"

"我不认识，也不想认识。我对你们这些警察没什么好印象。"

"哦，是吗？为什么？"

"为什么？……你刚才说你是哪个处的？"

"外事处。"

"跟方哲一起？"

"是……他刚到我们那里不久。"

"那就是了，是他让你来的，对吧？"她不容我回答，就接着说。"我就知道他会没事找事的，他不把我们斩尽杀绝是不会甘心的。行了，你的事说完了吧，你可以走了。"

"阿姨，您怎么……"

"我会告诉我儿子去办你们要求的手续的，只要是国家规定必须办的手续，我们会去办的，除此外我不想再跟你说什么了，你走吧。”

“那好吧，我给您留个我的电话，有什么不清楚的，等唐安回来可以给我打电话。”

我怕我再问下去，她会突然变得歇斯底里，照她现在这变脸的速度，还真不是没有可能。我赶紧在一张纸条上写下电话号码递给她，她边接过纸条，边朝门口方向运动，好像要用那张纸条直接把我拉出去似的。

那天我就这么离开了她家，其实说白了，就是被人家轰出来了，灰溜溜的，只差身后再飞出个笤帚来了。看来克奇关于她的描述还真没什么“泡沫”，她对方探长那种态度，那不仅是反感，简直就是痛恨，是深恶痛绝，而这种痛恨，是极有可能导致她做出立墓碑这等事来的。墓碑一定是他们立的！我当时就这感觉。

我回到处里见到杜欣，她告诉我，她已经把我去丁瑶家找唐安的事情告诉了韩处长，她认为让他知道比较妥当。她拉着我去了韩处长那里，让我把见到丁瑶母亲的事情跟他说说。韩处长除了怪我们没事先打招呼外，没多说什么。我说我真不明白丁瑶的养母为什么那么恨方探长，韩处长只含糊地回答：“这不是明摆着的。”当然谁都知道那个明摆着的原因，可我想搞清楚的是那些没明摆着的是什么，因为明摆着的原因总让人觉得与他们那种痛恨之间还有一段不太合理的距离。

第二天，我整整等了一天，也没收到唐安的任何音讯，如果再拖下去，我们就必须给他下发限期离境的通知了，那样的话，那家人可能更恨警察了，因为已知的原因和未知的。我有点着急，可我没有他家的电话，要想再催他，只能再去他家。再去？算了吧，我 20 多岁时的脸皮还没厚到那份上，快下班的时候，我决定让派出所的小谢去催。还没等我打电话，传达室的电话就来了，说有个叫唐安的人要见我。哦，他终于来了！

我一走进接待室，就看见一个穿着黑色呢子大衣，不，是黑色羊绒大衣的高个男人坐在沙发上。没错，除了今天他没戴墨镜以外，穿着打扮还有相貌特征跟墓地的那个瘸子形容的送花人的样子十分相像。他，方方正正的脸，方正得有些不像一张脸，更像一个人工面具，实事求是地说，这种脸型的，过于圆滑的人不多。

“您是唐安先生吧？我叫海棠。”

“哦，我是唐安。”他笑容可掬地说，“你好。”他伸出手。我也伸出手跟他握了握。他的手非常凉，但厚实、柔软，有本书上曾经说，有这样手的人一般是很有财运的。

“你好。打扰您了。”

唐安仍然彬彬有礼地笑着：“不，那是我的错，我去了趟外地，中午才回来，我把签证期限给忘了，谢谢你来我家提醒，我愿意接受处罚。”

“您请坐吧。”我核对了他护照上的签证后，问他：“您准备什么时候回加拿大？”

“按你们的规矩，我可以再延长一次对吧，回来一趟不容易，我家里还有些事要办，所以麻烦您再给我延长几个月行不行？”

“我的权力还可以给您延长三个月，再长就不行了。”

“三个月，足够了。就延长三个月吧。”他笑着说。

他说三个月的口吻和那神秘的微笑，使我不由得想起方探长的死期，从现在算起也只有三个月，这不是什么巧合吧？也许是我多想了。我很快给他办完了手续，在这个过程中，我一直在想我该跟他聊点什么，怎么开头，因为在丁瑶养母那里我已经碰了钉子，所以我必须谨慎，不能一上来就把他也给说炸了，那我就一无所获了。我把证件交给他，可我还是没想好怎么把他的话引到我想知道的事情上去。此刻，我最想知道的就是，他们为什么憎恨方探长和是谁立了那个墓碑，除了丁瑶的自杀，是否还有其他原因。

“我对我母亲上午对您的态度表示歉意。”他边说着边把证件收进自己的手包里。太好了，他似乎给了我一个开头的机会。“最近这段时间，她已经被警察折磨坏了，”他接着说，“今天这个来，明天那个来，邻居们还以为我们犯了什么法了呢。所以……请您谅解。”

“哦，是吗？我说呢。”我笑笑说，“我没赶对点儿。”

他也笑了。

“警察为什么老找你们？家里有什么事吗？”

他看了我一会儿，“也许就是因为我是丁瑶的哥哥吧。你认识丁瑶是吧，听我母亲说你们认识。”

“我们认识。可那事情不是已经过去了吗？”

“是啊，我们也希望那事已经过去了，可你的同行们总来纠缠我们，尤其是最近，不知什么人在我妹妹的墓地上给方哲修了一个墓碑，他们怀疑是我们干的……真是让人不得安宁。”他摇摇头，然后看看我，“我这样说你的战友，你不会生气吧。”

“不会，我知道我的战友们做的事很多时候是很令人烦恼的，可那也没办法，我们的工作就是这样。”

“是啊，我能理解，可我母亲岁数大了，再说，街坊邻居都看着呢，时不时有警察来登门造访，总不是件令人愉快的事。我们是本分人家，不想有那么多麻烦。”

我表示理解地点点头，“关于墓碑的事我也听说了，您觉得那会是什么人干的？”

唐安：“我真的不知道。尽管你的同事有理由怀疑我们，可那事真跟我们没任何关系。要说那个人也真是奇怪，你跟方哲有什么样的过节，我们管不着，可你干吗要在我妹妹的墓地上搞这事？这不明摆着嫁祸于人吗？别说你们警察，搁谁也会想到是我们家什么人干的，尽管他这么做让我们觉得很解气，可我们是不会做这种无聊的事的。事情都已经过去了，我们再怎么折腾，我妹妹也不会再回来了，我们这样做还有什么意义？”

我仔细看着唐安的脸，想从他的表情上看出他此话的真假，可那表情似乎非常真诚、坦率，没有丝毫耍赖的迹象，我无法判断。

“再说，方哲是什么人？我们怎么可能跟他作对？我们斗得过他吗？”他苦笑了一下。

“您这样说，好像方探长是个坏人似的，我不太理解。”

“他是什么人不用我评价，而且，我也不想惹是生非引火烧身，我只希望我的家人能尽快忘记伤痛，平安度日。”

“先生，在我们眼里，方探长是个很好的人，可通过我跟您母亲的接触，还有您刚才的话，我觉得你们好像对方探长很有看法，我能知道为什么吗？”

唐安没有回答。

我又问：“是因为您妹妹的自杀与方探长有关系吗？”

唐安：“咳，事情都过去了，还是不说为好吧。我妹妹一走，他方哲爱是什么人就是什么人吧，由他去吧，跟我们再没什么关系了。”他笑笑，看了看我，“我听说，他现在跟你在一个部门？”

我点点头：“您说方探长？是，没错。”

唐安语重心长地说：“当心点吧，公安局这种地儿可不是什么单纯的地方，也是鱼龙混杂，不要太过于相信别人，别像我妹妹……”

“对您妹妹和方探长的关系我只听说过一点点，只听说是因为他们的关系好像……嗯……他们之间除了大家认为的那种关系，还有其他什么事吗？”

“其他的？”他笑看着我，“你为什么想知道这个呢？”

“好奇吧。只是出于好奇。”

他的笑让我觉得他在认为我是被方探长授意来探他的底的。

“是吗？”他看看手机，似乎在犹豫：“嗯，我还有事要办，我恐怕没时间满足你的好奇心了。再说，言多有失。”他又看看我问：“咳，我真不明白你们这些女孩子，有那么多好职业可以去做，为什么要来当警察呢？”他站起身准备离开，也许是看我有点不甘心的神情，于是说：“以后吧。也许以后有机会我会多给你讲点我妹妹，可我现在真的有事。”他再次伸出手，友好地跟我握了握，看着我说：“你不会把我说的话告诉方哲吧？我希望你不会。我们家的麻烦已经不少了。”

“他是我的同事，即便我跟您承诺我不说，您也不会相信的，况且到目前为止，我所了解的方探长还没有让我觉得他是个坏人，”我笑着说，“除非有人能向我证明他是不值得我信任的人，也许我会有所改变。何况今天，您并没跟我说什么，您和您母亲与方探长之间的敌意，这大家都知道，已经不是什么新闻了。”我看看他，想自己如此直言不讳地拒绝他的要求，不会是一种失策吧。是不是我答应他什么都不告诉方探长，他就会把他肚子里的话说给我听了？

“你很诚实，这点我真没想到，也许是我见的诚实的人太少了吧。”他笑着朝门口走去。

是啊，跟聪明的人对话，你有半点虚假都会被他识破的，幸好我没那么做，也许我该庆幸我那本能的诚实。“您刚才答应以后找机会告诉我一些事，您说的是真的吗？”

“唔……当然。”

“那是什么时候？”

“再说吧。”他走出了接待室。

我知道什么“以后有机会”“再说吧”之类的话都是人们惯用的推托语言，如果我不再去找他，他肯定不会再跟我联系，尤其是在我明确了对方探长的看法后，他更不会再想跟我说什么。可我不会放弃的，我一定会想办法，让他尽快告诉我些什么的，因为大家的时间都不多了。

“哦，您可以给我留个手机号吗？”他问我说。

“当然，没问题。”

他按照我说的，把我的手机号输进他的手机里。

我把唐安送出分局大门，目送着他远去的背影，我在想：如果让我用一句话总结唐安刚才的态度的话，我想该是“息事宁人”，是吗？他是想“息事宁人”吗？那墓碑呢？这可是玩火，可与“息事宁人”是完全相反的表示。然而他，唐安，优雅谦和，挺像一个绅士的，他会是那种用立他人生死碑来泄私愤的人吗？

其实，就在刚才，就在我刚见到他的那刻起，我忽然很希望他能承认这事是他做的，那事如果是他做的话，至少那动机是看得见摸得着的，那事情似乎相对简单一些，可他没承认，那就另有可能了。一个可能是，是他，但他不肯或不敢承认；第二种可能是，另有他人。二者相比，后者更让人心里没底，判断不出动机，也就没有方向，没有方向就无法采取行动，无法去制止那个可能正在秘密运行着的杀人计划。

我离开分局的时候，天已经擦黑了，我来到公共汽车站，发现等车的人黑压压地站了一片，看样子已经好久没有来车了，有人在骂骂咧咧，抱怨汽车太少，抱怨政府不作为，让百姓过得这么辛苦。我等了一会儿，好不容易盼来了一辆汽车，车还没进站，人群就拥了过去，门一开，再看那车上的人，挤得像是马上就要崩出来似的，他们只有拼命撑着身体才能使自己很勉强地待在车里。妈呀，我可没这个本事把自己塞到那“罐头”里去，我放弃了那场不可能胜利的战斗。

天气很冷，尤其在这个饥肠辘辘的时间，就显得更冷，我想去叫辆出租，可连个伸手的机会都没有，不等出租车驶到跟前，早被一里地以外的人给争先恐后地截走了。算了，还是走着回家吧。我正犹豫着，一辆汽车忽然停在我面前。

四

“海棠。”方探长摇下车窗玻璃探出头来，“上车。”

“方探长？”

我走到车前问："去哪儿啊？"

"你去哪儿？"

"回家。"

"我送你一段。"

我高兴地坐上了他的汽车，真暖和啊！这里实在是太暖和了。汽车一下子就把我和寒冷分开了。

"瞧你冻的，嘴都紫了。你每天都这么挤车？"

"是啊，反正没几站。"

方探长调整了一下暖风的排气扇，又伸手在排气扇前面感觉了一下温度，一股暖风朝我脸上吹过来，我顿时感到身体里那已经快被冻得凝固住了的血液开始流动了。

他看看我："怎么样？暖和点吗？"

我笑笑："是。"我真觉得很温暖，心里也是。生活中的场景往往会在影响人的外在感受时同时作用于人的心里感受，就在这次，我体会到了，当温暖在你正渴望它的时候突然降临时，真好像刚刚喝了杯醉人的酒，又美又晕，还有点莫名其妙的心旷神怡！

"您去哪儿啊？不会因为送我绕路吧。"

"没事。"他开着车说，"告诉我怎么走，给我指路。"

我告诉了方探长我姐姐家的位置。汽车开动了。

"您也刚下班啊。"

"嗯。"他随便应了一声，然后问我："海棠，刚才你送的人是不是唐安？"

"刚才？您看见了？您认识他？"

"他来干什么？"

"来办签证延期。他的签证已经过期了。"

"哦？怎么回事？"

"我在检查临时户口时发现，他去年 11 月份就入境了，可他居然到现在还没走，也没有延期申报，所以就把他约来了。"我不想告诉他我那一连串的想法和行动，不想告诉他我因为他的墓碑而去了趟丁瑶的墓地，然后又从唐安送花联想到他可能一直在本地什么的。那太长了，也太难说清楚了。

方探长看看我，“他延期多长时间？”

“三个月。”

“哦。他都跟你说什么了？”

我忽然觉得，今天我和他并非巧遇，他好像是为了问我什么而特意来……我心里的暖意瞬间跑掉了三分之一。“他只是跟我解释了一下签证的事，他说他到外地去了，所以把签证的事给忘了。”

“哦。他说他去哪儿了？”

“他没说。”

“他跟你提到我了？”

“嗯，是，他确实提到您了。”

“他怎么说的？”

“问您现在是不是跟我一起工作。”

“没了？他没跟你提到墓碑的事？”

“他说了，他说最近警察总是去找他们问这问那，其中还问到那墓碑的事。我问他那是不是他干的。”

“他怎么说？”

“他说不是。”

方探长笑了一下，那笑好像是不信吧，我不敢肯定。

“您觉得是他吗？”

“你说呢？”

“他，真有那么恨您吗？”

“你没看出来吗？”

“可为什么？他究竟因为什么那么恨您？”

他又笑了一下：“肯定不是因为我长得太丑。因为我长得比他强多了。”

我也笑了。这话跟醋意没什么关系吧？也不敢肯定。

方探长：“你对这个人什么印象？”

“印象？怎么说呢，我以前想象，他一直在国外生活，穿着方式或思维方式多少跟一直待在国内的人有所区别，可他，他却好像是个很地方化的人，对周围的事情也显得并不陌生。”

“嗯。”他同意地点了下头。

“他给我的感觉很精明，处事冷静，像他这样的人，一般情况下，绝不会乱来的，像立墓碑这样的事……我想，好像不会似的。”

方探长默默地听着。

“总之，他算是个见过世面的人吧，挺会说话的，态度比他母亲强多了。”

“他母亲？你见过他母亲了？”他很惊讶地看了我一眼，“你什么时候见过他母亲？”

我正要说话，“吱——”方探长一走神，我们的车险些与一辆正并线的车撞上，他急忙转了一把方向盘调整了一下方向。我看了他一眼，接着说：“昨天早、早上因为签证的事，我去了一趟他家。可还没说几句话呢，就被她给轰出来了。”

方探长不说话了，脑子里想着什么，然后又一转方向盘，把车停在路边，拉上了手刹。

我有些惊慌地看着他，“怎么了？”

“海棠，你坦白告诉我，你去他家除了为签证的事是不是还有其他的事？”

那当然，其他的事就是想知道人家为什么那么恨你，以至给你建个墓碑。我这样想，可不敢这样说。

“是克奇让你去的？”

“不是。他不知道签证的事。”

他看了我半天，好像有什么话想说，可还没有拿定主意。

“怎么了？”我问，“你为什么这么问啊？”

“你是想知道我跟他们之间究竟是怎么回事，对吗？”

“嗯……我，我做错什么了吗？”

他长长叹口气，无奈地摇摇头：“海棠，我想我该提醒你，我和他们之间的关系，不是你们想象的那样，只是因为我和丁瑶的关系，这里面有很多事情是你们不知道的，我希望你们别搅和进来。你明白我的意思吗？”

我有些困惑地看着他。

“克奇已经让我很头疼了，你再搅和进来，事情会更加复杂的。”

“究竟是什么事啊？您和他们怎么了？什么事情那么复杂？”

“怎么跟你说呢？”他又迟疑了一阵，“实话说，我在怀疑唐安跟一起谋杀案有牵连。”

“谋杀？”我早就猜到方探长和他们之间还有别的事，可说到谋杀，我还真没敢往这儿想，“您说丁瑶的哥哥？”就是刚刚才跟我分手的那个温文尔雅的男人？他是个杀人的人？“这是，这是怎么回事啊，您为什么这么说？”

“这话说来话长了。”

“您能大概讲讲吗？”

他点上一支烟，慢慢吸起来，“说起这件事，也只好从我和丁瑶的关系说起。”他吐的烟雾，使他在我的视线中变得有些模糊。他稍微摇下了一点车窗，让烟雾顺着车窗飘散出去，眼睛看着别处说：“我不知道丁瑶是从什么时候开始对我有好感的，但当有人看出来告诉我的时候，我也并没惊讶，我不是个木头，也不是没谈过恋爱的人，其实，我早就感觉出她的那种想法了。”

哦，原来他对这种事也如此敏锐！

“可作为我，我也只能尽量不去那么想，尽量把它当成一种错觉。可既然别人也看出来了，那我怎么想也没用，只能尽量回避。坦白说，那时，她每次来找我，我都怕她一冲动说出来，那样就真的尴尬了。我本来以为也许不会，因为丁瑶是个很含蓄的人，但没想到，她还是说出来了，她当时没有面对面地跟我说，而是写了封信给我。”

信？是克奇说的那封夹在人民来信中散发的情书吧？

“在信里，她把她的想法告诉了我，我当时真的十分为难，怎么说呢？她这个人不仅工作认真细致，任劳任怨，而且很聪明，很善解人意，从某个角度上说，我确实比较欣赏她，可说到爱，我是绝对不能接受的，因为我爱我的妻子。我和妻子是从小一起长大的，尽管，她不如丁瑶漂亮年轻，也不如她温柔体贴，可我们那么多年生活在一起，彼此都习惯了，再说，我也不是那种见异思迁的人，况且我们还有孩子。”

是吗？我看着他的表情想，这是他的真心话吗？

“接到丁瑶的信后，我跟她长谈了一次，希望她打消这个念头，她当时答应我了，可我发现，她也只是嘴上答应了，可心里……后来，她又接着给我写过几次信，内容都差不多，大部分被我处理了。那时，她对我的那种，那种劲儿，真让我感到压力，丁瑶这个人不像别人，她是一个非常敏感、非常神经质的女人，你的每个动作，每个眼神，或说的每句话都可能无意中触到她哪根神经，让她想上半天。人是个好人，可真是挺累人的。那时，我真想把她调走，可人家在刑警队干得好好的，工作无可挑剔，我怎么说呢？说了，不是把人家给卖了吗？嘿，我越这样想还越出错，有一次，我竟然一糊涂，把她给我写的信当成人民来信给发出去了。这下可倒好了，几乎全分局都知道她在追我的事了，她也为此来跟我闹了一次。后来我妻子也知道了，也整天叨叨我，那段日子……”他摇摇头，“我在所有人的眼里都是恶人。从那以后，丁瑶就不太理我了，我觉得那样反而挺好，虽然我无意中伤害了她，很对不起她，可这样一来，也许真就断了她这个念头了。但过了一段时间，大约有半年吧，她的情绪忽然显得十分奇怪，有人告诉我，说发现她老是一个人在偷偷地哭，开始我以为她是因为我才这样，以为是什么事情使她的感情又有了反复，于是我又找她谈。她告诉我这事跟我没关系，其他的她什么也没说，也不知道她究竟在想什么。后来有那么一段时间，她一直很沉默，那阵子，我忙于案子，根本没脑子去想她的事，所以也没再找她刨根问底。”他手里的烟灭了，于是他重新去点。

“后来呢？”

“就在她自杀前的一个星期，那是个周末，她忽然约我出去谈谈，说有话想跟我说。我本来是想推托的，因为那时大家对我们的关系已经议论很多了，可她那会儿的情绪又有点让我担心，所以我只好答应去赴约。到了饭桌上，她好像还是以前那些话，对我怎么怎么样的，总之还是那些……哎呀，实在是无奈，真不知该怎么劝她好。吃完饭后，我开车把她送回家，快分手的时候，她忽然对我说：‘方哲，以后我不会再打扰你了，真的不会了。’我当时以为她为了躲避我，想要调走，或者想离开公安局跟他哥哥到国外去，因为她以前曾经有过这种想法，所以我开玩笑地问她：‘这怎么听上去像临终遗言啊？’她笑笑说：‘你就当它是临终遗言吧。’她这人说话平时也是这样，东一句西一句，总是让人有点猜不透。我当时约了人，人家一个劲儿地打电话催我，所以我安慰她几句就离开了。没想到，三天后，她就……”

他停住了，我感觉，他是在控制自己的感情。

“我真该死！那天晚上，我要是多问问她就好了，也许她就不会……”他的声音哽咽住了，“可我当时只想着赶快赶去约好的地方去见人，我竟然连她如此反常的话都没放在心上，我真是，真是……”

他又一次停住了。我不敢去看他，我怕如果从他的眼里看见眼泪，我会更迅速地先掉下眼泪来，因为在感情方面，我抗打击的能力实在不怎么样。

他使劲抽了几口烟，似乎陷在深深的自责之中，“她死以后，我反复地琢磨这事，我总觉得好像我们的关系不至于让她走这步。于是我使劲地回忆她那段时间的表现，有一件事让我觉得可疑。记得有一天，我去找她要一份案卷，那是当时我们搞的一个案子，一个失火案，从表面上看，是普通的失火，可也许实际上是纵火案，因为在那起大火中，公安部一个重要的特情被烧死了。案子的细节，我不跟你说了，总之，那火发生得非常可疑，加上死者的背景，更让人觉得可疑。哦，你还记得上次来找你谈话的那个公安部的孙处长吗？”

“您说的是有点秃顶的那个？”

“对，是他，那个被火烧死的人就是他们用的特情。”

“哦。”那天，孙同志因为克奇接触了什么人问了我一些问题，后来韩处长说克奇接触的是他们的工作对象，难道说克奇接触的那个人跟这起放火案有关？或许克奇接触的就是唐安？

方探长并没注意到我在想什么，他接着说：“我记得，当时我去找丁瑶要那份卷宗，可她说她不知道放在什么地方了，那么重要的卷宗，她居然找不到了！我当时非常恼火，跟她大发了一通脾气，逼着她下班之前必须找出来。后来，她还真把那卷宗给了我，但那已经是第二天的事了，她告诉我她把卷宗放错地方了。可我后来想，丁瑶这人一向做事有条有理，她是很细的一个人，她管理档案那么长时间了，从来都没出过任何差错，怎么可能会把这么重要的东西放错地方呢？巧合的是，丢失卷宗的那段时间，也正是她情绪很反常的那段时间。还有，一次我们几个一起在食堂吃饭，我忘了当时谁说了一句什么，好像是提到了这个案子，丁瑶的脸色当时就变了，站起身就走了。我当时觉得很奇怪，我们说什么了，让她这么不高兴。过后，我把所有这一切联系起来，我忽然觉得这之中有点问题，她的情绪，她的表现，还有丢失的卷宗……于是，我又把那份卷宗翻了出来，这是她死后的事了。也真是奇怪，我发现那里面的照片少了一张，以前是四张的，现在只剩下三张了，而且，根据我的印象，我记得那里面应该有张合影的，一张在饭店用餐的合影，可单单那张照片不见了。而且，关于那张合影的说明也不见了，这，这太奇怪了！”

“您怀疑丁瑶拿的？”

“我问过所有接触过这份卷宗的人，大家都记得有那张照片，可谁都说没拿。”

“您认为她认识那上面的人？”

“这也只能是猜测，也许她认识那上面某个人，她是想保护他？可保护什么人呢？丁瑶不是个朋友很多的人，更不是个是非不分的人，那能让她如此在意的人会是谁呢？”

“所以，您就怀疑到了她的家人？”

“那家人对她而言可是恩重如山啊！”他停了停接着说，“还有一件事也让我有点疑惑，丁瑶有什么事都喜欢记在本子上，晚上值班的时候，我常见她在一个小本子上写着什么，可她走了以后，谁也没发现那个本子，她家里有台电脑，可当调查组的人后来去她家检查的时候，那里却什么都没有。”

“您怀疑有人把它藏起来了？”

他摇了下头，“要么就是她自己处理了？我有时候常想，她那么喜欢写信，光给我写的就不下十几封，可她在决定离开这个世界前，居然什么都没写。这好像不太像她。”

“您没问过她家里的人？”

“我当然问过，为了这个本子，我不止一次去过他家，但每次都被她母亲骂了出来。”他苦笑着说，“我这一生，说实话，还从来没被什么人这么骂过。”

这点我倒是相信。“那那个人，就是被烧死的那个人，他掌握什么案子？”

“这个，嗯，一些很重要的案子……”

“哦。”

“我现在能告诉你的就是这些。总之，事情很复杂，你只要记住我说的话就是了。唐安这人并不那么简单，你不要小看他。我现在怀疑，克奇被人开车撞伤就和他有关。”

“啊？为什么？”

“克奇一天到晚地见这个见那个，早被人家注意上了。”

“您告诉过克奇，您对唐安的怀疑吗？”

方探长摇摇头：“我是想告诉他，可他不给我这个机会。”

“您找过他了。”

他点点头：“本来，我是很懒得理他的，我知道，因为丁瑶，他很恨我，我本来没必要跟他解释什么，可看他一天到晚跟没头苍蝇似的乱撞又怕他有个什么闪失，所以，我觉得还是应该提醒他。就在他撞车之后，我曾找过他，希望跟他谈谈，可他告诉我，他跟我没什么好谈的，他好像很自信似的。”他摇摇头，“真是白痴！而且，我想，我就是告诉他什么，他也不会相信，反而会让他觉得我是有什么企图。”

哦，原来方探长和他们之间还有这层复杂的关系。如果唐安真因为什么案子被方探长盯上了，那他对他的那种敌视或许就合乎逻辑了。

“那您认为那墓碑是他们立的吗？”

“我猜是。可也不一定。”

“他这样做想干什么？是想威胁您吗？”

“也许是叫板？也许是威胁？都有可能，但我估计，他们更想通过这件事让大家都知道，我方哲跟他们有私仇，一旦我说出对他们的怀疑，那一定是我在陷害他们，是为了公报私仇。”

“哦，那您的意思是说，那墓碑仅仅是一种表示，并不代表他们真要对您下黑手？是吗？”

他笑了一下：“对我下黑手？做他的梦去吧！”

“可万一他们真会对您下黑手怎么办？您不觉得他们真可能这样做吗？那上面可是有死亡日期的呀。”

“那就走着瞧吧，干警察这么多年了，我还怕这个！”他发动了汽车。

说真的，我平时最怕说狂话的人了，因为我知道老天爷不喜欢说狂话的人，我认识许多说狂话的人，经常为此而遭到报应，老天爷耳朵尖着呢，这可不是我迷信。也许老天爷对某一类说狂话的人会比较宽容？我可不敢说。总之，我感觉，人一旦说了狂话就可能疏于防范，方探长的态度当时就让我有这种担心，也许以往的成功让他以为自己刀枪不入呢，其实，这世界上，从来就没有刀枪不入的人。

汽车在我家门口停下。下车前，我问方探长：“要不要我去跟克奇谈谈？我把您对唐安的怀疑跟他说说。”

他想想说：“他真让人头疼，好吧，你告诉他吧，不过，他有他的想法，根本就不会信，加上他最近接触人那么复杂，谁知那些人会对他怎么说。”他本来已经准备走了，汽车动了两下，他又停住了，“海棠，我在想，也许你能帮我另一个忙……”

“什么忙？”

“替我……盯着克奇，如果你发现他接触什么人，马上告诉我好吗？你行吗？”

以前我是克奇的“密探”，现在我又要当方探长的“密探”了，我真不知道自己身上哪点让人信任，以至被人逼成“双料间谍”。就凭我？行吗？可方探长的语气让我无法拒绝，我二乎地点点头。虽然我不知道他的调查是否是被上面认可的，但基于我对“方探长”一词一贯的理解，和他刚才跟我说的那些话，我觉得我没理由不答应。被人信任是件幸福的事，但在某些时候，也是件累心的事，比如现在。

他看了看我，又犹豫了：“不，算了。我不该要求你这样做，你还太年轻，不该卷进这么危险的事情里来。好了，我走了。”说完这话，他开车离去。

他的车渐渐消失在黑夜里，好像消失在没有雾的雾里，可我分明感到他似乎把什么东西留了下来，它们沉甸甸地摆在我的脚下，我必须把它们扛回家，然后再扛着它们上班，扛着它们度过未来的每一个日夜，直到有人彻底把它们拿走，或者是我被它们彻底压趴下。

那时已经过了晚饭时间，看着那些吃饱了饭出来遛狗的邻居，我不禁感叹，如果我不是什么事都那么好奇的话，我本来可以跟他们一样轻松。如果我不去探寻丁瑶的自杀、方探长的郁闷，也不去探寻谁会为谁无端地立个墓碑，我就不会知道那桃色新闻后面有那么多秘密了，更不会知道这里还有恐怖的“谋杀”，那些事，本来真的与我毫不相干，是我自己一件一件将它们捡起来，放进我自己那好奇的筐里的，越来越多，越来越沉。可上帝赋予了我这种天性，有什么办法？一个人这辈子要受什么样的累，都是上天注定的。我走进电梯，呆想着，直到电梯门再次被打开，并又有人走进来，我这才发现自己竟然还是在一楼。哦，原来我忘了按按钮了。

五

方探长在车里说的那些话，又让我想了大半夜，想着想着，梦和思想搅和在一起，我梦见我在考场上拼命地做题，那些题似乎很难，怎么也解不开，我感觉自己考不上警察了，这些题太难了，我一定要被淘汰了，我又着急又绝望。早上一睁眼，我才松了口气，哦，考试不过是场梦，我还是警察！然后，我的脑子里接着出现的就是克奇，克奇现在走多远了？真让人着急！我又开始替他担心起来，我真怕他因为不知情上了人家的圈套，不仅傻乎乎地把自己置于危险之中，还会因为莽撞行事给方探长的调查带来麻烦。从方探长的话中，我能听得出来，他很想提醒克奇，但他跟他的沟通很困难，而且好像越来越困难。也许，这事应该我去做，我去做最好。

从一进办公室，我就开始寻找一个与克奇谈话的合适机会和合适方式，由于目前克奇所处的方位不明，如果说多了，我方的意图有可能被敌方掌握。所以我要做的是“点到为止”。点，这尺度真不好把握！

在局里这样的环境，适合于这种高难度的谈话机会本来就不多，可不知怎么了，有了这样的机会，我也不知该怎么把话题引到我想表达的那个主题上去。我发现自己不知从什么时候开始，对跟他谈话有了心理障碍。先不说他在很多事情上怎么向我隐瞒，这我不能全怪他，可就说我用他电脑的事吧，他对我那防贼似的态度，那么粗暴，就好像我不曾因为怕他出事而大冷天在他家楼下蹲了好几个小时似的，真没良心！前两天，他虽说告诉了我有关撞他那辆汽车的重大发现，可那也是出于迫不得已才说的，如果我没无意中看见那张图片，他可能根本就不想让我知道。人心换人心，他如此对我，坦白讲，我真懒得答理他，懒得让他的疑心病来烦我。我有时甚至希望，他最好什么都别再跟我说，我什么都不知道也就什么嫌疑也没有了。

可现在这个时候……或许，他已经站在贼船边上了，有人拉他一把，他也许就止步了，如果没人拉他，他可能就走火入魔地走上去了，要真等他上去了，谁就是想拉他，恐怕也来不及了。况且，那船上还有一船“贼”呢，如果不去提醒他，那船贼可能会因为他的错误而最终脱网而逃。

一天又快过去了，犹豫中，我失去了很多跟他谈的机会。当机会终于又一次到来的时候，克奇却被刑警队的人叫走了，我真怕他要一头扎到晚上去，如果今天谈不成，那这后面的时间，我就剩想着他了，他又会毁了我一个晚上的安宁。我后悔刚才可以说的时候没说，咳，真是的！我怎么变得越来越优柔寡断了？难道我心里有鬼吗？我盼星星、盼月亮似的盼着克奇快点回来。

克奇是一脸兴奋地走的，可却一脸沮丧地回来了。他坐在电脑前不跟任何人说话，谁问他什么他都不理。又怎么了？我看着他想，他的脸怎么阴成这样？跟个抹布糊到了脸上似的？这会儿办公室里没人了，我端着水杯走过去跟他开句玩笑。

“你怎么了？跟刚刚见了丈母娘似的。”我们都知道，他每次去见未来的丈母娘都不那么顺，光因为那些丈母娘的挑剔，他就吹了好几个女朋友了。有时间，我一定给你讲讲他见那些丈母娘的逗事，听了您一定会笑翻了的。

他，显然这会儿不想笑，他拉着脸，抱怨说：“刑警队这帮人也真是够笨的。查来查去，跟没查一样。”

“啊？查什么？车的事啊？”

“还能是什么？明明那个车主就是撞我的人，可他们非说不是，说虽然那车是他的，可他的车在撞我的两天前就被盗了，他也当时就报失了。这不扯淡嘛！”

“这有什么好奇怪的，这才正常呢。”

“正常？如果都像他们这么调查，狗屁也查不出来。”

“你想啊，如果撞你的人就是车主，那他可不是一般地傻，而是傻到姥姥家去了。”

“他就知道警察都会这么想，就知道你们这些警察有多蠢。”

“那你这唯一不蠢的警察怎么想？你凭什么非认为就是车主撞的你？你那天看清楚了吗？”

“我看清楚了就用不着费这劲了。”

“还是啊，那你凭什么就说是车主撞的你呀？”

他哼了一声不说话。

“怎么不说话呀？你了解车主的情况？”

他又只是哼了一声。

“你光哼是什么意思啊？”我开玩笑说，“那车主不会是方探长他们家亲戚吧？”

“你说得还真靠谱。”

“噗——”我喝着水都喷出来了。

“嘿！”他抹了把脸上的水，“往哪儿喷？”

“你刚才说什么？我没听错吧？”

“他虽然不是他的亲戚，可却是他的朋友，而且……哼！”他冷笑了一下，“你被吓坏了，是吧？我可不觉得这有什么好奇怪的。”

“那人，我说的是那车主，你怎么知道他是方探长的朋友？”

“当然是我调查出来的。”

“你怎么调查出来的？”

“这我不能告诉你。总之，这是千真万确的。”

“那刑警们知道他是方探长的朋友吗？”

“知道又怎么样？哼！”

“他们怎么说？他们不认为你分析得有道理？”

“他们说会去调查。”他摇摇头。“刑警！哼，一帮废物。我看，指望他们就等于指望一批白痴，一点希望也没有。难怪老百姓老是对我们警察不满，都这号人……”

“那么你确信那车主是受方探长指使喽？”

“我……哼，反正就我最近所了解的一些事，这样推测一点不过分。”

“最近？你又了解了什么事？”

“你问得太多了吧？”他突然一拉脸，冷冷地看着我，那眼神冷得快把我给冻上了。

我脑子又乱了，根本顾不上去指责他那张翻来翻去的狗脸，因为事态好像又要转向了。我知道克奇如果没掌握什么情况是不会这样说的。那就是说，方探长真有什么事让他查出来了？我让自己镇静了一下，快速地想，克奇是怎么知道那车主是方探长的朋友的呢？他说他查了，他是怎么查的？方探长身边有那么多朋友，他不可能一一去查，那简直是天方夜谭！不是他查出来的，那就应该是有人告诉他的，谁告诉他的？等一等，我突然又想起韩处长的话，克奇接触了公安部的一个工作对象，昨天方探长也说……是唐安？目前，他可是最有理由诬陷方探长的，因为方探长在怀疑他与那起莫名其妙的火灾有关，怀疑他与谋杀有关。好家伙，我差点就又跟着克奇的思路走了，差点又被他带沟里去。还好，我还算清醒得快。

“你干吗这样看着我？”他看着我，好像看见了我的眼神有什么不对。

“你见过唐安了对吧？”我想他一定很吃惊，因为他并不知道我已经知道他接触过唐安了。“我想你知道我说的是哪个唐安，而且，你也不止一次地跟他谈过话了对吧？”

他看着我，却一点也不惊讶，他把身子向椅背上一靠，“是方哲告诉你的？”

这次我也没马上回答，而接着问：“一定是他告诉你那车主就是方探长的朋友吧？”

“谁告诉我的这重要吗？因为他就是他的朋友。这点就是方哲自己也否认不了，当然，如果他知道我说的那个车主是谁的话。”

“或许是吧，可你了解唐安吗？他的话真就那么可信吗？”

克奇笑笑：“这么说你了解？那我倒要洗耳恭听了。”

“方探长前些日子是不是找过你一次，想跟你谈谈？”

“何止一次，他一直就想跟我谈。”

“可你拒绝了？”

“对，是有这么回事，因为我没时间听他胡扯，也不想听。”

“那好，我告诉你，唐安涉嫌一起谋杀。”

“哦，你说的是那起纵火案，也许是意外失火案？”

“你知道？”

“听说过。”

“也是唐安告诉你的？”

“方哲不也这么说吗？还有什么？”

“你不相信？”

“我相信什么？唐安二十多岁就离开中国了，大部分时间都在国外，尽管他经常回来，可那段时间里，他就根本没在。首先，没有作案时间对吧？其次，他跟那个死者根本就不认识，毫无牵连，他凭什么要害他？”

那丁瑶死前的那些反常的表现呢？那份失而复得的卷宗呢？还有那失踪的照片、日记本、遗书……我犹豫着，该不该把方探长所说的那些疑点都说出来，也许不该！我的任务是“点”，不是“撂”，我嘱咐自己不能信口开河，“方探长怀疑唐安，有他的道理，你既然想把事情搞清楚，干吗不肯去听听他怎么说呢？”

“我用不着听，他想说什么我都知道，而且，他找我也不是想告诉我他为什么怀疑唐安，而是想看看我都知道了些什么，虽然我不是傻瓜，可我也保证不了自己会上那么一两次当，至少被他说软了。他可是预审出身，他能把那么多狡猾的家伙给说秃噜了，我算什么……”

“你这根本就不是理由。”

“哼，但在我看来，他这么想找我谈是害怕了，害怕自己做的那些见不得人的事情被揭穿，害怕……哼。小姐，告诉你吧，你又被人忽悠了，就像上次那个哑巴案件一样。我真佩服方哲，他可真会讲故事，都赶上说书的了。”

“别逗了！是你被人家忽悠了才对呢。傻瓜，你还没意识到吧，你正在让人家当枪使呢！”

“正相反，给人家当枪使的人是你，而且还执迷不悟！”

“那就是说，在方探长和唐安之间，你宁可相信唐安了？”

“我相信事实。”

“就是唐安跟你胡说的那些所谓的‘事实’？”

“你特想知道吧？可我就不想告诉你！”那态度有点混。

“你不说，我只能认为你什么也不知道。”我笑着说。

“我不知道？哼！好吧，我不知道。”他看我在笑，很是气不过的样子，“你别再问我什么了啊。我什么也不知道。”

“喂，克奇，我差点忘了，你是天底下最会虚张声势制造泡沫的人了！我真幼稚，竟然把你是个泡沫大王的事给忘了，竟然还迫不及待地去往你这些虚无缥缈的泡沫上撞，幸好你没告诉我方探长是个大毒枭，如果我把这个泡沫当真了，传了出去，那整个分局还不得炸了窝……”

“天呢！你真聪明，你竟然猜出我差点要告诉你的事！”他面目狰狞地说。

“什么意思？”

“大毒枭，还有方哲……”

“什么？你说他是……”

“说他是大毒枭也许有点委屈他，但他还就是跟毒品贩子有一腿。”

毒品贩子？我看着克奇，虽然这话是被我激出来的，但他这却不像是恼羞成怒后的胡言乱语，我傻在那里不敢笑了：“你胡说八道！”

“信不信由你！哼，你这猪脑子怎么可能相信呢？”

“我当然不信，这可太可笑了，太荒谬了。简直是疯了。毒品贩子？谁有什么证据敢这么胡说八道？这简直就是诽谤！是陷害！”

“别激动，事情总有真相大白的那一天。”

“我看你真是昏了头了，神经错乱了！这话是唐安告诉你的？”

“不是我昏了头，而是你昏了头。”克奇看着我，“你知道，方哲为什么让你来告诉我对唐安的怀疑吗？”

“他没让我来告诉你，是我自己想要告诉你的。”

“都一样，他让你告诉我，和暗示你来告诉我，其实都一样，他的目的就是不想让我再接触唐安，因为他心里很清楚，唐安手里有他的把柄。”

“什么把柄？”

这回是他在笑，“总之，”他说，“方哲现在的目的就是要扰乱视听。还有那个墓碑，哼，你知道我是怎么想的吗？”

“谁有本事猜出你那破脑袋里的想法？”

“我猜那是他方哲自己找人干的，是他故意放的烟幕弹。”

“什么?!”

“他的目的就是栽赃！想嫁祸于人！他就是想让大家认为唐安跟他有私仇。”

我哈哈大笑起来，“我看你该去医院看看病了，真的，你真的病得不轻了，居然能想到这儿去，他大冬天的跑到那里，自己给自己建个墓碑，就是为了说明这点？你太可笑了！”

“有什么可笑的。”

“你知道方探长怎么分析这事的？他除了没说那墓碑是他自己立的以外，其他分析跟你一样，他也认为做这事的人是为了‘栽赃’，目的就是想让大家知道他跟唐安他们有私仇，然后方探长再怎么做，大家都会认为那是他在‘公报私仇’。真可笑！怎么突然间，天底下的人都成了骗子，都疯了，包括我，我也快疯了。”我笑着说，“克奇，我不想再跟你争辩了，因为你，或者你们可能有证据，而我没有；我只是不明白，你，不，是你们，既然已经有证据了，那还等什么？干吗还不向上级汇报？赶快让人把方探长抓起来？为了国家，为了百姓除掉这一大害？和毒品贩子做幕后交易？呵！我的老天！这是什么罪过？你们还等什么呢？是不是嫌方探长跟毒品贩子有幕后交易这新闻不够惊暴、不够刺激，还想等更大的啊？等更震天动地的啊？也许他还杀过人吧？你们不会是想放长线钓大鱼，一网打尽吧？克奇！这可是个惊天大案啊！这回，你这个泡沫大王可要立大功了！”

我的态度让他很恼火，他站起身，跟我脸对脸地说：“你还别这么说，我想怎么做，没必要非要告诉你。”

“嘿，注意点风度，别把吐沫喷我脸上。”我恶毒地对他说。

“哼，你怎么知道我什么都没跟上面说？”

“哈哈，上面？但愿这回你说的上面跟我说的是一回事。”

“如果你的上级要是方哲，那咱俩说的肯定不是一回事。”

“可我现在看，好像唐安才是你真正的上级。”

“我不跟你说，烦人！你喝了迷魂药了！醒醒吧！”他气哼哼地坐回去，狠狠地点了一下电脑键盘，不再理我了。

我也觉得我自己像喝了迷魂药似的，分不清东南西北，这药有方探长给我的，也有克奇给我的，然后，我自己把它们彻底搅和在一起灌了下去。真的晕了！彻底晕了！

我没有把这晚我和克奇的对话全部反馈给方探长，后来他问过我是否提醒过克奇了，我也没把唐安说他与毒贩子有幕后交易的话说给他，我只是告诉他，克奇什么也听不进去，这当然是他意料中的事，他只是骂了句“白痴！”就没再说什么。

我明明知道方探长在调查唐安，需要掌握更多对手的动态，我如果把克奇的话都告诉他，那一定对他有帮助，可我为什么没有那么做？是怕那些诬陷之词会伤害到他？是怕他和克奇之间的关系会因此变得更加糟糕？还是怕他当真是克奇怀疑的那样，是个道貌岸然的罪犯？怕他知道更多后去算计什么人？我说不清自己究竟是怎么想的。就像我每次跟克奇谈完话的感觉一样，每次都像是坐了一圈翻滚过山车，坐之前，你是明明知道东南西北的，可一圈转下来后，你会指着北说："我绝对不相信那是北！"

从那天以后，我想再去会会唐安的欲望更加强烈了，也许我见过他，当面听他把他知道的一些事告诉我后，我就会分析出克奇的话有多少"泡沫"了。也许到那个时候，我才可以决定是把唐安他们的话全盘告诉方探长，还是彻底对他保密，并从此站到他的对立面去。曾有很多人觉得我是感情用事的人，可现在想起当初我那些本能的做法，我真觉得自己一点都不感情用事，在我对方探长崇拜到爱的地步的情况下，我居然还能对他有所保留，真够理智的，也真够滑头的！可，让我不时感到恐惧的是，万一以后的事实真把我推到他的对立面去，也就是说，当某一天，我必须把他当成罪犯去调查的时候，我能做到吗？万一真成那样了呢？万一……也许只有"万一"真的到来的时候，我才知道自己会怎样做，那么现在就先别去管那万一的事了。

我给唐安打过几次电话，他只回过一次，告诉我他在外地，回来后再跟我联系，以后就没了音讯，他的手机不是关了就是不在服务区。我想大概是克奇把我的有些话告诉他了，他知道了我的立场，如果那样，我也就别等着他来找我说什么了，因为他肯定不会来了。

六

"海棠，看，唐安的母亲来申请出国了。她要出国探亲。"杜欣拿着一张护照申请表来给我看。

"哦，"我接过申请表。果然，她所申请的项目是去加拿大探望他的儿子。"她儿子就在她这儿呢，还探望什么？"

"咳，这不就是个理由嘛。总之，她再走了，他们家在这边就彻底没人了。不过也是，他们全家都在加拿大，她一个人孤零零地在国内待着干吗？这也可以理解。"

难怪他那么有钱还住在那座老旧的房子里，也许他们早就想到要全身而退了。我问杜欣："谁负责审查？"

"本人。"

"我来吧，交给我来审查吧。"

"行啊，"她笑着说，表情有些神秘，"那我就谢谢你了。"

我仔细阅读了她的申请，发现上面除了一段简历填写得不详，时间上差了几个月以外，基本没什么问题。她原籍是武汉，学建筑出身，丧偶，二十多岁就到了北京，一直在一家建筑图书馆工作。要平时遇见她这种情况，我们一般就是绿灯一开，过！一个六十多岁的老太太，在国家从贫穷走向富强的过程中，在那些一个接一个的运动中，她就是命再好，该受的罪也都受得差不多了，到了这个年龄和这个时代，是应该享受所能享受的一切的时候了。可因为我前面告诉过您的那些事，那些充满疑点的事，我不得不借着她那段"不详"再跟她谈谈。我照着表格上填写的电话，跟她取得了联系，希望她来说明一下。

她显得不怎么乐意，"我岁数大了，身体也不好，有什么事，我能不能电话里告诉你？"

"可这需要您本人重新填写，按规定表格是不能涂改的。不然这样吧，我去您那儿，我把表格带去，您再重新填一下，反正您家我也认识，不管怎么说，丁瑶曾经是我的同事，您又是她的母亲，我应该这样做。"

"哦，那，那好吧。"她犹豫地答道，"要不……"

"那就这样吧，我下午过去。"我想迅速挂上电话，以免她再反悔。

"你大约几点钟过来？"

"也许3点吧，我们有个会，3点您看行吗？"

“好吧。”

我们本来要开的会取消了，所以我没等到3点就过去了，估计这个时间已经不至于打扰她的午休了。

当我走到门口正要敲门时，我发现她家的门并没有锁，防盗门和内门都半敞着，她是特意给我留的门吗？我敲了敲门，问：“阿姨？阿姨在吗？”里面没人回答，但却好像有轻微的动静，“阿姨，阿姨！”我见仍然没人回答，便轻轻推开门走了进去。

屋里，窗帘并没有完全拉开，光线有点暗，屋里很乱，像刚刚遭遇抢劫一样，我心里一惊，出事了？我定神再看时，又好像不像被抢劫的样子，虽然乱，但有些东西放得还有秩序，报纸、杂志、书籍凌乱地堆在地上，桌子上还堆着一些零七八碎的杂物……也许是……

我正在疑惑，一个四五岁的小姑娘突然出现在我面前，她手里拿着一个玩具兔子，眼睛忽闪忽闪地看着我，“你找谁啊？”她怯生生地问。

这情景让我感到有些诡异，我脑子里忽然出现以前看过的一个恐怖片，一个魔鬼投胎到一个小孩身上，那小孩平日看着是个普通的小孩，其实是个吸血鬼，她的脑袋可以像陀螺一样快速转圈，但愿这小孩的脑袋不会那么转。

“我找，找这家的那个奶奶，她去哪儿了？”

“她下楼了。”

“下楼干吗去了？”

“找那个叔叔了。”

“哪个叔叔？”

小姑娘：“收废品的叔叔。”

“哦……你是谁啊？”

“我是小燕。”

“你也住在这儿？”

“我家在奶奶家楼上。”

我边问着她，边扫视着屋里。我朝最近的那间卧室瞥了一眼，那里也很乱，衣物堆了一床。

“奶奶干吗呢？家里怎么这么乱？”这是大扫除？我忽然意识到，也许她在为离境做准备。怨不得她那么不愿意让我今天来她家，如果她想要处理些什么东西的话，我来肯定不方便。离境，是啊，如果一切顺利的话，办理护照签证的时间30天就够了，也就是说，她30天之后就可以离境，如果签证再顺利些，或许还要早几天。30天！对我们来说，实在是太短了。与唐安有关的很多事情还是未知数，方探长说的那起神秘的“火灾”，方探长的那个墓碑，还有那些让唐安和他的母亲感到恐惧的秘密……这一切的一切，怎么可能会在30天里查清楚呢？虽说是跑得了和尚跑不了庙，可这庙就要迁到国外去了，再想“拜”就不那么容易了。

我用007那种目光扫视了一下客厅里堆放的东西，真希望自己能跟007那样敏锐地发现些什么，也许现在正是我的机会！也许丁瑶的遗书或者日记什么的就“潜伏”在它们中间，我每根神经都紧张起来了，就像小偷下手之前一样，连呼吸都开始急促了。可那些东西都沉默着，像是睡着了一样。快点儿！快让我发现些什么吧！哪怕有什么东西能给我点启发……我走到一堆书前翻着，我翻到一本集邮册，一本非常精美的集邮册，里面夹着好多旧邮票，估计它们一定很值钱。

“别动！那是丁阿姨的。”小燕的话吓了我一哆嗦，这一哆嗦不要紧，那本集邮册被我失手掉在地上，一张被人用剪子剪得只剩下了一个轮廓的小照片从里面滑了出来。我弯腰捡起地上的照片，是丁瑶的照片，她穿着夏日的便装，站在什么地方，因为被人剪过，所以既没有背景，也没有合照人。照片上的她笑得很开心，好像当时有什么人刚刚说了句什么可笑的话，可为什么照片被剪成这样了呢？那个被剪掉的部分是什么？人，还是背景？那个逗她笑的人又是谁呢？

“这是丁阿姨。”

“哦，是吗？你喜欢她吗？”

“喜欢。”

我看看她，“你以前常来这里玩儿？”

“嗯。”她点点头。

“丁阿姨好吗？”

她又点点头，“好。”

“你能告诉我，哪个房间是丁阿姨的吗？”

“那一个。”她指指北边的一个房间。

我朝那里走去，顺手将那张只剩下了一个轮廓的照片放进衣服口袋里。

这是丁瑶的卧室，没错，虽然从墙上到床上，已经没有什么丁瑶的痕迹了，但从床单到窗帘，从写字台到书架，我似乎还能看出这是一个年轻女人的房间，还有那淡淡的香味……但也许是色调太冷了，或者装饰过于简单的缘故，它并不给人温馨的感觉，反倒让人觉得它不怎么像家而更像个宿舍。

“丁阿姨走了，不回来了。”小燕跟在我身后说。

“哦……你想她吗？”

“想。我只有去地狱才能看见她了。”

“啊？”我诧异地看着她，“地狱？谁告诉你丁阿姨去了地狱？”

“奶奶说的。”

“哦，奶奶还说什么了？”

小燕没回答。

“奶奶不喜欢丁阿姨吗？”

“喜欢。”

“她为什么说丁阿姨去了地狱呢？”

小姑娘只是看着我，好像不知怎么回答。

“那你认识唐安叔叔吗？”

“那儿有叔叔的照片。”她指指写字台上面的书架。

我顺着她指的方向看去，果然，那里摆放着一个不大的镜框，我凑近镜框看看，照片上是一个十一二岁的男孩儿和一个三四岁的女孩儿，男孩儿在摆弄着一个小汽车，女孩儿在一旁看着。我猜那一定是小时候的唐安和小时候的丁瑶。

小姑娘指指照片上的人说："这是唐叔叔和丁瑶阿姨……"

"你来了？"我被身后的发话吓了一跳，我回头一看，丁瑶的养母不知什么时候已经站到了我的背后，她的脸色很难看，目光中闪着一丝寒光，我不由得打了一个寒战。

"哦，是啊。我也是刚刚……"

她弯下腰从地上捡起那张被我匆匆放进衣服口袋里的照片，天呢！它什么时候从我口袋里跑出来了！我这个人真是，成事不足，败事有余，这回完了，偷鸡不成还蚀把米！

"我？哦，这个……好好的照片，怎么给剪成这样了？"

她像是想说什么，嘴动了动，看了我一眼，没有回答。

"上面被剪掉的人是谁啊？"

"我没印象了。小燕回家去，你爷爷找你呢。"她避开我的目光对小燕说。

"嗯，奶奶，我可以把这个兔子拿走吗？"

"可以。"

"哦，走喽！"小燕抱着一只玩具兔子跑了出去。

"这孩子……"她有些不自然地笑笑。

我跟着丁瑶的养母走出了卧室，回到客厅。

"您去哪儿了？"

"我刚才卖了点废品，可收破烂的人竟然给了我一张50的假票。我跟他费了半天口舌才换了。"

"您在收拾房间吗？"

"是啊，好长时间没打扫了。我想在我走之前，好好收拾收拾。你坐吧。我给你倒杯水。"

"不用了。"

她走到一边去倒水，"你等了好久了吗？"

"没有。也就几分钟吧。"

“你不是说，要开会吗？”

“是啊，后来取消了，我想那我就早点过来吧，免得您等着。”

表上那个不是问题的问题很快就解决了，但她没像上次那样马上变脸，也没下逐客令，也许是因为她要办护照，不想得罪我吧，毕竟，目前我完全有能力成为她出国的一道“坎儿”。

“您儿子出国很多年了吧？”

“是啊，他二十多岁就走了。”她神情迟疑地回答我。

“在那边做什么生意？”

“他爱人家是做室内装潢的，唐安毕业以后一直跟他们一起做，具体的我也不太清楚。”

“您这是第一次去探亲吗？”

“很多年前去过一次，是我孙子刚出生的时候，后来一直没去过。”

“哦，您孙子现在多大了？”

“十一了。”

“那都十多年了，您也是该过去看看了。”

“是啊，我儿子也一直劝我过去，可我总是觉得那边太寂寞。那时候也觉得把丁瑶一个人放这边不太放心。哦，你们几点下班，我别耽误你太多时间。”她也许是无意说到丁瑶，怕我就此追问，急忙转了话题。

“您知道干我们这行的，是没有什么钟点的。”

“哦。”她不说话了。

“听说，丁瑶的父母去世得很早，是吗？”

她点点头：“嗯，是在她十二岁时去世的。”

“您跟她父母很熟？”

“我们是同学，她父母都是我的同学，我们两家关系一直很好。”

“他们出了什么事？怎么一下子两个人都……”

“塌方，两个人都是搞建筑的，当时正好都在工地上。”

“哦，太不幸了。所以，您就把她接来了？”

“是啊。她那么小，没人管，不然怎么办？”

“她没有其他亲人了吗？”

“有倒是有，但都不怎么来往。我也没去打听过。”

“阿姨，丁瑶以前交过男朋友吗？当然，我，我不是说……我是说其他的……”

“没有。”

“也没什么人追求她？丁瑶很漂亮，也很温柔，怎么可能没有人追求过她呢？”

“是啊，你说得没错，确实有很多人追求过她，可她都不同意。在她上大学的时候，学校里就有很多男孩子找过她，条件还都不错呢，有几个我都见过，可丁瑶就是不同意。”

“为什么？”

“谁知她怎么想的，不是嫌人家话太多，就是闲人家腿太短，总之，咳！”她长叹了口气，“如果她当时要真看上他们当中的谁，就不会有今天了，这就是命。没办法。”

“说到这儿，我想问您一句，丁瑶跟您说过关于方探长什么事吗？我不是指他们之间的感情，我是说别的事。”

“什么别的事？我不知道你想问什么。”

“比如说……方探长接触过什么社会上的人，比如黑道啊，毒品贩子什么的……”问这话的时候，我觉得自己真像是个背地里搜集朋友隐私的卑鄙小人，我看着她，拿着表格的手在微微颤抖。假如此刻方探长突然出现在这儿，让他听见我这么问，我估计我真会因羞愧而死。

“没有，她没说过。”她避开我的目光，坚决地说。

我看着她，“也许是，也许您不想告诉我？您害怕被人报复？您是怕方探长……”

“方探长，方探长，求你别再跟我提这个名字好吗？关于他，我没什么好说的。他是什么人，你该问你们自己的人才对。”

“阿姨我……”

“姑娘，如果你没有其他的事了，那就这样吧。”她终于又被我逼得变脸了，站起身说，“真对不起，你看我这里乱的，我还有很多事情要做。”

我也站起身，“丁瑶这样死了，也许她有许多想说的话还没来得及说，作为她的母亲，您难道不觉得她冤枉吗？”

“她冤不冤也已经死了。对她，我能做的，我都做了，至于其他的事，我什么也不想说。我不明白的是，你为什么非要没完没了地追问那些跟你一点关系都没有的事，你问的这些跟我出国有关系吗？莫非你根本就不是为了护照的事来的？”

我愣愣地看着她，没有说话。

“要知道，我是一个母亲！对任何一个母亲来说，她的责任就是保护好她的孩子，可我没能……失去丁瑶，对我来说，就是一场噩梦！是一种永远也没办法治愈的伤痛。你要知道，你每次跟我提她，都是在刺激我！在揭我的伤疤！在揪我的心！虽说她是我的养女，可我是看着她长大的，她跟我的亲闺女一样！姑娘，我知道你不是为护照的事来的，是有人让你来探听什么的，不管谁让你来，他的目的是什么，我也只能说到此了，我该说的都说了。姑娘，阿姨求你了，请你不要再往一个母亲的伤口上撒盐了！你们再这样，我就没活路了！姑娘，你发发慈悲吧！啊？”她含着眼泪看着我，一脸哀求。

我本来还暗自激励自己这次谈不成，以后还要找机会再谈，可从这天起，我再也不想找她问什么了，因为我忽然悟出了一个道理，她是母亲，是唐安和丁瑶的母亲，而作为母亲这个角色，无论是为了保护女儿，还是为了保护儿子，她都会赴汤蹈火，更何况她还有孙子，还有下一代。我没有能力跟母亲这种强大的抵挡力去较量，我做不到。

我来到她家门口的收废品摊逗留了一会儿，我向小老板打听刚才因为50元钱假钞跟他讲理的老太太都卖了什么，小老板见我是警察，很紧张，一个劲地解释他不是故意要欺骗老太太的，最后才指着一堆破瓶子、烂罐子和旧报刊说，“就这些东西。”

我在那些旧报刊中翻着，我希望从那里能发现什么有价值的线索，丁瑶是个爱写的人，一般来说，爱写的人都爱读。那里有几本小说，我从老板手里买下它们，准备回去研究研究。

我转身正要走，看见一个骑着自行车的年轻民警从我身边经过，他也看见了我，回头打了声招呼。

“你好。喂，请停一下。”我连忙叫他。

民警下了自行车。

我走过去问：“你是管界民警小谢吧？”

“对呀，你是……”

“我是分局外事处的，我叫海棠，我们通过电话。”

“哦，你这是……”

“我刚刚去过唐安家，顺便……”

“哦，你来是为他母亲的护照的事吧？”

“是。”

“怎么样？没什么问题吧？”

“嗯……暂时还没发现。你是新接管这片的？”

“对呀，所以有些情况不是很熟。”

“那以前的管界民警呢？他去哪儿了？”

“他调别的分局去了。怎么？你想找他？”

“是啊。”

“你想找他了解什么？”

“是关于丁瑶。你了解她的事吗？”

“她，我当然知道，出这么大的事，我怎么能不知道？前些日子，街道居委会的人也老议论这事。哦，对了，我听他们说方探长找过她们几次了解情况。”

“哦。那她们都怎么说？”

“嗯……丁瑶平时跟大家不怎么交往，也就是进进出出打个招呼，所以她们都不太了解她，只觉得她这个人挺和气，不爱说话。”

“丁瑶死后，她养母没说过什么吗？”

“好像没怎么说过。”

“丁瑶跟她养母和唐安平时关系好吗？”

“听说不错。”

“我刚才在她家，听邻居的一个小姑娘说了一句话，有点不可思议。她说奶奶，哦，就是丁瑶的养母对她说丁瑶去地狱了。我真不明白，既然他们的关系那么好，她怎么会对小姑娘这样说？”

小谢点点头：“有个大妈也跟我说过，丁瑶的养母曾经跟她说‘我不知道是不是上辈子欠了这孩子的，她这辈子就是来找我讨债的’。”

“哦？”我站住脚，“这话是什么时候说的？是丁瑶出事前还是出事后？”

小谢：“是丁瑶出事死后不久说的。那个时候，分局正在调查这件事。”

“她这话是什么意思啊？”

“也许就是抱怨吧，很多人来调查，让她觉得很心烦意乱。”

“那丁瑶去世前，这里的邻居们没发现什么异常吗？比如，吵架什么的？”

“没有。这些事当时分局也来人问过。”

我回到家仔细翻看着从收废品的老板那里买回来的一摞书，那些书，就这几年来说已经算得上老书了，有几本是琼瑶的，还有几本是一些不知名的作家写的，但大多都是些言情小说。它们都很干净，边角没有任何折损，干净得令人怀疑是不是真的有人读过。它们完全不像我的书，到处都是“感想”和折角，我姐老说我不是看书，是吃书。我反复翻了半天，除了一张分局的借书卡以外，没发现字条什么的东西掉出来，也找不到一句批注。

我姐见我还没睡，过来问我：“都几点了，还摆弄那些破书？

脏不脏啊？”

“马上就睡。”

“看出什么了？”

“哦，藏书的人喜欢看言情小说。”我困倦地说。

“收获真够大的！整整一晚上！快去洗洗你那脏爪子，睡觉吧，别刨了！”

“姐，你说，一个人如果很喜欢看言情小说，那是不是说明这个人感情很丰富啊？”

“傻瓜才爱看言情小说呢。”

“我觉得很奇怪，我认识一个女人，她很爱看言情小说，人呢，还长得很漂亮，可她却没怎么谈过恋爱，你说这是为什么？”

“这种小说看得越多，她越不容易谈恋爱，小说中的理想人物与现实中的人差距太大了，看得越多，就越找不到感觉，这是一种心理失衡。”

“嗯。有道理。”如此说来，丁瑶能看上现实生活中的方探长，还真是够不容易的。

“要我说，言情小说纯属害人！”

“好不容易找到一个想爱的男人，却又爱不成，那还真是挺痛苦的。”

“谁啊？说什么呢？”

“你睡觉去吧，别打断我的思路。”

“你都困成这样了，还能有思路呢？别装模作样的了，大脑和身体是一起的，它们不单干。”

“知道了，大夫，快走吧。晚安！”

姐姐走了，我也真的困了，但好像我还有很多问题想问自己和面前这些旧书。我又翻了翻那几本书，还是什么都没有发现。我又看了看那张分局图书馆的借书卡，它除了告诉我它是三年前办理的外，也没有告诉我更多的。也许抽空我该去图书馆看看，看看丁瑶生前看过的那些书，也许那些书里会留下她的只言片语。但想到分局那个严厉的图书馆管理员，那个老倔头儿，这个念头当即被我打消了，他才不会允许谁在书上做任何手脚呢，他每次验收还书时，恨不得挨着页检查，一旦发现被借出去的书有什么变化，哪怕多一点点墨迹，他也不管你是局长还是处长，一定会把你鼻子不是鼻子脸不是脸数叨死，直到把你数叨得发誓再也不去借书了为止。一年前，我也曾经办过一张借书卡，也想去借几本书来看，没想到，我去那天，正赶上那老倔头儿凶神恶煞地数叨人，就因为那人还书时有几页书角折了一点，那人被他批得几乎跟他动起手来，结果那天我吓得愣没敢借书就走了。

我大脑里的电路一条一条地断了，昏沉中只剩下了一句话："她这辈子就是来找我讨债的。"……

从分局图书馆的电脑里，我调出了丁瑶过去两年间借过的书，数量并不多，只有十几本，从记录上看，它们都在借走后不久就被还回来了。我本想借上几本，回去看看，可当我向管理员说出那几本书的书名时，竟然没有一本在。电脑的记录显示，新的借书人是方哲。

七

刘兰火急火燎地跑到处食堂来找方探长。

"他刚走，怎么了？"

"九龙公寓发现了一具老外的尸体。老爸急着找他出现场呢。"

"尸体？"我三扒拉两扒拉吃完饭，就返回办公室。

我刚走出电梯，就见老爸正和方探长站在楼道里说着什么，看见我回来，两人都同时喊我。

"海棠。来，来，来，来。"老爸问："你们以前处理过一个老外叫马修是吗？"

"是啊。"

"他住九龙公寓？"

"对呀。怎么？那尸体是他？"

"好吧，你跟方探长一起去处理这个现场。"

同名同姓的人很多，况且马修这个名字也并不少见，去年，我就接触过两个叫这名字的人，但如果那马修是九龙公寓里的马修，那应该就是他了。坦白说，我当时真是既惊讶又兴奋，惊讶的是，那个死者竟然是我认识的那个人，兴奋的是，我终于有机会和方探长这样的断案高手一起出现场了，如果不是他，不是这个两次闹事都被我撞上的人，在大家都在的情况下，怎么也不会轮到我啊。

"九龙公寓住着很多外国人，这个马修也未必就是我们知道的那个。"路上，我对方探长说。我心里突然很不希望这个马修就是我们认识的那个人，因为我一直觉得在茫茫人海中能认识，这本身就是一种缘分，而和自己有缘分的人突然遭遇不幸，这总让我感到自己对此有什么责任似的。

"这种可能性很小，因为九龙公寓虽然住着不少外国人，但长期居住的不多，只他们那几家大公司，而其他客人基本上都是住几天就走的游客，且这个季节是旅游淡季，如果是另外一个叫马修的人也恰巧在这个时候住进了九龙公寓，这种巧合可能比中彩还难。"

他真厉害，竟然对九龙公寓的情况这么了解。议论了马修之后，我把丁瑶母亲办护照的事和去她家的事告诉了方探长，办护照的事他已经知道了，去她家的事他才知道。他说："以后别再去找她了，她什么也不会说的。"

"嗯。"

"你呀，真是不听话！说不让你找他们，你还是……"

"他们不会怀疑我什么的，我只是办手续上的事。"

"可他们未必这么想，你问的问题都是些很让她反感的问题，人家傻啊？海棠，我这可是第二次提醒你了，别介入到这件事里来。你要是再胡来，我可真生气了！”他的表情很严肃。

“嗯。”我答应道，“哦，对了，我在他家门口遇见他们的管界民警，他说唐安的母亲曾经对别人说她不知道是不是上辈子欠了丁瑶的，说丁瑶这辈子就是来找她讨债的。”

“嗯……”他沉思着，不知是在想着我说的话，还是在想着眼前要去处理的现场，反正他没有追问我什么，难道说他早就知道丁瑶的母亲说的这句话了？

我们到达九龙公寓门口时，刑警队、外管处、治安处等不同单位的警车也相继到达，它们在九龙公寓的停车场上停了一片。自从我当警察以来，几乎没怎么出过这样的命案现场，大人物、大场面、大队人马，警灯闪烁，警笛阵阵……说实话，这阵势可太叫人兴奋了！

我和方探长刚从车里下来，就看见闵队长和刑警们也从另两辆警车上下来，看他们个个绷着脸，煞有介事的样子，真有点可笑，那神态未免有点装腔作势，好像这不是在出现场，而是在拍警匪片，且每个人都把自己当成男一号了。

闵队长和方探长相互对视了一下，谁也没说话。

“方探长！”“方探长！”“明星”们跟方探长打着招呼，他们的交流似乎有些拘谨。嘿，诸位，瞧见了，男一号在这儿！我心里说，方探长才是这里的男一号！

今天来的几个刑警，我都不熟悉，仅仅是有点面熟而已，要不是因为我早认识那个曾经和我一起参加过分局游泳比赛的欧海，要不是他那副典型的“刑警做派”，我还真不知道他们是哪部分的。

我们一窝蜂似的来到电梯门口等着电梯，电梯门开了，方探长与闵队长同时走到电梯门口，几乎撞在一起，两人又互相看了一眼，闵队长先走了进去，也许他心里在说：“看清楚了，我是今天的主角。”方探长无奈地笑了一下，随后走进去。我跟在大家身后挤进电梯。

电梯很小，小得足以让在场的人相互看清楚彼此的表情，而实际上，这会儿大家全都没什么表情。闵队长看上去有些疲惫，他不时用手去抖抖他的头发，像是在强打精神。

一走到楼层，我们就断定就是我们认识的那个马修了，因为那次是我和方探长把他送回公寓的，当时就是这层楼，也就是那房间。我们来到那房间门口，那里已经被派出所和刑警队先到的人拉了一道警戒线。我朝屋里看去，见几个技术组的人在里面勘察现场。

“欧海。”闵队长喊道。

“在。”

“你们几个该访问谁访问谁，别浪费时间。”

“明白。”欧海带着几个人走了。

我隔着晃动的人影看过去，一个穿着西服的男人半仰卧在床上，西服上衣似乎没有系，露出了一截白衬衫，地上两只鞋被胡乱地脱在一边。我虽然看不见那死者的脸，但看他的发型和身材，还有那西服，我知道，那是他！您还记得那个人吧？他第一次是在华容饭馆喝酒喝醉了，被方探长从楼梯上背下来，第二次，是有一天夜晚，他因为在出租车上掐司机的脖子，后来被人送到派出所，是我自己出的现场，您一定记得吧？我还通过使馆调查过那人是不是有精神病，现在躺在床上的那个人就是他。

我对身边的方探长说：“方探长，真的是他！”

闵队长听见我的话，侧脸看了看我，“你们认识他？”随即又看了方探长一眼。

方探长跟没听见一样，毫无反应。

“嗯，我们以前处理过这个人。”我回答说。

闵队长：“为什么事处理的？”

我说：“因为喝醉酒闹事，我们罚过他两次……”

我把马修的情况跟闵队长大致说了一遍。我跟闵队长说话的时候，方探长一猫腰从警戒线下钻进现场去了。

闵队长问我：“他是常住的还是临时来华的？”

“是常住的，他是 JNN 公司北京分公司市场部经理，在华居住已经两年多了。”

闵队长听我说完，朝屋子里看看。“走，跟我进去。”

我跟在闵队长身后走进现场，来到床边，这时，我可以清晰地看到马修的脸了。

闵队长：“是他吗？”

“是他。”我点点头。

我看见方探长站在一边漫不经心地观察着屋里的一切。

技术组的一个警察走过来对闵队长说：“没有伤，也没有打斗迹象，只有满嘴臭气。”他笑笑，“基本可以认定是正常死亡，我是说，如果化验后，胃里没有什么可疑物质的话。”

闵队长的眉头好像舒展了一些，“嗯，估计是什么原因导致的死亡。”

技术组警察：“从症状看，像是急性胰腺炎引起的猝死。”

闵队长：“吃多了？”

技术组警察：“嗯，饮食过度，或者饮酒过度。”

一个警察从屋里的开关上取下指纹。

闵队长对身边的一个刑警说：“去把发现死者的人叫来。”

刑警转身走了。

方探长从一个警察手里接过一沓名片看着。他在干什么？我看见方探长从口袋里掏出一张名片，像是跟手里的名片在对照，然后，他又将一张名片放回自己的口袋。在他做这事的时候，除我之外，没人注意他，我想他一定是发现了什么！

某刑警喊道：“闵队，人来了。”

闵建转身走了出去。

方探长走到床前，看着马修的尸体问技术组的警察：“他死了多长时间了？”

警察：“从尸僵程度看，至少有十二个小时了。”

方探长用手指算了算，说：“这屋里真热，估计有三十多度吧？”

警察：“准确地说是31℃。”

方探长的目光转向窗户。

窗帘已经拉开了，但所有的窗户都还关着。

方探长抬眼看见一个技术组的警察将马修的鞋放进一个塑料口袋，“等一等。”他边说边走了过去。我也紧跟着走了过去。方探长仔细看着被警察戴着手套的手提溜着的那双鞋，那是双普通的皮鞋，鞋面上有些灰尘，还有一些磨损和划痕，鞋底跟大多数鞋底的状态一样。方探长点了点头，技术组的人把鞋子放进塑料口袋。

方探长低头看着房间的地毯，然后他走到门口，仔细看着地毯上的痕迹，好像是在研究脚印。我跟着他走到房间门口，见他沿着通向门口的地毯一路朝楼梯口走去。他突然停住脚，注视着地上的什么东西。

我急忙过去问：“您看见什么了？”

“瞧这儿。”他用手指指地毯，我看见地毯上有几道重重的划痕，似乎还有些白灰。

“这是……”

一个刑警队的人走过来，客气地说：“方探长，闵队请您过去一下。”

我们来到闵队长面前，他正跟几个刑警交代着什么，“好了，就这么着吧。”他转头看着方探长说，“你看到了，这是正常死亡，我看这里不需要我们了，等一会儿，欧海他们会把现场访问的记录交给你，剩下的事，你们看着办吧。”

方探长嘴动了一下，像是要说什么。

闵队长理了一下头发，“我那边还有很多事等着呢，如果法医鉴定结果出来没什么新鲜的，我们的合作就到此为止了。”他不等方探长说什么，就转身对刑警们挥挥手：“撤了，我们撤。”

刑警们呼呼啦啦地跟着走了。

嚯，说走就走！可真够牛的！其实我也明白，如果是正常死亡现场，也就是不需要再进行什么侦查工作的现场，那后面的事就跟刑警队没关系了，他们也不感兴趣，我只是没想到，他们的勘察竟然如此神速，现场见多了的人可能就是这样吧。

我看看方探长，他没说什么转身走了，他拦住一个正要离开的警察问："江浩，谁第一个发现现场的，你把他给我叫来。"

"是。遵命！"叫江浩的立正回答，对目前处境的方探长而言，他的样子似乎很给面子。

不一会儿，一个二十多岁的男服务员被找来。

方探长问："是你第一个发现他死了的？"

服务员："是。"

方探长："怎么发现的？"

服务员："又说啊？这一会儿工夫，我已经说了四五遍了，刚才又跟你们的头儿……"

方探长："真对不住，还得请你再说一遍。"

服务员使劲咽了咽吐沫，好像那四五遍已经让他口干舌燥了，我又差点要笑。他背书似的说："我是打扫房间时发现这尸体的。我10点的时候来过一次，看他在睡觉，我就有点纳闷，马修先生是很少睡懒觉的，一般这个时间，他早就上班去了。我想他可能是昨晚喝多了。12点的时候，我想他肯定起来了，就又来了，可我一开门，看他还在睡，而且跟我刚来的时候姿势一模一样，我觉得有点不对，就叫了他两声，可怎么也叫不醒，我就把我们保卫部的人找来了。然后他又把你们找来了。"

方探长："你们昨晚谁在这儿值班？"

服务员："小吴。"

方探长："他人呢？"

服务员："下班了。"

方探长："你马上联系到他，让他过来一趟。"

服务员：“好。”

在我们等那个值夜班的小吴来的这段时间，方探长先把治安处来现场的头儿找来跟他商量把尸体保存的事，然后又找了几个服务员问了问马修平时接触人的情况。我像个跟屁虫一样跟在他身后，看着他有条不紊地进行着这一切，真没想到一个命案现场有那么多麻烦事要做，有那么多细节要考虑，什么时候我才能把自己训练得像方探长那样呢？如果只有这样才叫警察，那我估计自己可以算是警察里的残疾人了。

刑警欧海将访问材料送到方探长面前，“这家伙昨晚喝多了，是被两个人送回九龙公寓的。”

方探长：“在什么地方喝的？”

欧海：“我问过服务员，他们都不知道。总之，他是个酒鬼没错，天天喝到烂醉如泥才回来，没人知道他究竟去什么地方喝。”

方探长：“送他回来的人呢？昨晚是谁送的他？”

欧海：“是两个男的，公寓的人不认识他们，可能是和他一起喝酒的人吧。笔录都在这里了。还需要我做什么吗？”他把材料递给方探长。

方探长接过材料看也不看，直接递给了我：“不需要了，暂时，不需要。”

欧海他们走后，方探长对我说：“我们开始访问。你先去把前台的服务员找来。”

“您说什么？”我有些怀疑地看着方探长，“我们要重新把所有关系人都访问一遍吗？”

“对。所有的关系人！没错！”他看着我，那眼神似乎对我的怀疑有些不满。

“可刑警们不是都已经……”而且他们可是两个组的人同时

进行的访问，可现在就我们俩，那要问到什么时候。

“现在是我和你在办案，你明白吗？我要重新来。”

“好。”我点点头。

下面是我们对几个相关人员的提问。

与前台的服务员的对话：

方探长：“昨天夜里马修回来的时候，你看见了吗？”

前台服务员：“看见了，他喝多了，是被两个先生架回来的。”

方探长：“那会儿是几点？”

前台服务员：“大概是夜里3点左右。”

方探长：“请你谈谈经过好吗？”

前台服务员：“昨天夜里，我正在值班，看见两个男人架着一个人走了进来。我看见我们的门卫在问他们什么，然后，他们就朝电梯走去，过了一会儿，我问门卫：‘是谁呀？’门卫说是马修先生。我问他是不是又喝醉了，马修先生喜欢喝酒，而且一喝就喝到半夜，我们这儿的人都知道他这样，所以也都不奇怪了。”

方探长：“他们是乘电梯上去的？”

前台服务员：“对，是我们的门卫帮他们按了电梯按钮，然后他们就上去了。”

方探长：“他们是什么时候离开的？”

前台服务员：“过了大约十几分钟，那两个男人就走了。”

方探长：“那两个男人你们以前见过吗？”

前台服务员：“没有。”

方探长：“你看见他们是怎么来的吗？”

服务员：“没看见。我一直坐在柜台后面，看不到外面。这事，你们可以问问我们的门卫小张，他在外面应该看见了。咳，我猜他不是坐出租就是有人开车送他回来的，看他醉得那样，肯定是一点也走不了了。”

与门卫的对话：

方探长："昨天夜里你一直在门口吗？"

门卫："是。"

方探长："马修他们回来的时候，你看见了？"

门卫："看见了。当时我守着门坐着，后来我觉得很困，就打起盹儿来。听见门响，我醒了，见两个人抬着马修往门里走，我急忙给他们开门。"

方探长："他们怎么过来的，你知道吗？"

门卫："我开门的时候，看见一辆轿车从停车场那边开走了，估计是那辆车把他们送过来的。"

方探长："那是辆什么车？"

门卫："我印象中是辆黑的，因为我在屋里隔着门，只顾着给他们开门，没太注意。"

方探长："那是几点。"

门卫："3 点多。"

方探长："你肯定吗？"

门卫："肯定。"

方探长："为什么那么肯定？"

门卫笑笑说："也真邪了，我一到那个钟点就开始犯困，再过一个小时，就没事了。"

与停车场老头儿的对话：

看车老头儿："那个时间，是来了辆车，可那车在一边停了一下，下来几个人后，车就走了，根本没进停车场。"

方探长："那是什么车？"

看车老头儿："哎哟，这你可问着了，我这眼神儿不济，本来就看不真着，又是黑灯瞎火的。到了晚上，我看啥都是黑的。"

方探长："车的颜色你看不清，深浅总该有点印象吧？"

看车老头儿想了想："不是浅的，是黑的还是绿的，我可说不大准。"

与楼层服务员的对话：

楼层服务员：“对，昨天是我在楼层值班。大约两点的时候，我觉得没什么事，就睡觉去了。”

方探长：“马修回来的时候，你知道吗？”

楼层服务员：“不知道。”

方探长：“夜里12点之前，你注意过马修的房间吗？”

楼层服务员想想说：“昨天晚上大约11点钟的时候，有个客人说他屋里的电视坏了，我去帮助他弄电视，经过马修房间时，我听见里面有电话响，但没人接。”

方探长：“你注意屋里的灯了吗？”

楼层服务员：“是黑着的。”

方探长：“你肯定？”

楼层服务员：“肯定。”

方探长：“你睡觉后听见什么动静了吗？”

楼层服务员：“我刚睡下不久，好像是有走路的声音。可我实在懒得起来。客人如果有事，他们一般都会给我们打电话，所以，我也就没出去。”

方探长：“昨天夜里有人给你打电话吗？”

楼层服务员：“没有。”

等我们将这些人统统访问完，天已经黑了，其他警察早就陆续离开了。我坐上方探长的车，感觉浑身乏力，口干舌燥，大脑似乎都因为缺氧快要停止思考了。我看看方探长，他边开车边想着什么。

“您对这个现场怎么看？”

“嗯？”

“马修是正常死亡，对吧？”

“正常吗？我不这么认为。”

我愕然地看着他。

"马修的遗物在谁手里?"

"在技术组那里，他们没交给我们。"

方探长:"明天一早记着把它们取回来。"

"好。"我看着他，"难道您不认为他是死于胰腺炎?"

"这点我不怀疑，应该说基本不怀疑。"

"那您怀疑什么?"

"我怀疑……嗯，这样吧，我给你出个思考题，你明天早上告诉我。"

"什么思考题?"我有点兴奋了。

"马修的死亡时间是几点?"

我意识到，方探长一定是从这个现场看出了什么问题，可那究竟是什么呢?他为什么问我马修的死亡时间呢?

跟方探长分手后，我就开始动起脑筋，我细细地回忆着从现场中获得的那些信息。根据所访问的那些服务员的回忆，马修被送回来的时间大约是夜里 3 点左右，而且几个服务员的说法大体一致……3 点，3 点?等一等，技术组是怎么说的来着?"从尸僵的程度看，马修应该死于 12 个小时前，"我们大约是中午 1 点到的，也就是说，死者应该是前一天夜里的 1 点左右死的。可他 3 点时还活着呢。哎?这中间为什么差出了两个小时?难道是技术组的人判断有误?我真想返回办公室再把那些问话笔录仔细看看，可时间太晚了。再说，即便是判断有误，那他死于胰腺炎的事实总不能说是谁把他害成胰腺炎的吧?这病，好像是不能人工操作的，无论怎样，这个案子不属于谋杀是肯定的，那么方探长在想什么呢?这个思考题害得我几乎一晚上都没有睡好。

八

第二天早晨，方探长不知想起什么，又去九龙公寓了，我按照他昨晚的吩咐，一大早就去技术组那里把法医鉴定和马修的遗物取了回来。我回来的时候，他还没回来。我来到韩处长的办公室，把法医鉴定结果告诉了他，鉴定的结果与技术组现场分析的一样，马修确实死于急性胰腺炎。

韩处长长长出了一口气，“那就好。我刚接了使馆的电话，死者家属马上过来，幸好他是正常死亡，不然就麻烦了。”

我们正说着，方探长回来了。他拿过鉴定报告看着，“他们从马修的嘴里提取到了什么残留物？”

我说：“他们说有羊肉、蔬菜之类的。”

在一旁听着的胖子咧咧嘴：“睡觉前也不刷刷牙。有二锅头吗？”

我说：“对，还有酒精成分。”

胖子：“八成刚从东来顺出来。”

方探长：“刑警什么意见？”

“他们还是那个意见，说正常死亡不需要他们插手。”

方探长取出支烟点上，“这话是谁说的？”

“是闵队长。”

方探长有些轻蔑地笑了一下。

韩处长问：“您刚才去现场又有什么新发现吗？”

方探长：“我只是去了解一下马修死的时候屋里是不是还亮着灯。”

“是亮着的，我们去的时候，我看是亮着的。”

他摇摇头：“那是刑警队的人去之后才打开的。他们是嫌屋里光线太暗，不好操作。据发现马修死的那个服务员说，他进去的时候，屋里没开灯，而且窗帘也是后来才拉开的。”

“哦，这有什么意义？”

方探长反问道：“嗯……一般情况下，急性胰腺炎发作时一定很难受，应该说相当难受，那人的反应应该怎么样？”

胖子：“挣扎！”

我说：“如果是我，我一定会打电话叫人……”

方探长点点头："那么你会摸着黑打电话吗？屋里那么黑，还关着窗帘，是根本不可能看清键盘拨号的，也就是说，不管他是想叫服务员还是想拨电话，首先应该先开开灯是吧？他房间里有四个灯，两个床头灯，一个厅里的灯，一个镜前灯，开关都在床头，从他躺着的位置很容易就能摸到那些开关，可屋里却没有开灯。"

我们都看着他，不知他想说什么。

胖子："也许是没来得及？"

方探长："也许……可从他死亡的状态来看，没有丝毫挣扎的迹象。他就好像很平静地睡过去了一样，是他真的没有经过那个过程呢，还是那个过程发生在其他时间，或者其他地点……"

"您是说公寓并不是死亡现场？"

方探长看着我，"海棠，我昨天给你出的思考题你做了吗？"

"做了。"我点点头。从昨天开始，我就已经把他的话当成圣旨了，他那种警察特有的临战状态无形中刺激了我无比好奇的激情。

方探长："你是怎么想的，你说说看？"

"嗯，服务员们都说，马修大概是夜里3点左右被人送回公寓的，可从尸僵程度看，他却应该是前一天晚上的12点至1点死的。这之间差出了两个小时。"

方探长："对。而且，当时房间里的温度很高，有31℃左右，在这样的温度下，尸体变化的程度比正常温度下还要快一些，如果说3点钟他还活着的话，那就根本说不过去了。我怀疑，他根本就不是在九龙公寓死的。也就是说，服务员看到他那会儿，他应该已经死了，那两个人送来的本身就是一具尸体。"

胖子："那真是奇怪了，既然人已经死了，为什么不叫救护车，还要送回这里来呢？"

"这就是疑点。"

方探长转头对韩处长说："处长，我认为，这个案子有些疑点，我建议立案侦查。"

“立案？”我们都瞪大眼睛。

韩处长皱起眉头看着方探长，是啊，从他这个角度考虑，他当然不希望在他管辖的区域里有外国人发生什么意外，如果是正常死亡，那事情要简单多了，可现在的情况显然是不能简单处理的。“关于你的推测，是不是再跟技术组的人研究一下，我也先跟上级做个汇报，然后再看看是不是需要立案。”

方探长点点头，“海棠，马修的遗物取回来了吗？”

“取回来了。”

你知道吗？人在工作的状态里是最有风采的，这是我在电视里看到的一句话，我现在觉得，此刻的方探长真是太有风采了！别说我一直都崇拜他，就是不曾崇拜他的人，看见他现在的状态也一定会开始崇拜他的，而且有极大可能爱上他。如果谁敢在这个时候，把他和毒品贩子有瓜葛的话说出来，那他就是找打！绝对不会有人信。

在韩处长去局长那里汇报的时候，我们几个人把马修的遗物重新理了一遍，衣服、手机、领带、护照、钱包、房卡还有些名片什么的。看着那些名片，我脑子里又闪了一下方探长在现场看名片的镜头，奇怪，他为什么要拿自己身上的名片对照呢？是不是马修身上的那些名片里有他认识的人呢？不会！我想哪儿去了？事情哪能巧成这样？那不成书了吗？我仔细翻看着剩下的这些名片，那都是些商业客户的名片，他注意到的那张会是什么人的呢？过了没多久，方探长被局长的电话叫走了。

一下午我都在电脑前整理从问话笔录中获得的信息，我猜这个案子立案侦查定是板上钉钉的事，即便不正式立案，深入调查也是跑不了的。毕竟它的发生有很多让人费解的疑点，更由于它是涉外事件，“外事无小事”，那是头头儿们常对我们说的一句话。想到自己将和方探长一起去经手这么一个扑朔迷离的案子，想到自己将亲眼目睹方探长用他那传奇般的智慧一段一段照亮迷途，我兴奋得简直要蹦高了，全部的热情此刻已伺机以待，我将贪婪地去收集他每一个办案手法和特点，包括他与众不同的思维方式，据为己有！

“哎，海棠，听说你们的案子已经立案了。”克奇带着一股凉气走了进来。

“是吗？上面批了？”

“我听说是。我刚才看见闵队长在韩处长的办公室正说这事，看来刑警队肯定是要介入了。”

“是吗？方探长还真把局长们说服了。”

“不就是死了个老外吗？还是因为吃多了撑死的，至于那么大惊小怪的吗？不是为了炒作自己吧。”

“你知道什么就瞎发议论，它可不那么简单。”

克奇看了看我：“看你的样子好像很兴奋啊。你是不是特别想参与这个案子的调查呀？”

我掩饰不住地回答：“怎么？不行啊？”

“可我听说，侦案组里没你。”

“你说什么？”我不相信地问。

“怎么？没人告诉你呀？”

“你胡说！不可能！”

“得，得，我胡说，我胡说。你千万别信我的话！”

“那他们让谁去？”

“据我所知，他们是想让胖子去。”

“胖子？为什么？”

“我怎么知道？我又不是头儿？我就是这么听说的，不信，你问问胖子就知道了。”

我的心一下子凉了，“你听谁说的？”

胖子一脸兴奋地走了进来，哼！他美了，那脸兴奋本来属于我的！我气呼呼地问：“胖子，是让你去调查马修的案子了吗？”

胖子看了克奇一眼，“是这家伙告诉你的？”

“我问你是不是？”

“好像是，老爸刚刚跟我打了个招呼。”

“那我呢？”

“你？我不知道。”

“什么你不知道？准是你搞的鬼。”

“海棠，这你可冤枉我了，这可不是我自己争取的，不信你问问老爸。”

“哼！”我朝韩处长的办公室走去。

“老爸，我怎么了？您为什么不让我参加侦案组？”

韩处长抬起头看着我，“怎么了？生气了。”

“这明明是我接手的案子，您凭什么半途换人了？”

“让胖子去是方探长的提议，我也同意了，再说你还有别的工作要做。”

“方探长的提议？”我怀疑地问。

“对。”

“为什么？”

“也许他有他自己的考虑吧。反正谁去不是一样……”

“我不信，我不信方探长会不愿意让我参与调查。他没理由这么做。”

“好了，海棠，搞案子是件很辛苦的事，没黑夜没白天的，你一个女孩子，还是干点力所能及的吧。”

“老爸，我哪点比胖子他们差了。你们也太小看人了。”我委屈得声音都变了，我想跟他说，我一直都盼着能跟方探长一起去搞案子，我盼了很长时间了，从听说他那天起，我就在等待这样的时刻了，我想跟他说，我非常希望去经历真正的警察所该经历的那些事，可我嗓子哽咽住了，“我，我去找方探长去，我去问问他凭什么不让我去。”我伤心地跑出了他的房间。

“海棠，海棠！”老爸一个劲儿地叫我，但他被他桌上的电话给拖住了。

方探长办公室的门虚掩着，我想推门进去，可我听见方探长与闵队长正在里面激烈地争辩着，我犹豫地站在门口。

闵建说：“你这么兴师动众，恐怕是冲着唐安去的吧？”

我吃了一惊！唐安？这案子怎么还有唐安？我屏住呼吸仔细地听着里面的对话。

方探长：“我想知道，你现在是以什么身份在跟我谈这个问题，是刑警队长、老同事、老部下，还是侦案组组长？”

闵建：“尽管我早就不是你的老部下了，只要你能告诉我实话，无所谓你把我当成什么。”

方探长：“案子有疑点，刚才当着局长的面，我已经说过了。”

闵建：“但我并不认为这是你想调查这个案子的真正理由，这里面不会有什么其他因素吧，比如个人恩怨，公报私仇？”

方探长：“既然你这么问，我倒想知道，我和他之间有什么恩怨？有什么私仇？”

闵建：“这点你比谁都清楚。”

方探长：“你这么不顾客观地去想问题，我倒是怀疑你不会是出于个人恩怨吧？”

闵建：“我是不想看着你胡来，因为我太了解你了。”

方探长：“那是你那么以为，你以为你了解我，但实际上，你根本就不了解我。如果你真的了解我，你我之间就不会闹成今天这个样子了。我希望你清醒一点，别总那么狭隘地去看待别人，这是你的问题，不是别人的。”

闵建：“我认为我很清醒。”

方探长：“是吗？可作为一个刑警队长，一个老侦察员，你不觉得自己对这个现场的处理太草率吗？时间，还有现场留下的那些痕迹……”

闵建：“你用不着把别人都当傻瓜，我当然知道马修是因为喝多了被人送回来的，而且送回来时，他已经不省人事了，拖着这么一个酒鬼回来，出现你说的这些痕迹，我不觉得有什么值得怀疑。”

方探长：“送他回来的人呢？你见到了吗？”

闵建：“那是你们的事。”

方探长：“你的洞察力和你的职位太不相称了。不是只有枪伤、刀伤、血迹斑斑才叫案件！”

闵建：“某些方面我是不如你，比如狡辩，但我所具备的，你不一定具备，比如说道德感、责任感。”

方探长：“所以你才这么出现场的？哼，这些感要是能帮你再敏锐些就好了，那你一定了不得。”

闵建：“我们的废话是不是太多了。”

方探长：“是啊，是我的废话太多了。跟你这种脑子里装满狗屎的人，我就不该指望你会听进去什么。”

闵建：“你不就是想说有人移尸吗？尸体检验仅仅是一种大致的推测，而这种大致的推测与实际情况往往都会存在一定误差。你搞过那么多案子，这点，你不清楚？就像那年冬天，抓白条子那个案子，要不是那小子钻了这个空子，你荣立二等功就更轻而易举了。”

方探长：“正是由于那个案子，我才觉得时间的细节不容忽视。况且，他死前症状也与急性胰腺炎发作的状态不符，你不觉得吗？”

闵建：“你我都不是医生，即便是，也无法根据自己的逻辑去确定病人死前的情景，况且，他还是在喝了很多酒的情况下。”

方探长：“既然谁都不能确定，我们的工作就没完。”

闵建：“但单凭这些，就值得立案调查吗？既然你的注意力在唐安身上，何不向局长直说？”

方探长：“我怎么说那是我的事，你完全可以向局长申明你的观点，你刚才不是也没说吗？”

闵建：“我不说，是因为我给你留面子，我不想在那个场合提丁瑶的名字让你难堪。”

方探长：“有你这么善解人意的战友在我身边，我可真够幸运的。但你别搞错了，我们现在谈的是案子，不是在谈我和丁瑶之间的传说。”

闵建：“传说？那是你的叫法，你我都知道那并不仅仅是传说。”

方探长：“哦，是吗？那你管那叫什么？通奸是吗？”

闵建：“我觉得你现在变得越来越没皮没脸了。”

方探长：“你好像也变得越来越了解我了。”

“我相信今后我会更了解你的，咱们走着瞧吧。”我听见屋里有拉动椅子的声音，“但请你记住，这个案子，我是组长，你的任何调查都必须在我同意的前提之下才能进行。”

有人朝门口走来，我急忙转身离开门口。

闵队长走出来，“咣”地把门一摔，朝电梯方向走去。

我见闵队长走了，犹豫着是不是应该在这个时候去问方探长关于我的事，方探长突然从屋里走了出来，“海棠？有事吗？”

“是。”

“怎么了，嘴撅那么高干吗？”

“我……”

“进来说吧。”

我跟着方探长走回他的办公室，“我听说，是您不让我参加侦案组的，是吗？”

“嗯？哦，对。是我提的建议。”

“可为什么？您凭什么这么做？”

“搞案子太累，不适合女同志，再说，放着那些小伙子不用干吗？”

“您这不是歧视妇女吗？”

他笑着说：“咳，男女有别嘛。案子搞起来，什么情况都可能遇上，女同志总归是不方便。”

“上案子的女同志又不是我一个，有什么大不了的？您不是因为怀疑我的能力才这么决定的吧。”

“能力？哦，对，这也可以算是一个理由。搞案子你毕竟没有经验……”

“经验不是一点点积累的吗？您也不是生来就什么都明白的，再说。那胖子就一定比我强吗？”

“胖子他……”他笑笑，“其实……”

“如果我坚持要参与这次调查，您能重新考虑吗？”

“海棠，咳，这是案子，不是儿戏。我的意思还是让胖子去，你就……”

“是我把案子当儿戏了吗？您这样做，太不公平了，太不够意思了！也太不尊重人了！”我的眼泪一下子涌上眼眶。

“哎，海棠，别，别，别……”方探长肯定想不到我有多么想参与这个案子，从出现场到现在，我已经把我自己当成办案人员了，激动了半天，现在没我什么事了！他见我气成这样，有点不知所措。“瞧你，就会哭！当警察还怕没案子搞吗？”

“可是……”我怕眼泪掉下来，“真没劲！”我转身跑出了办公室。

“喂，喂，海棠，海棠。”方探长在身后喊我，“海棠！海棠！回来，你听我说啊。”

我这狼狈的样子，绝不能让他看见，也不能回办公室让大家看见，我朝电梯跑去，我想上楼去，要么下楼去，总之找个没人的地方哭一鼻子去。可没想到，杜欣和几个人正站在电梯前等着下去，我只好朝楼梯口拐去。

“海棠！”我听见杜欣在叫我，我头也不回地顺着楼梯朝楼下跑去。

可真糟糕，我的鞋跟不小心被台阶钩了一下，身体突然失去了平衡，叽里咕噜地就滚了下去，一直滚到楼梯的拐弯处。哎哟！摔死我了！我龇牙咧嘴地挣扎着坐起来，低头一看，脚踝顿时鼓起一个大包。哎哟！真疼！所有的委屈一起推开我情绪的闸门，我干脆哭了。

杜欣和方探长都过来了，“怎么样？摔坏了吗？”他们担心地问。

我真觉得丢脸，真是太丢脸了，那种尴尬比我脚上的伤还让我难过呢。

方探长忍着笑说：“你可真行！跑什么跑？”

我借着崴脚的疼痛，让委屈的眼泪放任地流出来。

杜欣：“特疼啊？起来走走，不行我送你去医院，看看是不是伤着了骨头。”

杜欣和方探长两人把我从地上扶起来。

方探长问：“还能走吗？”

我咬着牙走了几步，不能走我也走，我可不想被你小看，我心里赌气。

“来，来，来，别逞强了，我来背你。”

“不用。我能走。”我艰难地又向前走了两步，实话说，还真挺疼的，疼得我想装没事都不可能。

“还是我来吧。”方探长不由我再推托，一猫腰把我背了起来，朝楼上走去。

从楼下到楼上再到办公室，这距离虽然不算长，可那丢脸劲儿就甭说了，我觉得那距离足有两万五千里！

“行了，这回就是我同意你参与这个案子，你都参与不了了。伤筋动骨一百天！”

是啊，这下您可称心了！

我被杜欣和胖子送到医院照了片子，还好，没伤到骨头，可医生告诉我，至少要休息两至三个星期。完了，这回我算是跟那个案子彻底没缘了。

九

待着，简直就是精神折磨！

要是让我的那些热切渴望待着的同事听我这么说，他们非得说我是得了便宜还卖乖，并强烈要求跟我换换不可。刘兰就说："咳，我也想自残一下，回家休息几天。"每天被那些烦琐的、没完没了的工作拖着，实在让他们太渴望在家待上几天了。要不是因为那案子的事，我也许和他们的心情一样。可他们哪知道我现在的心情啊？在你最不想待着的时候硬要让你待着，走也走不了，睡也睡不着，这叫休息呀？谁难受谁知道。

我为了不让自己去想那件沮丧的事，白天家里没人的时候，我大部分时间都泡在网上，要么看新闻，要么玩儿那些很幼稚的游戏。可即便这样，也仍然挡不住我去想我和这案子失之交臂的遗憾和懊恼。方探长那么残忍地把我撤出这个案子不会是别有用心吧？或许他是因为担心我和克奇的"秘密活动"会妨碍了他的计划才故意借口这个那个的不让我参加的？哼！什么"女同志""没经验"，用这样的烂借口就把我甩了，这说得过去吗？要么就是这案子真是个很复杂很了不起的大案？他真觉得我不够资格？我算了算在他面前曾经犯过的错误，连洒汤那事都算上，用一只手就能表示出数儿来。真搞不懂，我究竟哪点不让他满意。

第三天下午，方探长突然来了，真没想到！他之前连个电话都没打就跑来了。当我开门看见是他出现在门口时，我都傻了，不知说什么了，"方探长？您，您怎么来了？"

"来看看你，看你是不是还在闹脾气。"他笑着走进来，"怎么样？还好吧？"

我有些慌乱，真没想到他会来，更没想到他会一个人来。我把他让进客厅，瘸着腿慌手慌脚地给他沏了茶，心不在焉地回答着他那些寒暄的问话。他一直劝我别动，可不动，我不是更尴尬？

他观察了一下我走路的样子，“你的脚怎么样了？好像好多了。”

“没什么事了。基本上好了，呵呵，用不着一百天。”我笑着说。

“真没想到，我们的海棠看上去挺温和的，竟然会发那么大脾气。”

我不好意思地笑笑：“我也没想到，我在您心里有那么差。”

方探长笑着说：“不，这完全是我表达上的失误，我当时确实不知该怎么跟你解释。”

“您不用安慰我。我知道，您早说过，我不适合做警察。”

“我说过吗？我怎么不记得。”他笑笑说，“你还记仇啊。”

“那当然了，您在我眼里可是警察中的权威，您没想过吧，您的结论可能会让我最终改行的。”

他哈哈笑起来：“有那么严重吗？那我以后说话可要小心点儿。”

我站到他面前：“方探长，实话说，我真有那么差吗？”

“要让我来评论你的工作能力的话，嗯，实事求是地说，你身上有许多警察应该有的素质。比如说，对什么事都好奇、怀疑。”

“我这是优点吗？我还以为是缺点呢。”

“还有，你看问题很客观。我不太会夸人，骂人还可以。”

“呵呵……”

“要知道，客观这点，说似简单，其实很多人都做不到，包括那些经验丰富的老警察。这可能是你天生的吧。”

“真的？您真的这样认为？”

他点点头：“真的。我说的都是实话。”

“我还以为您会说我是个感情用事的人呢。”

“你确实是个感情用事的人，但这点却似乎并没有影响你的客观。这点很怪，客观与感情用事在你身上并不矛盾。这是你与众不同的地方。”

“是吗？”他好像很了解我似的，可我既然有这么好，您为什么还要把我踢出侦案组？“那我的弱点是什么呢？”

“弱点嘛，主要就是缺乏经验，胆子小，你那天刚看见马修尸体的时候，脸都白了，你自己没意识到吧？”

“是吗？所以您更觉得女人胆子小，事儿又多，不方便了……”

女警察在许多方面确实不如男警察，这是事实，可这话说出来却不那么站得住脚，因为许多女警察辉煌的业绩是有目共睹的。如果他说是，那我有一堆话等着他呢。

“对，这正是我今天想跟你，嗯，向你说明的一个重要的问题。”

“关于女同志？”我看着他。

“关于你。”

“啊？”

方探长左右看看：“你家可以抽烟吗？我看你们没有烟灰缸。”

“哦，可以。”我这才看见他手里正夹着一支烟，他可能已经憋了半天了。我从书房里把烟灰缸拿过来，放到他面前的茶几上，“我姐夫抽烟。所以……”

他点上烟，吸了一口说：“我有个很唐突的问题想问你，可能说出来，你会觉得对你是个伤害，但如果这个问题不说明白，我也觉得不让你参加这次调查对你很不公平。”

“什么问题？您问吧。”不知为什么，我的心突突地跳起来，他的目光令我紧张，我甚至希望他改变主意，把想说的话收回去。

他看了我半天，终于问：“你对我很有好感，对吗？”

完蛋了，这个问题太可怕了！我该怎么回答？我看了看他，想知道他说的好感是什么意思，“是，不过……”

“你明白我说的好感是指什么，对吧？”

看着他的眼睛，我可以肯定，他说的好感是男女之间的，而不是同事之间的，也就是说，他在问我是不是在爱他，乖乖，我怎么把这点忘了，他对男女之间的事可是相当有洞察力的，比如丁瑶对他……他可是在别人议论之前就看明白的。可现在，我该怎么回答呢？这可复杂了！我爱他，当然了，我从没否认过这点，可那是纯粹的男女之情吗？那可是有许多外在因素的，可什么又是纯粹的男女之情呢？之前，我曾经努力地把对方探长的感情定义为“崇拜”，但有时我却分明能感觉到那不过是一个用来自我约束的谎话，是一旦自己受困于某种不得已时的一个逃跑的出口。怎么回答？怎么回答？我的脑子一片空白。

“您为什么要这样问？”我下意识地从茶几上拿起一个茶杯垫儿，不自觉地当扇子扇着风，我家并不热，可我热，我觉得自己脸烧得跟火炭似的。

“因为这关系到工作。”

哦，我知道了，我知道他为什么问这个问题了，是丁瑶！一定还是因为丁瑶。丁瑶与他的那种复杂的关系曾经使他陷入了困境，就是现在，他们的那种关系仍然牢牢地捆绑着他。也正是因为那个阴影，使他所有的举止都被人当成别有用心，他一定担心我也……不，我不能承认，假如我承认了，那侦案组的事就真的彻底没机会了。我让自己镇静下来，“您是想问我是不是爱上您了吧？”我很吃惊自己竟毫不费力地说出“爱”这个字，“您是想问这个吗？如果您问的是这个，你可以放心，我的回答是没有，我没有。”

“对，我问的就是这个，但你好像没说实话。”

“我说的就是实话！是不是我有什么地方做得很过分，让您，让您头疼了？让您以为我怎么，怎么想……”我语无伦次地说，镇静点啊，我告诉自己。

“你不怀疑我的判断能力吧？”

“我，我不怀疑，我的意思是不怀疑您在其他问题上的判断能力，但这件事一定是您误会了，我不知道我有什么言谈举止让您这样以为，但事实的确不是这样。您在我眼里就是一个令人敬佩的破案英雄，是个精明强干的警察，但这不是爱，我知道这不是……”

“海棠，说实话，目前，我很需要像你这样的人帮我，我刚才说过，你看问题很客观，我通过这段时间和你接触，我感觉你有一双客观的眼睛，而且，对任何人、任何事没有太多的成见，也没有太复杂的历史背景，而现在我身边都不是这样的人，这当然有很多原因，有些事情一时也难解释清楚，比如我和闵队长、克奇他们，总之，让他们做到完全去除某些心理的东西，这很难，不是一时半会儿可以办到的。当然，胖子也不错，但跟你比起来，他缺乏你这种敏感和好奇，缺乏探求的激情，所以，要说参与调查案子，我想过，你是最合适的人选。可我跟丁瑶的事，你知道，你肯定听说了不少，上次，我也跟你说过一些，你该知道我在担心什么。”

“您不必为此担心，真的，如果您只是，只是在担心我会……不用！您什么也不用担心，我怎么会……您真的不用担心什么，您就让我参与调查吧！我保证不会麻烦您的。首先，我不是丁瑶，我没她那么丰富的感情，我，我，我虽然经常掉眼泪，但那是另一种，是太娇气的那种，不是因为感情丰富，对这种事，我很麻木，很不在意那种事……”什么呀？我在胡说什么呀？那是我吗？为了消除他的顾虑，我也不能把自己说得跟缺心眼儿似的，这太不公平了！“第二，我也确实没喜欢上您，我对您有好感没错，但那只是一种敬佩，或者说是崇拜，但不是您想的那种感情。我是谁呀？我怎么敢……不，不是的，您，真的搞错了。”我故意使劲强调着“您”字，以拉开我和他之间的距离。我说这话时，感觉心里一阵阵疼痛，如果说过去那些时间里，我一直没弄清楚自己对方探长的感情究竟是怎么一回事的话，此刻这疼痛让我什么都明白了。

我一抬头发现方探长的目光在看着我的手，我这才注意到，不知什么时候我已经把那杯子垫儿给捏扁了。

“那好吧。是这样就好！对不起，海棠，我这话问得太那个了。”方探长平静地笑笑说，“也许我是一朝被蛇咬十年怕井绳，总之，我不希望再有一个丁瑶出现。而且，坦白说，除了我老婆，我不会爱上别的什么人。我们之间现在的确出了点问题，但一切都会过去的，我们以后会从头开始的。”

这话说得真残忍！太不近人情了！即便那是实话，难道还非要这样说吗？丁瑶，此刻，我真太理解你了。

“那当然，我知道。”我微笑着说，但心里真是疼痛啊，脸上的部分肌肉抖得都快撑不住我的假笑了，我用手胡噜了一下脸。谢天谢地，我没承认自己爱他，否则自己这会儿就肯定像个大傻瓜了！可这也真奇怪，他是怎么看出来的？我以为我装得挺好的了，别说我没敢写过什么情书，我连说都没敢跟任何人说过什么，他怎么就看出来了？他的眼睛也真是够毒的！假如他是个心术不正的人，他一定会是个情场老手。

“海棠，我希望我刚才说的这些话没有伤害你，也希望你真像你自己说的那么回事。因为，我希望你能成为一个好警察，你有这个条件。要做个好警察，需要放弃的东西很多，你明白我的意思吗？”

我点点头，我是在放弃，是的，此时此刻，我就正在放弃！就是为了自尊心，我也会放弃的！这虽然很难做到。我觉得自己的眼圈发热，我低下头，使劲地将那个我捏扁的杯垫儿铺平。

“你后天怕是还不能来上班吧？你的脚行吗？”

“行。我明天就可以去。”

“不用明天。后天吧，后天你来侦案组报到。我们的办公地点在刑警队六楼602房间。”

“您说什么？”

“我是说你如果后天能来上班，直接到侦案组报到。”

“您说的是真的？”我简直难以置信，“我真的可以参加侦案组了吗？”

"高兴了吧。"

我笑了，眼泪终于掉下来了。这可是我用放弃爱才换来的机会！方探长啊，您肯定想不到，这样的交换条件，对我来说有多难啊！如果您不在，我肯定会大哭一场。

"看看，看看，看看，这就是女人，什么事都哭！我真服了你们了。"他一定以为那眼泪是我高兴的结果。

"那胖子呢？"我抹了下眼泪问。

"处里这几天事情挺多的，他要走了，值夜班的人手就更不够了，所以韩处长还是考虑让他在家。"

"哦，可怜的胖子，他会生我的气的。"

"呵呵，他不会的。那天他把你送医院回来就去我那儿了，他还向我替你求情呢。"

"胖子真好！我一定要好好谢谢他，还有您，您能让我来，真是太谢谢您了！"

"你别谢我，这不是我的功劳，其实，在我来之前，你已经被列入调查人员的名单里了，我只是来通知你一下而已。"

"啊？"我惊讶地看着他。

他笑笑说："我是不主张你来的，到现在我也不那么肯定你来是不是件好事，可我也要服从命令。"

"谁的命令？"

他用手指指指上面："上面的命令。"

上面是谁？是闵队长？局长？真是奇怪，他们怎么会看上我呢？如果选拔面瓜说我被选中了那倒有可能，方探长不会是在开玩笑吧？管他呢，反正我的心愿已经初步实现了，至于是谁看上我的，无关紧要。

"哦，对了，还有，这次侦案组的组长是闵队长，我们都归他指挥。"

"哦。"我想问："那您呢？"但觉得这不是一个愉快的话题，或许这之中的某些内容会让他难于启齿，比如那次枪战，我曾经很多次都想问问方探长那是怎么回事，但都因为同样的顾虑放弃了。我听说过，他俩都不愿意提起这事。也是，两个刑警的头儿双双让人给要了，还差点……没法提，太丢人！但谁都知道，其实他们不愿意提起这事的背后原因是，两个好朋友，铁打一样的交情，就在那天的某一性命攸关的时刻，因为什么事反目成仇了。关于这事虽然有很多版本，但所有版本的结论似乎都一样，都是说方探长在生死关头的表现令人摇头。是吗？会是那样吗？我一直对此深表怀疑。算了，还是别去问了，我把到嘴边的话咽了回去。

方探长把杯里的茶喝光，“什么茶？真不错。”

“我再给您倒点水。”

“不喝了，走了。”他站起身。

“方探长，我能问您个问题吗？”

“什么？”

“那天，我听见了您和闵队长之间的对话，我听到你们谈到了唐安。这个案子与他有关吗？”

方探长沉吟了一下：“嗯……实事求是地说，我认为有，在马修的遗物中，你注意没注意到……”

“丁东”门铃响了，打断了方探长的话。这个时候谁会来？我跑去门口开门，“克奇？”

克奇提着水果走了进来，“在家呢？这回老实了吧……”他抬眼看见方探长在屋里，愣了一下，语气冷冷地说：“你有客人？”

方探长走了过来，但并不跟克奇打招呼，“海棠，我先走了。关于你问的问题我们以后再讨论。”

“好。”

方探长走了。克奇正拉着脸看着我，“他干吗来了。”

“来看看我呗。怎么了？”

“看你？哼，我没耽误你们什么事吧？”

“你这话什么意思啊？大家不都是同事吗？”

“你们的关系好像越走越近了。”

“行了吧，你别那么多废话了，快坐吧。”

他坐在沙发上看着烟灰缸里的烟蒂：“看样子你们聊的时间不短了啊。都聊了些什么，我能知道吗？”

“是关于马修的案子，还有他……”

“当然，他这个人善于以工作为借口。”

“什么呀？他来是告诉我，我可以去马修案子的侦案组了。”

“是吗？这可是个新闻啊，恭喜您了，恭喜您加入了这么一个特大案件调查组，去调查一个人为什么会吃多了撑死！”

我笑了笑。

“我真不明白，你为什么非要参加这个无聊透顶的案子，是什么那么吸引你，让你下那么大工夫。”

“克奇，你别这样说话，不管你怎么怀疑他，可他毕竟现在还是我们的同事，局里能同意他的想法，把大家都认为很无聊的案子拿去立案调查，这至少说明局里还是信任他的。”

“看来我跟你说的都白说了。”

“你并没有白说，但怀疑只能是怀疑，再说……”

“再说什么再说？就为了通知你可以参加侦案组了，他就至于特意跑一趟吗？对待别人，我可没见他有那么热心。你这就叫引狼入室！你知道吗？”

“我不想跟你吵架。你是来看我的对吧？”

“对，没错，我是来看你的，因为尽管我们的观点不一致，但我始终还把你当成可信赖的朋友。但也许我真的看错你了。你把我告诉你的一切都当成了耳旁风了。我本来还有件重要的事要告诉你，但现在我改主意了，我今天就不该来这儿。”他生气地朝门口走去。

“克奇……”

他拉门走了出去。

重要事？又是什么重要事？

十

他那件没说出来的“重要事”就像我头上悬着的一块石头。他总是这样对我，也许他就知道我准会把他那些“重要事”当重要事让它们悬在自己的头上，并且积极地站在下面等着挨砸。也许正因为我这“积极”的态度，才使得他投“石”不断。

在去侦案组报到的这天，我先回处里找了趟克奇。克奇没在，桌子收拾得整整齐齐干干净净的，干净得有些反常。

“克奇呢？”我问杜欣。

“哎？他没告诉你吗？他去警院集训了。”

“集训？”

“什么时候走的？”

“今天一早就走了。”

“哦，怎么突然集训去了……”

“他不是去你家看你了吗？怎么，他没告诉你呀？”

“没有。”

“奇怪。他说他去告诉你的。”

“那他什么时候能回来？”

“半年吧，他们这次好像需要半年。”杜欣见我一脸困惑，便问：“怎么？你找他有事？”

我摇摇头：“他好像有什么事要告诉我，可那天，他没说就走了。”

“那他干吗去了？莫名其妙，真搞不懂你俩是什么回事，别管他了，他要真有重要的事想告诉你，还会给你打电话的。”

“嗯。”

“你去那边搞案子，自己要当心。”她有些担心地看着我。

“你怕我遇上危险？”

“我怕你疯了。”她笑着说。

“啊？为什么？”

“我听说，参加你们这个案子的有好几个老七的人。”

“老七是什么意思？”

“老七是说老七分队，是最让人头疼的分队，他们中很多人是警察子弟，自以为是得要命，谁也不服，还整天惹事。方探长当他们的头儿时，据说，他们也搞过一两个像样的案子，这更了不得了，尾巴都翘天上去了。后来局里把老七给拆了。跟这些人打交道，可不是件容易的事。”

“天呢！刑警队那么多人，分局为什么要让他们去办这个案子？是不是局里觉得这个案子不重要啊？我真不明白。”

杜欣笑笑，但从她的表情我看得出她同意我这说法：“咳，有方探长和闵队长这两个重量级选手加盟，你还想怎么着？你知道分局的人都怎么说吗？看这案子的阵容，就知道会放出什么样的花来？”

“是真的？可两个重量级人物领着几个废物这叫什么阵容？”

“说废物有点冤枉他们，他们也就是有点不着调而已，人还都是蛮机灵的。总之，他们和外事处的人完全不是一回事，你得学着适应他们。”

“我的命可真苦！如果有什么紧急情况，我会在第一时间向你求救的，到时候，你可一定要救我。”

“有方探长在，你怕什么？”

那倒是，我也只是干活听呵的，又不负责出主意，他们还能把一个小跑怎么着。不过，对这样的组合我还是觉得有点想不明白，如果分局不重视这个案子，那为什么会让闵大队长参加调查？有方探长在，完全没有这个必要；如果说他们重视这个案子，为什么又要安排“老七”这帮调皮捣蛋的家伙来掺和这个案子？这似乎有点矛盾？那么只能有一种解释，分局领导对方探长并不怎么放心。

离开处里后，我给克奇拨了个电话，可他没接，现在，我要急着去报到了，没时间去想那块悬在头上的“石头”了，也许他要告诉我的重要事就是他要去学校集训，但愿就是这么回事。

侦案组在刑警大楼602房间，我报到的时候，办公室里只有闵队长一个人在接电话，我在一旁坐下等着他把电话打完。

以前，我跟他接触过几次，但几乎都是匆匆忙忙的，他给我的印象就是匆匆忙忙，从来没停下来过。分局里关于他的议论不多，有的也多是关于他和方探长之间的摩擦，据说他的脾气也不那么好，急了也瞪眼，也骂娘，只是他不像方探长那么牛、那么傲，不像方探长那么招恨。他的长相很普通，概括起来，就是一个“圆”字，圆圆的脸，圆圆的眼睛，圆圆的身材，在中年警察中，这种圆型人不少，所以不太容易让人记住。他唯一让我觉得与众不同的地方，就是他的疲倦，那不堪重负的疲倦似乎从来都没离开过他。我每次看见这张脸，都禁不住暗中感叹：做刑警的头儿可真不容易！

“海棠？是这么称呼你吧？”他放下电话说，用力理了理头发，好像这个动作很能帮他解乏似的。

“对。”

“其他人一大早就走了，都下去了解马修的死亡地点了，你也知道，这是事情的关键，这事搞清楚了，就什么问题都解决了。”

我点点头。

“要我看，我们这个小组根本没有成立的必要，咳，瞎耽误工夫。你说呢？”

“我说不好。”

闵队长站起身，拿起桌上的手机，“我们走。”

“去哪儿？”

“欧亚大厦。我们去马修的公司转一圈，看看他们那里有没有人知道些什么。”

我跟着他走出房间。

“关于这家公司，你都知道些什么？”

“嗯，它是家经营国际贸易的公司，在中国开展贸易活动有七年了，没什么知名度，管理层大部分也都是日本人。整个公司大约有三千多员工。”

“三千？真不少。”

“马修是两年前来这家公司工作的。是项目部经理。”

“听说他以前是加拿大人，什么时间加入日本籍的？”

“马修的父亲是日本人，母亲是加拿大人。他生在加拿大，两岁就到了日本。后来就一直生活在日本。”

“你跟他接触过几次，对他什么印象？”

“印象？嗯，他这个人好像有点孩子气，好像还有点缺少自我控制能力似的，上次，我们差点就把他当精神病送回国去。”

闵队长：“你们当时要真把他送回国去就好了，我们今天就不会这么麻烦了。”

我是第一次坐闵队长开的车，从他发动汽车的动作，我就感觉他是一个既沉稳又守规矩的人。当汽车从分局那条熟悉的胡同穿过时，我不由得想起了那次他和方探长较劲的情景。

“方哲跟你提过唐安这个人吗？”我正想问他他和方探长的事，他却先开口问我了。

“嗯……我知道这个人，他是丁瑶的哥哥，我见过他。”

“哦？什么时候？”

“就是前几天，他的签证过期了，他来分局办理延期，是我接待的他。”

“哦。”

“您觉得，这个案子会跟唐安有什么联系吗？”

“你是不是也觉得这两人之间离得太远了。”

“是，是有点儿远。”其实，我心里觉得很远，毫无牵连。

“方哲没跟你解释吗？”

“没有，前几天我的脚崴了，在家休息了几天，我们没来得及说这事。方探长认为这事跟他有关？”

“是啊，否则他不会这么起劲。”

“起劲？为什么？”

“其实，说了半天，他怀疑唐安也不过就是因为一张名片。”

“名片？什么名片？”

“对了，你们在整理马修的遗物时是否看到有一张阿依达夜总会的名片？”

“是有一张。”

“你是什么时候看到的？在现场吗？”

“不是，是后来整理马修的遗物时看到的。”我的心陡然一颤，眼前出现了方探长在现场摆弄名片的镜头，“这名片怎么了？有什么问题吗？”

“你知道什么是‘方式办案’吗？”

“方式办案？我不知道。是说方探长的办案方式吗？”真逗。

“对，一个字，就是‘歪’！”

“呵呵，是吗？这是好事还是坏事？”

“是件让人不放心的事。有时就像是在玩火。”他笑了一下，似乎并无恶意。他们俩合作那么久了，估计闵队长对“方式”一定深有感触。这也许就是分局领导之所以让闵队长来负责这个案子的原因吧。他也许是来制约方探长的。“你听说过公安部有个特情在家被火烧死了的案子吗？”他问，“这个案子当时是方哲主持调查的，可查到最后，也没能断定它到底是场意外，还是有人故意纵火。后来有段时间，方哲突然关注起名片上那个人了，那个人叫汪洋，是那家夜总会的老板，他和唐安的关系非常好，而那个在火灾中送命的人谭三，就是那个公安部的特情，他以前是这家夜总会的常客。”

“唐安认识这个叫谭三的人吗？”

“唐安自己曾经否认过，调查的人也没发现他和这个人有什么联系。至于方哲究竟是怎么想的，是不是还掌握别的情况，我就不知道了。”

“您好像担心什么？”

他沉吟了片刻，“实话说，他和唐安的关系，让我有点琢磨不透，如果马修的死与唐安不沾边，我倒还不担心什么，可这名片……总之，该查的还是要查，这个时候说什么都为时过早。”

“您不会是在担心，方探长是想用这个案子把唐安扯进来吧？这好像不大可能吧？而且，要硬把两件毫无关联的事扯到一起，那也不是件容易的事。”

“这就要看操作者是谁了。别人说不好，但如果方哲想做，我相信他有这个能力。”

“那，那这对方探长有什么好处呢？我是说，假如我们调查的结果最终证明这案子跟唐安毫无关系，那方探长不是自己扇自己嘴巴吗？”

“他究竟是怎么打算的，我现在也不好推测，因为他就不是一个正常人，他的思维总跟人家不一样，但到目前为止，至少他的第一个意图已经实现了。”

“什么意图？”

“公开的，而且是名正言顺地调查唐安和他身边的人。”

哦！

如果从这个角度想，那方探长将夜总会的名片偷偷放进马修的遗物中也是很有可能的。这算不算是“方式办案”的一种玩儿法呢？这可真有点离谱！

“我听说，您跟方探长认识很多年了。”

“是，是很多年了。”他的口气很有些感慨，“我们从进警院开始到现在，足足有二十年了。那时，我们还都是小伙子呢。我们俩从一进警院就是同屋，还是上下铺，他在下面，我在上面，他没事就踹我的床板，那时，我们俩整天打。后来，我们又一起进了分局，他去了派出所，我去了预审处。后来他去了预审处，我去了派出所，最后，我们俩又都到了刑警队，一晃二十年过去了！真是快！哦，你认识陆所长吧，方哲的老婆，那也是我们当时一起的同学。”

“我认识她。挺能干的一个人。”

“她不仅能干，而且是个非常善良、非常坚强的人，就是脾气不大好。咳，这才真叫一朵鲜花插牛粪上了呢。瞧方哲那德行，根本就不配有这么好的老婆。”

我笑了笑。

闵队长看了看我：“你觉得他怎么样？”

“谁？方探长？嗯……”我笑着回答：“不怎么样。”

“啊？”闵队长怀疑地看了我一眼，可能对我的回答有点意外。

“我觉得他不怎么样。因为他总是让爱他的女人为他流眼泪。”

闵队长笑起来：“说得对。对于女人来说，他称得上情感杀手！只可惜，哪个女人喜欢上他，哪个女人就会倒霉。”他转动着方向盘，汽车拐了个弯。

“我听人家说，你们俩曾经遭遇过一起枪战，差点送了命，是真的吗？”

闵队长笑笑说：“怎么，你是担心我们俩合作不好？”他又看了我一眼。

“嘿嘿。没有。”

“如果他所做的事不太出格的话，我想我们俩还是可以合作好的。”

“那次是怎么回事？你们怎么了？”

“这个时候还是不说为好。”

“为什么？您还是说说吧，我真的很想知道。”

他笑笑，“你是怎么听说的？”

我把他们俩遭人陷害被围在屋里的那些传说简述了一遍，然后说：“那些都是传说，也太笼统，还是您给我讲讲吧，您可是当事人啊！”我期待地看着闵队长，想着在这个故事中，他不是那个被人指脊梁骨的人，方探长才是，让他讲述那段经历总不会有方探长那么难以启齿吧。

“咳，那事，大致就是你说的这样。”

"闵队长!"

"事情都过去了，老提它，没意思。"

"闵队长！讲讲吧。"

闵队长说："这事，你没问过方哲吗？你该让他给你讲才对。"

"没有，我没问过他。怕他不高兴。怎么，他讲跟您讲还不一样吗？"

他笑笑没有回答，停了停问："你真的想听？"

"嗯。您就当给我上上侦查课吧，或许，我还可以从中学到很多东西呢。"

"上课？是啊，它还真可以当个反面教材。说起这事，咳，我都觉得难为情。"他把着方向盘，眼睛看着前面说，"算了，以后有机会再说吧。不然方哲知道了会不高兴的，还以为我故意在背后诋毁他呢。"

"我不会告诉他的。您就说吧。"

"到了，到了，到了。"

我抬头一看，真是到了。

马修所在的公司占据欧亚大厦整整一层，人员坐得密密麻麻，可马修的办公室却相当宽敞，而且气派。

我们找了马修身边的几个员工了解了一下马修平时接触人的情况，公司里的人告诉我们马修在这个公司里是负责开发新项目的，但他对此似乎没有一点兴趣，他讨厌那种日本式的奉献，更不喜欢他们之间那种很带有目的性的聚餐，他把那称为"最恶心的节目"。在大家的印象中，他除了胡闹，什么也不喜欢，什么也不想干。而公司的上司却并不怎么约束他，也许是因为他们看重的是他父亲在商界的影响，而非他本人的能力。据他自己说，他之所以被弄到这儿来，是他父亲想让他离自己身边的那个女秘书远点儿，在别处给自己讨个老婆。

他本来是个很喜欢热闹的人，但因为他平时说话总是口无遮拦，傲慢无理，因此在公司里没什么人缘，谁都不愿意跟他一起出去，因为那样做的后果，不是被他给灌趴下，就是被他给整得当众出丑，丢尽脸面。因此，他只能独往独来。公司里，几乎没人知道他被大家“抛弃”后是怎么度过每个无聊的晚上的，但大家都会从他早上上班的状态看出，他昨晚又被酒精摧残了一个晚上。

相比之下，石子小姐算得上是最了解他的人了。她是马修的秘书，看样子像是个智商和情商很比一般人高的女人，她给他当秘书？这一定不是能力决定的，世上许多事就是这样，地位往往不取决于能力，而取决于各种潜能分配或利益的平衡。个人能力在平衡需求面前，绝对微不足道。

石子小姐告诉我们，马修性格有点偏激，不善于与人沟通，好像是那种从小缺少关爱的孩子。他只喜欢跟欣赏自己的人相处，这个人可能会对他每件瞎说的事都信以为真。

“那他身边有这样的人吗？”闵队长笑笑问，“我是说喜欢听他胡扯的人。”

石子小姐：“胡扯？是什么？”她不明白这个词的意思。

我说：“就是喜欢听他说话，而且还相信他讲的故事的那种人。马修身边有这种人吗？”

石子小姐：“公司里吗？”她摇摇头，“哦，有个女人，我见过一个女人，他们好像关系很好。”

“什么女人？”

石子小姐：“是一个年轻的欧洲女人。”

“欧洲女人？你是什么时候见过的？”

“去年夏天……”

“6月？7月？”

石子小姐想想：“是7月吧，好像是7月，我记得那个时间下雨比较多。那天我有点事，下班晚了，走的时候还担心会赶上雨呢。我以为马修早走了，因为他从来不加班，那种天，他更不可能加班。我走到楼下大厅的时候看见了马修，我很奇怪，他那个时候还没走，他站在那里和一个女人说话，两个人一边说一边笑，马修好像很开心，我很少看见他那么高兴。”

“马修没跟你谈起过那个女人吗？”

“没有。我问过他，问那个女人是不是他交的女朋友，他说不是。”

“那是什么？”

“他没说。”

“马修有女朋友吗？”

“没有。有人说他在日本的时候，曾经喜欢过他父亲的女秘书，但我不知道那事。”

“关于那个女人，就是你在大厅见过的那个欧洲女人，你还知道些什么？”

石子小姐摇摇头。

闵队长说：“你能给我们描述一下她的样子吗？”

石子小姐想了想说：“她好像有三十多岁，黄头发，个子高高的。看说话的样子，好像是个很，很 energy 的女人。”她用了一个闵队长听不懂的词。

“什么？”闵队长看看我。

“她的意思是说，她是个显得很有活力的女人。”

“哦。”他皱了皱眉头，使劲理了理头发。今天的询问，几乎每个人都要蹦出几个让他讨厌的英文单词来。幸好有我，从这点说，我还不算太废物。

下午，我跟闵队长又去马修同事提供的几个娱乐场所走了走，他们中有些人对马修有点印象，但除了知道他爱喝酒闹事之外，也没提供更多的线索。

这些调查一直把我们耗到下午 3 点，我肚子早就咕咕叫了，可闵队长一直也不说吃饭的事，敢情他这身肉饿上几顿没啥要紧，可我，要这样跑上几天，非饿成克奇那猴样子不可。

“你饿了吧？”他终于开口了。

“有点。”

“那我们去吃点什么吧，就去马修闹事的那家饭馆，怎么样?”

他指的是馒头开的那家饭馆，他原来是这样打算的，还真能节省时间。

我们到的时候，馒头不在，是伙计接待的我们。闵队长问了些马修的事，还好，伙计们还记得那个被方探长从楼上背下去的外国酒鬼。

“他经常到你们这儿来喝酒吗?”闵队长问。

一个伙计回答：“经常……不，但好像来过一两次。”

闵队长：“他每次都是一个人来?”

另一个伙计说：“有一次，他是跟一个外国女人来的。”

“外国女人?”闵队长紧追下去。

伙计们的描述跟石子小姐说的那个很 energy 的女人基本吻合。

“你们能听出她是哪国人吗?”

“他们两人一直都是用英文说话，搞不清楚她是哪国人。”

“反正不是亚洲人，这点可以肯定。”

“肯定什么?亚洲也有长那样的人。”一个伙计反驳。

闵队长边吃饭边问：“你们看他俩像什么关系?”

“看不出来，很普通。”

“那个女人好像很能说，我几乎听不见马修说话，都是那个女的在叽里呱啦地说。”

“我猜那女人是俄罗斯人。”突然有个伙计插了一句。

我们回头去看那个伙计，他白白净净的，像个文书。

闵队长回头问：“你怎么看出来的?”

像书生的那个伙计说：“因为她的化妆很重，我以前在服装街给一个老板干过，那里经常来她这样的人，那些女人都那样化妆，很重很浓。”

闵队长看着他，很满意地点点头。

十一

我们的车刚驶进分局门口，闵队长的手机就响了。欧海来电话说，他们已经把送马修回公寓的人打听出来了，是九龙公寓不远处工地上的两个民工，其中一个已经被他们找到，现在他们正在工地上等另一个。闵队长让我留在家里待命，他自己开车赶到工地去了。事情这么快就有了线索，这太让人兴奋了。

闵队长走了没半个小时，我的手机响了，是方探长打来的，他让我立即去红棉酒吧见一个人，替他取回两张重要的照片。他告诉我，那人叫少义，让我到了酒吧停车场后给他打手机。少义？这个名字怎么这么熟啊？我在哪儿听过这个名字，可一时又想不起来。方探长嘱咐我，一定要在停车场给他打电话，让他把照片送出来，我不要进去，不要让其他人看见。我答应着，记下了少义的手机号码，然后叫了出租，前往红棉酒吧。路上，我极力回忆着少义这个人，少义？少义？是他吗？我忽然想起那次姐姐他们同事为孩子百日举行的那次宴会，那个喝多了自称是方探长的兄弟的小伙子，那个被人称为本地李嘉诚的人，是他吗？少义？他当时告诉我好像就是这个名字。如果不是重名的话，那就该是他。

还没等我到停车场，我的手机再次响了，少义的电话号码显示在我的手机上，我急忙接起电话，“喂？”

“你到那儿了？”

“马上就到停车场了，我已经看见红棉酒吧的霓虹灯了。”

“好，知道了。我穿着一件红毛衣，米色裤子。”

“我看见你了。”我远远地认出了那叫少义的人，他果然就是我想起的那个人。

少义手里捏着一个塑料口袋走到出租车前。

我摇下了出租车的玻璃，“你好！”

“哎，你是……”他有些诧异地看着我。

我们在宴会上见面的那天他有点儿喝多了，可能不太记得住我了，“你不记得我了？我可记得你呢？”我笑着说，“我们一起喝过酒。”

“哦，哦，我想起来了。”他也笑着说，“我说方哲告诉我海棠这个名字时，我怎么好像听过似的。”

“那天你喝多了，难得你想得起我来。”

他笑笑：“人醉心没醉。给。”他把口袋递给我，“这是方哥要的东西。你收好，别丢了。”

“不会的。再见。”

“后会有期。”

出租车调了个头，朝来的方向开去。等我再回头看时，只见红棉酒吧的霓虹灯在弄情地闪烁着，而少义已经没有了踪影。

方探长他们带着两个农民工回到了分局。

这两个民工长得跟哥儿俩似的，都是扁脑袋，肿眼睛，一个稍微高点，一个稍微矮点，一个胖点，一个瘦点，如果不是体格上的区别，不仔细看还真有点分不出来呢。一方水土养一方人，估计他们肯定是一个村儿出来的。他们俩似乎显得非常害怕，举手投足都战战兢兢的，大冷的天，头上却一直在冒汗。

这时，大部分侦案组的人也都回来了。他们个个都灰头土脸的，跟民工也差不多，但我还是认出他们多数都是那天出现场的“明星”。他们进来后，点烟的点烟，喝水的喝水，毫不在乎地将那身从工地带回来的灰土抖得哪哪都是，呛得我直咳嗽。这些家伙就是杜欣说的“老七”的人吧？一脸土都遮不住他们那股把自己当腕儿的劲儿，好像真是重案在身似的，莫不是他们也听到分局里对这个案子的议论了，还没怎么着呢，先把尾巴翘起来了。

我本来以为，我会在一个正式的见面仪式上和未来的合作者们认识，可现在，别说什么见面仪式，几乎没人跟我说句话，好像我是个隐身人，或者屋里的一个凳子。顿时，我觉得自己流落到了一个陌生的领地，照这情景，我估计，我在未来的日子一定很孤独，除了打杂，都不可能有什么话语权。好，本来我也确实什么都不是，那么我就当我是来实习的吧。

而方探长就不同了，从他们之间的说话方式看，他在这里，不仅拥有充分的话语权，还有相当的支配权。“哎，你去弄两盒好烟来，这烟味不行！”“你，别坐着了，把你们刚配的那台录音机弄来，都有点眼力见儿啊，别都跟大影壁似的瞎晃！”用“如鱼得水”来形容他此刻的状态再合适不过了。这一刻，别说我有被冷落的感觉，就是闵队长也一定会有这种感觉。他的这些兵，看上去却更像是方探长的兵，而他自己，此刻就是个地道的大影壁。

我问欧海：“你们是怎么想到工地上去的？”

欧海说：“是方探长从公寓地毯上留下的那些粉灰想到的。要不是他，这会儿，我们还在大海捞针呢。”

哦，勘察现场那天，方探长的确曾经对马修的鞋以及那些留在地毯上的鞋印特别留意过。

晚上，我们对工地上的那两个人进行了突审。

那两个民工告诉我们，3 月 18 日夜里，就是发现马修尸体的前一天夜里，他们两个人坐在路边喝酒，大约两点钟的时候，一辆黑色轿车停在他们面前，一个三十岁左右的男人坐在车里问他们九龙公寓怎么走，当时，他们看见司机副座上还“睡”着另一个人。两个民工说他们不是本地人，对当地的情况不太熟悉，但他们知道前面不远处好像有家大酒店，叫什么他们不知道。说完，那个人便开车走了，但开出去没多远，那人又把车倒回来了，他问这两个民工愿意不愿意帮他个忙，他说他的一个朋友喝多了，坐在车上走不了了，他请这两个民工帮他把他身边那个“睡”着的朋友送到九龙公寓去，他说那个喝多的朋友住在那里。

开始他们觉得有点麻烦，不愿意去，但那人说如果他们肯帮忙，他愿意付他们每人50元钱，他还解释说他自己扛不动那人，而且还有人等着他开车去接呢。这两个民工一听有钱挣就答应了，并坐上了这个人的汽车。汽车把他们拉到九龙公寓停车场附近就停下来了，他让那两个民工把马修扶下车，并当即给了他们100元钱。这两个民工按照那人告诉他们的房间号，把马修送了上去。

闵队长问他们："那个人是什么口音？是本地的吗？"

"是，听着是这里人。"两人应和着说。

"你们把他抬下车时，什么感觉？"

高个说："就感觉死沉死沉的，醉得拾不起个个来。"

闵队长："你肯定他是醉了吗？"

高个愣愣地看了看我们，又看了看矮个："醉得跟死了一个样，谁说得好？反正我闻着一股酒气。"

矮个点点头。

闵队长："你们抬他的时候，他一点都没有反应？"

两人摇摇头。

闵队长："你们就没有怀疑他可能已经死了？"

那两个民工又互相看看，高个显出有点没主意的表情。矮个犹豫了一下说："实话说吧，从把他从车上抬下来，我就有点怀疑，我觉得他好像不喘气似的。老二还用手试了试呢，他说，'这八成是个死尸'。当时我俩有点害怕了，开车的那人已经走了，万一让谁发现我们送来个死人，还不得把我们送公安局，那我俩可就说不清了。所以，我俩就说，把他赶快放下赶快走。"

闵队长："你们进屋开灯了吗？"

矮个："没有。楼道里当时有灯，我们借着亮把他扔床上，就走了。"

在闵队长和欧海等人问话的过程中，方探长坐在一旁边抽烟边看着我从少义那里取回的两张照片，这时他头也不抬地插话问："你们能形容一下雇你们的人长什么样吗？"

那哥儿俩高的矮的胖的瘦的描述了一番，越说越乱，最后两人还互相争辩起来。

闵队长："好了，好了，别争了。一个一个说。"

方探长走到那两个人面前，将几张照片递到那两个人面前："看看，这里面有没有那个人。"

大家都把头凑过去看那几张照片。那哥儿俩一下子就认出其中一个就是那晚雇他们的人。在场的人都很意外地看着方探长，不知他是从哪儿搞来这两张照片的。

闵队长拿过照片仔细看了看："这是哪儿来的？"

方探长："我搞到的。"

闵队长："从哪儿搞到的。"

方探长笑笑。

闵队长对欧海说："好了，把他们送回去吧，有事再找他们。"

两个民工被送走了。

闵队长把照片放到桌上："这人是谁？这到底是怎么回事？"

方探长吐了口烟说："这是阿依达夜总会总经理汪洋的副手，叫石泉。汪洋不在的时候，他就是总管。"

闵队长看着他，不解地问："石泉？你是怎么想到他的？能请教一下吗？"

"是马修身上的那张名片和我的……我的胡乱猜想。"

"胡猜？哼，了不起！那你对那辆黑色轿车是怎么猜的？"

"我猜那辆车如果不是照片上那家伙的，就是汪洋的。"

"照你这么说，那马修应该死在阿依达夜总会了。"

"嗯……我去阿依达问过了，18 号那天在场的几个服务员都说没见过他。"

"你的动作还挺快的。"

"这是我一贯的做事风格。"

"阿依达那么大，难道就没有可能被服务员忽略吗？"

“有可能。在没有搞清楚事情之前，什么都有可能。”

“也许你可以再胡猜一下。”

方探长笑笑：“对这个问题，我倒觉得去找石泉问问更好。”

闵队长看看方探长，对欧海说：“欧海，去阿依达夜总会把照片上的人给我带来。看来这个案子，我们大家要根据方哲同志的猜测去办了。”

欧海转身要走，闵队长叫住他：“等等。我想，我还是自己过去会会他吧，他要硬是不来，你恐怕弄不了他。”

方探长：“呃，那我就先回去了。为他一个人，也用不着集体出动了吧。再说，我的胃也有点不舒服。”

闵队长看看他说：“你随便吧。”

我问方探长：“您胃疼吗?”

“是啊。”他用手捂了一下胃部，“有点儿。”

“没事吧?”

他笑笑：“没事。就是缺觉，睡一觉就好了。”

闵队长叫我：“海棠，你也回去吧。天太晚了，谁知折腾起来要到什么时候。”

“我，我还是跟你们一起去吧。我还想跟你们学学呢。”

在这段时间里，我大概记住了他们中几个人的名字，特别是那两个话多的，一个叫江浩，一个叫小裴。

方探长走了。半个多小时后，我和闵队长、欧海他们来到阿依达夜总会。

这家夜总会位于南城中心，似乎它的存在，对南城的繁华起了很大的作用。据说，它的前身是家旧旅馆，后来因为买卖不行关掉了，后来又有人在这里办起了酒楼，但生意还是不行，酒楼老板赔着钱把它出手了，这以后就是现在的阿依达夜总会。据说它刚刚开业时也很冷清，很多懂风水的人曾经断言，这里阴气太重，谁开买卖谁死。可没想到，阿依达却渐渐红火起来，究竟是人的原因，还是风水渐渐转了？谁也说不好，总之，现在阿依达几乎成了年轻人炫耀自己懂得时尚的一个符号。以前，我曾和朋友来过这里玩儿，它那火爆的程度，能让很多对生活失去希望的人感觉到活着的乐趣。对很多少男少女来说，这里就像是天堂！

很快我们就在夜总会服务员的帮助下找到了那大总管石泉。他长相很平常，但身材造型很像个打手，尤其是那伸出来的手，好家伙，跟个大铲子似的，如果它握成拳头，估计一定是把“大锤”。就这体格和这双手，说他背不动马修，感觉有点笑话。别说一个马修，我看两个马修他也不成问题。

石泉把我们带到了一个相对僻静的办公室，面无表情地等着我们的问话。

闵队长没有兜一点圈子，直截了当地问：“18号那天，你是不是送过一个老外回公寓。”

“18号？前些日子我确实送过一个喝多了的老外，但具体是哪天我记不大清了。”

“你能跟我们具体谈谈吗？”

“那天晚上，我开车回家，开到快出胡同的时候，我看见路边有个黑糊糊的东西，我用车灯照了他一下，看见那是个人。于是我下车过去叫他，我走近一看，原来还是个老外，我推了他几下，他没什么反应，我猜他躺在这里，没准是我们那儿的客人，喝多了，走不了了。我想我总不能看着他躺在马路上不管啊，可我怎么叫也叫不醒他，我摸他身上，还好，他身上带着一张九龙公寓的房卡，于是我就把他送那儿去了。”

闵队长：“你发现他的时候是几点？”

“大约两点了吧。反正不早了。”

“是你送他去的九龙公寓吗？”

“对，是我开车把他送到九龙公寓的，我担心自己弄不动他，半路上，我遇见两个民工，就让他们帮我送去了。到那儿后，是他们把他弄上楼去的。”

闵队长问：“你把他弄上车的时候，他还活着吗？”

"什么？您这话什么意思？他当然活着。"

"你怎么知道他还活着？"

"他虽然醉得很厉害，可是死是活，我还能看不出来？"

"你是怎么看出来他还活着的？"

石泉愣愣地看着闵队长："还喘气呢，我不明白您的意思。"

闵队长："据我们现场勘察的结果，这个人应该死于晚上10点到12点之间，可你们把他送到公寓的时候已经是半夜3点了。"

"是吗？那真奇怪，反正我抱他的时候，他的手脚还动呢。我肯定自己背的是个活人而不是死尸。如果是死尸我就是不报警，我也不敢去背呀。心眼再好的人，也不会没事半夜去背个死尸。"

闵队长看着他，"你是说两点钟吗？"

石泉："大概是那个时间。"

"别大概，你再好好回忆回忆。要知道，尸体检验报告是不会错的。而且据那两个民工说，他们把他弄下车时，他已经死了。"

石泉看着闵队长："您怀疑是我杀了他？"

闵队长没有回答。

石泉追问："您检验的结果是说他是被人杀死的吗？"

欧海："这个我们无权回答你，现在我们只是向你了解情况。你回答我们的提问就是了。"

石泉很不满地说："可听你们这话的意思……好，我不问了，你们还想知道什么？"

闵队长："你把他弄上车后，是直接去的九龙公寓吗？这过程中你去没去过其他地方？"

"没有。我把他弄上车后直接去的九龙公寓。"

"有人看见你把他弄上车的吗？"

"我没注意，大概没有。因为那会儿已经是半夜了，街上没什么人。"

“你开车花了多长时间？”

“大约 20 分钟。”

“也就是说，这之前，你一直都在夜总会？”

“对。我从下午 4 点就在这里，一直到晚上。”

“谁能证明？”

“我们的服务员都能证明。”

“你那天开的是什么车？”

“奔驰。”

“什么颜色？”

“黑色的。”

他对答如流，而且沉着冷静，不会是早有准备吧？

大约晚上 11 点多，我们的问话结束了。除了时间还是对不上以外，看不出其他漏洞。我真希望闵队长将他带回分局做进一步审查，这没什么不可以。既然方探长盯上了这个人，一定有他的道理。可闵队长认为仅凭时间差异这点就对石泉实施拘留审查理由不十分充分，但他同时也承认，对这个人的询问还远不到家。如果方探长在就好了，那晚我一直这么想。

第二天一早，闹钟还没闹，我就醒了，警察的职业培养了我的生物钟，不管睡得有多晚，一到早上 6 点我都会醒，心里如果装着事就醒得更早。从昨晚回到家开始，我就一直担心一件事，如果石泉这人有什么问题的话，那昨晚我们的行动一定已经打草惊蛇了，那他会不会从此就消失了呢？

真巧，我在分局的电梯里遇见了方探长。他向我询问了一下昨天晚上的调查情况，我还没来得及听他发表意见，我俩已经走到了办公室门口。

“嚯，真早！怎么？都起猛了？”方探长说着走了进去。

真没想到，离上班时间还有 20 分钟，侦查人员却已经到得差不多了。不知为什么，我忽然觉得大家看方探长的眼神有些异样。

方探长也觉出来了："怎么了你们？干吗都看着我？"

闵队长手里拿着油饼吃着问："你的胃怎么样了？昨天晚上没去医院看看？"

方探长先是一愣："我的胃？"然后笑笑说，"哦，没事了。早没事了。"

闵队长："知道吗，昨天夜里石泉被拘留了。"

石泉被拘留了？我有些惊讶地看着大家。

方探长："是吗？为什么？"

闵队长："他因为开车抢道跟人发生口角，把人给打伤了，好象还喝了点酒，据说，那人现在还在医院里。"

方探长："哦，这家伙脾气还真够大的。那这不是挺好，省得我们到夜总会去找他了。"

"这事你不知道？"闵队长看着方探长问。

"不知道。哎，干吗这么问？我怎么会知道？"

欧海笑着说："我们刚才分析，都觉得这出戏你是总导演。"

方探长："戏？欧海，你可别这么说，我可什么都没干。再说，我有那魅力吗？让谁去挨顿打谁就去挨去？"

江浩："你还别说，你绝对有这魅力，这点我们都相信，是吧？"他问大家。

大家笑了。

闵队长没笑，他嚼着最后一口油饼说："少义，你不陌生吧？"

我看了方探长一眼。

"少义？哪个少义？"他迅速瞥了我一眼。

"你认识几个少义？"

"是啊，目前好像就一个，他跟这事有什么关系？"

"据说，那个挨打的人是他的司机。"

"是吗。咳，这年月，也不知怎么了，人的火气都那么大，那天一天中，我就见着两个说着说着打起来的，还都因为没什么大不了的事。他们这些有钱的家伙就更甭说了，都把自己当老大，谁服谁呀？”

方探长明显在装傻，我真有点想笑。而且，我也觉得石泉被拘留确实像是方探长的手笔。总之，这样一来，我们至少可以将石泉扣留在分局拘留所15天时间，我心里顿时觉得放松许多。

闵队长：“方哲，我是侦案组组长，这点你没忘吧？”

方探长：“那怎么敢？”

闵队长：“我不喜欢你那套鬼把戏，所以你最好按规矩办事。”

方探长：“我没什么鬼把戏，你也用不着那么紧张，石泉是自己撞进来的，这跟我没任何关系。”

闵队长：“反正我提醒过你了，有些话，我不想说得太白，我说的话是什么意思，我想你心里清楚。”

方探长还是笑着说：“你婉转的大白话，傻瓜都听得明白，但我不会计较，我知道自己现在的角色是什么，我不会忘了，你不必担心。”

闵队长：“那就好。”

方探长说：“我们还是抓紧时间做点我们该做的事吧，我听说，你们昨天的问话没得出什么像样的结论，是吧？15天对我们来说，也并不太富余。您说呢，大队长同志？”

“你想得出什么结论？他已经承认马修是他送的了。”

“是啊，据说，还是从路边捡的。”

“你想说什么？”

方探长耸了耸肩，“那车呢？”

“车怎么了？”

“他自己有车，可那天晚上他开的却是汪洋的车。”

大家都看着方探长，显然大家的脑子还没有转悠到这个问题上去。

方探长接着说：“而且，据停车场的人说，那辆奔驰那天晚上根本就没在停车场……”

闵队长看了方探长半天，“那好，今天对石泉的问话交给你了，我们几个做陪衬。”

方探长笑笑说：“可以吗？那真对不住大家了。”

石泉面无表情地看着我们走进问话室。

方探长：“早晨好！石经理。早饭吃得怎么样？”

石泉：“还行。”

方探长笑笑：“当然不能跟家里比。嗯，我们本来还想去夜总会跟你聊聊马修的事，但听说你到这边来了，那我们的汽车油钱就省了。”

石泉仍然没有表情。

方探长：“你昨天说，送马修回家那天你开的是辆黑色奔驰是吗？”

石泉：“对。”

方探长：“是你们汪总经常开的那辆？”

石泉：“对。”他干咳一下。

方探长：“他是什么时候把车交给你的？”

石泉：“晚上。”

方探长：“几点？”

石泉：“大约一点吧。”

方探长：“他怎么想起来把车交给你了？”

石泉：“他嫌这车脏，想让我帮他洗洗。”

方探长：“他每次洗车都交给你吗？”

石泉：“不是每次，但经常是。”

方探长：“他把车交给你，他开什么？”

石泉笑笑：“汪总不止这一辆。”

方探长也笑笑：“是啊，这么大的总经理怎么会只有一辆车呢。那他那天晚上开什么车走的？”

石泉沉吟了一下：“那天晚上，他坐朋友的车走的。”

方探长：“什么朋友？”

石泉："我不知道。他只告诉我，让我第二天把车洗了，他坐朋友的车回去。是什么朋友，他没说。"

方探长："你也没看见？"

石泉："没有。"

方探长："他是在什么地方把车钥匙交给你的。"

石泉："在夜总会门口。"

方探长："那你总不会没看见他是坐什么车走的吧。"

石泉："一辆，好像是宝马。"

方探长："什么颜色？"

石泉："嗯……浅色的。也许是白的，也许……"

方探长："也许是灰的，或者，银灰的。"

银灰色的宝马？前不久，我在哪儿……

石泉："也许是。"

方探长："平时跟你们汪总来往比较多的人有谁？"

石泉："很多。"

方探长："说说看。"

石泉想了想，张三李四地说出了几个名字。

方探长听着："完了吗？"

石泉："汪总朋友很多，我一时也想不全。"

方探长："嗯。那唐安这个名字你知道吗？"

石泉看着方探长停顿了一下："知道。"

我看了一眼闵队长，他正一脸思索地看着方探长。

方探长："见过吗？"

石泉："见过。"

方探长："他算不算你们汪总最好的朋友？"

石泉点点头："应该算吧。"

方探长："他们平时来往多不多？"

石泉："还行。"

方探长："他是不是曾经开过一辆银灰色的宝马？"

石泉："好像是。"

哦，对了，那天晚上，在克奇家门口，不就是一辆银灰色宝马吗？

方探长：“好像是？嗯？他应该是跟你们汪总交往最频繁的一个朋友了，可你却偏偏想不起这个名字。”

石泉看着方探长，像是被问住了。

方探长：“石泉，你已经三十多岁了，人长得挺像样，脑子也没毛病，你可不要因为一时糊涂误了自己。我再问你一次，马修真是那天你在路边发现的吗？”

石泉：“是。”他的语气好像不如开始那么坚定了。

方探长看着石泉，石泉面无表情。

方探长：“好。今天先到这里，你先回去想想，我明确告诉你，你在说谎。”

石泉：“我说的都是实话，信不信由你。”

审问没有持续太长时间就结束了，好像那个躲在阴影中的真相已经走到了光圈边缘，只差我们用力一推，它就真相大白了，可我真不明白方探长为什么这么就打住了。

离开拘留所时，我问方探长：“石泉好像已经走进您的埋伏圈了。也许就差一步了。咱们为什么不趁热打铁？”

方探长：“就这一步，他不会轻易迈。”

“为什么？”

“谁说过的，休止也是音乐的一部分。”

“呵呵。他现在很清楚马修不是被人所杀，那他想隐瞒什么呢？”

“这正是接下来我们要搞清楚的问题。”

谁说过的，在优势面前甘拜下风也是一种享受呢。

从审问的方向看，方探长似乎早有自己的思路，而且那思路中一定牵扯着唐安。但究竟他脑子里在想什么，谁都无法确定，我们当时唯一能确定的是，马修死亡的那个地方一定不简单。好像那个时候，侦案组的人都隐约有种感觉——大家都是在跟着方哲玩儿着他的游戏。究竟该怎么玩儿，要看他怎么去引导我们了。在那个阶段，虽然大家都看不出他的路数，但几乎没人怀疑他将会引领我们打一场胜仗，而且还是一场很大的胜仗。

“海棠，昨天你们摸上来一个欧洲女人的线索，是吗?”

“是，马修的女秘书和华容饭馆的伙计都提到了她。只是还不能完全确定他们两方面说的是不是一个人。”

“你现在就回我们那边，把去年夏天前后在本市逗留的欧洲女人的资料调出来，也许会有些线索。”

“好，”他现在已经把外事处称做“我们那边”了，这虽然仅仅是一个方位词，可听上去既亲切又伤感。也就是说，从方位上说，他已经把自己与刑警队之间拉开了距离。我小心地问：“我要不要跟闵队长打声招呼？不然他问我去哪儿了……”

“当然要，现在他是主角!”他笑着朝我挤挤眼。

我笑了。

闵队长这时从后面走过来，“海棠。”

我急忙收起笑容。

“你回你们处把欧洲女人的资料调一调，看看有什么发现。”

“嗯。知道了。”

方探长小声对我说：“看，主角发话了。你不用请示了。”

我看看他，忍住了笑。

十二

杜欣跟着我忙活一天，才把那些符合“欧洲女人”条件的资料检索出来。

快下班的时候，方探长和闵队长领着技术组的一个同事来了，他们带来一张“欧洲女人”的画像，是根据华容饭馆的伙计们的描述画的，我们拿它和我调出的那些资料在电脑上进行了比对，其中有四个疑似对象，但最最疑似的是个叫伊娜的女人。她

28岁，是……嗯，为避免麻烦，我还是用S国来表示她的国籍吧。她两年前曾经持学生签证在本市逗留过一年，登记的住处是戏剧学院宿舍，后又以旅游身份来过几次中国，每次逗留三个月，分别住在几家不同的酒店。最后一次来中国是半年前，这个时间正好与石子小姐看见她的时间相吻合。但从登记的时间看，这个时候，她应该已经离境了。

闵队长把调查伊娜的工作交给了我和欧海，这天一大早，我和欧海就带着伊娜的照片出发了。我们第一件要做的事就是找石子小姐辨认照片上的人是不是她所说的那个欧洲女人。

那天天气很好，虽然还不怎么暖和，但风和日丽。没走多少路，竟觉得毛衣都有些穿不住了。

我们的汽车在市中心穿行，这座城市到处都在施工，生机勃勃，但在让人感受到日新月异的同时，也让人觉得迷茫，新的大厦从老的住宅区里伸出来，高高低低，参差不齐，好像某个完整的东西正在被肢解，某种已形成了的和谐已经被打破，而正在被另一种新的和谐所取代。整个城市面貌被一次次刷新，从中人们可以感觉到，有些东西正逐步与未来接轨，有的却正在与古老的历史接轨，新的与旧的，外国的和中国的并存于同一个空间，就像正确的和错误的并存于一个空间，像是与非纠缠于一处一样让人迷茫，我想老天爷如果正看着下面，也一定会看得头晕目眩的。

在路过一个工地时，我看见几个工人正抬着一块大石头。我一下子又想起方探长的那个墓碑，那个写着他死亡日期的墓碑，这几天光忙活马修的事，我几乎把墓碑的事忘了。“滴答滴答”，“滴答滴答”……想到墓碑，那好似定时器声样的声音顿时又在脑子里响了起来。

“欧海，问你个问题。你跟丁瑶熟吗?”

欧海看看我，“熟啊，你怎么突然问起她了？”

“算是意识流吧。”

“丁瑶是我师姐，我跟她关系很不错。”

“哦，是吗？”

“那人脑子特好，其实，她比我早到刑警队没几天，可刑警队那些案子，哪天发生的，怎么怎么回事，谁出的现场，案犯是谁，最后怎么结案的等等等等，你问她，准没错，她脑子跟电脑似的。”

“那她跟方探长的事你也知道？”

“咳，他不就是因为这事才调你们那边去的吗。这就叫英雄难过美人关。”

“嗯？听你的意思，方探长是栽在这个‘美人关’上了？可我怎么听说，丁瑶是、是单相思啊？”

“单相思？”他笑笑，“这样说太委屈我师姐了吧？”

在我熟悉的人里，除了闵队长，欧海应该算是最了解方探长的人了，从他和方探长最近的合作看，他对方探长不仅没什么偏见，我甚至能感觉出来，他很佩服方探长。那也就是说，他对方探长的评价应该比较公正。

“这么说，你认为在丁瑶自杀的问题上，方探长的确应该负很大的责任？”

“怎么说呢？至少我觉得他有做得不太合适的地方，你知道，有一阵子，一赶上他们值班，大家就能看见他们俩在一起单聊，有时一聊还好几个小时，也不知道他们在聊什么，而且有人也在外面碰见过他俩一起吃饭。也许，他们之间很纯洁，但别人可未必这么想，尤其是方探长有妻子有孩子。我这么说，绝对不是像有些人那样是因为讨厌方探长，其实我很佩服他，从刚一接触他，我就很喜欢他。开始我只是觉得他挺能干，很有脑子，后来我发现，他不仅能干，还很够哥们儿！但我是有一说一，有二说二。”

“够哥们儿？”以前好像有人告诉我他“不够哥们儿”来的，

还有那起他和闵队长之间的"枪战"，那听起来可是个很不够哥们儿的事例啊？

"嗯。我刚到刑警队那年，刚来就差点犯了大错误，要不是方探长出手快，一拳把那小子打趴下了，那处分就是我们几个新来的了。"

"啊？处分？打架啊？"

他笑笑说："那时候我们抓了一个人，我们怀疑他是从监狱里跑出来的，他是因为入户强奸被抓的，我们抓住他的时候，看他手上还有铐子印呢，相貌特征也对。可那小子，从我们抓住他那刻起，嘴里就没干净过，一路骂骂咧咧，最后还来劲了，把我们祖宗八辈、亲娘老子都给骂了！我靠，那些话，是男人，谁都得揍他！你想，那时我们都刚来，哪受得了这个气？我们都气疯了，什么警察不警察的，根本想不了那么多了，老子就是脱了这身制服，也得先暴捶他一顿！当时那情景，我估计没人能拦得住我们。可谁都没想到，第一个动手的竟然是方探长，他上去就给了那小子一拳，一拳就打在他鼻梁上，当时那小子就趴地上了，满脸是血，我们当时都傻了！他可是我们的头儿啊！可他竟然……不过，他那一拳可真给我们几个出了气了，太解恨了！"

"后来呢？"

"我们当时都还想上去教训教训那小子，可被他制止了。他指着我们几个说：'你们要想为这么个家伙脱制服，你们就尽管上。我绝不拦着！'这我们才开始意识到如果动手了，后果有多严重，再说，那小子已经那样了，为这么个癞皮狗不值当。现在想起那家伙，我手都痒痒，太他妈可气了！"

"后来方探长受处分了？"

"是啊，那小子回去就把我们给告了。方探长，咳，都是为了我们，其实他心里很明白，作为刑警队长打人是多大罪过，可他不冲上去，我们也绝饶不了那小子，真动起手来，那，后果可就不好说了。总之，跟着这种头儿，反正我是服气。"

"那他和丁瑶……我是说，你觉得她自杀就是因为方探长吗？

还是……”

“我认为就是因为他，没有什么其他原因。”

“哦？”

“像丁瑶那么自卑的人，我相信她能做出这种事。”

“自卑？你觉得她很自卑？”

“对，你没跟她接触，你不知道，她看起来很随和，笑眯眯的，不大爱说话，其实内心一点都不随和，你别说她一句不是，你只要说她不好，她马上就跟你急。而且还有点记仇。”

“是吗？”

“有一次，我看她换了一个新发型，就跟她开了句玩笑，说她看上去跟十七八的似的，她觉得我说的话是讽刺她，说她是装嫩，当时就跟我急了，其实，我那还真是恭维她，没别的意思，但她就偏这么想。后来也有几次，她也是因为谁跟她开什么玩笑，让她不知听出什么来了，当时就拉脸，有时候，她能一个星期不跟你说话。”

“哦，她原来是这种脾气啊。真看不出来。”

“她自杀后，很多人都猜这个那个，还调查方探长和她之间有什么其他神秘的隐情，好像这事情有多复杂似的，可，依我看，这事根本就没那么复杂，冲丁瑶这人这种性格，如果她想跟方探长有什么结果，而又不可能，我想她有可能做出自杀这种事来。”

“可如果他们之间没有其他的事，那墓碑的事就、就有点不可思议了。”

“要站在丁瑶家人的立场上看，这也没什么不可思议的，就是恨你呗，你把人家人给气死了，人家人能不恨你？别说给你立个墓碑，就真对你下黑手，你能说这不可能？能说这不叫动机？现在的人，什么冲动的想法没有？这算什么？”

“既然是这样，那他们家人为什么不敢承认？”

“人家为什么要承认？如果不承认比承认麻烦少的话，人家干吗承认？找你收拾我？我让你出出丑，我这边出出气，就完了。要我说，世界上有些事，其实本来很简单，都是被人的想法给复杂化了。”

如果一开始，我听到的就是欧海这番话，我或许同意他的观点，可现在，很明显，我比他知道的多，虽然我无法断定我所知道的那些事相互之间有多少联系，有没有联系，可我毕竟知道了，再让我像欧海想得那么简单就不那么容易了。

“有人认为方探长跟黑道上的人有些牵扯，这话你信吗？”

“我信。”

“啊？”

“跟黑道上的人有牵扯和帮助黑道上的人是两个概念，方探长作为刑警，肯定是要和黑道上的人打交道，但要说他帮助那些家伙……除非，让我看见证据。虽说，我和方探长接触才一年多，可就我看见的，想行贿他的人，黑道的白道的有的是，我可从没看他怎么着过。也许有些别的事我不知道？反正我没看见过，所以我不信。”

尽管最后这话的语气他说得不那么坚定，但总体来说，这还是我最近听到的所有关于方探长的议论中最让我宽心的。

石子小姐没有让我们失望，她肯定地告诉我们照片上那个人就是她说的“欧洲女人”。

“你真的能确定？”我问。

她坚决地点点头：“是。”

这可太好了！

戏剧学院教务处主任是个热情洋溢的人，他热情洋溢得都让人有负担，跟他谈话你会不时地忘了自己想要问什么，因为你每问一句，他都能跟写文章似的迅速展开，思维实在太奔意了！而那些跑到几百里外的话题，还都让你听得挺有趣，你根本不想把它拉回来。如果我们有的是时间，我真想就听他白话下去。他说话虽然不着边际，但必须承认他是个记性非常好的人，他不仅能清楚地记得目前住在这里的近百个留学生的情况，还能记住那些走了好几年的人的情况，能清楚地说出他们的长相、国籍和特点。

“伊娜，那个疯丫头，是大前年的学生，整天嘻嘻哈哈的，跟谁都熟，跟谁都开玩笑。就没看她有过什么烦心事。爱穿！早上一身、晚上一身，变魔术似的，我真没见过有哪个姑娘像她那么爱臭美，还喜欢吃，这胡同里的饭馆老板都认识她。有一次，她非让人家炸油饼的小老板把她的面包炸一下，围了好多人，人家还以为那里正排戏呢。”

“她在这里学什么？”

“她是表演系的，是学表演的，其实像她这么聪明的姑娘，根本就不用学什么表演，她天生就是个演员，她整天骗这个骗那个……”

“啊？”

“哦，都是开玩笑。她常说的一句话就是：我骗你的。认识不认识的，她都跟人家逗，不了解她的人还真受不了她。”

欧海问：“您听说她有男朋友吗？”

“男朋友？不知道，她说这个也是他男朋友，那个也是她男朋友，究竟哪个才是跟她谈恋爱的男朋友，谁也搞不清楚。”

欧海把马修的照片递给他：“您见过这个人吗？”

那个主任看看照片：“没见过。是，是恐怖分子？”

我“扑哧”笑了。

“照片上这人真像恐怖分子！”他很认真地说。

“您再仔细想想，见没见过这个人。”

“肯定没见过。一点印象也没有。他谁啊？”

“他是伊娜的一个朋友，已经死了。”

“死了？”

“我们就是因为这事想了解一下伊娜跟他接触的情况。”

“哦……可伊娜早就离开学校了，一年前就离开了。”

“据您观察，伊娜在这儿上学的时候，晚上活动多吗？”

“嗯，挺多的。哦，你说这个，我倒想起来了，我听说她在这里上学的时候，有辆奔驰车经常来接她，而且一般都是晚上。”

“奔驰车？”

我和欧海对视了一下，显然，他也想到了石泉那晚开的奔驰，那辆属于阿依达夜总会老板汪洋的奔驰……

“是什么样的奔驰？”欧海问。

“什么样？我是听门房的人说的，具体什么样，我没看见过，只是听说。您知道，我们这儿对外国留学生不怎么太管。不像对中国学生，只要他们不出大格，爱干什么干什么。”

主任带我们去见了门房的大爷，可他也只知道那是辆黑色的奔驰，至于车的型号，车牌号，他也没有留意过。

“那来接她的人什么样？您注意过吗？”

大爷说：“没有。那个人从来不下车，每次都是晚上，差不多快8点的时候，就看见伊娜从里面走出来，等上那么几分钟，车就来了，然后，她就上去走了。”

“每次都是晚上8点吗？”

“大概就是那个钟点儿。”

我和欧海有些郁闷地回到分局，但我们发现其他人显得比我们还要郁闷。方探长带着几个人把马修那张被误认为恐怖分子的照片晃了一整天，没有任何结果；闵队长审了石泉一天，也没任何结果；而去传讯汪洋的人回来说，他失踪了。

“他是不是躲了呀？”有人问。

“他要真是躲了，就对了。”方探长说，“躲了才更能说明问题。”

欧海：“那唐安不会也躲吧？”

“他要也躲了，那就更对了。那我们就完全可以认定马修的死跟他们有直接关系了。”方探长笑着说，“只怕他没那么傻。”

闵队长：“那好吧，明天我去见见他，看看他对那晚的事怎么说。”

方探长：“你去？够资格吗？人家现在可是外国人，动不动就拿使馆来抵挡你，这事恐怕还得由我们的人出面。”他说这话时对我笑笑，外事处的牌子这会儿让他挺得意的。

说也凑巧，我们开车到唐安家附近的停车场时，唐安刚好准备开车离开，他走到那辆银灰色的宝马前正要拉车门，看见我和闵队长朝他走了过去显得有些惊讶，但不知为什么，我感觉他的惊讶很像是装出来的。

“你找我吗？”他看了一眼闵队长，问我说。

“是。我们有件事想找你谈谈。可以吗？”我很客气地说。

“这位是……”他看看闵队长问。

“是我的同事。”

“有点，有点面熟。”他看着闵队长思索着。

闵队长：“哦，我们以前见过面。在丁瑶遗体告别的仪式上，我们见过面。”

“是吗？我说呢。”他阴下脸问我，“找我什么事？不是我的签证又出什么问题了吧？”

“我们能不能找个地方谈谈，站在这里……”

“我还有事，你们想问什么就在这里说吧。”他冷冰冰地回绝了。

“也好。嗯，您认识汪洋吗？”

“是啊，我认识，我们是老朋友了。他怎么了？”

“18号的那天晚上，你们在一起吗？”

“可能吧，我们经常在一起。”

“我问的是18号。”

“我记不清了，我这个人平时不大看日历。”

“请您好好回忆回忆。”

唐安低头看看手表似乎很不耐烦：“我说了，我记不清了，你们究竟想知道什么就直说吧。”

“我们就想知道18号那天晚上大约1点左右，你是不是到阿依达夜总会去过，并见过汪洋。”

唐安：“就算我去过吧。这怎么了？”

闵队长：“唐先生，您太不配合了，要知道，有个外国人那天晚上死了，死得很不正常，我们来找您是为了澄清事实，不是没事来故意找麻烦的。”

唐安：“你们找的麻烦还少吗？算了，如果你们就想问这个，我已经回答你们了，告诉你们，我不喜欢跟警察打交道。请你们没事少来烦我，我可以走了吗？”

闵队长：“如果你对我们中的某个人有什么看法，你可以用你的方式去对待，那是你的事，也是你的权利，但请你不要拒绝我们的调查。”

唐安：“你们的调查？我看你们不过是在利用调查往我头上扣屎盆子。对不起，我没时间跟你们废话。”他拉开车门坐进汽车，然后扬长而去。

“唐安先生……”

我想叫住他，但那根本不可能。他的态度告诉我们，想从他那里了解任何让他不高兴的事都是白费时间，就好比我们递给他一个屎盆子，让他自己亲手扣在自己头上一样没有可能。他这次态度怎么这样？完全不是我第一次见他的那样子。那张温和的脸哪儿去了？还有他那想息事宁人的“宽厚”？

十三

也许是命中注定我要和所有与此案有关的重要人物单独见面，那天我本来是该跟着大家外出跑调查的，可因为车子安排有点紧张，一辆车坐不下那么多人，闵队长让我在家里留守，我当时还因为这种“歧视”一肚子气呢，为什么我就该是那个被挤下来的人，就因为我是女的就自然而然地被当做最次要的吗？如果那时我要知道那个“大人物”会出现，我绝对会乐于留守的。

主力部队刚刚开拔不久，传达室来电话说一个叫汪洋的人来见闵队长。接到这个电话，我兴奋得拨电话都不利索了，“闵队长，快点，快点，快点回来，汪洋到分局来了！”闵队长接到我的电话后，立即调头往回返。

汪洋，个头不高，有点秃顶，挺着一个酒足饭饱的肚子，但他的脸上却面露菜色，眼眶下的褶子就像沙皮狗脸上的褶子。它们叠在那双不很大的眼睛下，与那充满血丝的眼睛配合出一副疲倦不堪的状态来，就好像他的生活中不仅有干不完的活儿和操不完的心，还有很多不良的习惯。难道站在我面前的这个人就是“国际犯罪集团”的重要成员吗？从面相说，还真有点像。我给他倒了杯水，告诉他闵队长马上就过来，请他稍等。

“我这两天出了趟门，刚回来就听说我们的石经理被你们抓了，而且你们还在到处找我，你能告诉我这是怎么回事吗？”

“哦……闵队长马上就回来，他找您什么事，等会儿他会跟您谈的。”也许是他的样子让我觉得他不那么好对付吧，我犹豫了一下，没有说出我们为什么找他，我怕万一自己没开好头，为后面的问话制造障碍，毕竟闵队长他们马上就要到了。“您的那个经理，我听说他是因为打架被抓的。”

“打架？是，是，我也听说是，只是觉得有点儿，有点儿……石经理是个本分人，他很少跟人打架。”他紧紧盯着我的眼睛，好像在揣测着什么。

“是吗？听说那天他喝了点酒。”

“他倒是喜欢喝酒，哎，真是拿他没办法。可在街头闹点纠纷这也归刑警管吗？”

“那天的事并不是刑警处理的，是派出所处理的。”

“是这样？哦……”他摇摇头，又问我：“你也是刑警队的？是和闵队长他们一起的？”

“我是临时来这边帮忙的。”

“哦？那你是哪个部门的？看样子，你是刚刚毕业的吧？”

“不是，我已经工作两年了，我在外事处工作。”

“外，外事处？是负责护照签证什么的？”

“差不多，对，就是诸如此类的事。”我看看他，不明白他为什么突然好像在研究我，也许他意识到我是因为马修的事过来刑警队的？我真是傻瓜，干吗要回答他这个问题。

“这么说，你的外语一定不错了？”

“一般吧。”

“那外国人的事也归你们管吗？还是另有其他部门？呵呵，”他笑笑，“这大概不算是打听你们的公安机密吧？”

“有一部分外国人归我们管。”

“跟外国人打交道可不那么容易，他们的思维方式跟我们不太一样。我在国外待过几年，我真觉得跟他们沟通不了，怎么也说不到一块儿去。”

“您去的哪个国家？”

“美国。”

“干什么？留学吗？”

他耸耸肩：“刷碗。”

“您在开玩笑吧。”

“是刷碗，是真的，我没开玩笑。当然，我并不是为了要刷碗才去的，在大学里，我学的是物流，可我根本不喜欢干那些，所以我本来是想看看有什么事情可以做，可我在那里只学会了刷碗。我听说，在美国混事，一开始都要从刷碗做起，所以，开始也没把它当回事，但后来一看，除了刷碗，在那里我什么也干不了，只好回来了。不是每个人都适合在国外做事，比如我，在国外，我只有死路一条，你知道，我回来的时候，连飞机票都买不起了，要不是朋友帮忙，我可能要沿街乞讨了。”

我笑笑，“您幸好改主意了，要是一直在美国刷碗就不会成为阿依达夜总会的老板了。”

“是啊，你说得没错，人生就是这样，要学会拼搏，要勇于挑战命运。有时候你并不知道前面有什么在等着你，有时候你可能觉得自己很倒霉，以为自己生来就是倒霉的命，但其实那未必就是结果。那句话怎么说来的？‘山穷水尽疑无路，柳暗花明又一村’，呵呵……”

“您的经历很波折吗？”

“嗯……”他想了想说，“怎么说呢，总之，我算不上有福之人，老天爷对我不太好，从小到大，我所做的事，没有一件是我真正想做的。包括，包括现在开的这个夜总会，你去过我们那里了，是吧？”

我点点头：“生意好像很不错。”

“但那只是为了生活。或者，是活着，它并不是我想做的。”

“那你想做的是什么？”

“小时候，我的梦想很多，我什么都想做，军人、运动员、赛车手，很多……但长大以后，我反而觉得没方向了，生活把我变得像个无头苍蝇，我跟它走，它把我带到哪儿，我就去哪儿……咳！”他微微叹了口气说，“我真希望能重活一回，把这生删除，再重来一回。”他看着我正看着他，笑笑说：“我差点忘了这是警察局了，我不该胡说八道的。在这儿胡说八道，那不是自找倒霉嘛。”

“您没有胡说八道。”至少现在还没有，我心里说。我相信每个人都有那种想向人倾诉的时候，即便他是个谎话连天的人，一个混蛋透顶的人，也一样会有那么一刻很想把心里话讲给什么人听。我觉得汪洋此刻就像是在对我倾诉什么，倾诉会让人感觉到真诚，感觉到自己被信任，从而会拉近彼此的距离，比如现在，他的这番话，就让我对他有了点好感，看起来也不那么像沙皮狗了。

“我冒昧地问一句，警察这职业是你想干的事吗？”他问我。

“是。”

“真好。我真羡慕你。我要能像你一样就好了，干自己想干的职业。可我……”

他还要接着说什么，闵队长和欧海推门进来了。闵队长直视着汪洋：“你就是汪洋，对吗？”

汪洋站起身：“对。您是闵队长？”

“我叫闵建。请坐吧。”他坐到汪洋对面的椅子上，“关于马修的事，我想您一定已经知道了，是吧。”

“马修？”

“就是18号晚上，你们的石经理开车送的那个外国人。”

“哦，他叫马修？我们的员工跟我说了一些，说你们想知道那人是在什么地方死的，是吗？”

“对。因为尸体是被石泉送回公寓的，他说是他在路边发现的，我们认为这种说法有很多疑点，应该说不大可能，所以希望您能帮我们解开这个谜。”

“关于这件事，我还真不知道。真对不起，我恐怕帮不了您这个忙。”

“您那天晚上在夜总会吗？”

“不在。”

“一直都不在？”

“我去过一趟，把我的车交给石泉让他帮我把车洗了。我在那里待了也就十分钟。”

“然后您就坐唐安的车走了？”

“对。您已经知道了？”

闵队长不信任地笑笑。

汪洋眼睛下面的肌肉颤抖了一下，他好像有点被闵队长的那种笑激怒了。“你有什么怀疑的，可以问，可以调查，但说实话，我不喜欢您脸上的那种表情。”他突然变得如此强硬，跟刚才完全判若两人，我感到不可思议。

“你不必如此激动，可以告诉你，我确实不相信你所说的。或许，有这种可能，是你让石泉把马修的尸体送回公寓的，而且，你很清楚，马修是在什么地方死的。”

“那你就尽管按照你的推测去调查吧，这你用不着征求我的意见，不是吗？”

欧海有点看不下去了：“喂，你态度好一点，向你了解情况，你急什么？”

“你态度好一点！”他大吼一声，脸色也白了，“告诉你们，我来这里不是来接受你们审讯的，我是为石泉的事来的！别以为你们是警察，谁就怕你们，怕你们，我就不来这儿了。”

欧海还要说什么，被闵队长用手势制止住了。他对汪洋说：“我没想让你怕我们，我们只是依法行使我们的调查权而已，而作为公民，接受调查也是你的义务，至于你是否喜欢我的表情……”

这时，汪洋的手机响了，他没听闵队长把话说下去，接了电话说：“喂？对，嗯，知道，知道。放心吧，我知道，我知道，嗯。不会的。”他接完电话，装好手机，看着闵队长，深深地呼了一口气，然后神情显得平和了许多，“好吧，您还有什么要问的？我洗耳恭听。”

他突然的转变，就像一场即将到来的暴风雨被一阵风给刮走了。

闵队长看他平静下来，语气也缓和地说：“好吧，就谈谈那天晚上你是怎么把车交给石泉的吧。”

他说那天晚上，他觉得头有点疼，吃完饭就睡了，睡了几个小时后，唐安打电话找他，约他出去，那时大约是 12 点左右，他到了车库后，突然发现车子很脏，想起第二天要用车，便开车先去了夜总会，把车交给石泉，让他第二天一早把车洗了。在去夜总会的路上，他给唐安打了电话，让他来夜总会接他，然后，他们就坐唐安的车离开了。

“也就是说，从晚饭后到 1 点之前这段时间，你一直都是在家里。”

“对。”他眼皮都不眨地回答。

“你家里还有谁在？”

“就我一个人。我母亲和我女儿都在国外。”

“你以前听说过马修这个人吗?”

“没有。”

闵队长对欧海说:“照片给他。”

汪洋接过欧海递过来的照片看着,“他就是你们说的马修。”

“对。”

“我没印象,我不认识他。”

汪洋说的和石泉说的完全一致,似乎没有一点不对劲的地方,应该说他对那晚的回忆没什么太多的研究价值,而在我看来,值得研究的却是他这个人,他的性格真是古怪。他虽然看上去很强势,但实际上却是个脆弱、易怒,而且非常敏感的人,敏感得有点过头儿。

“您和唐安先生认识很久了吗?”

“我们是同学。仅此而已。”

“什么时期的同学?”

“小时候的。”

“小时候?”

“嗯……小学和中学,我们都在一个班。”他回答这话的时候显得有些不情愿。

“嗯。还有,你认识一个叫伊娜的外国女人吗?”

“不认识。”

“好好想想。”

“想不起来。”

“可有人看见你的车曾经到她住的地方接过她,而且还不是一次。”

“我的车?”他笑笑,“真是无稽之谈。”

“可你们夜总会里也有人见过她。”

“那太可能了。不过,去我们夜总会的人多了,我不可能记住所有的客人。”

在大家都去吃饭，办公室就剩我和方探长的时候，他问了我汪洋的情况，听完我的讲述后，他不满地摇摇头，“没章法。”

“啊？”

“问话一点章法都没有。换了我绝不会问成这种结果。”

我知道他是在批评闵队长，“那您觉得应该怎么问？”

“汪洋既然主动找上门来，那他就是有备而来，你顺着他的思路问，他还不是有问有答。这么好的机会……咳，算了，走，吃饭去。”

“方探长。”

“嗯？”

“刚才在问话的过程中，汪洋接了一个电话，然后就突然变得平静了，说话也不那么急躁了，就好像被人打了镇静剂似的。”我把他接电话时的样子学了一遍，“我觉得，那来电话的人可能是唐安。”

“嗯，有可能。”

“在他离开前，我问他和唐安是不是认识很久了，他说他们是小学和中学同学，他说到唐安的时候，好像不怎么情愿。”

“哼，他们的关系只有同学这么简单才叫怪事呢。那我方哲就真是地道的猪脑子了。听夜总会的服务员说，唐安对汪洋不是一般的好，比亲兄弟还要好。两人在一起吃饭喝酒从来都是唐安付钱，汪洋跟他也从不客气。这要是同学，倒也没什么奇怪的，但为什么，我们一找唐安，汪洋就一下子蹦出来了，还有那天晚上的事……我感觉，他们之间还应该有其他的关系才对。”

“那下面我们该怎么办呢？”我有点发愁地问。

“怎么了？着急了？”

“嗯。”

他笑笑：“别急，心急吃不了热豆腐。”

闵队长决定加大对石泉的攻克力度。然而几次提审石泉之后，石泉彻底成了哑巴，问什么就跟没听见一样，气得闵队长跟他拍了好几次桌子。这时的石泉就像一个线头，借着它本可以扯出许多头绪，可现在却怎么都拉拽不出东西来，真郁闷死人！

方探长却表现得一点都不郁闷，他的话比以前多了，玩笑也比以前多了，看报纸时，新闻不新闻的他都要评论几句，我第一次发现，他是一个很具专业水平的足球迷。可他那毫无根据的轻松也真够让人纳闷的。

我总是偷偷地观察着他，多数时候都是情不自禁的，当我突然意识到这点的时候，我就会紧急刹车，他已经给我打过预防针了，对他的感情，我也已经坚决地否认过了，我必须装作是那么回事，因为一旦让他看出我是装的，那不仅他会觉得负担，我也会觉得负担。装，虽然也挺累，但总比尴尬要好受得多。

那天我们去审问石泉，我意外发现关押室里多了一个人，一个我认识的人——华容饭馆的老板馒头！他犯什么事了？怎么也被关进来了？

吃饭的时候，我把看见馒头被关押进来的事告诉了方探长。

“馒头？哪个馒头？”他好像不知道似的。

“就是华容……”

方探长突然诡异地朝我挤挤眼睛。

这是什么意思啊？我看看周围吃饭的人，没说下去。

等桌上的其他人吃完饭离开了，我小声问方探长：“您不知道华容饭馆的那个馒头了？您不是跟他挺……”

“我每天接触那么多人，我哪能都记得。”

“我不信。您是装的。而且，您一定也知道他被关进来的事。”

“哦？你好像什么都知道似的。”

“如果您告诉我您为什么假装不知道这事，我可以替您保密。”

他哈哈笑了，“你这是什么跟什么呀？”

我看着他说："您别装了，您不说我也能猜到您的用意，您是想让馒头接近石泉。"

"嘘！"他笑笑，看了看周围，"被主角听见会找麻烦的。"

"那是我猜对了？"

"嗯，就算是吧。"

这招叫"贴"，我在学校都没学过，只是在电影里见过，没想到，方探长居然能这么做，这家伙，也太敢干了！

"那我能知道，他是怎么进来的吗？"

"他？我听说，他是因为违反交通规则了，是无照驾驶，还是违规停车，咳，反正是让交警抓着了。"

"故意的吧？"

"我怎么知道？"他笑笑，"快吃饭吧，别那么多话了，看你饭还那么多呢，要吃到什么时候。"

我三口两口地吃着饭。

他看着我："你知道，应该怎么去保护一个朋友关系吗？"

"嗯？"

"就是知道的人越少越好。"

我抬头看着他。

他的表情严肃起来，"因为他们处在危险环境中，随时可能因为暴露而发生生命危险，而最容易让他们暴露的人，就是熟悉他们角色的人，也就是那些派任务给他们的警察。"

我点点头。

"这里面可是有过血的教训的。所以，即便我们遇见了危险，也不能让危险发生在他们身上。警察，不能失信于朋友，这是一个原则，否则，你的朋友就不可能自觉自愿地去为你工作。被迫为你工作和自愿为你工作，那结果完全不是一回事。"

我很明白方探长为什么会在这个时候跟我说这些话，他是在暗示我馒头目前的角色，让我守口如瓶，对身边的同事也要守口如瓶，因为只有这样，馒头朋友才会更加安全。我心里真的好一阵感动，我看着他，严肃地点点头。心里说，"我会守口如瓶的。”

十四

如果说，方探长提出对马修案件要立案侦查时，仅仅使我们感觉到这个案子将会是个复杂的大案子，那么对那个外国女人伊娜背景的调查，则直接把我们的心态拉升到可能发射“卫星”的预期之中。

方探长摸上了一条信息，说跟马修接触的那个外国女人伊娜是个“妈咪”。“妈咪”这个词，您知道吧？就是靠拉皮条为生的那种“鸡头”。

“说白了，她就是个洋鸡头。”方探长说，“她所‘服务’的对象主要是外国留学生和在华工作的外国人。据说她最早只出没于梅里沙一家夜总会，从梅里沙夜总会被我们取缔后，她就消失了。据说，她手里掌握着一个不小的‘客户’群。”

在我们历次扫黄的经历中，我们倒是抓过洋妓女，但洋鸡头、洋妈咪这种事，我们还真是头一回遇上。那么伊娜干这个营生只是为了钱吗？联想到马修、唐安、汪洋这些神神鬼鬼的人物，加上丁瑶的自杀和公安部那个被火烧死的特情，这一切的一切会不会牵扯到一个国际犯罪集团啊？曾几何时，方哲方探长的名字可一直与大案和立功受奖连在一起的，而且，在他的功劳簿里，也曾经有过这类的战绩。大家顿时兴奋起来。看江浩、小裴他们几个的表情，就像已经看到奖状了一样，估计借着这个兴奋劲儿，方探长如果说让他们8天不睡觉，他们也不会有意见。

大家正议论着伊娜的事，我的手机突然响了，那时大约是下午4点钟左右，因为办公室里乱哄哄的，我接了电话，但听不清对方的声音，直到我走到办公室外面，才听出打电话的人是唐安。

“我想跟你见一面谈点事，你下班以后有时间吗？”

“见我？哦，可以。几点？在哪儿？”

“你能单独来吗？因为我只想跟你一个人谈。”

“行。在哪儿？”

“希望你暂时不要告诉其他人我们见面的事，可以吗？”

“可以。”

放下电话，我心里有点忐忑，他要跟我说什么？是马修的死？是汪洋？还是关于方探长？按理说，我是应该把这一情况向组织汇报的，可他既然叫我单独去，一定有让我单独去的原因，所以尽管我很犹豫，但还是谁都没告诉。我这个人有时有点大主意，我不知道作为警察这究竟算是优点还是缺点，但这是一种秉性，就像我的好奇心一样不听话。

我在咖啡厅的角落里看见了唐安，他看见我就站了起来示意我过去，他的态度又回到我第一次见他时的样子了，客气有礼，温文尔雅。

“非常感谢你能来。”他笑容可掬地说，“那天我的态度不太好，但我不是冲着你。”

我笑笑没说话。

“你要点什么？”

“都行。”

“我看你有点冷，给你要点热的吧。”

“好。谢谢。今天还真是挺冷的。”

他点过饮料，然后对我说：“我约你来，是想跟你说件事，这两天，我发现好像有人在跟踪我。你知道这事吗？”

“跟踪?!”

“你不知道？”

我摇摇头。

“我犯法了吗？你们为什么跟踪我？”

“我们？您是说是公安局的人在跟踪你？”

“还能有谁？”

“我真的不知道，也没听说过。”

唐安看着我，似乎想从我的脸上看出我是否在说谎。他的话确实让我有些意外，因为到目前为止，还没人告诉我有谁给唐安上了手段，当然，即便上了，我也不会说，但那是两回事，我快速地想着这事，一下子就想到了方探长，会不会是他……

“是吗？也许我不该问你这样的问题。好了，我不为难你了。”

“您没有为难我，我真的不知道这件事。您能告诉我跟踪您的人什么样吗？他是怎么跟踪您的？”

“一个戴着墨镜的家伙，经常开着辆出租车，我发现好几次了。具体长什么样，我也说不清。”

“您注意他的车牌号了吗？”

唐安摇摇头，“车号好像每次都不一样。”

“您肯定他是在跟踪您吗？这不会是您自己的错觉吧？”

唐安看着我：“不是，绝对不是错觉。好几次了，我下车，他也跟着我下车，有一次，居然跟着我走进朋友家的楼里。一个男的，肤色有点黑。我要是能给他拍下来就好了。”

我一脸茫然。

唐安又笑笑：“警察同志，我可是守法的外国公民，你作为外事警察可要对我在华期间的人身安全负责任。”

我也笑了一下：“如果真像您说的那样，您可以报案。我们会认真调查的。”

唐安：“不，我不想报案。”

“为什么？”

“跟你们警察打交道，不是什么好事。”

“那您想让我怎么做？我是警察，不是私人侦探，我不可能自己私下进行什么调查。这是不允许的。”

“好吧，这件事就当我没说吧，你不必去调查什么，但有一件事，我早就想让你知道，”他停了停说，“方哲，你们的方探长一直在找我麻烦，我估计跟踪我的人很可能是受他的指使，如果有一天，我有什么不测，那害我的人一定是他。”

“您为什么这样想？您究竟为什么认定方探长要去害您？关于这件事，您上次就答应告诉我，可您一直都没履行诺言，您和您母亲那么恨方探长，恐怕不仅仅是因为丁瑶的原因吧？”

“因为丁瑶，我们恨他，这点没错，但那已经过去了。现在的问题不是因为我们恨他，想把他怎么样，而是他想加害我们。”

“可是为什么，总得有个理由吧？”

唐安看着我想了想：“嗯，你现在有时间吗？”

“做什么？”

“我想带你去个地方。”

“什么地方？”

“一个能让你多了解一点我和方哲关系的地方。”

“您是说现在？”我看了看手机上的时间，这时候已经快8点了，外面的天也已经黑了。

“如果你觉得不妥，以后再找时间也可以。”他用试探的口气说。

“不，我有时间。”一种强烈的探求欲望操纵着我，如果此刻我不答应他，也许就永远失去这个机会了。“我们现在就去吧。”我用天不怕地不怕的口气说。

他满意地笑笑站起身，也不知道他是因为我对他的信任而满意，还是因为我这么轻易地就上了他的圈套而满意。

我们离开了咖啡厅，坐上他的汽车，这时我才想到，刚才我该找个理由去趟洗手间，把我的行踪告诉给闵队长或谁，万一有什么意外，他们也好知道我和谁在一起，可现在我已经坐上了他的车，已经来不及了。咳，一到关键时刻，我的脑子总比我的行动慢一拍！

汽车穿过拥挤的城市街道朝着北面开去，很快就上了四环，他究竟要带我去哪儿呢？看来，还有相当一段路程要走。

“这里的交通真是越来越糟糕了，在国外待那么多年，我都快不适应了。”

“是吗。”此刻我还在为没跟组里的人说一声后悔，根本无心跟他闲聊。眼看就要到上高速路的收费站了，我们就要出城了，我感觉自己好像被人绑架了一样紧张，我灵机一动，想出了一个主意，我拨通了欧海的手机。

“喂？海棠啊。”里面传出欧海的声音。

我急忙拦住欧海的话：“姐夫，我是海棠。你跟我姐说一声，我今晚有点事要晚点回去。”

欧海在电话里奇怪地问：“海棠，你晕了吧，我是欧海！”

“啊？吃饭？我吃过饭了，你告诉我姐不用等我，我跟个朋友去办点事，办完就回去。我也说不好什么时候，应该不会太久吧。哎，喂，喂……”糟糕！我的话刚刚说到一半手机就没电了，“喂，喂？”倒霉！怎么偏偏这会儿没电了，我的汗都出来了。

“用我的吧。”唐安把他的手机递给我，他这举动还真让我有点儿惭愧，也许他没什么不良目的，是我自己吓唬自己罢了。“不过，你想好了，让别人知道你和我在一起，会不会对你有什么不好的影响？你们中毕竟有人认为我不是好人，是个危险分子。”

他在点我吗？是不是在试探我对他有没有诚意？我要不要用他的手机？我有些犹豫，一来，我不知道如果我们的人知道我和唐安在一起会采取什么样的行动，不知道他们的行动会不会破坏了我的这次“冒险”；二来，我也不知道唐安此刻的真实想法，万一我的电话让他感到我是在给我的警察同事通风报信，对他有所戒备，那他也许会因为我对他的不信任而改变想法。反过来想，如果唐安真有什么不好的企图，那他干吗把他的手机让我用呢？谁不知道手机号码会让接电话的人马上就清楚我和谁在一起？

“不，算了，不打了。”

“没关系吗？这么晚了，你家里人也许会不放心的。”

“没关系。如果我们回来不太晚的话，他们不会不放心的。”也许我刚错过了一个可以自救的机会，我做了这个决定后，着实有点后悔。

“估计来回需要两个小时吧，不会太晚的。”唐安笑笑说，他的笑真是神秘莫测。

汽车又开了有大约十几分钟，我们的车出了收费站，驶上高速路。汽车开始在高速路上飞驰起来，我的心也跳得越来越快，我想起方探长他们曾经遭遇过的“枪战”。那次，他们就是因为麻痹大意而中了人家圈套，我心里不住地问自己：“我这样做对吗？我是不是在给大家找麻烦？今天会不会就是我牺牲的日子？”方探长可不止一次地告诫我，他们这些人是很危险的，那放火烧死特情的事很可能就是他们干的……我越想越害怕，我真没那么勇敢，这我早就知道。也许这会儿，我该想想警察神圣的职责什么的，可我实在太紧张了，想什么也无法让我镇静。如果我现在要说不去了，也许还来得及，这样虽然有点丢脸，但却可能避免自己变成一具尸首，或者成为“肉块”照片上那种可怕的“肉块儿”。一想到自己可能会成为那些恐怖的“肉块儿”，实话跟您说吧，我跳车的心都有。我瞥了他一眼，就他这身材，估计我在警察学院里学的那点武功管不了多大用，而且坦白说，当时我也确实没好好学，我实在是不喜欢女人格斗的样子，我当时真该好好学，再难看，也该好好学！我从反光镜里朝后面看看，后面有几辆车，这会儿，我真希望那几辆车中“有人”在跟踪唐安，要真有我们的人在跟踪他就好了。

“还远吗？”我假装没事地问。

“不远了，再有十几分钟就到了。”他看了我一眼，“你害怕吗？”

“害怕？”那当然！“为什么？”我假笑了一下，“难道您是想害我吗？”

“可你看上去有点紧张。”

“是吗?”我可真够没用的，竟然让他看出来了，“是您的车开得太快了，我不太适应坐这么快的车。”

“哦，那我开慢点。”他稍微放慢了点车速。

我心里并不确定，这时，我是希望他开快点儿，快点儿到达目的地，快点儿让我回家，还是开慢点儿，晚点儿去给自己送死。家，想到这个字，我心里酸了一下，我们的家有多好啊！那里有那么多爱我的人，我虽然不能经常守在爸爸妈妈身边，可我每次回家，都能深切地体会到他们有多爱我，多为我担心；我姐姐，她整天数叨我，告诉我人的生命有多脆弱，要尽量去避免无意义的牺牲，因为它不属于自己，它属于所有爱你的人，可她就这么唠叨，我还总是喜欢做冒险的事，连我自己都觉得，有时自己做的事跟鬼催的似的。还有我的小外甥女，看见我总是跟看见圣诞老人一样高兴，对了，我答应给她买会笑出声的娃娃还没给她买呢……想到他们，我更后悔跟他来了，我真不该答应一个人跟他见面，还跟着他去什么鬼地方。

“你当警察几年了?”

“快3年了。”

“是吗，还真没看出来。我还以为你是刚刚从学校毕业的呢。”

“您觉得我不太老练，是吗?”

“不敢这么说。知道吗？你让我想起了我妹妹。”

我转眼看着唐安。

“小时候，她总喜欢跟着我，就像个跟屁虫。”他凄然地笑笑。

“看得出来，你们的关系很好。”

“是啊，是很好。小的时候，她母亲经常带她到我家来玩儿。那时候，她就像个公主。大家都很喜欢她。以前，我家很困难，为了挣钱，我还曾经到街上卖过报纸呢。丁瑶没事也跟着我们一起去卖，我记得，只要她跟我们一起卖，报纸就卖得特别快，街上的行人看见一个可爱的小姑娘在卖报纸，都愿意买。厚厚的一摞报纸，只要她在，一会儿就卖完了，然后我就骑着自行车带她回家。那时候，她很爱笑，很淘气，完全不是后来那样。”

“哦，那她从什么时候开始改变了？”

唐安没有回答。

“是因为她父母的去世吗？”

我看着他，不知道他为什么突然沉默起来，那表情，怎么说呢？好像汇集了相当多的内容，它们相互覆盖，形成了一层以悲哀为主调的黑色面纱，“怎么了？”

唐安低声问我：“你平时喜欢看电影吗？”

“喜欢，很喜欢，我从小就喜欢看电影。”

“前几天，我在一个朋友家里聊天，当时电影里正在播放一个片子，一个日本的侦探片儿，一个男人不知被什么人杀了，当然，具体内容我没注意看，因为大家在聊天嘛，我只是断断续续看上那么几眼，反正最后的结果，杀他的那个人就是他妻子。这个片子其实没什么意思，也许是因为我没太仔细看的原因，可影片的结尾让我，让我很是感触。那个妻子是个以养珍珠为生的，当警察来抓她的时候，她站在海边面对大海说，珍珠原本只是一粒沙子，人们为了让它变成珍珠，于是把它放进贝壳里，最后沙子变成了珍珠，是贝壳痛苦的眼泪把它变成珍珠的。”

珍珠、沙子、贝壳、眼泪？唐安想表达什么？

“这片子叫什么名字？以后，找机会看看。”

“我没注意。我是想说大自然中的好多东西都非常有寓意，比如珍珠，很多人只知道它们很美，但并不知道，那美的后面还有那么多痛苦和伤心。”

“您是在说丁瑶吗？”

“不，我是说珍珠。”

“哦……”

车慢了下来，它驶进了一个很漂亮的别墅区。

我们到达这里的时候，天已经完全黑了，月光下，那些别墅一幢幢肃然矗立着，因为彼此间的距离比较远，整个别墅区有些空旷，加上没有几幢亮着灯，显得阴森恐怖，我们好像到了另一个世界，一个让人觉得只有传说、没有现实的世界。以前我读过许多关于城堡闹鬼的故事，此刻，那些残留在脑子里的惊悚意境在我的脑海里汇聚起来……一阵寒风吹过，我打了个寒战，"这，这里是什么地方。"

"这是我妹妹的公寓。"

"啊?"

"是我以前给她买的，换句话说，这也是我妹妹和方哲幽会的地方。"

啊？我就知道，这一晚上我一定会经历一些让我终生难忘的事，那些事会让我在心里"啊"个不停的，就像现在这样。

我跟着唐安走进一幢别墅，唐安用钥匙打开门，我跟着他走了进去。屋里很黑，唐安打开灯。好大的一个房子！大，这也许是心情的效果吧。屋里的光线略显惨淡，家具以及装饰十分简约，简约得有些怪异，让人觉得这不像个家，而是个艺术展厅，一个相当有创意的艺术展厅。

"好漂亮的房子！是丁瑶设计的?"

唐安："不是，是我的一个好朋友，他很了解丁瑶的品位。怎么样？还不错吧。"

"真不错，我很少见这么有个性的创意。你的朋友是专门学这个的?"

"不，他只是一个舞台美工，两年前他得了癌症已经死了。"

"哦……真不幸。"

"是啊，生活中有太多的不幸了，看这房子，多好的一个房子，可现在也人去楼空了。"

唐安走到窗前，拉开窗帘，推开一扇窗户，风，轻轻地卷起窗帘。窗台上，一束插在花瓶里的红色郁金香映入我的眼帘，我在丁瑶墓前看的那些花瓣就是这种花，不过，这里的郁金香要比墓地上的稍微鲜艳一些。据我所知，郁金香这样的花是很容易枯萎的，显然有人最近来过。

“这花是你买的?”

“对。这是丁瑶最喜欢的花。我每次来这儿都要给她带一束。”

我假装随意地看着屋里的陈设，心里揣摩着唐安带我来这里的用意。

“这个房子是我特意为丁瑶买的。她是警察，我知道靠她那点工资这辈子也不可能住上这么像样的房子。其实，当时我自己也并不很富裕。没想到，费了那么大的劲才弄好这房子，竟然……哦，那边那间是丁瑶的卧室。”他朝右侧指了指。

我顺着他指的方向走进一间卧室，一进卧室，我第一眼看见的是床头上方挂着的一张丁瑶的半身照片，她微笑着看着我，在这种氛围中，那微笑显得有些凄楚，那微张的嘴像是要说什么，就像我梦里见过她的那样，我感觉有点害怕。

“她很漂亮吧?”唐安来到我身后。

“是，很漂亮。”

“人们都说红颜薄命，这话真是不假。她的命真是太苦了。”

我环视着房间，卧室布置得很浪漫，远比她在她养母家的那间卧室有情调得多，色调也显得更积极，如果，这里的布置是丁瑶自己的主意的话，从情感上说，她更喜欢这里。墙上有很多照片，但奇怪的是，那些照片全都是风景，山，水，庭院……却没有一张丁瑶的生活照。

“怎么都是风景?”

“她不喜欢摆自己的照片。”

“为什么?”

“她认为把人物放在景物中，是对景物的一种破坏。”

“哦……”那会是一种自卑吗?要知道，她可是大家公认的美女啊。

“怎么样?你对这里有何感想?是不是能闻到某个你熟悉的

人的气味?”

除了潮气和尘埃的味道外，我什么也没闻到，而此刻，最让我觉得不舒服的，是他老在我身后站着，我转身走出卧室，那狭小的空间让我太压抑，实话说，也太害怕了！好像我正在坟墓里游移，身后还跟着一个魔鬼。“您带我来这里，究竟想告诉我什么？不会就想告诉我方探长曾经来过这里吧?”

“不，当然不是，我对偷情这种事并不大惊小怪，而且这对方哲这种人又算什么呢？我想告诉你的是，我在这里曾经目睹了丑恶的，而且令人发指的一幕!”

“啊?”

突然，客厅门口有人敲门。我被吓了一跳。唐安走去开门。我回头看着门口，一个男人问道：“康燕在家吗?”

“康燕？我们这里没有叫康燕的。”唐安回答。

我走到门口朝外面看，一个男人站在门口，“哦，那可能我找错地方了。对不起。”

唐安关上了门。

“您刚才说什么，说您看到了什么?”

“嗯，等等。”唐安重新走回卧室，不一会儿，手里提着一团又粗又硬的绳子从卧室走出来，并把那堆绳子扔在我面前，那上面有几块深紫色斑迹，很像是血迹。

“这是……这是什么?”

“这是刑具!”

“什么?”

“是方哲对人动用私刑时用的!”

“什么？动用私刑？方探长？在，在这儿?”我愕然地看着他。

“是我亲眼目睹的。”

我惊恐地看着地上那些又粗又硬的绳子，又困惑地看看他。

“你不相信我的话？你当然不信，别说你跟那个家伙一起工作，他平时又都是那副正义的面孔，如果不是那天我亲眼看见那一幕，也许我也不信。”

“他干什么了？”

“那是几年前的事了，那次我从国外回来，想来看看这房子，你知道，那几年，我大部分时间都在国外，对我妹妹的事知道得并不太多。有天晚上，我吃过晚饭，就开车来到这里，当我走到门口时，我觉得房间里好像有动静。开始，我还以为进贼了呢，我悄悄走到门口朝里面听了听，里面的确有动静，有人在说话，还有一种很恐怖的怪叫声，不会是我走错门了吧？我急忙用钥匙打开门，屋里的情景真把我惊呆了。卧室里有个人被绳子捆在凳子上，嘴被什么堵着，但却在拼命地怪叫，他身边站着一个人，好像正摆弄着那人身上的绳子，还没等我看清什么，那人突然转身冲到我面前，问我是谁，还回手把卧室的门关上了。我后来才知道，他就是方哲，但那会儿，我还不认识他。他掏出枪指着我，问我找谁，怎么进来的，他当时的表情非常狰狞！我也不客气地问，‘这是我的家，我正要问你呢，你是谁？跑我家来干什么？’他听我这么说，才收起了枪，问我是不是丁瑶的哥哥，然后跟我解释说他是丁瑶的同事，这房子是丁瑶借给他的，他说他有点公事要借这房子用用。我当时根本不信他的话，公事？什么公事？把一个人偷偷弄到我家里来，还用绳子捆着，折磨他？他要不说丁瑶，我还以为他是绑匪呢。我当时就给丁瑶拨电话，问她到底是怎么回事，丁瑶听我说完，她让我把电话交给方哲，尽管她并没显得很惊讶，但我听得出她也并不知道方哲在我家干的那种勾当。方哲背着我在电话里不知跟丁瑶说了些什么，然后丁瑶让我离开那里，说回头再跟我解释。丁瑶是个要面子的人，我不想让她太难堪，所以我没再说什么，就走了，但我当时真的很生气。”

“那她后来怎么跟你解释的？”

“她后来的解释完全就是胡扯，一听就是方哲让她这么说的。她说那被捆着的人是他们的一个工作对象，是个什么案子的嫌犯什么的。他们有事要问他，又怕被他身边的人知道，所以才把他弄到这里来。丁瑶说，是她答应把房子借给方哲的等等等等吧，总之，都是他们事先编好的用来骗我的谎话。”

“你是说丁瑶也在帮助他一起骗你？”我怀疑地问。

他点头说：“对，因为丁瑶是那种为了自己爱的人什么都肯做的人，尽管那可能让她很痛苦。但她为了她爱的人什么都会去做的。”

“那你凭什么认为他那是在用私刑呢？是丁瑶告诉你的？”

“她怎么会呢？可看还看不出来吗？如果，那人真像他们说的是你们公安局的嫌犯，那他为什么不把他弄到公安局去？却弄到这里来偷偷审问？就算这也有可能，公安局的工作就那么神秘，那他把人捆起来，还堵上嘴，把人整得那么惨，应该怎么解释？这也是公安局允许的吗？你说你这不叫动用私刑叫什么？即便那人真是罪犯，他这样做，难道不犯法吗？你能给我一个更合理的解释吗？”

“您看清那个人是谁了吗？”

他使劲摇了下头说：“我进来的时候，只看见那人被捆着，低着头，头发把脸都遮住了。后来他又把门关上了，但不管怎么着，我敢说那人相当痛苦，以前我就听丁瑶说方哲曾经因为动手打犯人受过处分，看来，他这人本身就是个恶习成性的人，是个恶魔。”

我看着地上的那堆绳子，几乎完全失去了判断力，对“方式办案”的疑虑让我不敢完全否定他的话，可如果方探长真这样做过，那事情就相当严重了。那可不是一般的违纪问题了！“后来丁瑶没再跟你解释过这件事吗？”

“没有，那件事以后，我回家跟她吵了一架，因为我实在太生气了，我给她买房子，是让她住的，而不是让她胡来的，可她，不仅偷偷地跟那么一个……还把房子借给他这样的人去做见不得人的勾当，这还不算，她还对我撒谎，这是我最容忍不了的地方。你知道，我跟丁瑶关系非常好，尽管她不是我的亲妹妹，可在我眼里，我从没把她当成过外人，从小到大，我什么事都让着她，她也很少有事瞒着我，可这次她却这么做，实在太让我伤心了。我把她臭骂了一顿后，好几天都没跟她说话。我看得出，她心里也很难受，但是，你做什么，甚至做错了什么，我都可以原谅，我最恨的就是她对我说谎。”

“我想您或许有些情况不了解，也许有些事她不便对您说，因为您知道公安局办案经常……”

“不！你是没看见当时那情景，虽然我不是警察，但我相信，那绝对不是警察应该的做法，除非……我不知道。或许你们内部允许那种……我不知道。总之，那在我看来就是刑讯逼供。”

“那您认为这就是方探长想加害于您的理由？就因为您看见了这一幕？”

“如果只是因为让我撞上这一幕，我想，他还不至于那么想置我于死地。他担心的也许是别的。”

“别的什么？”

“你听说过少义这个人吗？”

“少义？你认识他？”

“他是个毒品贩子你知道吗？”

毒品贩子？他的话让我的脑子“嗡”的一下一阵眩晕。少义？就是方哲的那个哥们儿？那个白白净净的小伙子，那个本地富翁？是个毒品贩子？“是吗，我不知道。”

“他不仅是个毒品贩子，我听说他还是个黑道老大。”他盯着我说，“而你们的方探长跟他可不是一般地好，好得足以让他们去从事任何勾当。”

克奇上次也说过这话，他只是没说出少义这个名字，他的情报百分之八十来源于此。“丁瑶跟你谈起过少义这个人吗？”

“没有，她从不跟我谈你们局里的事，尤其是案子的事，我是从丁瑶的日记中知道的。”

“丁瑶的日记？它在你这儿？你看过？”我惊讶地问。

“不。我只是看过几页。”

“她怎么说？”

"原话我记不住了，但大概的意思是，方探长和少义的关系让她很担心，因为有人告诉她，少义贩毒，而且告诉她这话的人是你们内部的人。"

"我们内部，她提名字了吗?"

"好像没有。也许有，我没有印象了。我只知道，她为此很困惑。"

"原话，原话是什么?请您好好想一想。"我焦急地追问着。

"嗯，因为那已经是好几年前的事了，我记不太清楚了。我印象中，她写这个日记的时候，好像是在你们局里，也许是在值班的时候吧，在说少义的时候，她好像是说方探长又被少义的电话叫走了，又不知道到几点，又不知道为什么事，她说，'他们之间的交往，让我很担心。'还说，以后要找机会好好跟方哲谈谈。其他的……我还没看完，她就进来了，我怕被她骂，赶紧放下了。"

"那里还说了些什么?您还记得吗?"

"婆婆妈妈的，什么都有，老师、同学、父母、邻居，陈芝麻烂谷子的……"

"那本日记现在在哪儿?"

"嗯?"他有点走神儿。

"那本日记现在在哪儿?您真的不知道吗?"

"我不知道。丁瑶很少把日记本带回家，她一般都是把它放在单位里，我看见那次，只是一次偶然，从那次偶然以后，我就没再看见她把日记带回家过。自从丁瑶死后，方哲好几次找我，找我母亲追问丁瑶的日记本，当时我还以为他是装的，以为那日记本其实就在他手里，他拼命地追查那日记本是故意做给大家看的，想让大家以为他并不知道丁瑶的日记里说了些什么。但现在我想，那本日记也许确实不在他手里，他是因为害怕才那么起劲地找的。"

"您是说，他是害怕您知道日记里写的东西才想加害于您的?"

“而且他还担心丁瑶跟我说了些什么，我猜，那才是他真正担心的。”

“那您认为丁瑶的死跟这事有关系吗？我是说跟她知道方探长与少义贩毒的事有关系吗？”

“你觉得呢？”

我？我现在的脑袋都成粥锅了，你怎么搅和，它就怎么转悠，我没回答。

他笑笑说，“也许你在想，她是自杀，不是他杀，对吧？”

“这不是事实吗？”

“我觉得不是。如果一个人是被某人用某种方式逼迫得自杀的，那其行为上虽说是自杀，但却仍可归属于他杀！法律上或许不能根据这来给什么人定罪，但这不等于那个人就没有罪。我说得对吗？”

“就这件事而言，丁瑶可以有另外的选择。她完全可以把她知道的事报告组织，让组织去处理……”

“对，你说得没错，她本来是可以这样选择的，但问题是她是丁瑶！不是别人！而且还是个完全走火入魔的丁瑶！你懂什么叫走火入魔吗？你不懂。因为你没经历过，你没经历过那些……当你深深地爱着一个人，可你却必须要亲手毁掉他的时候，那种矛盾和痛苦，你想象不到，你根本无法想象。”

毁掉？我想我能想象得出来，虽然我没经历过，但我完全可以理解那种痛苦。此时此刻，我仅仅因为知道了这些就已经快承受不住了，别说丁瑶了，她深爱着方探长，那么奋不顾身地追求他，也许方探长对她而言，是这个世界上唯一爱的人，是她今生幸福的全部，那么要让她亲手去毁掉他，无异于毁掉她自己，我相信，在这种情况下，她宁愿毁掉自己……

“丁瑶死前，我从国外回来那次，我发现她完全变了，一天到晚都是心事重重、神不守舍，我以为她是因为和方哲的感情不顺利才会那样的，我劝她离开方哲，劝她离开公安局跟我到国外去，可她当时就跟我急了，每次我跟她说这事，她都跟我急，好像要一口吃了我似的，那时我才明白，她已经被方哲完全控制了，方哲就是她的信仰，就是她的上帝。他控制了她的一切，包括她的行为和她的思想。她完全无法自拔了。”

我们沉默了许久，之后我问：“您为什么告诉我这些？我是说为什么是我？”

他看看我，半天才说：“因为我想，目前没有人比你更能理解丁瑶当时的心境了。”

“我？”我看着他，不太确定他话里的意思，但我知道，那话里绝不仅是表面的意思。

“走吧，时间不早了。你的家人该等急了。我今天的话说得太多了。也许我根本就不该带你到这儿来。”

我返回城里的时候已经是10点多了，一路上我都在问自己，我相信他的话吗？我不知道，但我却知道眼前的一切我什么也推翻不了。那么下一步我该怎么办？显然我是不能去找方探长的，因为事情涉及他的行为，我先去告诉了他，这属于通风报信；马上向组织汇报？如果事实并非唐安说的那样，那不就等于我在替别人陷害方探长吗？唐安是丁瑶的哥哥，仅这关系，他的话就足以引起上面的高度重视，再加上“刑讯逼供”“毒品贩子”，还有日记本的事，这几个重锤砸下来，还不得把好几层的上级都给惊着了？可如果我不向组织汇报，那万一唐安这边出了什么事，那后果……怎么办呢？

“你家在哪儿？”唐安问我，“哦，你现在是回家吧？”

“呃……我家……”

“如果不方便的话，我就把你放在附近的地方。你告诉我到哪里停就是了。”

“往北，还远呢……”我不想让他这么个是非之人知道我家的住址，我可不想某一天被人用火烧死，可我又不知道该怎么样好。

红灯了，我们的车在一个路口处停下，我突然听见窗外有人叫我，“海棠?”我转头一看是刑警江浩，我急忙摇下车窗玻璃，“哎，怎么是你?”

“这么晚了，去哪儿啊?”

“回家啊。你去哪儿?”

“我也回家啊。”他给我使了个眼色。

“那正好，我坐你的车回去吧。”

“行啊。方便吗?”

我对唐安说：“是我们邻居，那我坐他的车走了。”

“好。”

我上了江浩的车后，唐安按了两声“嘀嘀”开走了。

我问江浩：“这么巧，在这儿遇上你?”

“遇上?我跟了你半天了。”

“什么?”我看着他，“你，你一直跟着我来着?”

“你还没出高速路口，我就追上你们的车了。”他得意地笑着说。

“你知道我去哪儿?”

“刚才敲门的那个人你看见了吧?是他告诉方探长，说看见你上了唐安的车，往这边收费口去了，方探长怕你出事让我追过去。你没事吧?”

“没事。”难道说那人是在跟踪唐安? “他是怎么发现我们的?”

“我不知道。他直接告诉方探长的。你们去那儿干什么?”他的手机响了，“对，是，她在我车上，让她回分局?好的。”

天呢!方探长一定已经猜到唐安跟我说什么了，我该怎么应付下面的局面啊?

江浩的车刚开进分局，方探长和欧海从后面的一辆车里下来了。

"怎么？你们？你们一直跟着我？"

方探长皱着眉头问："手机怎么搞的？"

"没电了！"

"电池呢？"

"忘带了。"

"蠢货！"他生气地骂了一句朝楼里走去。

欧海笑笑："我这姐夫当得怎么样？没误事吧？你来电话时，我差点以为你真把电话打错了呢。幸好有人看见你。"

这究竟是怎么回事啊？简直把我搞糊涂了，早知有这么多人跟着我转悠，我就不害怕了。

我跟着方探长他们走进屋，屋里坐着好几个人，看样子，他们都是在等我。

闵队长看我走进来，问道："你怎么回事？你跟他去那儿干什么？"

我看了一眼方探长，"唐安给我打电话，说有事要告诉我，所以……"

闵队长："你事先为什么不打招呼？"

"我，他不让我告诉别人，我也不知道他要谈什么……"

"他不让你说，你就不说了？你傻呀？你知道不知道我们在调查他呀？万一出点事谁负责啊？你怎么连这点基本常识都没有。"

"我……"

"他跟你说什么了？"

我看着坐在一旁桌子上抽烟的方探长，他也正看着我，我垂下目光。我感到全屋的人都在审视我，等着我开口，屋里连喘气的声音都没有了。我该怎么说呢？这太难了，实在太难了。

闵队长："怎么了？怎么不说话呀？"

方探长："我想，我还是回避吧。"他捻灭了烟，起身朝门口走去。

我看着他离去的背影，那么孤单的背影，好像我已经让他受了很大委屈似的，我真想哭！真想叫住他。

闵队长对大家说："好了，我看时间不早了，大家也先回去吧。"

同事们似乎意识到什么，纷纷离开办公室。走之前，他们每个人都看了我一眼，我没有发现一个友善的眼神。

闵队长等大家都走了，关上了房门："好吧，你说吧。"

我看着他，开始掉眼泪。

闵队长奇怪地看着我："你怎么了？出什么事了？是不是唐安对你怎么……"

"不，不是，他没把我怎么样，我……"

"那你哭什么？究竟发生什么事了？啊？"

"是，是方探长……他说方探长……"

"什么呀？他说他什么了？你别光哭呀。"

我流着眼泪，把什么都说了，一五一十地说了。这一刻，我出卖了两个信任我的人，方探长和唐安。尽管他们中可能有一个是坏人，但在那个时候，我却只感到我是在背弃我内心并不想背弃的东西，因为我还没来得及判断清楚，这种糊里糊涂的"坦白交代"必定会使某人遭灾。

闵队长听我说着这些，半天没说话。

我看看他问："您觉得唐安说的是真的吗？"

闵队长没有回答。

"您知道少义这个人吗？"

闵队长微微点点头。

"关于他贩毒的事，您知道吗？"

"我知道。我们因为他贩毒处理过他。但后来因为他有立功表现，被提前释放了。"

"那么说，他贩毒的事是以前的事了。"

"嗯……"他这一"嗯"，我知道事情不那么简单。

"以前的事，我知道，但唐安指的是以前还是现在……"

“那他是不是我们用的人啊?”如果他是我们用的人，是方探长的内线，那事情就好解释多了。我心里升起一丝希望。

“这样吧，你不是想听关于我和方哲经历的那起枪战吗?我先给你讲讲这事吧，这对你判断周围的人和事或许能有点儿帮助。”

我点点头，可为什么在这个时候，他要讲这件事?

“想起那件事，咳……那阵子，我们真是太顺了，接连破了好几个大案，都给我们乐晕了，我们真都不知道自己姓什么了。在我们当时破的几个案子中，有一起牵扯4条命的走私案，那是个团伙，他们的背景非常复杂，所涉及的人员中，有几个地位相当高，是谁我就不说了，反正后来，我们都把他们抓了，一个也没让他们跑掉。但当时，局面相当复杂，他们为了灭口不惜代价，一连杀了4个人。那个团伙中有个关键人物，人都叫他熊哥，他是这个团伙中最凶狠最没人性的一个，那4个被害人的死，都是他一手策划的。方哲我们几个连续工作了有四个多月吧，可能还要久，最后终于把案子基本上搞清楚了，剩下的事就是抓人了。那阵子真是把我们给累坏了。在我们把那姓熊的和他手下几个的行踪摸清了，去抓捕他们的那天，他们中有两个开枪拒捕，被我们当场打死了。糟糕的是，那姓熊的当时不在场，所以那天把他漏掉了。为了抓他，那时我们真动了不少脑筋，也动用了很多耳目。

“有天下午，我和方哲正在外面吃饭，一个，嗯……一个线人告诉我们，熊哥正在靠近郊区的一个民宅里与一个女人在一起。我们听到这个消息后，二话没说就朝那方向赶去。那阵子，关于熊哥的消息很多，真的假的都有，加上那个线人的话说得又不太肯定，所以我们俩说先过去看看，先摸一下情况再说。我们那天真太大意了，我们应该当时就把情况通知队里就好了，可我们没有，脑子一热就去了。

“我们按照那个线人提供的地址找到那里之后，发现那里是个还没什么人入住的新住宅区，大部分房子还都空着呢。线人说姓熊的住的是一楼一门，我们一敲门，里面没人答应，可屋门却是开着的。我们俩进去后，看见屋里就没什么家具，一个三居室，好像根本就不像有什么人住过似的，连水电都没通。就在我们在屋里转悠的时候，突然有人从屋外把门锁上了，不一会儿，窗户那边枪就响了，那颗子弹擦着方哲的耳朵就飞过去了，随后有人又从窗户外扔进一颗手榴弹。

“我们这才意识到我们俩是中了人家的埋伏，还幸亏那天我们是刚刚执行完任务，身上还带着枪，我和方哲一边隐蔽一边用手机跟队里取得了联系，队里马上联系附近的武警援助我们。门，我们是出不去了，我们要想离开那个房间，只能从窗户出去，可那些人就在窗户那里等着呢，他们虽然人不多，就三个，可又是枪又是手榴弹，一看那架势，人家就是有备而来的，说不好听的，我们俩当时就是瓮中之鳖，是死定了！

“我和方哲只好借着屋里的条件，跟他们对射。我发现有个持枪的家伙闯进我的射程里了，我站在窗户旁边，从我的角度正好可以射到他。可也真巧，就在那个时候，我发现我的枪没子弹了，我急忙问方哲还有没有子弹，我想让他把枪扔给我，从我这个角度射击比从他那边要容易得多，可他朝我摇摇头，那意思是他也没子弹了。那几个家伙见我们没动静了，知道我们可能没子弹了，也许以为我们已经死了，他们绕到门那儿，把房门打开了，我想，这下完了，我们俩是彻底没救了。可就在这个时候，人家方哲的枪突然响了，他原来还有子弹？而且还不止一发！我靠！我当时，我当时真的是，真的是……那种感觉，好像自己被人出卖了一样，那种生死关头，怎么跟你说呢，我真的不敢相信方哲居然能骗我！就在我一愣的那工夫，一颗子弹飞过来，正好打我肩膀上，差点就射中我的心脏。那时那血呀！”他摇摇头，然后接着说，“我们大概坚持了有 20 分钟吧，武警赶到了，咳，那 20 分钟，跟 20 天差不多！”

“哦……那，方探长后来跟你解释子弹的事了吗？”

“他解释了，他说他枪里当时确实没子弹了，但后来他不知怎么又从口袋里发现了几颗子弹。咳!”他叹了口气，“人啊，不到生死关头还真看不出来是怎么回事。”

“您不相信方探长的话?”

“我也想相信他，海棠，那么多年的老战友了，实话说，我太想相信他了，可你要知道，我们这里不是美国，更不是射击的游乐场，子弹可以随便拿，随便放，我们的枪弹管理可是相当严格的，你怎么可能把子弹随便放衣服兜里，而且自己还给忘了?换了别人，我也许还能相信，但这种事是不可能发生在方哲同志身上的!他虽说是个大大咧咧的人，但那要看什么事，像乱放子弹这种事，那是绝对不可能的，而且，还在那么关键的时刻又突然从衣服兜里找出来了几颗子弹?这说法真太荒唐了。咳，其实，在这件事上，我也不能说他什么，毕竟热爱生命是人的本能嘛。”他嘴角上露出一个既无奈又嘲讽的笑。

这可真是的，可真太不像方探长的为人了!怎么会这样?我看着他，真不知说什么好。

闵队长看看我，“你看我，差点忘了为什么给你讲这段了。其实，我想跟你说的不是方哲，而是少义。”

“哦。”

“他就是那起枪战前给我们传递假情报的那个线人。”

“啊?是他啊?”

“以前，方哲一直想用他，他跟我们提过几次想让他成为我们正式的特情，理由是他接触面很广，人也比较聪明，但我一直都反对，因为我从来不信任那些吸过毒的人。”

“他也吸毒?”

“他贩毒其实就是从吸毒开始的。这种吸毒的人，很少有几个能靠得住。虽然后来他说他戒掉了，谁知道?戒毒可不是那么容易的事。当然，少义也的确给我们提供过几次有价值的信息，但不知为什么，我就是信不过他，他岁数不大，可我觉得他太滑了，你不知他哪句话是真的，哪句话是假的。所以我一直都有点儿怀疑，人家给我们设的这个套，他事先是知情的。”

“为什么？”

“感觉吧，多半是感觉。当时少义正在做地产生意，出事那会儿，他的生意正面临危机，他需要一大笔钱才能保证他不前功尽弃，这是我们后来调查时，我了解到的，倘若，在那时有人给他一笔钱，救他一把，条件是把我们引进陷阱，那他会不会接受呢？我说不好，因为，我确实看不透这个人，但我却知道，想害我们的人，是绝对出得起少义希望得到的那笔钱的。但如果这个推断成立的话，唯一说不太通的就是他会因为钱而帮人家置方哲于死地吗？那陷阱可明明白白就是人家为方哲设的。而少义和方哲认识很多年了，关系一直都不错，他会那么狠吗？这点，我也感觉很矛盾。除非有一种可能，就是因为什么理由他也希望方哲死。那会是什么理由呢？”

闵队长是在暗示我方探长与少义之间有可能有不可告人的幕后交易，而为此，少义才有可能也想置方探长于死地以保自己的安全。

“您把您对少义传递假情报的怀疑告诉过方探长吗？他怎么说呢？”

“我说过，但他不认为是这样，他认为少义也是上了别人的当。”

“那么后来，你们没调查过这事吗？”

“调查过，少义说，他的消息是听熊哥的一个马仔说的，可那个马仔后来也在那次枪战中死了，这事也就死无对证了。而方哲几乎完全相信他的这种解释。”

“哦……”

“或许，他是不想把事情扩大化而使别人联想到什么，也，也说不好。我以前觉得自己很了解方哲的，可自从我到刑警队后，我经常感觉，我好像不像以前那么了解他了，不知道是我的思维跟不上他了，还是他真的变了。”

“他们是怎么认识的？方探长和少义，他们之间是怎么回事，您知道吗？”

“他和少义认识是在我到刑警队之前的事，好像是少义因为贩毒被我们抓了以后，他们认识的，方哲那会儿还在预审，从少义刑满释放之后，他们就一直有联系。坦白说，他们之间的关系，也是我心里的一个谜团。从平日的交往看，方哲跟少义交往似乎并不多，可每次方哲的案子，似乎都有少义的身影，比如说这次石泉因打架进来，跟他打架的那个人就是少义的司机。先不说他的真实动机是什么，这做法是否妥当，就说少义，来不来就有他，而且他那么听方哲的，跟方哲给他施了什么魔法似的，还有克奇那件事，更……”他看了看我，似乎把什么话咽了回去，

“克奇？”克奇曾告诉我开车撞他的人是方探长的朋友，会不会说的就是他呢？“您是说撞克奇的那辆车是少义的？”

闵队长点点头，“虽说少义的车在克奇出事前两天就报失了，但恐怕事情没那么简单。”

“啊？”

“其实，唐安告诉你丁瑶的那些话，并不奇怪。丁瑶在刑警队里唯一能交心的人就是方哲，她很喜欢方哲，因此，跟其他人比起来，肯定她比谁观察他都多都细，她可能知道些什么我们不知道的，那是很自然的事。我们目前的这个案子，复杂就复杂在这儿，每件事都不是孤立的，如果你把事情想得太简单了，一不小心就可能出大事。这可不是吓唬你，你明白我的意思吗？”

我点点头，心里跟装着沙袋一样沉重。

“记住，以后有什么事情都要跟组织上说，不能像今天这样自作主张。我知道，你不希望方哲是唐安说的那种人，我也不希望，可我们必须尊重事实，感情用事只会让我们迷失方向。”

姐姐听见开门声，焦急地走了过来，她看见我的脸色吓了一跳，“你怎么了？出什么事了？”

“没有。”

“还说没有，看看你的脸色！你们同事从 7 点多就打电话找你，说跟你联系不上了，我们都快急坏了，后来他们又来电话告

诉我们说找到你了，说你在工作，我们才放心。你到底怎么了？你干什么去了？他们怎么会那么紧张？”

“没有。”我笑着说，“我手机没电了。他们一时没联系上我。”

姐姐怀疑地看了看我，“听他们的语气，还以为你被人挟持了，我还往妈那里打了电话呢。你可真够让人担心的。”

“你跟他们说什么？大惊小怪的，你再把他们吓死。”

“谁知道你疯哪儿去了？你以后甭这样啊，有事早点打电话，你一个人当警察，全家人跟着你担心。”

“好了，知道了。你快睡觉去吧。我也去睡了，明天还有事呢。”

睡觉，在这种晚上？在刚刚经历了那些事以后？我在浴室里冲了一个小时，也没能让自己放松下来。唐安的话或许不完全属实，但也绝非空穴来风。毫无疑问，他说的这些事，一定会让那些对方探长的怀疑又向前迈了一大步，像闵队长，您一定也从他跟我说的那些话里听出来了吧，他对方探长的怀疑就向前迈了一大步。而我，好像不是一大步一小步的事，而是一步就迈进了沼泽，我不再只是个充满好奇的旁观者，而是一个在沼泽中瞎“扑腾”的人，一个被实实在在卷进漩涡的人。“组织上会弄清楚这一切的。”我对自己说，不管怎么说，调查还在继续，一切还没有最后定论，还有明天，我寄希望于明天！

我刚一上班，就被叫到黄局长办公室，他是主管刑警的局长，在分局的几个局长里，我最怕的就是他。他总是拉着脸，跟谁都没笑脸，也许他面部神经麻痹，根本就不会笑，他也从不幽默，也不懂幽默，如果谁想跟他幽默一下，准会碰一鼻子灰，他会让你的幽默“呱唧”就变成尴尬。他看见谁就训谁，尤其是对那些手下的头头儿，也真怪，他好像总能找出训他们的理由，许多熟悉他这怪脾气的人都尽量躲着他。我就更甭说了。有一回，我去他那里送文件，一紧张，出门的时候居然把他反锁在屋里，为此，他还特意把电话打到我们处把我刺儿了一顿。换了别的局长，绝对不会像他那样。他的臭脾气在全市局都有名。

他听我把去唐安那里的情况讲述了一遍之后，垂着眼皮，半天没说话。我战战兢兢地看着他，期待着他说，“这事我们都知道，方探长的事情我们都了解，你们该怎么干还怎么干吧。”可他没这么说，他沉默良久之后对闵队长说：“如果把方哲从你们组撤下来，你认为有问题吗？”

撤下来？我瞪大眼睛看着他。

闵队长看看我，没有马上回答。

“这个案子现在看来已经牵扯到他了，牵扯到他的问题上了，我看他应该回避。他也只能回避。”

“可您还没有调查，也许那都不是真的，您现在就作这样的决定，是不是，是不是太早了！”

我涨红着脸反驳说，我居然把他曾刺儿我的事都忘了，我没想到我居然敢反驳他。

黄局长严厉地说：“我让你们调查什么呢？是马修的案子还是方哲，老外的家人还等着我们的结论呢，难道我对他们说，你们先在一边等着吧，我们要先去查查我们自己人？是吗？”

“既然什么都没查清，您就不该把方探长撤下来呀。”

“海棠。”闵队长制止我。

黄局长瞪着眼睛问我，“喂，你当警察几年了？”

“这跟当几年警察有什么关系？”

“你懂不懂规矩，懂不懂法？知道不知道什么叫回避原则？警察涉案了就得回避，这点常识还用我教你吗？”

“可马修的事从头就是方探长搞的，凭谁说了哪几句话您就换人，那叫什么事啊？再说，您这样做，别人会认为唐安说的全是真的。”

“海棠！”闵队长焦急地朝我摇着头。

“那好，你现在就告诉我，他说的话，哪句是真的，哪句是假的，你能吗？”

“我……”

“你说啊？你不敢吧？你一个新来的毛丫头说话、办事都那么没谱，真不知道那孙秃子怎么看上你了？非让你来掺和这个案子。”

孙秃子？哪个孙秃子？是公安部那个秃顶的老头儿？是他推荐我参与这个案子的？我真有点蒙，但顾不上多想。

“我看你啊，还是收收你那学生腔，跟老同志们好好学学再发表意见吧！谁是好人谁是坏人不是你说了算，也不是我说了算，目前，谁对查案有妨碍，谁就得下！”

我瞪着他没有说话。

闵队长把话茬儿接了过去：“黄局，这个案子从头开始就是海棠和方哲一起搞的，她也是心急。海棠，黄局是老前辈、老领导，久经沙场了，他说得对，不管方哲是怎么回事，目前，他确实应该回避。”

久经沙场？可我看他就是个只会耍横的老糊涂！

那老糊涂还想说什么，这时他桌上电话响了，他拿起电话，转头对我们说：“这事就这么定了，没什么好说的。谁再有意见让他来找我。”他在闵队长点头后，不耐烦地朝我们摆摆手，示意谈话结束，然后去接电话了，“什么？大声点，蚊子似的，没吃饭啊？”

闵队长朝我使了个眼色，我跟着他离开了黄局长办公室。

闵队长在小组会上宣布了方探长退出侦案组的决定。那个过程，真是……真是一种煎熬！大家的眼睛都看着我，因为他们相信这结果与我那晚跟着唐安去了一个神秘的地点有关，与我跟闵队长汇报了什么有关。他们虽然并没有表现出太多的惊讶，甚至也没人去追问为什么，但我却能从他们的目光中感受到强烈的不满和敌意。方探长从离开刑警队去外事处，然后又从外事处回到他们中间和他们并肩作战，表面上看，这很正常，并不意味着什么，而对他们，特别是那几个跟方探长一起出生入死的“老七”的人而言，其意义就像是一次“遵义会议”。方探长“重出江湖”不仅是对他能力的证明，更是对他清白的证明，是对那些喜欢他、爱戴他的人很大的慰藉。而现在因我而引发的这一结果，再次推翻了这一切，换句话说，他们心中的这位老英雄，因为我，再次出局了！一个被大家寄予无限厚望的主力队员刚刚上场，就被意外罚下了，别说方探长自己，就是队员和观众也难以忍受这样的结果。

“方探长一定是跟女人犯相。”江浩瞥了我一眼，小声对身边人说。

小裴大声笑起来。

“干什么？干什么？干什么？笑什么笑？有什么可笑的。”闵队长瞪起眼睛。

我不敢去看大家的表情，不敢去正视他们的目光，我已经受到了严重的内伤，而他们的态度正在增添我的外伤。“我错了吗？”“我怎么错了？”“我错在什么地方？”我为了让自己能抵御住那些从队员们眼中射出的一支支冷箭，我反复地问自己这样的问题，仿佛只有这样才能强化自己的内力而不被心疼击垮。我的自责因为他们的不满被挤到角落里，而冲到前面的是不被人理解的怨气。你们知道我对方探长的感情吗？不，你们不知道，你们看到的只是事情的表面，去你们的嘲讽吧，我没有错！

这之后，方探长一连两天没有露面，甚至在食堂吃饭的时候也看不见他的身影，有人传说他再次被停职了，正在接受审查；也有人说不是，说他只是身体不舒服，请了病假；还有人说，他在等待新的工作安排……没两天，大家就又看到他回外事处上班了。

方探长的退出，似乎把我们的破案激情也都一起带走了，这一刻，我才深深地体会到，激情对破案多么重要，而那些总能让大家激情澎湃的核心人物是多么重要。而更不幸的是，他带走的或许并不仅仅是激情……

石泉被释放了，他坚决的沉默，让我们没能在他关押的15天里获得对破案有利的线索。

馒头在石泉离开看守所的第二天也被释放，比他应该释放的时间提前了3天。

每当我看见方探长那张被空起来的桌子，我就感觉是自己把什么给搞乱了。我的忧虑就像是一台复印机，我每看一眼那桌子，机器里就会复印出一张自责，它们一张张地在那张空桌子上堆积着，越来越高，越来越厚，压得我透不过气来。

第三部

一

欧海接了一个电话，他看了我一眼，便拿着手机走到办公室外面去了。他这已经不是第一次了，我是说，他回避我去接电话好像不是第一次了，来电话的人会不会是方探长？为什么我时常感觉那些不能被我听到的电话很多时候是方探长打的？那么是欧海不信任我了？是方探长不信任我了？还是大家都不信任我了？是我自己太多心了，还是他们真是在有意回避我？我说不清楚。反正都怪我！“都怪我，都怪我！都怪我！”这样的话，我几乎每天都要在心里说上几十遍，如果每次都发出声来，肯定有人觉得我疯了。

自从方探长走后，我感觉自己被孤立了，觉得自己成了一个被大家鄙视的人，一个“落井下石”的不义之人。如果说方探长在的时候，我在侦案组里还尚能算是个“后娘养的孩子”的话，那方探长这一走，我觉得自己连后后娘养的孩子都不如了。而且，他走后，我还添了个毛病，谁随便说了句什么，我马上问自己：“是骂我呢吧？”怎么跟丁瑶似的了？欧海说她就是那样，时常听不出好赖话，经常会把别人奉承她的话当成损她的话，他认为她那属于自卑性格，自卑是性格吗？如果我没有给方探长下那个“绊儿”，我才不会自卑呢，我家全体成员都可以作证，自卑跟我的性格毫无关系。那段时间的经历使我悟到，自卑一定是心里的鬼闹的，一定是你内心深处的某些事让你对自己产生了不满和轻视，却又无法从中解脱出来造成的，那绝对是后天的缺陷，而非娘胎里带出来的。可气的是，一旦你染上这毛病，你所有的感觉就跟着它走了，有人稍微触碰到你那根神经，无论有意无意，自卑都会电流般地冲到你的大脑去报警，同时启动你的防备装置，因为它经常谎报军情，所以你也只好对着一切可能的“危险”横枪扫射，在误伤者眼里，这种反应确实莫名其妙。

可对江浩他们那次“横枪扫射”，绝对不能说他们是被我误伤的，我当时的反应绝对属于正当防卫。

那天下午，我们调查完后开车返回分局。那几天一直都在刮大风，刮得人心烦意乱的，好像找不到马修的死亡地点，跟刮风有什么关系似的。经过市中心那会儿，风好像刮累了，风势也渐渐弱了下去。可风刚走，云就上来了，没有阳光的街道灰蒙蒙的，就像老电影里的场景，让人感到很是压抑。

关于马修的死亡地点，大家已经懒得说什么了，坐在汽车里就剩胡扯了。他们开始轮流讲着最近流传的笑话和彼此的糗事。我没有加入他们的说笑，并不是说他们的笑话不可笑，也不是说我不想笑，而是我觉得我不该笑。我不想在人家特别烦自己的时候，假装不在乎人家怎么想，还二皮脸似的跟着笑，好像我多想表明自己其实是跟他们一头儿的似的。我看着窗外，装作根本没听见他们说什么的样子。

当我们的车经过一个十字路口的时候，我看见不少穿制服的警察坐在路边的桌子前在做法律宣传，他们大多是警校刚毕业的学员，还有几个老的等着退休的警察。

“哎，那不是方探长吗？”正开着车的江浩放慢了车速。

他说这话的时候，我也已经看见他了。方探长站在长桌的最边上，正看着身边的警察向群众解答着什么，他像个道具一样杵在那里，没有一点光彩。如果不是穿着警服，别人会以为他是来看热闹的。显然，那些新来的小警察并不知道身边的这个“哑巴”是何许人也，就根本没人在意他的存在。

在我们的汽车接近那里时，方探长刚好溜达到路边去看马路上的车流。我急忙回过头来。我不想被他看见，更不想遇上他失落的目光。我们的车穿过他的视线开了过去，我悄悄回过头看了看他，他仍然保持着原来的姿势，似乎没有看见我们，也许他只是好像在看什么，实际上什么都没看。我顿时感觉天更阴了，感觉那厚厚的乌云就压在自己的头顶上。

“怎么派方探长来站马路了？这不是浪费智库资源吗？”有人说。

“真不知道上面是怎么想的，不知道他们究竟怀疑方探长什么，今天用明天不用的。”

“总有人到头儿那里给他上眼药，没法受重用……”

又一张自责被我在心里复印出来，没错，我也是给他“上眼药”的人之一。

“说实话，有时我也不太理解方探长，他的有些做法真好像是在自毁前程。”

“你当然理解不了，”江浩反驳说，“因为你想的只是混饭吃。”

“可早早下课了，连为人民服务的资格都没有了，就别说当什么英雄了。”

“我们真该跟黄局说说去，凭什么谁说一句话就把方探长弄得跟丧家犬似的？这样的话，警察还怎么干啊？”

“黄局？不去我也知道他怎么说。”

“别乱说话，小心明天就让你去站马路。”

以前我从未觉得站马路是多么不好的差事，其实，每个警察都有可能轮到这样的机会，那并不说明你在局里地位的轻重，可今天，我突然感觉这差事真有点那个，站马路这词听起来说不出来地刺耳。

沉默一阵之后，江浩突然对我说：“喂，你能不能把车窗关上？没看见外面刮风了吗？你喜欢吃土，我们可不喜欢。”

我傻横傻横地回答：“谁让你们抽烟的？你们先把烟掐了，

我就关上。”

“你们那儿就没人抽烟吗？我说你们怎么个个都那么笨，连什么人的话该信，什么人的话不该信都弄不清，原来就是缺尼古丁。”

“你们除了抽烟、损人以外就不会别的，脑子里一定全是尼古丁！”

方探长走后，江浩天天找茬儿跟我过不去，每次出发时他都斜眼问我：“你还跟着？”多数类似的情况下我都忍着，因为细想起来，他们这样对我也不全是他们的错，谁让是我使方探长出局的呢！可这会儿，我太压抑了，刚才那一幕，好像有人递给我了一面镜子，并指着镜子里一个丑陋的家伙说那就是我，不！那不是我!! 自卑终于启动了我自卫的装置，我不想忍着了，不！是我实在忍不住了！他今天也太过分了！说我不算，还竟敢把我们外事处的人都捎上一起骂！我顶着气说：“你要是怕把嘴吹歪了，就少说点废话！”

江浩气人地用遥控器把车窗给关了，嘴里还说着：“我不怕把嘴吹歪了，我是怕像某人一样，满眼是沙子！”他一脸牛气地把着方向盘，就跟把着多大权力似的。哪有这么欺负人的？

我想摇下玻璃来，但好像被他锁住了。于是我夸张地扇乎车里的烟，“真臭！臭死了！什么低档烟！”

江浩得意地笑笑：“你凑合着吧。”

“你把车停下，我要下车！”

“这不能停车！”

“那你把窗户开开！”

“凭什么？”

“停车！我要下去！”

欧海说：“江浩，别闹了，开开窗户！”

“你没看这么大土吗？”

欧海从背后给了江浩一拳。

江浩“哎哟！”一声，把窗户摇了下来，“好，让着你！你多厉害呀？哼，以为穿着警察的衣服就是警察了。”

“你是警察，你不就破过几个小案子吗？有什么了不起？”

“嘿，跟连小案子都没摸过的人比，咱就是了不起！”

“你也只能干那点儿活儿，到我们那儿，你也不过是个废物！”

“你以为我想去？最后变得跟你们一样缺心眼少智慧？”

“谁让你去？文盲一个，别臭美了。”

“不就是26个破字母吗？我一年级就倒背如流了。”

车里人都笑了起来。

“那你得唱着儿歌背吧？”

“哈，对，我听他唱过。”小裴语气认真地说。

“别说倒着背，您正着背来我听听。”

江浩：“你们那么有本事，连26个字母都能背，到关键时候，为什么总显得跟脑残似的？专门把好人往火里推。”

“谁把好人往火里推了？你把话说清楚点。”

“哼！”

“你说呀！谁把好人往火里推了？”

“你呗，还有那叫什么克奇的傻……你们那儿招人是不是用脑残系数做参照啊？”

“哎，江浩！少胡扯！”欧海制止说。

我被他说得浑身的血都冲到脑瓜顶上，我瞪着眼睛看着他，“你放屁！”

“哎，不文明啊。”

“你别没事冤枉好人！”

“算了，我不跟你说了，说多了好像欺负你似的。”

“你还别这么说，不管你是装傻还是真傻，我告诉你，我没做过任何害方探长的事，我向闵队长说的，都是我认为该让他知道的，即便有对方探长不太好的话，也不是我自己胡诌出来的。方探长是好人是坏人，也不是我几句话就能怎么着的。”

“不是你胡诌出来的，是啊，是别人胡诌出来的，那人家怎么不找别人单找你呀？肯定人家一眼就看出来你这人特‘聪明’！绝对听风就是雨！”

“我傻，我承认，那你们呢？你们聪明吗？如果你们都那么聪明的话，那方探长怎么会被冷落到外事处来？难道这是我们外事处的错？”

“行了，行了，行了。”欧海提高嗓门说。

车上的那帮家伙也都跟着说话了。

“别，别，别，别欺负女人。”

“不能对她们要求太高，她们也不容易。”

“没经验，书本的东西学得多了点儿，实际经验少了点儿。”

“人家了解方探长比咱多！人家私下一直查着呢。”

德行！您听听他们这话，是劝架吗？纯粹是合伙欺负人！我提高嗓门说：“你们还别合伙欺负人，我告诉你们，我参加这个案子，百分之八十是冲着方探长来的……”

“看出来了……”

“如果不是他，我才懒得跟你们这帮人一起办案、闻你们这身臭烟味儿呢。早听说你们都是‘老七’的人，都是一群坏蛋！今天我算是领教了！活该给你们都拆了！不然你们还不得翻了天！”我咬牙切齿地说。

“什么老七？老七是什么意思？”有人装傻问。

“不知道。没听懂。”

欧海：“你们有完没完？都把嘴闭上！”

在他们中，欧海还不时有点护着我的意思，我猜那多半是同情，我现在的样子在他看来也许真的怪可怜的。

汽车到分局停车场时，我刚把车门开了缝儿准备下车，江浩就让车身猛地往前一蹿，等我第二次要下车，他又这么来了一下。

欧海说：“干吗？干吗？犯病了吧？”

江浩：“是车有毛病，赖我干吗？”

“有毛病你早不修？”

“这车就这样，认人。它不喜欢谁，就闹这脾气。”

我拉门走下车，回头对他说：“这要是你家的车，八抬大轿抬我，我都不坐。”

“抬你这么个糊涂蛋，做梦吧。”

气死我了！我感觉自己浑身都在发抖。有生以来我都没受过这样的气，在我们外事处，所有女同志都是我们老爸的掌上明珠、呵护对象，有他在，大家都得让着我们，没一个人敢欺负女同志的，可在这里……哼！就找不出几个文明人。

这天的事一下子激活了我心底的全部委屈。我不干了！我对自己说，回我们外事处去！什么案子不案子的，呸！我转身朝外事处的办公楼走去。我要告诉我们老爸，我不想干了！我再也不想受这份气了。有谁在身后叫了我两声，我头也没回地走了。

那天也真是倒霉！外事处的人几乎都下去工作了，杜欣、胖子，我想见的人一个都不在。连平日不怎么出去的老爸这时候也不知跑到什么地方去了，家里只留下刘兰在值班。我去的时候，她正焦头烂额地同时应付着多部电话，我一到，立即改成救急的了。

“你怎么回来了？”她匆忙问了一句，然后就又去接电话了。后面我和她说的话，几乎都是在此起彼伏的电话之间插空进行的。

“人都哪儿去了？”

“都上勤去了。瞧这些电话……喂？通知？好的，等我记一下……”

一下子回到我熟悉的角色，我渐渐放松下来，那些曾让我觉得很琐碎的事，现在竟然让我倍感亲切。不知不觉中，我那一肚子气就消下去了一半。

“你不会也让人家给轰回来了吧？”

“啊？没有，我是……”

又一个电话响了。

“找谁？他不在，您打他手机吧。”刘兰抱怨说，“都是找方探长的，光接他的电话，就不下十几个。”

“哦，是吗？”

“酒店的，发廊的，医院的，学校的，还什么人都有，方探长的人脉资源还真够富足的。”

“呵呵……”

“他不在的时候，我们可没这么忙活。哎，我想问你呢，方探长怎么了？怎么没去两天就又被发回来了？”

“……”

“听说是你查到了什么？是吗？”

“啊？”她这人也真是，哪壶不开提哪壶！“谁跟你说的？”

“咳，听人这么议论的。我就说方探长这人有点儿……你还真行，真看不出，你还真挺能干。”

“什么呀？其实……并不是他们说的那样，我只是……咳！喂？我是外事处……”我放下一个电话后问刘兰，“方探长回来说什么了吗？”

“没有。没听他说什么，就看他整天拉着脸了，好像一肚子气，海棠，这下，你可把他得罪了！”

刚刚被我扔掉的坏情绪被她几句话又给勾回来了。

“喂，你究竟查到什么了？是不是他真跟黑道上的人有什么事啊？”

“你别听人家瞎猜了，其实，我自己也并不太，不太相信……反正，不是那回事……”

她看我一脸为难的样子说：“好了，算了，保密！我不问了。”

“真无奈。什么消息在我们这里都跟长了腿似的。”我沮丧地说。

“关键是方探长这个人太容易让人联想了！实话告诉你，我看见他就想跑。”

“为什么？”

"说不清，好在，他快要走了。"

"走？去哪儿？"

"听老爸说分局不久又要搞什么战役了，局里想把方探长借调过去。"

"什么战役？"

"还不知道，也许扫黄？也许别的什么？还不知道，反正我们这儿也没什么可给他干的，哪有事就去哪儿呗，他走了，我们也都轻松。"

"咳！"

"咳什么？"

"没事。"

"别跟丢了魂似的，该怎么做就怎么做，没必要那么多顾虑。你又不想存心害谁。要知道，现在分局上下对你们的案子都充满了预期，没准这次你还能混上个立功受奖呢。"

"如果我没被气死的话。"

"什么？谁气你了？"说着，她就又去接电话了，"喂？什么文件？好，我等一下去取。"

"我走了。"

"你不等老爸了？"

"不等了，你不用告诉他我回来过。"

结果是我心烦意乱地来，更加心烦意乱地走了。如果我一回来就看见了老爸，我想我肯定毫不犹豫地跟老爸说我不干了，说不定老爸考虑到我在侦案组的作用并不大就答应调我回来了呢。可刘兰的话让我改了主意，我觉得自己不能就这么退出，我不能在告诉人们方探长可能是坏人之后就这么溜了，然后看着他背着一口黑锅去到处打杂，我不能这么做。幸好没看见老爸！

从江浩他们的表情上，我看得出他们有多诧异，我刚刚一甩手走了，可一转身又没事人似的回来了，连个台阶都没找。咳，管他呢！

二

欧海嘴里叨咕着“35号？35号？”从外面走进来，他是在我进来没多久的时候出去接电话的，这会儿，大约过了30分钟了。

“什么35号啊？”大家看着欧海。

“你自言自语什么呢？”

欧海脑子里想着什么，说：“昨晚石泉跟朋友一起喝酒，酒桌上，他跟人说，警察找他们麻烦，其实都是因为35号，是35号惹的祸。”

不知为什么，我的感觉再次告诉我，那个电话是方探长打来的。

“35号？”

“谁跟石泉喝的酒？是谁来电话告诉你的？”闵队长问。

“是啊，没头没尾的。”

欧海：“哦，是个朋友电话……”

闵队长怀疑地看着欧海：“朋友？什么朋友？”

“咳，谁来电话不重要，重要的是他提供的这条信息：35号！我觉得它有两种可能，要么是什么人的服务代号，比如模特，比如服务员什么的。要么……就是一个地址，一个门牌号。我更倾向后者。”

“那当然，肯定不会是日期。”

“那个跟石泉一起喝酒的人为什么不多问问那35号究竟是个啥？”

“不管是人，还是门，这么大的城市，这35号，都够我们找一气的！”小裴说。

“但不管怎么说，这总比我们跟没头苍蝇似的乱找要强点儿。”

“没法找，根本没法找，既没有地名，又没有人名，这怎么找?”

闵队长:“想找，总是有办法。”

“要不我们再提石泉审审。”

“不好!”欧海坚决地反对说，“这样可能惊动石泉和他身后的人，还可能给提供消息的人造成麻烦。”

听着欧海的话，我更加相信那一定就是方探长打来的。那个和石泉一起喝酒的人，也许……也许就是馒头?你一定还记得馒头吧?前面我们说了，他因为“交通事故”神秘地被关了进来，并跟石泉关在拘留所同一个号里，同屋住了一个多星期。如果这真是方探长的设计，真是他有意安排馒头贴上石泉的，并利用那段时间把自己培养成石泉的“患难之交”，那方探长当初的意图可能已经实现了，也就是说，现在馒头可能已经开始发挥作用了。

闵队长看了欧海一会儿，“嗯……如果石泉知道这35号，那他身边就应该还有人知道。这样，咱们也别这个时候就惊动石泉，先在他身边的人里打听一下，看看是否还有其他人知道这个35号是什么。另外，我们也自己再去找找，看派出所的人知道不知道有什么地方叫35号的。”

欧海说:“假设这是个门牌号，我觉得，我们还是应该把目光放在远郊县或外城。”

“我说欧海，该跑的那些地儿，都跑过了，连天津那疙瘩，俺们都问过了，你是不是打算累死哥儿几个啊?”

“谁让你们把眼睛当出气儿的来的?”

“那家伙不会明儿再喝酒又说出个36号来吧?”

“是啊，酒鬼的话可信吗?咱还不至于晕到去听酒鬼指挥吧。”

闵队长看着欧海:“酒鬼的话不可信，但欧海的话还值得考虑，说不定，人家背后有高人呢。”

欧海:“干吗呀闵队，咱笨是笨点儿，但不至于连聪明一回的可能都没有吧?”

闵队长："不管怎么说，如果真有那么个35号，我倒也倾向它在远郊的什么地方，无论是从时间上说，还是从地点上说，都相对比较合理。按我们先前推算，从阿依达夜总会到九龙公寓开车要20分钟，加上石泉找民工和民工把马修送上楼的时间，就算总共折腾了一个小时吧，那还有一个小时或许就花在路上了。如果说，那个地点在城里，那在夜间开车，一个小时足可以在城市里转上两大圈了！谁没事半夜开车在城里转悠？"

"就是说嘛，你们以为我愿意从早到晚的过车瘾啊。"

大家没再提出反对，我猜他们并不一定是想通了，而是相信欧海背后真的是有高人指点。

她的出现可太是时候了！

"35号"的调查刚刚开始，戏剧学院那个特能说的主任就打来电话说让我们马上过去一趟，说我们找的伊娜到戏剧学院来了。我和欧海得到消息后，换上警服就奔了戏剧学院，当时连我们自己都没想到，这个电话几乎把我们跑"35号"的调查全给省了。

那特能说的主任在学校门口看见我们后，马上迎过来，低声说："她正和一个女朋友在旁边的那个咖啡馆说话呢。"我们把车停在学校门口，跟着他朝胡同里的咖啡馆走去。

还没等走到咖啡馆门口，伊娜就和她的女友从里面走出来了，可能是我们身上的警服吓着她了，她一看见我们，转头就朝胡同的另一头跑去。本来我们并不知道她和我们的案子有多少牵连，到追她的那会儿，我们所知道的也只是她是个"洋鸡头"并和马修认识，可她这一跑，反倒让我们意识到这里有名堂了。

"伊娜，站住！"我们紧追了过去。

这可真够意外的！调查突然改成追击了！早知有这种场面，我怎么也得换双球鞋啊！现在脚上这双，虽然算不上高跟儿鞋，可要说追击，还真不那么跟脚。

伊娜不知喝了多少咖啡，跑得跟兔子似的，她躲过行人，躲过汽车，跨过脚底下的障碍物，几步就蹿到另一条胡同里。幸好，我和欧海还属于比较能跑的人，换了闵队长，抱着个圆肚子，还真瞎了！

搁平时，两个警察在大街上，在众目睽睽之下，拼命地追赶任何人都会格外引人注目，而现在，是两个警察在玩儿命追赶一个外国金发女郎！哎哟，胡同里看热闹的人就别提了，比看耍猴的还热闹呢，我们不时地撞在看热闹人的身上，什么也顾不得了。

伊娜已经跑过一整条胡同了，终于有点体力不支了，实话说吧，我也有点体力不支了，我连喊她站住的气力都没有了，如果她再跑下去，估计我快休克了。伊娜顺着胡同拐进了另一条胡同，那胡同很窄，看热闹的人也少了许多，伊娜跑得更欢了。这时，一辆卡车堵在前面，宽大的车体把胡同完全堵住了！"哼。看你怎么过去！"我正想着，伊娜突然站住脚不动了，然后突然用手捂着鼻子转身往回走。那个味儿，离老远你就能知道它是辆淘粪车！恨不得能把人熏一跟斗。真笑死我了！

欧海他们上前拦住伊娜："你跑什么?"

伊娜用洋腔洋调的中国话说："干吗追我?"

欧海："你干吗看见我们就跑?"

伊娜："因为你们追我。"

欧海："好了，别废话了，走吧。"

想起今天帮了我们忙的竟然是辆大粪车！简直笑死人了。

闵队长看看伊娜："你叫伊娜?"

"是。"

"你认识马修吗?"

"不认识。"

"好好想想。"

"不认识，他怎么了?"

“不认识？”

她耸耸肩：“马修，马修？哪个马修？我认识人很多，我记不住所有人的名字。”

“几个月前你们在欧亚大厦大厅里见过面，你们还一起吃过饭。”

伊娜：“不记得。”

闵队长把马修的照片递给她，“想起来了吗？”

“哦，马修，马修，这个马修啊！”

“你认识他？”

“认识。”

“没人告诉你，他已经死了吗？”

伊娜惊讶地说：“死了？”她摇摇头，“不知道。”

“那你为什么看见我们就跑？”

伊娜没有说话。

“你怎么不说话？”

“我以为你们是为别的事找我……”

“什么事？”

沉默。

“组织卖淫，是吧？”

沉默。

“好吧，这个问题等会儿再说。你们是怎么认识的？”

“跳舞，我们一起在夜总会跳舞。”

“哪个夜总会？”

“阿依达。”

“3 月 18 日你见过他吗？”

“3 月？3 月我在香港呢。我根本就不在这里。”

“你认识阿依达夜总会的老板汪洋吗？”

“不认识。”

“可你却经常坐他的车。”

“他的车？”

“一辆黑的奔驰。以前，那辆车经常在晚上 8 点左右到你们学校门口接你。”

“你们就因为我坐过他的车，把我抓到这里来的？”

“他每天接你去什么地方？”

“夜总会。”

“也就是说，你们的关系非常好？”

“他是夜总会的老板，希望我能多介绍朋友去他那里……嗯，花钱。这就是我和他的关系，你说‘非常好’，我不知道是不是。”

“你听说过 35 号这个地方吗？嗯？”

伊娜有些迟疑地说：“听说过。”

“听说？是常去吧？那是什么地方？”

“一个想玩儿什么就玩儿什么的地方。”

“想玩儿什么就玩儿什么？是歌舞厅？夜总会？洗浴中心？酒吧？还是……”

“是 Casino！”

“什么？”

“Casino！Casino！”

“卡……什么？”

“是赌场。”我说，“Casino！是赌场的意思。”

我们两车的警察带着伊娜去拜访那个 35 号。50 分钟后，我们到达了一个叫清泉乡的地方，这路程跟我们的推测比较吻合。

清泉乡，名字是乡，可现在已经是个很不错的小镇了，房屋建筑整整齐齐的，路也修得很不错，只是不像城市那么繁华。

“就在那儿！”伊娜指指前面的一棵大树。

我们的车就在树前停了下来。这时天已经黑了，附近也没什么路灯，我们只好亮起了手电。一棵大树后面，掩蔽着一扇大铁门，门里突然传出几声狗吠。我们走近大铁门，门的右上方有个小小的门牌，上面写着清泉乡 35 号。找到了！这个令我们踏破铁鞋去寻找的35号竟然开在一个如此隐蔽的乡间。

院门被一把大铁锁紧紧锁着，闵队长朝院子里喊了一嗓子，“喂，有人吗?”

“汪汪汪!”

除了它们的叫声，没有其他回应。大家正发愁怎么开锁进去，大院紧北面亮了一束光，好像是什么人从一扇门里走出来了。

有人！还真有人在！

月光下，一个矮墩墩的男人打着手电走过来，“谁？你们是谁?”

“警察!”

“快开门!”

男人迟疑着走到铁门前，用手电晃了我们一下，“你们找谁?这里除了我，没别人。”

“把门打开!”

“我只是替人家看房子的。”

“先把门打开再说。”

男人凑近大铁门，用钥匙哗啦哗啦地打开了门。我们这时才看清，他约摸50多岁，也许是手电光的作用，他看上去有些狰狞，简直就像给地狱把门的。门被打开了，我们跟着走进院子。院子很大，足足可以停下二三十辆车，这时，不知躲在什么地方的狗更加疯狂地叫了起来。

江浩用手电朝狗叫的方向照了照，“闭嘴！也不看看谁来了?”

顺着他的手电光亮，我们看见角落里有个偌大的铁笼子，里面露出3个大黑狗头，那一双双眼睛，半眯着，跟喝醉了似的，完全不怀好意，龇牙咧嘴的不说，嘴角边还流着哈喇子。好像是我们的味道刺激了它们的胃口，真太恐怖了！假如它们不是被关着的话，我们几个估计就是它们的夜宵了。我的头发根都立起来了!

江浩对我说：“过去看看，看看笼子锁好了吗？”

“你自己去吧。”

“你没听见它们在说外语吗？”

“只有你能听得懂。”

北面有扇红漆木门，它是这院子里唯一的一扇可以进入的门。

“那里就是。”伊娜指指那扇半开着的红漆木门。

我们朝红漆木门走去。

“这里的主人是谁？”欧海问看房子的人。

“知不道啊。”他操着当地口音说，“我只是看房子的。”

走进红漆木门，哇！好大一个厅！可是里面却是空空荡荡的，除了一张折叠床外，什么都没有！说话都能听见回音。

“这里足有一百多平米吧？”

“一百多？何止？二百也打不住。”闵队长说。

“这里的东西呢？”闵队长问看房子的人。

“知不道。我来的时候就是空的。”

“谁雇的你？”

“一个男的，我也不知道他叫个啥。他给了我几百块钱，让我在这里看着房子。”

“这里怎么跟仓库似的？”小裴说，“难道这就是那个想玩儿什么玩儿什么的地方啊？真看不出来。”

“仓库？看看墙上的那些壁纸，谁会为一个仓库花那么大笔装修费？”欧海摸着墙上的壁纸说。

我走到墙边，伸手摸了摸，还真是，那壁纸还真显得挺高级的。

闵队长转头问伊娜：“你确信这里没错？”

伊娜点点头。

“马修经常来这儿？”

“嗯。”

“他怎么知道这里的？”

“我带他来的。”

看来，马修就是在这里把自己玩儿死的。也许那天他吃了不少东西后来这里赌，然后又在酒精的作用下一命呜呼了。

闵队长决定回去后还是先找石泉，逼他先把地下赌场的幕后人说出来。

“动了石泉，就肯定惊动了汪洋。”欧海担心地说。

闵队长点点头：“那就两个人一起动。我猜现在我们已经惊动他了。”

闵队长说得没错，汪洋几天前就又“出差”了。可这次，他身边却没一个人知道他去了什么地方。我们从机票的信息中也没能查到他的名字，这次他肯定是真的失踪了。

阿依达夜总会几个知情的服务员，一开始死咬着什么都不知道，现在终于开始说实话了，也许他们实在不想与这条已经触礁的贼船一起沉下去吧。既然汪洋——他们的船长自己都溜掉了，他们还等什么呢？他们的船长总不会冒着坐牢的风险，因为他们守口如瓶而回来发红包吧。

在汪洋的“船员”里，石泉的交代是显得最无奈的一个。看得出来，他仍然不情愿痛痛快快地告诉我们一切，但他也不敢用那些明摆着的事来惹警察们发火。他承认那里确实是汪洋开的一个地下赌场，也承认了马修确实是在那里饮酒过量丧命的。

“那天我在阿依达上班，汪总打电话让我到停车场去，说有件麻烦事让我去办，我去了，他正等在那里，当时我看见马修躺在车里，汪总告诉我，他已经死了，是在35号死的，他怕叫救护车会给35号惹麻烦，所以就把他带过来了，让我把他送回他的酒店去。”

闵队长：“去35号的，都是些什么人？”

“多数都是外国留学生，还有一些外企的和外国游客。”

“是固定的客人吗？”

“有些是，有些不是。”

“客人情况由谁掌握？”

“汪总。”

“就他一个人？”

“是。”

“唐安跟这个赌场是什么关系？”

石泉说：“没听说，他只是汪总的朋友。”

“马修死的那天晚上，他也在吗？”

“他去没去35号，我不知道。因为那晚我没去那儿，我是在阿依达夜总会看见他的，汪总把车交给我后，坐唐先生的车走了。”

“你是在阿依达停车场看见他的？”

“不是。是在大门口。”

“唐安是这个赌场的股东吗？”

“不是。”

“你怎么知道？”

“唐安一直反对汪总开这个赌场，他劝过汪总好几次，劝他关掉35号，可汪总不愿意。”

闵队长追问：“你是说唐安跟这个赌场没关系？”

“我认为没有。”

“他还反对汪洋开这个赌场？”

“对。”

“为什么？”

“他认为汪总是在玩儿火。”

“他这么说过吗？”

“对，我听他们为这事吵过几次，有一次，两人还差点动起手来。”

“这是什么时候的事？他们差点动手那次？”

“春节前吧，快放假的时候。”

“你把当时的情景讲讲。”

“有天晚上，我在夜总会呆着，汪总来电话，让我去八里乡菜馆接他，说他喝多了，开不了车了。我到了那里之后，看他们好像正在吵架，唐安拍着桌子说，‘如果你不马上关掉35号，我们就此一刀两断。你不知道方哲那小子整天找我们麻烦吗?’汪总说，‘咪咪开销很大’什么什么的。”

“谁是咪咪?”

“是汪总的女儿。”

“女儿?”

“他在美国时跟一个外国女人生过一个孩子，后来那女人跟人家跑了，汪总把母亲接过去在那边照顾她。”

“孩子多大了?”

“大概十几岁了。”

“唐安为什么说方哲整天找他的麻烦?”

“我不知道。”

“你没听说过什么?”

“没有。”

“你认识一个叫谭非的人吗?”

“谭非？您说的是谭三吗?”

“对，他前年被火烧死了?”

“认识，他以前常来。”

“他跟汪洋的关系怎么样?”

“一般。”

“跟唐安呢?”

“我不知道。我没见过他们在一起。”

到这时，我们终于可以小松一口气了，虽然汪洋还在逃，许多事还需要搞清楚，但至少马修的事终于有着落了。只是这个结果，怎么说呢？跟人们的预期相比，也太显得虎头蛇尾了。一个最初由方探长和闵队长同时加盟的案子，尸体是个老外，里面还牵扯着曾经惊动了警局上下的敏感人物丁瑶，以及她的哥哥，这诸多结构“大片”的素材，在人们的期望中，最后不弄出个“国际犯罪集团”那样大的动静才叫一个怪呢。可等来等去，就等出了一个这！方哲的案子，方哲的游戏，不会吧？

值得欣慰的是，不管这结果与人们的期盼有怎样的落差，至少这一局，方探长算是赢了，至少他对现场的推测没有错，至少，这表明汪洋他们是真的有事，而并非是他方哲为陷害唐安故意设的局。只不过，结果似乎与方探长最关心的那个人——唐安没啥牵扯，这似乎是方探长此战中唯一的败笔。可不管怎么说，只要我们再一鼓作气找到汪洋，将这个喧嚣一时的案子彻底搞定，那人们在这件事上对方探长的猜疑就彻底不成立了。虽说唐安有关方探长的那番话是真是假还是个问号，但真也好假也好，从他当初扔出这枚炸弹的时机看，他的动机是非常值得怀疑的。

又开始闹流感了，无论你走到哪儿，办公室或者汽车上，到处都能听到“阿嚏，阿嚏”的声音，分局每个部门都有那么几个趴下的，头头儿们碰到一起就抱怨人手奇缺。

这天闵队长也阿嚏阿嚏起来，他捏着鼻子走到我面前，几个阿嚏之后才说出话来。

“阿嚏！海棠，我想了想，你还是别在这边耗着了，现在这边就一个汪洋了，我们几个就够了。你的任务本来也是因为里面牵扯外国人，现在，你看……”

“您是说，这里不再需要我了？”

“哎，别这么想啊。阿嚏！”他笑笑，仍然是那么疲惫。

“好吧，我也觉得我该回去了，谢谢您这段时间对我的帮助。我觉得自己有时真是个搅屎棍。”

“阿嚏！”他齉着鼻子说，“我可不是那意思。在我看来，你到这里以后一直表现得很好，比我想象的要好，在某些方面，我认为，你比我们刑警队的人做得还不赖呢。我对你很满意！阿嚏！是真的。”

我相信他真是这么想的，在他看来，我至少没像江浩他们那样盲从于方探长，这点可能好于他对我的预测。然而，我不觉得这是赞扬。

“我让你回去，只是觉得大家用不着都在这里守着，需要你的时候再叫你也来得及。这边的事交给他们去做，我也不会天天盯在这里。你也知道，市局现在正在集中搞打击抢劫的专项斗争，上星期就已经开始了，天天都有夜查，哪个单位人手都不够，你们外事处那边人手本来就少，韩处长问过你好几回了。”

“遵命!”

三

外事处的空气总是那么让人觉得轻松，要么怎么别的处的同事都羡慕我们这里，那句笑话是怎么说来的，“懂一门外语就是不一样。”呵呵。重新回到这里，唯一让我感觉不那么轻松的是我又要面对方探长了。我“出卖”过他，不管那叫不叫“出卖”，对我而言感觉都一样，他或许不会跟我计较，但他计较不计较，对我而言感觉也一样，因为那是我的心病，而不是他的。

虽说我怕见到他，但坦白说，此刻，我也有点想见到他。因为案子破了，我可以跟他分享成功的喜悦了，他又赢了一回不是吗？在那么多人都对马修的案子表示怀疑的时候，只有他没有动摇不是吗？我真想给他一个机会，让他谈谈他的那些值得夸耀的分析和他那些暗中设计的小诡计，让他自我满足一下，自我欣赏一下，让他感觉他真厉害，我们为他骄傲。

我回来两天都没看见方探长，因为“打击抢劫”的统一部署，分局把很多人都抽调到预审处去加强攻势了，方探长也被抽调去了，我只有等到“五一”之后才能看见他了。

回来以后的几天里，我经常恍恍惚惚的，这案子真就这么结束了吗？隐约中，我总感觉自己还在调查中，似乎有什么东西还在牵着我大部分神经，我现在才理解为什么许多演员拍完一部片子后，总是无法从角色的情绪中摆脱出来，有的甚至需要相当一段时间去调整心态，因为他们太投入了，以致把现实中的自己和角色完全混在一起了。我那时就有点那样，一有机会就想找人说说那案子。

唐安母亲的护照好像该下来了，我记得应该就是这几天，我给负责她护照的人打了个电话，他们告诉我，她明天就可以取了，那她就可以去办理签证了，也就是说再过那么几天，她和唐安就可以远远地离开我们的视线了。咳，真快！时间过得可真快！

我真羡慕那些在法制不怎么健全时期做警察的警察，那个时候，他们凭着怀疑就可以扣住他们想扣住的任何人，而现在的我们，不仅要受时间的约束，还要受证据的约束。这些新的条条框框，无形中给我们增加了很多的工作难度，有时，我们不得不因为证据不足而眼睁睁地看着那些肯定是罪犯的家伙从我们鼻子底下溜走，等有了证据之后，再费九牛二虎之力把他们抓回来。问题是，不是你再费九牛二虎之力后就都能把他们抓回来，机会一旦错过，可能就永远错过了。您看过《一个警察局长的自白》这个外国电影吧？那警长不就是因为实在无法找到那个犯罪团伙的证据只好亲自去杀人了吗？一个想拯救社会的人，最终自己却被迫成了罪犯。咳！当然，从避免冤假错案的角度，作为法律的捍卫者，我们也不该有什么抱怨，毕竟错过要比错判人性得多，文明得多。

我给闵队长打了个电话，把唐安母亲要取走护照的事跟他通禀了一声，下一步该怎么办，我想他自会有安排的。

一看胖子那身傻得跟谁家姑爷上门似的打扮，我们就知道他又要请大饭了。果然，胖子开始一个一个地邀请我们了，那天是他的生日。

我好久没吃过大饭了，心里真是高兴。可到了饭桌上我就不行了，没喝几杯酒就感觉晕晕乎乎的。杜欣看着我，“你好像累坏了，看你的脸色，真不好看。”

“是啊，前些日子，我总是失眠。也不知是怎么搞的，以前，我从没这个毛病。”

“就这么个小案子就把你搞成这样，那你可是够不中用的。克奇要知道，准会笑话你不是做警察的料。”

“也许他说得对，至少我不是做好警察的料。”

“其实，你没必要这么紧张，警察的生活，一半都是在查案子，不会自我调节，会老得很快的。”

“是，我知道。我是不是现在看上去就已经老多了？”

她看看我笑着说：“是啊，真是老多了。”

“哦，你这家伙，太残酷了！不用这么实话实说嘛。”

杜欣咯咯笑起来。

“哎，对了，克奇最近回来过吗？”

杜欣：“回来过两次，没待多长时间就走了。”

“哦，他没提我吗？”

“没有。我告诉过他，让他给你打个电话，说你在找他，可他什么都没说。他没给你打电话吗？”

“没有。方探长最近怎么样？情绪还好吗？”

“你还谁都惦记着。他最近这段时间，很少回处里，不是这事就是那事，局里可真把他当救援队的了。”

救援队？那是好听的，而我看局里简直就是把他当成打短工的了。“他听说我们的案子破了后是什么反应啊？高兴吗？”

“嗯，没看出来，我倒觉得他似乎比以前更沉默了。”

“是吗？”

“他好像不怎么愿意跟人说这个案子，谁跟他提它，他也只是随便应付两句。”

“你是说他情绪不好？”

"倒也不是，只是不像应该的那么高兴。"

"也许是他觉得这案子破了，可结果又跟他没什么关系了？"

"不知道，他这个人有时让人很难琢磨。"

"要么就是这个结果并不是他想要的？"也许是因为这案子没有让他按预想的那样查出唐安的事？

"谁知道，我总觉得外事处的工作不大适合他，好像有点英雄无用武之地。"

胖子他们的叫闹声打断了我们的谈话。

"喝酒啊，喝酒啊！"

我跟着大家喝了几口，心里突然涌起一股伤感，我呆呆地看着酒杯，半天都没说话。

"你是不是有什么心事啊？"杜欣看看我问。

"是啊，我总是觉得在方探长被撤回来的事情上，我有点对不住他。如果当初不是我把唐安说的那些话告诉闵队长他们，他就不会被撤下来了，这案子本来就是因为他的坚持才搞的，如果不是我，也许汪洋现在已经归案了，也许是我把破案的时间给耽误了。如果不是我，也许，方探长现在也已经回刑警队去了，都是我不好。"

"你没必要为这事自责。别人怎么说，我不知道，但在这件事上我倒不认为你有什么错，虽然唐安跟你说什么了，我不知道，可只要那不是你自己编造出来的，你就应该向组织汇报。换了我是你，我也会说的。至于，他说的有多少是真的，多少是假的，那也不是你一个人，一下子就能判断清楚的事。"

"可我还是觉得对不住他。"

"你别想那么多了。不管怎样，你们的案子不是也证明他的判断是对的吗？谁说什么又能把他怎么样？"

"我觉得自己更适合干离犯罪远一点的职业，我想我该去当个老师或者公司白领什么的，以前我总以为，好人就是好人，坏人就是坏人，可现在我觉得根本不是这么回事，好人和坏人，不是一把尺子一画就能把他们区别开的，许多时候，我们必须用法律来解释一切，可实际上，法律根本就不能解释一切。让我这种人来处理连法律有时都处理不了的问题，实在太难了！”

杜欣笑了：“有些事，说复杂也复杂，说简单也简单。如果你能把感情抛开，或许事情就简单多了。”

我看着杜欣。

杜欣：“无论搞什么案子，你首先要意识到一点，你不是案中人，你只是一个调查人员，你不要把自己放在案子里面，更不要把自己的感情与案子中的人联系在一起。”

“我有吗？”

“你如果没有，就不会觉得这么累了，你说呢？”

胖子大声对我们说：“喂，你们俩的悄悄话说得差不多了吧？我可不是天天过生日，别在我宝贵的幸福时光里搞地下活动啊！”

“说得差不多了，咱们是不是该换个地方了？”

“那我们去唱歌吧。”我突然很想唱歌，这个时候，任何能把我从前面的那个角色里拉出来的事我都想去做。“就当我们今天都不是警察吧，”我对大家说，“当我们还是学生，还是小孩儿吧，我们要好好开心开心！”

我唱歌的提议得到了大家的一致赞同。

我们来到了一家……叫什么名字，别管它了，走进去的时候，我已经在半醉半醒之间了。我只记得那里的装修很不错，新的，金碧辉煌的，屋里有点热。

大家在歌厅里起劲地唱，忘了时间，也忘了许多该忘的和不该忘的事。几首歌唱下来，我感觉跟一点没喝似的了，我觉得越来越轻松，越来越兴奋，谁要是这会儿让我走，我肯定跟他急。而且，这天，我发现自己唱歌的水平发挥得特别好，特别是唱那些伤感的歌，我唱得简直跟歌星差不多，这让大家很诧异，他们从没看我那么起劲地唱过什么，还以为我一直含而不露呢。谁知道呢，或许当你对某些事情深有体会时，你的表达才会生动吧。

“大家都在啊？”方探长突然走进来。

“方探长！”大家一片欢呼声。

如果神经也可以站立的话，我想，在那个瞬间，我身上的每根神经一定都站立起来，欢呼起来了。一种热乎乎的感觉在我的血液里滚动，我知道那不光是酒精作用。我希望在那一刻没人注意到我，如果有，我当时的眼神会让人以为我是个花痴的。

方探长把一瓶好酒往茶几上一放，“胖子，送你的，祝你生日快乐！”

大家又是一阵欢呼。看见方探长，喝的，没喝的，都跟喝多了似的。暗恋着他的，一定不止是我吧？我的思维变得东一榔头西一棒槌了。

胖子问：“你怎么知道我们在这儿？”

方探长笑着说：“喝多了吧，你给我打的电话，自己都忘了。”

“是吗？我打的，哎哟，真喝多了。”

“来来来，给我杯酒，”他的精神状况看起来不错，比我想得要好得多，“胖子，来，老哥好好跟你干两杯！”

方探长来了后，立即成了主角，他总是这样，到哪儿都这样——喧宾夺主！我发现方探长不知什么时候与我们外事处同事的关系亲热了许多。可不管大家怎么劝，他都不肯唱歌，他一直坐在一边起哄、喝酒……那晚，他完全不是方探长，就是一个淘气的孩子。我躲在角落里，醉眼蒙眬地注意着他，好像偷了一个幸福抱在怀里怕被人发现似的，我没敢再上去唱歌，因为在他面前，我总没自信成为正确的我自己。我可能会把汤倒在人家衣服上，可能会从楼梯上滚下去，可能会说傻话、惹麻烦、招人嫌，总之，在他面前，我干不出什么漂亮的事来，所以我……

“海棠，你怎么了？怎么不唱歌？”方探长突然看着我说。

“啊？我，我不会……不太会……”

我的话遭到一片反对声。

“去唱一首让我们听听。”

“不行，我的嗓子不行了。”

杜欣："快去吧，快去唱吧。你刚才不是唱得挺好的。"

"不行，不行。"

"缺酒！还得来一杯。"

"要不，你和方探长一起唱一首？"也不知谁那么讨厌！

大家起哄说："对呀，对呀。"

方探长推辞："我？我哪会唱歌。你们不是强人所难吗？"

"您就别客气了，这里又不是在选拔歌星。"

大家吵嚷着让我们一起唱，可我会唱的歌，他都说不会，没办法，我们只好选了一首大俗歌。跟您说吧，当时我们唱得极不和谐！极难听！我自己觉得那效果简直无法忍受，这完全是跟他合作的失败。我当即就相信他说自己不会唱歌并非客气了，我猜他也一定是这样想我的。我真后悔不该答应跟他合唱，如果我自己唱，估计，还会让他刮目相看呢。

方探长笑着对我说："哎，你居然没跟我跑调，没跟着我掉进沟里去，真是个人才！"他的玩笑话让我听着舒服了许多，"您跑调吗？我没觉得。您唱得挺好的。可能是音乐的调子起得有点高。"

"是吗？那看来，我们还得继续合作。调子起对了，我们一定很默契。"

美呀！他要总是这么会说话就好了。这个时候，我开始觉得神情恍惚，我意识到我真的有点喝多了，我告诫自己我不能再去碰那个酒杯，它会让我失去这幸福的感觉的。我后来碰没碰它们，我也记不得了。

蒙眬中，走进一个戴眼镜的陌生人来，他似乎比我醉得还要厉害，脚底下已经没根儿了，他一脸不明白地问："谁，谁是方哲？谁是？你们……"

我没听见方探长回应，可能他没听见这人的话。

胖子等人走上前："你是谁呀？"

"我是谁？我叫周宾，我行不更名坐不改姓。"

"周宾？"

这个不速之客，一副来者不善的样子。大家看着方探长。

方探长坐着没动，他打量了一下那人："对不起，我们认识吗？"

那个叫周宾的人晃晃悠悠地走到方探长面前，"你就是方哲？我们不认识，可唐安你认识吧？"

听见这个名字，屋里好像一下子就安静了。

唐安，唐安，我晕乎乎地想，他说的是这个名字吗？不是，我肯定没听清楚，在这种时候，这种场合，这个名字听起来真像小说里的坏蛋，而且还是旧小说。

"我认识好几个叫唐安的，我不知道你说的是哪个？"

"他妹妹也是你们警察。"

"你说丁瑶的哥哥？"

"你别装傻！我问你，你凭什么老是跟他过意不去？他究竟怎么惹着你了，你，跟他没完没了的。"他舌头僵硬地说。

"这话是他告诉你的？"

"是又怎么样？"

"他为什么自己不来问我？你是从哪儿蹦出来的？"方探长不客气地说。

"什么叫蹦出来？我，我自己走着来的，唐安是我们的老班长，是我最好的同学，你干吗老找他麻烦？"

"老班长？我不知道你在说什么，有什么话，你还是让你们那老班长自己来问我吧。"

"你，你是想让他来求你是吗？告诉你，他不会来的，因为他什么坏事也没做。"

胖子等人上前轰他走，"你哪儿的？走吧，走吧，别在这儿捣乱了。"

"哪儿来的回哪儿去。"

他推开他们的手，"你们别碰我，让我把话说完。"

方探长制止胖子他们："胖子！听他说。"

"方哲，大哥，我叫你声大哥行吗？我求你行吗？我跟唐安是同学，我们认识快20年了，他是什么人我很清楚，求你别再找他茬儿了。他妹妹死了，他已经很不幸了，杀人不过头点地……”他说这话的时候好像都快哭了。

“我为什么要找他茬儿？”

“为，为什么？”他愣怔怔的，“是啊，您为什么要找他茬儿？你们之间有误会吧？不然，你干吗要找他茬儿？”

“算了，如果你想跟我说什么，可以，没问题，但请你头脑清楚的时候再来找我吧，你这样，我们没法谈。”

“是啊，是啊，走吧，走吧。”

什么呀，他们在说什么呀？我的意识好像正在被脑子里的大水淹没，闸门在哪儿？闸门！我要关掉闸门，不能让大水把我淹没了。

“我没喝多，我说的都是真话，我知道你是警察，你有权有势，可你也不能仗着这身皮就欺负人呀。”

“别在这儿胡言乱语了！”

“你真是越说越不像话了。走吧。走吧。有话等你酒醒了再说，别打扰我们。”

那人喊着：“我还没说完呢，别推我！我还没说完呢。”

接着，我觉得眼前一片乱哄哄的，是在打架吗？我大声喊：“干什么呀？怎么了？”

“去叫服务员！”好像是方探长在说。

忽然又有几个人进来了，有个人很像是唐安，是他吗？他怎么也在？是不是我喝多了？虽然那水，我是说，我脑子里的那潮水还在漫溢，我的意识像是被水浪一下下冲刷着，一阵阵的空白，可我心里知道，那是他，那张方脸，方得像面具一样的脸，我不会忘，可他为什么也在这儿？我喝多了，我真的喝多了。真乱！我的眼前，全是人影，好像小说里的人都跳到外面来了，他们在昏暗的灯光下晃动，一片大乱！他们要打起来了吗？我们的人和他们的人？

“干什么呀？这是怎么了？”我一点也不明白，我自己在问，但没人理我，好像没人听我在说。

恍惚中，我看见唐安和几个陌生人一起架起那个戴眼镜的男人朝门口走去。

我听见方探长对唐安说："唐安，你认为我做了什么违法的事，可以直接指控我，但希望你别做得像个小人，在暗地里捣鬼。"

唐安转身对方探长说："这话正是我想对你说的，对你，我已经够忍让的了，你别逼人太甚，别把人逼急了，不然你可能都活不到墓碑上那个日期。"说完之后，转身走了出去。

墓碑上的日期！屋里乱哄哄的，跟我的脑子一样，我什么也听不见，什么也不明白，脑子里只剩下这句话了，"你都活不到墓碑上那个日期。"

我不知道自己是怎么走出房间的，唐安出去后，我就跟出去了，我在楼道里追上唐安，在他后面喊着："唐安，你站住！"

唐安站住了，他回头看着我走到他面前。

我对着那张"面具"脸问："你为什么要害方探长？"

"你喝多了，回家去吧。"他转身往前走。

"我没喝多！我很明白，那个墓碑就是你弄的，就是你想害方探长！"我追着他说。

他再次站住脚，"你要干什么？"

"你是个骗子，大骗子，我知道你告诉我的都是胡说八道！"

"看你喝的那样，赶快回家吧。"

"你为什么要骗我？你为什么不敢承认？"

唐安笑笑，"我承认什么？你这样不怕给你们警察丢脸啊！"说完转身又走。

什么丢脸不丢脸的？我好像拉住了他的胳膊，"你别走！你为什么诬蔑方探长？为什么这么做？你必须告诉我！"他挣脱着，喊着："服务员，服务员！"

有几个人出现在我面前，有男的，有女的，很陌生，像是一群木偶。他们都冲我愤怒地说着什么，然后有人上前拉扯我……

我紧紧拉着唐安的胳膊，他是坏人！我要抓住他，不能让他跑了。

“还警察呢？瞧喝得这德行！”是个女人尖厉的声音，那木偶居然有表情。

“拉开她，拉开她，叫他们的人来看看！”

我隐约听见唐安说：“别弄她，她喝多了。”

我的胳膊被什么人拉着朝前走，好像是唐安拉着我，他边走边喊着：“服务员！服务员！”什么人跑到我面前……

我是警察，一个战士，这是战场，我绝不倒下！绝不！大水上来了，我被淹没了……

我再睁眼时，发现自己在一个有些陌生的地方，这是哪儿？我有点儿惊慌，这不是我家，那窗帘，那家具，那香香的味道……我怎么会在这儿？我侧脸一看，我身边躺着一个人，是杜欣。“杜欣？”

杜欣也睁开了眼，笑着问：“小姐醒了？”

“这是哪儿啊？”

“是我家。”

“你家？我怎么跑这儿来了？”

“你昨天喝多了，是我们把你架回来的。”

“啊？昨天？”是啊，在歌厅我们喝了很多酒，对，我跟方探长还唱了歌，然后唐安进来了，再后来呢？

“你不记得了吧？”

“不记得了。”

“你追着唐安的事，还记得吗？”

“啊？我，我追着唐安？我怎么一点印象都没有？”

“我们都不知道你什么时候跑出去的，服务员跑来告诉我们说你在外面闹，我们才知道。呵呵……你可真行。”

“闹？”我吓了一跳，“我做什么了？”

“听服务员说，你拉着唐安不让他走，非要让他承认墓碑的事，说他骗了你。当时我们都没在场，你怎么说的，我们也没听见，后来是服务员把你弄回来的，我们是听她们说的。”

“哦，天呢！怎么会这样？我怎么一点印象都没有。”我真的被自己吓坏了。人说酒醉三分醒，这话我就是从那天开始不信的，三分？有一分醒，我也不会做出那么离谱、那么丢人的事呀！“那后来呢？”

“你一进屋就栽倒了，吐得那儿都是，一点都动不了了。我们怕吓着你家人，正好我们家那位值班，所以只好把你弄这儿来了。你可不知道，你当时醉得跟死猪一样，我们这儿电梯也关了，你知道我们是怎么把你弄上来的？”

“怎么弄上来的？”

“是方探长和胖子轮流把你扛上来的。”

“啊？”我身上都吓出汗来了。“七楼？”

“可不，我一紧张还弄错了，先让他们把你弄八楼上去了，然后又下，那个费劲，下楼比上楼还费劲，胖子累得脸都白了。”

“真丢人！他们骂我了？”

“没有，方探长还夸你呢。”

“夸我？”

“你特别想知道他夸你什么了吧？”

“我才不信呢。”

“方探长听服务员说了你追唐安那段，说‘我就喜欢带这样的兵’，说你身上有股拧劲儿，像男孩子。”

这话让我也很感动，不全是因为他说的那话把压在我心上的一块石头搬掉了，而大部分，是被我自己感动了，那个喝多了的我，真勇敢，真仗义，敢把清醒的我不能做的事做了！

“可他也说以后不能让你喝那么多酒，喝多了会误事的。”

当着那么多人耍酒疯，真是给警察丢脸，太丢脸了！以后我再也不喝酒了，作为警察和女人都实在太不好了。

“哎，对了，唐安昨天怎么会在那儿出现？怎么会那么巧？”

“听说他们是几个同学聚会。”

“哦，真是冤家路窄。”

我真的没想到，唐安这个阶级敌人，这个被我当着他那么多朋友的面骂得狗血喷头的人，居然会为那晚喝酒的事打电话来问候我。

“你昨晚没事吧？”

“昨晚？哦，没事。对不起，我昨晚喝多了，我都不知道自己说什么了。”

“说什么都没关系，你喝多了嘛，你没事就好。”

“谢谢您的问候，也许我，真是……请别见怪。”

“不会，呵呵，真没想到，你会把自己喝成那样。”

“是啊，其实，我也没想到。我真的太失态了，太出丑了。”

“你没事就好，以后不要再那么喝了，一个女孩子不该那么喝酒。”

让一个“坏人”批评教育，我真觉得无地自容。

“嗯。哦，您找我有事吗？”

“没事。我只是想问问你怎么样了。”

“哦，谢谢你的关心。”

“以前我妹妹也喝多过很多次，也是因为方哲，他真是够有魅力的。我真嫉妒他。”

“我喝多了，跟别人没关系。”实话说，我并不喜欢他的这种联系。

“你们俩的情况是不完全一样，但有一点却完全一样，你们就是被人控制了，自己还不知道。”

“我不这样认为。”

“你不认为？呵呵，酒后吐真言。从你昨天骂我的话里，我就听出来了，我承认，我真的不是方哲的对手，我投降，举双手投降。不过，我想说的是，我以前告诉过你的事，你可以不去信，但你不能不去想。”

“我一直都在想，但对你的话，我真的很怀疑。要不是有些事被你误会了的话，那就是您另有目的。”

“你比我想象的要幼稚得多，我现在倒觉得，不如就让你以为我是别有用心的好，聪明的人应该是最懂得防备的，你是警察，而且是个不成熟的女警察，因此防备对你来说更重要，谁的话可信，谁的话不可信，别人说得再多，那也只是别人说的，在你判断不清的时候，防备比什么都重要，那是你不需要费什么事就能做到的，也是唯一使你免受伤害的武器。我现在后悔的就是我没有把这些话讲给丁瑶听，我们交流得太少了。没关系，你尽管把我的话当成别有用心好了，这样的想法不会让你吃亏的。好了，作为老大哥，我只想再提醒你一句，以后千万不要这么喝酒了，喝酒，特别是醉酒，对女孩子是非常不好的事，那可能让你做出你后悔都来不及的事。明白吗？好了，我要说的就这些，保重，再见。”

我看着手机傻了半天，这“关心”是什么意思？烟幕弹吗？唐安肯定是看出我身上的某种致命的弱点了，不然他不会总这么“关照”我。或许，我真有某些地方和丁瑶有点一样？真让他有点牵肠挂肚？实事求是地说，我说不清自己是怎么搞的，对这个人，我始终恨不起来，我是说，作为一个恶意诋毁方探长，还利用我给我们破案制造麻烦的人，让我成了大家眼中傻瓜、脑残的人，我却始终恨不到应该恨的那种程度。要么是他太高明了，要么是我太愚笨了。

四

天已经黑了，一个麻烦的现场把我们拖到晚上8点才回到分局，当我们的车快到分局门口时，在离分局门口大约两百米的地方，我看见了方探长的车，车头朝着分局的方向，看样子是准备回分局的。方探长那段时间一直借调在预审处，不大回来，如果回来，车一般也都停在停车场里的。它停在那儿，真是有点儿怪。他一定是在回分局的路上被什么人给拦在那儿了，而他又不准备跟这个人长谈，或者不想让分局的人看见，不然，他怎么也不会把车停在这么个当不当正不正的地方。那车里面黑黑的，当我们接近他的车时，我看见方探长和一个坐在车后座上的人说着什么，那时的光线太暗了，我无法看清那人的脸。"幕后交易"，这画面一下子就让我想到了这个词，真可笑，这可是分局附近，就真是幕后交易，这个地方绝对不够安全，我想哪儿去了。

等我回到办公室，把手头的工作处理完准备离开的时候，我发现方探长房间的灯亮着，他回来了？我犹豫着是不是该进去打个招呼再走，因为从那次喝多了后，我还一直没看见他呢。

我轻轻推门进去，看见他独自一人坐在办公桌前，聚精会神地操作着计算机，那样子是在搜索什么。"方探长，您回来了？"

我突然的问话吓了他一跳，"哦，你呀？"

"我看见您屋里亮着灯，预审那边的事完了吗？"

"快了，就这一两天。你怎么还没走？"

"刚刚出了一个现场，一个外国人的摄像机被抢了，抢他的那家伙，真是滚刀肉，快烦死我了。"他的表情似乎并不在听我说话，"您有事，我不打扰了。"

"嗯。好。"他简短地说。

"哦，对了，那天谢谢您送我。"我朝门口走去。

"哪天？哦，你是说胖子生日那天？"可能是他想起了我那天的丑态，笑了笑。

我不好意思地说："那天的事真不好意思。给您添麻烦了。"

他笑笑说："酒这东西要少沾，它会坏事的。"

"嗯。哦，后来第二天唐安给我来过一次电话。"

"哦？他说什么？"

"就是问问我怎么样了，劝我以后少喝酒。"

"哦……"他没有说黄鼠狼给鸡拜年这样的话，一脸沉思的样子，不知在想着什么。

“方探长，我很想问您一件事，问完我就走。”

“什么？”

“我想问……嗯……”

“别嗯呀啊的，快点说！”

他是不是不耐烦了？“算了，不问了。”我转身要走。

“哎，哎，哎，怎么回事？怎么回事？干吗又不问了？”

“我……我不想打扰您。”

“你已经打扰我了，别啰嗦了，快说吧。”

“嗯，我是想问在丁瑶的别墅里的事，是真的吗？”

“他又跟你提这事了？”

“没有，这次没有。只是，这事……我早就想问您，我不明白，唐安说是他亲眼目睹的，说您是在……在刑讯逼供，也许，也许问您这个，不合适吧。”

他笑了一下：“你信吗？你肯定信了，是吧？”

“不……没有，我没信……”我摇头否认，当然我这态度中有百分之八十的讨好成分。

“他看见我和一个人在那儿是不假，只不过不像他说的那样，事实上，我那是在帮一个朋友秘密戒毒。”

“秘密戒毒？”

他点点头：“因为当时我们在搞一个毒品案子，可我们用的那个人染上了毒瘾，如果他被那东西控制住了，对我们的破案很不利，所以我们就把他弄到那儿去了，唐安……咳！”

“怎么不送戒毒所呢？”

“那次行动完全秘密的，我们不想让人知道，因为那个人当时接触的都是些非常危险的毒品贩子，一旦让他们发现什么，那他就性命难保了。”

“那丁瑶事先知道您借房子的用途吗？”

“她开始不知道，我并没跟她说那么多，是唐安发现后我才跟她解释的。”

"您的意思是说，唐安确实不知道您是在做什么，以为您那是在刑讯什么人?"

"不。如果丁瑶不跟他说的话，他或许是不知道我在做什么，但他心里很明白，我并不是在做他说的那种事，无论丁瑶跟不跟他说，他都不可能以为我是在刑讯逼供，因为当时的场景谁看了也不会那么想。他是故意那么说的……这点我不能肯定。以后有时间我再跟你详细讲吧。"也许他看出我并不甘心，迟疑了一下，但还是说，"以后吧，天不早了，快走吧。"

我虽然做出准备走的样子，但还是问了一句："他那么说是怕您查出地下赌场的问题，想让您离开侦案组对吗?"

"嗯，这也许只是其中一个原因，但恐怕……还有其他原因。"

"其他什么?"

"我在想，从唐安这次入境，到汪洋出事前，他对我一直采取的是回避政策，至少他并不想跟我有什么直接冲突，可他却在我们发现了因为马修的死，并追踪到了伊娜这条线索的时候扯出那件事。他突然从暗中跳了出来，从躲着我，怕跟我冲突，突然间变成非要跟我冲突不可，好像恐怕我看不见他似的，这不奇怪吗?"

"也许是为了汪洋，他是想转移我们的视线，帮汪洋摆脱困境?"

"可汪洋的地下赌场跟他没什么关系，至少从目前掌握的情况看是这样，那他这样做，难道是哥们儿义气?"

"呃……"我卡了一下壳儿，"也许是吧? 要么就是地下赌场有他一份? 他怕我们顺着汪洋查下去，把他倒出来，所以他想主动出击?"

"主动出击，嗯，说得不错。他确实也是想帮汪洋摆脱困境，可那个地下赌场……嗯，对唐安来说，也许只是个意外……"他思索着。

"啊?"意外? 他脑子里在想什么呀? "您说'意外'?"

“好了，我们以后再讨论吧，我现在还有事。”

“哦，好。那我走了。”

“嗯。帮我关上门。”

我走出他的办公室，对“意外”这两个字乱想起来。

回到外事处后，我跟欧海他们还保持着松散的联系，欧海告诉我，唐安这段时间显得异常忙活，不是去同学家、亲戚家，就是去商店、银行，给人感觉他真的马上就要永久地离开中国，很多事要处理，时间已经不多了似的。我没问欧海他们为了找到汪洋是否对唐安上了监控手段，但我猜一定是上了，不然，他就不会知道唐安“异常忙活”了。我想象得出，如果唐安那么忙活的话，他们也一定跟着忙活得不善。可他告诉我，到目前为止，他们仍没查出唐安与汪洋的那个地下赌场有任何牵扯，而汪洋，就好像真是跳进了汪洋一样，一点踪迹都没有。从欧海的语气，我听得出来，他们此刻的心气儿就像是慢慢撒气的皮球。我真希望自己能做点什么，可现在，似乎没人需要我做什么，闵队长他们和方探长，还有克奇都把我排除在外了。

又一个没有作为的一天快过去了，我在值班室突然接到一个电话，是方探长的女儿打来的。

“阿姨，我爸爸在吗？”

“你爸爸？”

“我找方哲，我是他女儿。”她的声音听上去有些不安。

“哦，他这几天都不在这边，有事吗？需要我……”

“算了。”

“你没打他手机吗？”

“我打了，说他不在服务区。”

“哦，你有什么事吗？我可以帮你吗？”

电话那边突然好像有人争电话，我听见有个男人在说“给我！我说”。方探长的女儿好像在挣脱着什么人，“你们别碰我！

我爸爸来了，会杀了你们！”

“喂，喂，怎么了？出什么事了？”我着急地问，她不会被人绑架了吧？

一个男人接过电话说：“喂，您是谁啊？”

“你是谁啊？”

“是这么回事，我是家旺超市的保安，这个女孩儿在我们店里偷东西，被我们抓住了，我们要罚她钱，她说没钱。您看……”

“你们超市在什么地方啊？我现在过去，你们别乱来啊，我马上就到。”我知道有些保安是不懂政策的生瓜蛋子，他们会把一件不大的事给弄得不可收拾，而方探长的女儿又是个不到十四岁的女孩儿，还不具备保护自己的能力，我得马上过去看看怎么回事。可这会儿，我们的车都出去了，我只好冲下楼去叫出租。

这是下午两点左右，平时这个时间马路上并不是很堵车，可这天，不知什么地方发生了交通事故，哪条通往那个超市的路都不顺，出租车司机被我指挥得都快发火了。路上，我给方探长拨了两次电话，都说没在服务区，预审处那边也找不到他。

我终于看见那个超市了，再绕过路口掉回头来，我就到了，平时需要半个小时的路程，今天足足花了我一个小时。我们的车已经掉过头来了，这个时候，我的手机响了，是方探长，我急忙接起电话。

“喂，海棠啊，我是方哲。”

“方探长，您女儿……”

“我知道了，我已经到这里了，你别跑过来了。”

“啊？您已经到了？”

“事情都已经解决了。这孩子，真是让人头疼。”

“哦，没什么事吧？”

“罚了点儿钱，没什么事。”

“咳，小孩子……”

“缺乏管教。麻烦你了，你不必过来了。”

“哦……”说话的工夫，我们的车掉过头来，停到超市前的马路上了，既然已经到了，我准备下车过去看看。还没等我下车，我就看见方探长和他女儿朝一辆黑色奔驰汽车走了过去，他们身边还跟着少义。真奇怪，他们怎么一起来了？而且还坐的是同一辆车？难道说，方探长刚才不在服务区的那段时间是正跟少义在一起？不然，他们怎么会来得这么快，而且，还没见方探长自己开车。少义边走边跟方探长的女儿说着话，少义不知说了什么，方探长的女儿追着要打他。看那样子，他们似乎早就认识，而且还相当熟悉。他们……

“喂，到了。要发票吗？”司机停住车对我说。

“等等。”我看着他们3个人坐上那辆黑色汽车离去。

“警察同志，你说的地儿到了！你下不下车啊？”

“不，不下了，您接着走吧，把我送到刚才的地方。”

“啊？这么堵车，怎么走啊？”

“我不催你了，你慢慢走吧。”

“好，只当今天我的车被政府征用了。”他不太情愿地说，“我能问一下，您这是干吗呢？在跟踪什么人吗？”

“不是。”

实话说，当闵队长告诉我很多关于少义的事后，方探长和少义的关系一直让我觉得匪夷所思，从心里说，我一直不相信那些怪事背后方探长参与了什么阴谋，但我看见的和听到的，真又让人无法不怀疑到他们之间的关系，少义鞍前马后地替方探长效力，如果不能从方探长那里得到什么好处，他为什么要这么做？还有方探长，他凭什么那么相信一个既吸毒又贩毒的人？难道说，他们之间真有什么交易？还有方探长说的“秘密戒毒”的事，自从那晚他告诉了我“秘密戒毒”的事后，我就曾想到过少义，少义吸过毒，而且到现在还跟方探长保持着神秘的关系，仅仅从这两点去推测，就不能不让人想到当时那个被绳子绑着“秘密戒毒”的人可能会是少义，当然，假如真有“秘密戒毒”这回事的话。

缉毒处的内勤宋玲玲是我警院的同学，上学期间我们俩还曾经睡过上下铺，她是个看起来很原则的人，而且有点冷若冰霜，但我了解她，她的原则实际上是很有伸缩性的，你只要让她全方位地感到你对她的友善，并对她的生活现状多少表现出点羡慕，她不仅不会冷若冰霜，甚至会对你热乎得让你受不了。

那天，我先从她最在乎的脸色谈起，问她用的是什么牌子的化妆品，为什么皮肤显得又白又嫩的，问她是不是最近有什么让她高兴的事因此让她看上去精神焕发，然后又夸她很幸运找了一个既有才华又很爱他的男朋友。我知道，她一直因为男朋友的身材有点矮自卑，可那男人的其他方面又让她爱得不得了。总之那天，我百般讨好她，还尽量不显得肉麻，我的目的只有一个，让她给我查查少义这个人，我想搞清楚他和方探长之间究竟是怎样一种关系，如果我能证明他们属于工作关系，或者工作意义上的朋友关系，那“秘密戒毒”的事就很有可能了。但我知道，如果我没铺垫到让她高兴的程度，即便我们是不错的同学，她也多少会公事公办的。

从她那天对我的热情看，显然我的话说到她的心里去了。她简单问了问我查档案的用途，就以专业的速度帮我找出了少义的档案，“是不是这个人？”她把照片调出来给我看。

是他，没错！我接过档案翻着，档案中记载，少义18岁那年因为吸毒和倒卖少量毒品被我们抓过，但因为认罪态度好，4年后被释放。

“哎，不久前好像有个人也来查过这个人。”

“哦？”

“谁来的？嗯，我想想。哦，对了，你们处的那个小伙子，叫什么来的，戴眼镜的那个？”

“戴眼镜？”

“哦，对，克……”

“克奇！他来看过？”

“是啊。”

“他说什么了?”

“他……‘太好了!’‘谢谢!’没说别的。反正显得挺高兴的。”

“高兴?”为什么?“哦……玲玲，你听说过这个人被哪个单位用着呢吗?”

“你是说作为特情?”

“嗯。”

宋玲玲肯定地摇摇头:“没有。”

“你肯定?”

“我肯定我们处没用。”

“你为什么那么肯定。”

“这是我的工作，我定要负责建立用人档案的。”

“如果刑警用了被你们处理的人，要通知你们吗?”

“那当然，这是一个很重要的程序!”

“哦……有没有这种可能，比如，有人把他用做朋友关系，但不是那么正式，就不走这个程序了，或者……”

宋玲玲:“这就不好说了，我只能说，这样做是不符合规定的。私下用人，一旦出了事，组织上是不承担责任的，谁会这么傻?没事给自己找这种麻烦。”

方探长就会!我心想。组织的规定对他这种人有多大约束力，实在不好说，如果他想临时用一个人，而不去征求组织的批准，这太有可能了。为了公家的案子让自己去顶这种雷，聪明人一般是不会做的，吃饱撑的?除非这里面有很大利益可图。恩格斯曾经说:“在商品社会，当利润达到百分之五十的时候，就会有人铤而走险;当利润达到百分之百的时候，就会有人践踏法律;当利润达到百分之三百的时候，就会有人甘冒杀头的危险。”如果利益要是超过百分之五百甚至更多，是不是一半以上的聪明的人也会彻底昏头呢?我不知道，这个问题也许我永远都回答不了。

“你没问问闵队长吗？如果是刑警用的人，别人不知道，他总不会不知道。”

“我问过他，他说他们曾经想用，但最后没用。”

“咳，那你还查他干什么？不嫌累啊？”她拿起案卷转身把它放回去了，“哎，那个克奇是我们同学吗？他说是，可我怎么一点儿印象都没有？”

“不是，他骗你的。”

“啊？这家伙，我说我的记性不至于坏成这样。你见到他，替我批评批评他啊，以后他再来查东西，看我怎么刁难他。”

“好，我一定照办。玲玲，我问你，如果有一天，有人给你五百万，让你去卖几小包毒品，即便被抓住，顶多就是坐上几年牢，不会死，你会不会干？”

“你疯了吧？”她把眼睛睁得跟灯泡似的。

“呵呵，我只是在想恩格斯的一段话……”

从宋玲玲的话来看，克奇还在暗中活动，这会儿说不定他那里又有什么新线索了，我看看时间，马上就是午饭时间了，我离开宋玲玲，拨通了克奇的手机。我以为我们破案的事，他听了会不怎么高兴，毕竟那不符合他的预测，可他的反应却出乎我的意料。

“什么事？是不是想向我报喜啊？”

“报喜？报什么喜？”

“装什么傻呀？听说你们通过那个撑死的老外找到了一个赌博黑窝。”

“哦，你消息还挺灵通的嘛。”

“恭喜你了。”

“恭喜我什么？我不过是个跟班的。”

“高兴就是高兴，何必掩饰呢？”

“听上去你的情绪好像不错啊。”

“那当然，我的情绪一直都不错。”

“是学校生活很有意思啊，还是最近有什么好事啊。”

“咱能有什么好事？”

“你什么时候有空，我们俩聊聊好不好？”

“跟你？嗯，还是算了。”

“为什么？”

“道不同，不相为谋。我们俩好像已经没什么可聊的了。”

“这么干脆就拒绝了，或许我们最终可能殊途同归呢？”

“呵，那怎么可能？”

“怎么不可能？”

“我或许可以说服一个笨蛋，但我却没有能力与爱为敌，我们还是各走各的路吧。”

“你说什么？与爱为敌？啥意思啊？”

“海棠，实话告诉你吧，从那天去你家，我就已经完全明白你以前所说的‘崇拜’是什么含义了。”

“什么含义？”

“还非要我说得那么清楚吗？你难道不是已经爱上你心里所崇拜的那个人了吗？我猜你现在一定加倍崇拜他了吧？”

“如果因为马修的案子，从这个意义上说，我是更加崇拜方探长了。怎么，你不觉得他在这事上很有眼光吗？”

“我说过我怀疑他的能力吗？正相反，我从来不怀疑他的能力、他的手腕，可这东西如果用错了地方，那比无能还要可怕。”

“听你这话的意思，你对方探长仍然坚持怀疑。”

“关于这点我不想跟你交流。总之，我恭喜你，在马修的案子上没白费力气，也感谢你还能想起我这个被遗忘在角落的人。”

“别把自己说得那么惨，我可从来没有遗忘过你。”

“是吗？你找我什么事？但愿你不是想从我这里知道点什么才跟我联系的。”

“呵呵，你这么说，我倒真不好意思问了。”

“那就别问了。”

“我本来以为这个案子完了，你对方探长的某些看法会有所改变呢。看来我错了。”

“这个案子本来就跟我所怀疑的事情无关，那不过是你所崇拜的那个人在借题发挥而已，我很高兴，他没能达到目的。案子完了，他也就不能再借它给别人找麻烦了。”

“你的观点看来一点都没改变啊？”

“改变？凭什么？就凭你们查出了个汪洋？”

“可他毕竟是唐安最好的朋友。”

“他们是最好的朋友没错，可你们查出问题了吗？没有是吧？那个赌场与唐安没有任何关系，不是吗？”

“可汪洋还没有被抓住，还不能完全肯定。”

“那就等抓住他，我们再看吧。因为不管我说什么，在你这里都是白费口舌，因为你已经坠入情网了。”

“那么你自己呢？我猜你早就掉进情网了，几年前甚至打小开始，你就掉进情网了，而且一直为爱所困。”

“我？我爱上谁了？不会是你吧？”

“呵呵，那怎么可能。克奇，这回你的脑子怎么这么慢了？我们认识可不是从小时候开始的，你知道我说的是谁，你对方探长抱有那么坚固、那么强烈的敌意，难道不都是因为她吗？”

“你真可笑，你以为我冒那么大风险花那么多精力去调查丁瑶的死，仅仅是为了去跟谁争一个女人？而且还是一个死去的女人？你没事吧？那你是不是以为，他们把我弄到这里来，让我与世隔绝，也只是怕我会因为一个死去的女人而给方大侦探添麻烦啊？”

“什么叫把你弄到这里来？你又不是猪？”

“你才是猪呢。”

“别生气啊，我开玩笑，你是想说，你认为派你来学习是有人故意要把你关起来？”

“你以为这是晋升培训呀？”

“我还真这么想过。”

“那说你智障都抬举你了，我真怀疑你当警察前是不是一直头朝下活着来的，思考的功能早就丧失了！”

“行，随你怎么挤对我，可你是不是头脑过于发达了，想得太多了？我不是也才回炉过？每个警察都要接受定期轮训，这有什么不正常吗？”

“这正常吗？在这种时候？不是去年，也不是明年，而就是现在，像这种轮训，我以前可是争取好几回了。”

“那你的意思是说，韩处长被方探长收买了？”

“哼，我不知道。”

“什么叫你不知道啊？”

“说，你也不信，这么告诉你吧，前不久，政治处的人曾经找过我，说有人反映在方探长那里看见过一个空信封，信封上写着我的名字，是丁瑶的笔迹，却没看见信。他们问我可能会是什么内容。我上哪知道去？我又没看过那封信。他们如果不说，我根本就不知道有这回事。”

“是吗？”

“那他们没问过方探长吗？”

“肯定问了，但他们没告诉我方哲是怎么解释的。反而有点怀疑我拿了那信似的。”“啊?!”“然后我就被人发这来了！”

“哦，这就是你那天想告诉我的重要的事？”

“是啊，我当时确实想告诉你，但看你的样子，我又改主意了。”

“那你现在为什么又想告诉我了？”

“不就是被你逼的吗？而且我也为你担心，怕你已经走到悬崖边上了自己还不知道呢。”

“那你估计那里面写的什么？”

“我估计不出来。可事情明摆着，如果它是一封无关紧要的信，那它就不会丢了，或者……被人给藏了起来也说不定。”

“可丁瑶给你的信怎么会在方探长手里呢？”

“是啊，怎么会呢？”

“也许，你可以直接问问方探长？毕竟那封信是写给你的呀。”

“你说让我怎么教你？一点思考的功能都没有，怎么交流啊？”

“别废话了，说不说啊？”

“如果他根本就不想隐瞒什么，他早就把它交给我了，既然藏了，那你问他，他还会告诉你实话吗？他是傻瓜呀？”

“那倒也是。可那里面会是什么呢？”

“这只有方哲自己心里最清楚。所以我说，能力这东西用错了地方，比无能还可怕。昨天，唐安告诉我了一个车号，他想让我帮他查查那是什么人的车，因为那辆车这几天总在跟踪他，你知道这车是谁的吗？”

“谁的？”

“少义的！”

“啊？”

“看来你对这个名字并不陌生，好了，傻瓜，我要去上课了，如果你想接着去崇拜什么人，或去拍什么人马屁，那就去吧，不过，不管你今后知道了什么真相，都千万别去自杀！你这只可怜的四处乱撞的无头苍蝇！”

“放心，我不会，用不着你提醒。”

我又挨了一闷棍！我和克奇的对话每次都是这样，以斗嘴开始，以不快结束，在碰撞中交流着彼此的信息，每次都有新的悬念牵着我们迫不及待地去等待下次碰撞。看来，在下次碰撞到来之前，我还是先顺着少义这条线干点什么吧，听说，那个红棉酒吧，就是方探长让我找少义取照片的那个酒吧，是少义跟人合伙开的，那我就去那儿吧，因为目前我也只有这一条线可以抓。咳，我这只“四处碰壁的无头苍蝇”！

五

红棉酒吧不算大，但生意却很红火，人挤人，桌挤桌，人声鼎沸。乐手和歌手以忘我的状态用活不下去了的那种音乐刺激着来宾，使人感到激情的最高境界就是绝望，在这种环境中似乎所有人都得到了释放，那释放出来的东西又被每个人吸收进去，然后再释放出来，吸收、释放、再吸收、再释放……整个屋子像是被释放出来的浓烈的情绪鼓噪着要爆炸了似的。要说这里面有可能有与毒品沾边的人，我绝对相信，因为这里的气氛很能使人亢奋，在绝望中亢奋，在亢奋中绝望，然后，不知不觉中就把理智交给了魔鬼。

我没想到，我会在那么嘈杂、那么乱哄哄的地方，那么容易就找到了那么重量级的人物。我跟一个酒吧服务员打听少义在不在，他不假思索地说了声“在”并抬手一指舞台，我真有点儿不敢相信自己的眼睛，台上那个疯狂的乐手就是少义，他正与几个乐手一起在小舞台上尽职尽责呢。一个号称本地李嘉诚的富翁，一个众人眼中的黑道老大，竟然在酒吧里充当着一名吉他手，这可真让我诧异。他究竟在那堆乐器的伴奏下疯狂地唱着什么，我听不清，只看见他用黑色的仔帽遮住了半张脸，“犹抱吉他半遮面”地低着头唱着，失控一般地拨弄着琴弦，如果那不叫歇斯底里，真不知道什么才是。

台下的人被台上的人鼓噪得也进入了癫狂状态，叫嚷着，扭动着，仿佛自己已经不归自己管了，在这里，谁要不这样疯狂，谁就是怪物！我不由自主地热血沸腾起来，随着那忽悠人的音乐和那忽悠人的节奏真想跟着喊点什么。今晚或许我并不一定非要去找他，我可以把来此的目的忘了，就当自己是来玩儿的，反正也没人派我来，反正我也没穿制服，谁也不知道我是警察，我完全可以跟其他人一样，玩儿，只是玩儿！这个想法真让我轻松。

放纵的环境，真让人想放纵！

正当我渐入佳境，音乐突然止住了，人们的呼喊也像退潮一样，逐渐平静下去，这时，音乐转而舒缓起来，它轻柔得让人迷惑，好像你突然被人从一辆飞奔的快要散架的飞行器里放进了摇篮里。我看见少义贴近话筒，闭着眼睛轻轻地唱着："丢，丢，丢手绢儿，轻轻地放在小朋友的后面，大家不要告诉他，快点快点抓住他，快点快点抓住他。"这歌太甜、太美了，一直甜到人们的心里，因为很多人熟悉它，于是都跟着哼唱起来。大家都回到了过去，回到了童真年代。

"丢，丢，丢手绢儿，轻轻地放在小朋友的后面，大家不要告诉他，快点快点抓住他，快点快点抓住他。"

少义拨弄着琴弦念叨着："快把那作业全忘记，快把那书包扔出去，快把我藏到人群里，别让我妈妈抓回去。"然后半说半唱地吐出后面的话："妈妈，我不回家，请你别再喊我了，这个世界这么大，我要到外面去玩耍；妈妈，我不回家，请你别再喊我了，小朋友都在等我呢，让我再玩一会儿吧。丢，丢，丢手绢儿，轻轻地放在小朋友的后面，大家不要告诉他，快点快点抓住他，快点快点抓住他。"

这歌听来欢快，但让人感受到的却似乎是伤感，真奇妙！音乐真奇妙！他可以把人的不同的感受像鸡尾酒一样调在一起。少义唱得真好，他真是一个出色的"调酒师"。我不知道该怎么形容那一刻的感受。总之，我被深深地迷住了。

"妈妈，我想回家，请你赶快开门吧，外面已经起风了，小朋友们都走了，请你不要生气了，别把我关在黑夜里吧，妈妈，我想回家……"当少义被人前呼后拥着走下台时，我才意识到歌曲唱完了，而他，又像个老大了。

我穿过喝酒的人群朝"老大"挤了过去，但在这种环境里我突然不知该怎么跟这"老大"打招呼，难道我走过去扯着脖子喊："少义，我要跟你谈谈！"这是不是显得太不给老大面子了。

很多人之所以把自己弄得跟老大似的，不就是想让别人把他当成人物敬着他吗？记得小时候和邻家的小孩儿一起玩儿，那小孩非要当武松，让别人当被打的老虎，玩儿着玩儿着玩儿急了，我姐横不愣地把他尿炕的事说了出来，那孩子当时就哭了，直到搬家以后也没再跟我们玩儿。从那件事后，我渐渐明白，为什么打人不打脸，尊严比人身上的器官重要得多，人不会因为少了一个器官而死，却可能因为尊严被冒犯而死。

我想起来我的手机里还存着他的电话号码，还是把他叫出来比较好，这样不仅不会让老大不舒服，也不至于因为老大的光环，把我也给亮出来了，毕竟我是警察啊。我在手机上搜索，还不错，他的电话还存在里面。我打了大概有六七个电话，没人接，在我正准备再进去找他时，我的电话响了，我看见少义边接着电话边走了出来，我刚“喂”了一声，他就看见了我。

少义看见我有点意外，“真对不起，我刚听见电话响，里面实在太乱了。你找我有事？”

我点点头：“你现在有时间吗？我想找你谈谈。”

“要传讯我吗？警官？”他笑笑说。

这老大还挺给面子的，那一定是因为他把我当成了方探长的使者了。我们在院子里，找了一个比较僻静的角落坐下，他让服务员送来了两杯鲜榨的果汁。

“你的歌唱得真不错！”

“是吗？你听了？”他笑笑，“那是我自己编的，还不赖吧？”

“你编的？还真挺有才的。”

“你真觉得好听，以后可以常来。”

“你经常来吗？”

“也不是，但至少每个星期会来一两次。”

“哦，那就未必每次都能碰得上你了。”

他抬眼看看我问：“是方哥让你来的？”

“不是。不是他。是我自己想跟你聊聊，没关系吧。”

“不，当然不，你太客气了。”他看着我，“方哥最近还好吗？

他没出什么事吧？”

“啊？”我有些意外，“出事？没有啊，你怎么会这么想？”

“前几天，闵队长来找过我。”

“哦……”

“问了我很多关于方哥的事，给我的感觉，他好像是在怀疑方哥。方哥真的没出事吗？我前几天跟他见过一面，感觉他有些郁闷似的。”

“是吗？”

“你很关心他？”

“那还用说？哥们儿嘛。”

“你们平时来往很多吗？”

他看看我，笑笑问：“是组织上派你来的？”

“不是，完全是个人行为。不过，这有什么关系吗？我是说我代表组织或代表我个人？”

“当然有。虽然我不是警察，但我知道方哥在你们分局的处境。所以，如果你是代表组织，那有些话我就得掂量掂量了。伤害方哥的事，我是不会做的。”

“你们的交情还真不一般呢。”

“我记得我跟你说过，他是我的救命恩人。你还记得吗？”

“我记得。所以，在某些方面，我想你也许知道得比我多。你能跟我说说他救你命的事吗？”

“当然可以。只是，你大晚上的找我，只是为了来谈他，这让我有点不明白。”

“我并不是特意来找你谈他，我是恰巧路过这里，如果你不想跟我说什么，完全可以不说，我并没有带传唤证来，我连工作证都没带。”我笑着说，“你不用紧张。”

“是这样。”他笑笑说，“我确实有点紧张，我不知道你听说过没有，你们警察对我和方探长之间的交往有些议论。在很多人眼里，我是个毒贩子，过去是，现在仍然是，可能永远都是。”

“你们就是因为这个认识的？还是以前就认识？”

“我们就是因为这事认识的，那时他是预审员，我是犯人。我们是打出来的交情。回忆起来，呵呵……”他孩子气地笑笑，“我那时非常恨他，恨不得杀了他，你不知道当时在拘留所他是怎么治我的，他看着我犯瘾，难受成那样，他一点儿都无动于衷，跟没看见一样。那会儿我才刚刚 18 岁，我当时觉得他真是个冷血动物，心想如果有机会出去，我一定会杀了他。你想象不出那难受劲儿，真不如死了！我要求他把我送戒毒所去，他说不用，叫我凑合忍着，你们警察很不仁道对吧？”

我笑笑：“那你们后来怎么成了朋友？”

少义渐渐收起笑容，“我被判刑后，他去号里看过我几次，我根本不答理他。后来管我的警察告诉我，方哥经常给他们打电话问我情况，每次都嘱咐他们一大堆教育我的事。那时候，我并不觉得他那是为我好，觉得他是看我不听话，想整死我，所以我还是恨他。以前，我父母不知道我吸毒，还做这生意，他们都是搞科研的，平时工作太忙，没时间管我，我一被抓，我爸知道我的事，气得差点背过气去。直到后来有一天，我妈来看我，她告诉我一些关于方哥的事，我才开始改变了对他的态度。那时候，我欠了人家一屁股债，那些混蛋为了逼债经常恐吓我爸妈。我爸妈都是规矩人，胆小怕事，所以也不敢报案，我妈把所有的积蓄都给了他们，可他们还是不肯罢手，我爸妈快被他们逼疯了。有一天，方哥的夫人，就是陆所长，你知道她吧？”

“我知道。”

“她不知从什么地方听说了这个情况，那时她是我家那派出所所长，她和方哥一起到我家询问情况，不久，那几个流氓就被抓了。从那儿以后就再也没人敢去骚扰他们了。”他深深地喝了一大口饮料，非常畅快的样子。“你不喝吗？这可是我们新推出来的饮料，你尝尝，非常好喝。”

“我喝呢，确实很好喝。”

他看着手里那杯饮料说：“我妈总是说，我能遇见方哥这样的人，是我们全家人的幸运。实际上，他后来不仅是我的朋友，也是我们全家人的朋友。我妈一见到我总是问我，方哥怎么样了？陆所长怎么样了？咳！”他笑着摇摇头。

唐安看见的那个被“逼供”的人会不会就是少义？当时方探长会不会正在给他戒毒？看着他，这个念头似乎更加强烈了，“你是说，你是在拘留所里戒的毒？那……后来，你就再没吸过？”

他看看我笑笑，“我猜你大概想问的是另外一个问题。你大概是想问我，去没去过丁瑶的别墅吧？你是想问，那个被方探长捆在床上的人是不是我？对吗？”

捆在床上？唐安说是椅子上？“你怎么知道我想问这个？”

“因为闵队长也问过这个问题。”

“哦，那，那人是你吗？”

他笑笑，“你说你不是代表组织的，可我觉得不像。”

我没反驳他，追问着：“那人是你吗？”

“他捆没捆过别人我不知道，如果你指的是那年冬天，后来被唐安看见，那就是我。”

“哪年冬天？”

“有3年了吧，”

“怎么回事啊？”

“那时，南边儿过来了几个人，说是带着一批粉儿过来的，其中一个我以前接触过，方哥知道后，让我跟着他们，就是那几天，我就又……那东西，真是，真是魔鬼。不知道方哥从哪里听说了这事，有一天他和预审的老周约我出来谈谈，他俩二话没说就直接把我拉到一个郊区别墅，要不是唐安突然来了，我还真不知道那是什么地方呢。他们把我关在那儿半个多月，我靠，就那半个多月我足足脱了一层皮！就我这身子骨，哪禁得起那么折腾。我真是怕了方哥了。也不知道上辈子是我欠了他的，还是他欠了我的。”他摇摇头笑笑，“那个案子，我可是立了汗马功劳了。”

那太好了！这可太好了！被唐安看见的那个人果然是他！那

房子里的一幕终于有证人了！那不是刑讯逼供！那的确是在秘密戒毒！我心里好激动，这下方探长算是可以洗冤了！“少义，你能给我描述一下唐安进屋时的情景吗？你还能回忆起来吗？”

“嗯……当时我被绳子绑在床上，方哥一直坐在我旁边给我擦汗，他让我挺着点儿。我记得我当时出了很多汗，衣服都湿透了。唐安进屋的时候，我根本就没听见，我只知道方哥突然转身出去了，我听见外面好像进来人了，但进来什么人我没看见，方哥当即就把门给关上了。”

“当时屋里只有你们俩人吗？你刚才说还有老周，他是谁？他在吗？”

“嗯，只有我们两个。老周那天没来。”

“哪个老周，他是那个单位的？”

“老周，就是预审的那个老周，他去年年初就去世了。你不知道吗？”

“啊？是吗？”

“他得了胃癌，他走的时候，我还去看过他呢。”

“哦……”我还真不知道这个人，“你接着刚才说吧，唐安进来的时候，你还听见什么或看见什么了？”

“我只知道方哥在外面跟什么人说话，那个人好像很生气。那人走后，我问他什么人，方哥说是房主突然回来了。”

“那天方探长身上带枪了吗？”

“枪？真是胡扯！我跟他接触这么长时间，很少看他带枪。”

“你肯定吗？”

“当然肯定。”

“嗯。那还有其他人知道你戒毒的事吗？”

“其他人……”他摇摇头，“我不知道，除了老周……这件事进行得很秘密，连我自己开始都不知道。警察里是不是还有其他人知道，我不清楚。”

如果按照少义所描述的情景，他是躺在床上，而不是坐在椅子上，方探长是坐在他身边，而不是站在他身边，而且还在为他擦汗……如果那场景真是这样的，那唐安认为那是“刑讯逼供”，真是胡说。

“你刚才说你告诉闵队长这事了？他怎么说？”

“他？他好像不太相信似的。我感觉他根本就不信。”

“哦？他怎么说？”

“他倒也没说什么，我只是从他的表情里感觉，他不信，也许他是觉得我和方哥关系太好了，我是在替他唱赞歌吧。”

这倒也是啊，我怎么没意识到这点，他是方探长的铁哥们儿，也许是同伙，如果这样，那他的证词就没什么意义了，谁知道他所说的一切会不会是替人开脱呢？他可是说过，他可以为方哥去死的呀，既然死都可以，那说几句谎话又有什么不可以的？我心里又有点儿凉了。“可这确实是真的，是事实，对吧？你没有撒谎，对吗？”

“怎么？你也不信？我拿我的人格向你保证，我说的都是事实。”

我一时语塞，我希望我相信，但我真的不敢那么肯定。

“我知道闵队长是不大会相信我的话的，所以他爱怎么想就怎么想吧，反正在我眼里方哥就是好人！谁爱怎么说怎么说。与他为敌就是与我为敌。”他像发誓似的说。

“是因为你跟方探长的关系好啊，还是你不喜欢闵队长，我怎么觉得你的心里有点偏向啊？”

“方哥是我哥，我当然向着他。闵队长嘛，我跟他没什么交情。不过……”

“不过什么？”

“说心里话，我不是很喜欢这个人。”

“为什么？”

“方哥下来了，他却上去了。而且，两人以前关系那么好，跟亲兄弟似的，可方哥一出事，他马上躲得远远的，这也叫哥们儿？我不喜欢这种人。而且，依我看，他这样对方哥，完全是出于嫉妒。”

“嫉妒？你指什么？”

“嫉妒方哥比他能干呗。还有，你没听说过，他和方哥曾经是情敌啊？”

“情敌？”

他神秘地笑笑说：“你真的没听说？他们上学的时候，两人同时喜欢上了陆所长。”

“啊，是吗？这我还真是头一回听说。你是怎么知道的？”

少义笑笑，“你回去问问你们那里的老人就知道了。”

“是方探长告诉你的吗？”

“不是。他才不会告诉我这个。我猜，你们闵队长肯定一直对这件事耿耿于怀。”

“不会吧。即便有这回事，可事情也都过去那么久了。”

“如果你们那个女警察没有死，也许事情就过去了，可闵队长那么喜欢陆所长，陆所长却跟方哥了，现在方哥又因为别的女人让陆所长受那么大伤害，还离了婚，你说，闵队长能不恨方哥吗？站在闵队长的位置上想，如果当初陆所长跟了他，而不是方哥，那她就不会这么倒霉了。咳，我是瞎分析，也许不是这么回事。”

破案真像是写小说，总脱不开人际关系，什么时候你要能把人物关系彻底理清了，案子也就明了。可现在，摆在我面前的这张人际关系图，简直就像一张迷宫图，同事、战友、朋友、爱人、情人、情敌……越看越让我眼花缭乱。

“你认识丁瑶吗？”

他摇摇头：“不认识。但我知道她。”

“你怎么知道的？”

“咳，方哥那么有名，他出点什么事，不是很快就传出来了。”

“你一次也没见过她？”

“没有。也许见过？我没什么印象，怎么了？”

“随便问问。”

少义肯定想不到自己的名字会出现在丁瑶的日记本里，而且还是一段对他不利的评语。问题是，丁瑶是怎么知道少义的？是方探长告诉她的？还是少义没有说实话，其实他们原本是认识的？可看少义的样子，还真不像是说谎。

我们谈话到这时似乎十分顺利，应该说，比我想象的要顺利得多，他对我虽然有些戒心，但也完全不像是一个惊弓之鸟的毒品贩子在和一个想捕获什么的"猎物"的警察之间对话的那种感觉。他会是在做戏给我看吗？如果是，他演得也太好了！

"你后来跟那些贩毒的人还有接触吗？"

"后来，你说最近？"他今晚第一次用很奇怪的眼神看我。

"我是说自从那次你帮方探长他们破获了那个贩毒集团后，你没再跟这类人有过来往吧？"

"我干吗要再接触他们？除非方哥让我那么做，否则我才不会，那些人，我没事找死啊？"

"我就是这个意思，方探长后来没再给你派什么新任务？"我笑笑说。

他也笑了，狡猾地说："你在打听我和方探长之间的秘密呀？他不告诉你，我也不会告诉你。要知道，我们之间可是有很多秘密的……"话说到这儿，少义突然像是看见了什么，他的目光朝我身后什么地方射了过去，停在那里，充满警觉。

"怎么了？"我顺着他的目光回头看去，周围不远处有几桌客人在喝酒、聊天，似乎没什么异常。

"我好像觉得那边有闪光灯闪了一下，该不会是谁在给我们拍照吧？"

"啊？"我再次回头看去，还是没发现什么异常，那些客人都在各自聊着自己的，甚至没有人朝我们这边看上一眼，"你看错了吧？"

少义忽然问："你真是一个人来的吗？"

"啊？"

"真的不是组织派你来了解什么的？"他虽然是在笑着问我，

可那笑容似乎不像开始那么单纯了。

“真的不是。我没有骗你。”

他又朝四周看看，尽管他表现得很放松，可我能感觉出来，他并不放松。他是真的在担心什么，还是故意不想把我们的谈话进行下去呢？难道我的问题中，有什么是他不想回答的吗？

“也许是我的错觉吧？”说完，他端起杯子，将里面剩下的饮料都倒进嘴里，在这个短短的过程中，我看到他的眼睛一直没有离开过我。

那晚，我是走着回家的，像每次我觉得心里有事时一样。那个过程会有一种神奇的力量让我的思路渐渐变得有序起来。

夜很静，路上的行人很少，我无意中感觉身后好像有人在……就是我跟克奇说的那种第七感觉，你可能什么也没看见，可当有人在你身后看着你的时候，你会莫名其妙地觉出来。我回头看看，似乎没发现什么人，可我还是有那种感觉，是不是因为少义刚才说有人给我们拍照让我神经过敏了？我继续朝前走，但那个感觉一直都有，我甚至觉得从我身边经过的人好像都是冲我来的，我不时突然停下来，猛地回头朝身后看去，可还是什么都没发现。路边有个散步的老头儿，他看我的眼神，比我看他的眼神还要警惕。我深深地呼了口气，心里默默地说：错觉，一定是错觉。尽管我这么想，却抑制不住地心慌起来，克奇被人用车撞到沟里险些送命那晚，可就是因为他去见了个敏感人物，而少义，无论从什么角度上说，是毒品贩子、社会名流、方探长的朋友，还是帮助方探长暗中调查唐安的人，都完全可以算得上敏感人物，那么我是不是也进入到危险分子们的视线里了？也许有辆车正在某个角落里等着我，准备随时……

再拐过一个路口就到家了，我这个时候叫出租，司机一定会觉得我有毛病。我加快了脚步，几乎是小跑起来，倘若真没什么人跟着我的话，就当我是在锻炼吧。我跑着，街上响着自己“嗒嗒”的脚步声，今天我穿的鞋，鞋底不知是什么材料的，走路总是那么响，平时也没太觉得，但今天我发现它可是真够响的，这种声响，加上夜间的回音，总让我怀疑那脚步声是否完全是自己发出来的，也许还有别人……“胆小鬼！”我心里骂着自己，但却越跑越快。这时候如果遇见熟人，人家绝对不会认为我是在锻炼，准以为后面有色狼追我呢！

快到家的时候，我遇见了几个半熟不熟的邻居，我跟见了亲人似的，极其热情地跟他们打着招呼，“阿姨，出去啊？天黑了，当心点啊？”哎哟妈呀！

六

“海棠，小谢刚刚来过电话，说唐安的母亲大后天就要走了，他让我告诉你一声。”我刚从外面回来，杜欣就赶紧告诉了我这个消息。

“啊？她的签证拿下来了？”

“那肯定是呗。”

“这么快？这才几天啊？”

我拨通了闵队长的电话，将这个情况告诉了他。闵队长说这事他已经知道了。

“那怎么办？”

“什么怎么办？”闵队长问。

“唐安他们一走，好多事我们不就查不了了吗？汪洋，还有那个放火的事……”

“目前我们没有证据，没权力阻拦他。”

“那方探长知道吗？”这话我是冲口而出的，说完后，我似乎觉得不太合适。

“我不知道。”他的语气果然有点不高兴，“我还没接到解除他回避的通知。”他的意思我明白，他是说他没权利更没义务告诉方探长什么。

“那，那需要我做什么，您就来电话吧。”

“嗯，到时候我会找你的。”

“怎么了？闵队长怎么说？”杜欣看着我问。

“他说他知道了，说没权力不让他们走。别的什么都没说。”

杜欣推了推我，“好了，别瞎操心了。闵队长不是傻子，他知道该怎么做。”

他知道吗？他真的知道该怎么做吗？老实讲，我真想让方探长知道这个消息，因为我相信他一直都在关注着唐安的一举一动，倘若他突然从我们的视线中消失，不用说，这肯定会给调查工作带来被动。而闵队长虽然也很精明，但作为警察，他在某些方面又似乎显得有些过于循规蹈矩，加上很多心理的原因，我担心那会给他的智慧打折的。可闵队长刚才分明已经暗示我了，就这个案子而言，方探长还在回避中……算了！我还是别添乱了，闵队长说得也对，这个时候，我们没权力阻拦唐安，方探长即便知道了，也没什么用。虽然我是这么想了，可心里还是希望方探长已经掌握这个情况了，似乎还有点期望他能用他的小计谋，用他的方式办案法来做点什么，从而扭转被动局面。

从知道唐安他们要走，到他们真走的那天的两天里，我始终没看见方探长，也没看见闵队长。尽管我心里有些不踏实，但也没再去找他们打听什么，我默默地在等电话，我希望突然有谁告诉我说唐安因为什么什么原因没走成，而我便偷偷地猜到，那又是方探长干的。可我没有等到这样的电话，一直都没有。他们要走的这天下午，我给派出所的小谢打了个电话，问他唐安他们是否已经走了，小谢告诉我说，唐安把他母亲送走了，自己却留下了。

“啊？”

“他说他还有点事没办完，要晚些时候走。”

“哦……”我还怕他跑了呢，他却没走？

我刚把心放下一点儿，又一个念头再次让我把心提起来。唐安自己留下了？这事真有点奇怪！如果他是因为方探长的什么花招被迫留下来的，这倒没什么奇怪的，甚至是我所期望的，可如果不是这样，而是他自己主动留下来的，这就有点儿让人琢磨不透了。按唐安的说法，他这次回国就是专程来接他母亲的，从这个意义上说，他没理由让他母亲自己走，从他自己可能涉及某个案子的角度上说，他也没有理由留下来。那他为什么……

“你是说他只把他母亲一个人送走了？”我再次问小谢，怕是自己听错了。

“对。”

“真是奇怪！”

“怎么了？”

“哦，没有，我是说，他怎么让他母亲一个人走了，我觉得有点奇怪。他告诉你他打算什么时候走了吗？”

“没有。他只说过几天。还说，临走前，他还要到他妹妹的墓地上去看看。他想给那儿种点儿花儿。”

墓地？我的天！我想到方探长墓碑上那个死亡日期，他别是因为想对方探长怎么样才留下来的吧？这个想法好像一下子把我脑子里的那个定时器给打开了，它又开始“滴答滴答”地响起来了。耳边有个声音在说：“你别逼人太甚，别把人逼急了，不然你可能都活不到墓碑上那个日期。”

我放下小谢的电话就给方探长手机拨了过去，几乎没怎么思考：“是我，海棠。”

“有事吗？”

“哦，没事，”什么呀？“有点事，您知道不知道唐安的母亲已经走了，可唐安没走？”

“他没走吗？我还真不知道这情况。你听谁说的？”

“派出所小谢电话里说的。”

“可我听说他已经订了机票的……”

“是吗？也许又退了？反正小谢刚刚告诉我说他没走，唐安还告诉他，说他还有事要办，过几天才能走。”

“哦，是吗？嗯……我知道了。”

天呢！幸好我告诉他了！如果唐安或什么人真要去杀他的话，他至少不至于没有一点防范了。我大大地松了口气。

七

又到发工资的日子了，每逢这种时候，人就到得特别齐，大家心情也显得特别好。我听说方探长在预审那边的工作已经结束了，虽然这时候他还没来，但我估计他马上就会来了。一想到从今以后，我又能每天都看见他了，心里就有一种说不出的愉快，我又擦桌子又拖地，别人准以为是发工资这事让我乐到这分上的呢，好像我没见过钱似的，呵呵。

克奇也回来了，他的心情似乎比我还要好，看不出一点被人“弄到”什么地方“看”起来的悲观和怨气，难道是发工资这事让他变得宽容了吗？

“怎么样？最近？”克奇看见我笑着问。

“挺好。”

“怎么？再没遇上过什么人被撑死的案子？”

我笑了一下，回敬他说：“你现在这么注意节食，我去哪儿遇上这种事？”

“呵呵，那你们岂不是很寂寞？”

“我们是很寂寞，所以我们都很羡慕你。”

“羡慕我什么？”

“羡慕你永远活得那么充实，身上有用不完的干劲儿，心里还有数不尽的怀疑。”

“这也让你嫉妒啊？”

“嫉妒，真嫉妒，快嫉妒死我了。”

“喂，我说，小嫉妒，给咱透露一下，唐安的那位好兄弟汪洋落网了吗？”

“这事不归我管了，爱落网不落网，你要想知道，去问闵队长好了。”

“你这是什么态度？太没责任感了吧？那么重大的案子，怎么能撒手不管呢？你可太辜负你的上级对你的希望了。”

“不是还有你和你的上级呢吗？国家有你们保卫，我是一百个放心。”

“行啊，海棠，几日不见，变得伶牙俐齿了，看来你师傅够有本事的。”

“我师傅不就是你吗？整天跟着你练，再嘴笨的人也会变得伶牙俐齿的。”

“是吗？那就是说，以后你不再动不动就用眼泪说话了？而学会用嘴了？”

“呸，你才动不动用眼泪说话呢。”

“呵呵，打人不打脸，骂人不揭短儿，我也真是的。”他轻轻扇了自己嘴巴一下，然后凑近我问：“喂，不开玩笑，汪洋真的还没什么消息？”

“没听说。”

“也没听说有什么关于唐安的新线索？”

“暂时没有。你有什么好担心的，他什么问题也没有，不是吗？”

“很好，那你们的动作最好快一点，慢了恐怕就来不及了。”他看看我，诡异地笑笑。

“来不及了？什么来不及了？”

他狡黠地说：“有些事，恐怕马上就要尘埃落定了。”

“尘埃落定？什么尘埃落定？”我看着他，心提了起来。

“啊？咳，看我这张嘴，又没有把门的了。”

“什么尘埃落定？”

“没有，什么也没有，我跟你逗着玩呢。哎，刘兰去哪儿了？你看见刘兰了吗？”

我看着他的表情，嬉皮笑脸的，虽然那很像是在开玩笑，但我能感觉得出，他并非在玩笑。

“问你呢，看见刘兰了吗？”

“没看见。”我心不在焉地回答。

“真的，我找她有事。”

“告诉你了，我没看见！你没长耳朵啊？”

他看看我，“哎，海棠，你身上带枪了吗？”

“什么意思？”

“看你这脸拉的，我怎么觉得，这会儿你身上要有枪，准会把我崩了？”

“那你就当心点儿，别来惹我。”

“是不是我说尘埃落定的事让你烦心啊，而且还有那么点儿紧张？嗯？”

他哼着歌走了，他这是在气我，我还真的有点儿生气，尘埃落定？他又要采取什么行动了？他就不能让我消停一会儿！哪怕就一小会儿！从他得意的表情看，他好像已经设好埋伏圈了，就等着什么人进去送死了，而那个正准备走进埋伏圈的人，一定就是方探长。尘埃落定！尘埃落定！难道说，克奇手里已经掌握了什么证据？是唐安把证据交给他了？或是答应交给他了？那将是什么样的证据，将证明什么？不行，我得去找他问个明白。

我站起身，一眼看见了方探长，他不知什么时候进来的，站在胖子的桌前，手里拿起一份文件看着我，“你怎么了？气呼呼的样子？”

“啊？没有。”

“是克奇又说了什么气着你了？”

“他？没有。他没说什么。”我很不自然地回答。我见他用审视的目光看着我，于是说：“他只是问我们是不是查到什么有关唐安的线索了。”

“哦，是吗？”他低下头去看手里的文件，脸上没任何表情，但最近我已经发现，在他越没有表情的时候，似乎越是他想法最多的时候。

他转身要走，我叫住了他："方探长！"

他站住脚："啊？"

我很想把克奇"尘埃落定"的话告诉他，但话到嘴边又咽回去了。

"什么事？"

"您这次是不是算彻底回来了？"

"差不多吧。那边的事基本结束了。"

"哦，那，那太好了。"

"唐安的签证什么时候到期？"

"5月底。"

"嗯，怕是我们还要给他再延期了。"

"什么？"

"没什么，今天是个好日子。"他朝我挤挤眼睛，笑着走了。

怪事！他们俩，他和克奇今天是怎么了？好像都很高兴的样子。假设他们互相为敌的话，一个人的好日子，应该是另一个人的坏日子，但今天，他们俩好像高兴到一起了，真是奇怪。这不会是什么征兆吧？

我在楼道里看见刘兰，心不在焉地告诉她克奇刚才在找她，刘兰抱怨说："这个该死的克奇，非逼我犯错误不可。"

"怎么了？"

"咳，别提了。他不让我说，这个倒霉的家伙，一天到晚神神秘秘的，算我倒霉，怎么想起跟他借钱呢。"

"借钱？谁借钱？"

"是我，我跟他借钱，所以他就……咳！"

"到底什么事啊？你告诉我，我不会告诉别人的。如果需要的话，我也可以借钱给你呀。你刚给我的工资，还没动呢。"

刘兰笑笑："是啊，我刚才要是先想到你就好了。我不过是想买个背投电视，可银行的钱还没到期。我说克奇怎么答应得那么痛快呢，原来是有条件的。”

“什么条件？我帮你批评批评他？”

“别，别，告诉你可以，你可别去批评他，他会骂我不守信用的。”她看看周围没人小声对我说，“克奇让我把处里的那个微型录音机借他用，说是上课记笔记太累，想录下来……”

“录音机？”

“你知道，没有韩处长的批准，那些东西是不可以往外借的，我叫他去找韩处长，可他就是不去，还不让我告诉韩处长。”

他想干什么？真是上课用？结合他刚才对我说的话，我的心因为恍然中悟出的什么“咯噔”一紧。

“咳，还好，他说三两天一定还回来。如果丢了，那我可真是吃不了兜着走了。”

“我的姐姐，你的胆子也太大了，你知道那录音机有多贵吗？”其实，我更想说的是，“你知道他用那录音机去干什么吗？他想用那录音机去引爆什么地雷也说不准。”

“小点声！我知道，我知道，我知道那录音机很贵，你可千万别说去啊，处长知道了，你可就害死我了。就三两天，也许就一两天。不行，我还得打电话嘱咐他，让他千万别弄丢了。这可是丢饭碗的事，你说刚才我怎么就没想明白，为了他那几千块，冒的却是丢饭碗的险。行行好吧，海棠，你是我最好的朋友，我才这样对你说，你可千万千万别告诉任何人。”她为了让我保守秘密，第一次把我说成“最好的朋友”。

克奇借录音机去做什么呢？想取证？这和他说的尘埃落定有没有关系？如果有，难道那取证的对象将是方探长吗？我的老天爷！这是个什么上午啊！乱七八糟的！怎么好像有好多鬼一起在暗中磨刀似的？

“克奇现在去哪儿了？”

“回学校了。”

“什么时候走的？”

“早走了。”她看看表说，“这会儿差不多该到了。”

我几次偷偷经过方探长门前，都看见他在房间里打电话，他“嗯，嗯”地应着，没有什么其他台词，搞不清楚他是在跟什么人通电话，他似乎很放松，并没有要出去的意思。但愿这下午他哪儿也别去，我心里真乱，真希望他哪儿也别去，甚至希望下班以后也哪儿都别去，希望克奇要去触碰的地雷不是他。

下午4点多的时候，韩处长让我去给局长送份材料，等我回来的时候，方探长的门关上了，我轻轻推了推，锁着呢！我用手敲了敲，“方探长，方探长。”没人回应，他走了！我顿时觉得身体里突然哪儿空了，好像什么物件擅离职守了没着没落的。

我跑去问杜欣，“看见方探长了吗？”

“他不在吗？”

“不在，他的门锁着呢。”

“是啊，他去哪儿了，也没跟你汇报？”她开玩笑说。

“什么呀？我有事要问他。”

“打他手机呀。”

那我哪儿知道他在哪儿？我并不是真要联系他，而是只想知道他在哪儿？这话我又没法跟杜欣说。

“他离开分局了，还是就在这楼里？”

“他没告诉我。”她笑笑说，“有什么急事？案子上的事？”

“当然是案子的事，还能是什么？”

“还能是什么？”她笑着学了我一句。

我知道狡猾的杜欣已经从我脸上看出了什么了，可这时，我没心思去关心杜欣怎么想，只想知道方探长在哪儿？克奇在哪儿？他拿了录音机要干什么？

我回到自己的桌前给警院打了个电话，想看看他是不是不在那儿，要是也不在，那我的猜测就对了，他可能正和方探长朝着一个方向运动。“尘埃落定，”我在脑子里一遍遍地重复着这个词，心里越来越发慌。克奇的手机关着，我把电话打到他的宿舍，接电话的人告诉我，他去上课了，大概一个小时后回来。

“您肯定他是去上课了吗？还是他还没回学校呢？”

“他是上课去了。我们一起去的，我回来的时候，看见他还在教室呢。你有什么事，要不要我转告他？”

“不用了。没有急事，只是想看他什么时候有时间，一起出来吃饭。”

“哦，那你就等会儿打吧，兴许他一会儿就回来了。”

我放下电话，松了口气，是我多想了，他借录音机也许真是为了上课用，我太神经过敏了。其实，即便他是为了从方探长那里得到什么证词，这又有什么错误呢？难道我可以阻拦他去找出事实真相吗？难道我有权力这样做吗？虽然我希望克奇对方探长的调查都是错误的，都是他的误解，可那也仅仅是我的希望。我决定放弃看着他们俩，该发生的总会发生的。

尽管我决定放弃去操心他俩的事了，但那担忧还是从头到尾挂满我一身，遇上谁就问我：“没事吧？”“钱包丢了？”“挨头儿的骂了？”在家的时候，我怕被姐姐看出来问个没完，晚饭后，便找了个借口去逛街了。要知道，当你满脑子都想着什么，却要假装什么都没想的样子，实在太辛苦了。

人在心神不宁的时候，逛商店是个好办法，那些你突然发现的新玩意儿，会分散你的注意力，会将你从某种执著的状态里拉出来，让你放松，说不定，还会改变你的思路，帮你用其他的角度去想问题。我经常有这样的情况，对同一个问题，在屋里可能这么想，换个环境后就会那么想了，就好像所处的位置移动了，思维也就跟着流动了。但今天不同，我的思路好像被什么东西粘住了，始终停留在一处。讨厌的是，不管我走到哪个商品前，马上就有服务员跟过来问这问那，“姐，姐”地叫着，不厌其烦地推荐我只想随便看看的东西，那些卖衣服的服务员还总使劲拉着我穿上试试，咳，也真够烦的。我这哪里是在逛商店，分明是在被人跟踪，被人监视，被人算计。

我离开了商店，想换个什么地方，摆脱被人纠缠的环境，可去哪儿呢？哎，对了！我为什么不去少义那里看看？少义不是说让我有时间经常过去逛逛吗？再说，克奇上次特意跟我提到了少义，唐安也提到过少义，他身上现在聚着那么多目光，说不定今晚我会在那儿撞见方探长或者克奇，或者还有其他什么神秘人物，或许正好弄清楚我正担心的事。

第二次光临红棉酒吧，感觉略有不同，除了它依然让我感觉很疯狂、很刺激外，这次它还让我感觉有些神秘。那里没有一张熟悉的面孔，也没看见少义，但我总感到在那些陌生的面孔中有人注视着自己，好像自己被人发现了，好像只有我在明处，而某些认识我的人却在暗处偷偷地注意着我。少义上次说的有人在暗中给我们拍照，没准是真的。

这天晚上，我除了疑神疑鬼以外，什么正经事也没做，什么正经收获也没有。

可第二天，克奇真的出事了！我那一整天惶惶不安的感觉终于应验了！

八

我没等胖子他们把话说完就冲进老爸的办公室，“他现在怎么样了？”我这才发现，这屋里除了老爸以外，还有闵队长和政治处的梁政委。

“是她吗？”我听见梁政委低声地问闵队长。梁政委是新上任的，我认识他，但他不怎么认识我，因为我也很少跟政治处的人打交道，对他来说，我也是新来的。

“嗯。”闵队长点了下头，对我说：“海棠，他你认识吧？政治处的梁政委……”

“你好。克奇现在怎么样了？”我简单地跟那人打了个招呼，着急地问老爸。

“他还在医院抢救呢，现在还没醒过来。”

“有生命危险吗？我想去看看他。”

老爸看了梁政委一眼，“这事回头再说，梁政委他们是为克奇遭人袭击的事来了解一些情况的，你先跟他们谈谈吧。”

梁政委用政治处人特有的目光看着我说：“我们别在这里耽误韩处长的工作了，我看还是到我们那边去谈吧。”

他们的办公室在二楼的阴面，没有阳光，屋子显得有些阴冷。

闵队长也跟过来了，这会儿，我才顾上看了看他，现在的他似乎比以前显得更加疲惫。他不住地用手挠头，那头发好像脏得不得了了。我已经熟悉这动作了，那是他心里烦躁的表现。

“克奇的事，你都知道了是吧？”闵队长一边挠头一边说。

我说：“我只是听说他被人袭击了，伤势很严重，究竟怎么回事，我还不太清楚。”

闵队长说：“他昨晚被人用重器击中头部后扔到通往西郊高速的一条马路边上了，大概是10点钟，有人在路边发现了他，当时还以为是出了什么车祸后，司机开车逃逸了呢。当然，从他伤势看，这种可能已经完全可以排除了。也就是说，他遭人黑手了，是被人袭击后扔到那里的。”

“哦……”

梁政委把一杯水放到我面前，“听说，克奇以前跟你说过一些事，你能不能给我们提供一些线索。我希望你明白，克奇，已经生命垂危，这件事很严重，非常严重，希望你意识到这点。”

“录音机！”我迟疑地说，从我们处到政治处的这短短的路上，那个录音机一直在我眼前晃动，而同时在我心里晃动的是“尘埃落定”这可怕的词和揪心的疼痛，想说的和不想说的，忠诚和背叛，职责和感情，在我的心里相互厮杀，这会儿已经打得血肉模糊了！

“你说什么？录音机？”闵队长问。

“是，他昨天向刘兰，就是我们的内勤借了一个录音机，而在这之前，我见过他，他对我说什么事就要尘埃落定了。”

“尘埃落定？什么意思？你明白他的意思吗？”

我摇摇头，“我当时问他了，可他没告诉我他指的是什么。”

闵队长有些疑惑地看着我，“但你知道他指的是什么，是不是？”

“我不知道……当时他这么说，我也有些困惑。”

“你没追问他是什么意思？”

“我追问了，可他不肯说。”

“你难道感觉不出他说的是什么事吗？”

我犹豫着。

“是方哲？”

我没作声，我以前已经出卖过方探长一次了，因此他被轰出了侦案组，因此他被二次“流放”了；打杂、站马路……因此他在很多人眼里成了更加不可信任的人，他失落的样子，孤独的样子，曾经让我那样难过，那样自责，我真不想再给他身上添一处伤了，那也同样是我的伤，我的痛！而相比之下，眼前发生的事要比那次严重得多，它带来的后果也定会严重得多……

“克奇一直都在暗中调查方哲，是吧？”闵队长追问道。

“可他那些怀疑好像并没什么依据。”

“为什么这么说？”

“他对方探长的怀疑主要是因为丁瑶的自杀引起的，还有唐安对他说的一些没什么根据的事，我想，这您一定也早就知道了。”我看着他，我从他的表情断定我猜得没错，克奇一定已经把唐安说过的话都告诉闵队长了。

他看看我问：“克奇那天还跟你说了些什么？”

“那天他是来领工资的，我们只说了几句玩笑话，他就走了。不过，那天他问到了汪洋和唐安。”

“问什么？”

“他问汪洋是否已经抓到，问我们最近有没有关于唐安的新线索，我告诉他暂时没有，他当时显得很高兴。”

闵队长看着我，沉思着。

梁政委目不转睛地看着我，“方哲那天在吗？”

“在。”

“他听到克奇跟你说‘尘埃落定’的事了吗？”

“没……有。”

“你也没告诉他？”

“没有。”

“你肯定？”

“是，肯定。我什么也没告诉他。”

“你平时跟方哲交流得多吗？”

“不多。我从侦案组回来后，他一直都在预审那边，我们几乎见不到面。”

“我们听说你跟方哲的关系很不错，他曾经去你家跟你谈过很长时间，有这事吗？”

“有这事。”

“他经常去你家吗？”

“不经常，就一次。您这话什么意思？”我不满地看着他。

“你很崇拜他？”

“是。这跟克奇出事有关系吗？”

他并不回答我的问题，只是充满怀疑地问他自己的，“你说他只去过你家一次？”

“没错。”

“那次在你家你们都谈了些什么？”

“谈马修的案子。”

“为什么在家里谈？你们那时不是天天都见面的吗？”

“不是我们天天都见面，而是我们天天都一起工作。”他说话的方式让人恼火。

“这不都一样？”

“我感觉这并不一样。方探长从来没到过我家，那是第一次，也是唯一的一次，当时因为我的脚扭了，方探长是去我家看我的，顺便谈了谈马修的案子。”我生气地看着梁政委。

“你可别把我们当对立面，我们只是在了解情况。”他这时的语气和神情都比刚开始的时候严厉了很多。

“我没把谁当对立面，可您也别把我当对立面。”

“我有吗？嗯？我不过是希望你能把所有知道的事情都说出来，帮助我们找出害克奇的真凶。”

“您问我什么都没关系，我可以把我知道的事情告诉您，但我不能胡说八道。可您问的话怎么那么怪啊？好像我……”

闵队长：“海棠，嗯，好了，说说那录音机的事吧，你刚才说他是跟你们的内勤借的，她叫，嗯，叫刘兰是吗？”

“是。”

刘兰从政治处回来以后趴桌子上哭了半天，我站在一边不知说什么好。“真对不起，我必须告诉他们这件事，对不起……”

对不起！对不起！此刻我对不起的人太多了！克奇、方探长、刘兰，在这座迷宫中，有那么多扇门，那么多条路，我也不知道哪一步可能会把谁不小心碰到悬崖下面去，可能会对不起谁，可我又不能不走。迷宫，把我迷住了，我的选择就是凭感觉去尝试所有出去的可能。

现在，该轮到他了！方探长是我们这里最后一个接受调查的人。从得知克奇被害之后这一天里，他一句话都没有说，甚至也没听见他打过一个电话。每个经过他门前的人，都能闻到从那屋子里散发出来的浓烈的烟味，直到他离开那个屋子很久后，烟雾似乎还在向外慢慢飘散。

当他从我身后走过去，去接受盘问的时候，他的脚步似乎在我身后停了一下，我想他会叫我，问我一些让我不知如何回答的问题，我屏住了呼吸，却没有回头，两条腿机械地向前移动，我感觉那脚步声朝着某个方向移动了，他走了，那渐渐远去的脚步声，声声都像踏着我的伤口走过去的。一瞬间，我觉得自己就是丁瑶，她曾经的困惑就是我当前的困惑；她曾经的痛就是我当前的痛。我们无法选择的选择，就是拿起刀来刺向我们所爱的人。

下班后，我和杜欣一起来到克奇的病房，那里的气氛有些紧张，病房被专门派来的警察严格把守着，我们没被允许接近他，而只是在病房的窗前朝里面看了看。蓝色的灯光下，克奇的脸色非常惨白，他被许多管子束缚着，双眼紧闭，嘴唇微张着，像是要说什么。“克奇!”我哭了，杜欣也哭了。

之后，我和杜欣在医院的走廊里坐了很长时间，我流着眼泪问杜欣说：“这是怎么回事？到底是怎么回事啊？杜欣？”

杜欣握着我的手，一句话也不说。

“杜欣，你说话呀，你为什么什么都不说呀？你究竟是怎么想的？你认为方探长会做这样的事吗？你觉得是他干的吗？”

她还是不说话，她的沉默让我觉得害怕，怎么说她也比我知道的内幕消息多，她家老公是个老刑警，平日，尽管她不太评论方探长，但从她的态度看，她似乎还是相信方探长的，可现在，她的沉默表明，她也在怀疑着什么。

“杜欣，求你了，说句话吧，你该不会就是这么认为的吧？”

杜欣支吾着说：“他和克奇之间……谁都知道，克奇因为丁瑶的死一直怀疑他、调查他，出了今天这样的事，也难怪大家怀疑到方探长，我说不清楚，我觉得不该是他吧？”

“为什么你感觉他不会？”

“假如他是……像他这么聪明的人，怎么可能出此下策呢？他明明知道大家都在怀疑他，他这样做不是引火烧身吗？这样不是太傻了吗？我想不会的，除非……”

“除非什么？”

“我们别瞎猜了，现在已经够乱心的了。总之，总会有人注意到那天克奇去了什么地方了吧，不可能没人知道。我们找找看，总会发现点儿什么的。”

“可你刚才想说除非什么呀？都这个时候了，你就别吞吞吐吐的了。”

“我想说除非是克奇发现了什么把他逼急了，他除了破釜沉舟没有其他退路。”

“尘埃落定”！这是不是就是那个把他逼急了的事情？是不是克奇那天跟我说的话让他听见了？他感觉到了克奇对他的威胁，于是在克奇想用录音机“取证”的时候，他就“破釜沉舟”了。那天克奇走后，他不是也突然失踪了吗？这难道是巧合吗？天呢，天呢！我究竟该不该这样去猜测方探长？我没有把我心里的分析告诉杜欣，我怕她完全同意我的分析，还是留点空间让她去往好处想吧，杜欣是唯一能使我得到一点安慰的人了。

我们站在医院的院子里，用手机打了很多电话，把克奇身边那些我们所能联系上的人都问了一遍，但没有任何收获。

与杜欣分手后，我突然有一种冲动，干吗不直接去找方探长问问！干吗要这样被自己的胡思乱想折磨下去？对，去找他！我要看着他的眼睛让他回答我克奇的事究竟跟他有没有关系，我要看他怎么回答，或者怎么骗我。

我给方探长的手机拨了电话，手机没人接，半天都没人接，他是在回避我吗？要么就是他正在吃饭，这个时间，应该是吃饭的时间了，那他和什么人一起吃饭？也许是和他的同伙？也许他们正边吃边商量着下一步的对策。一想到克奇被人打得半死正在死亡边缘挣扎，而他却没事人一样地吃饭，我心里不由得产生一股复杂的恨。从认识方探长到现在，这是我第一次真的恨他。

我又接连拨了几次电话，还是没人接。我站在马路上的十字路口没了主意。我慢慢地朝着回家的路上走着，期待着手中的电话会忽然响起来……也许他已经被抓起来了吧？记得我和杜欣离开分局的时候，他还没有从政治处回来，从他走到现在已经过去好几个小时了，也许这次他没能躲得过去，终于交代了“犯罪事实”，然后……完了，我心中的偶像，我暗恋着的人，就以这样的结局摧毁了一个英雄的神话，也摧毁了我那座用崇拜、敬仰和痛苦在心里搭建起来的小屋。闪闪烁烁的霓虹灯交替地变换着街道上的色彩，真像迷宫中的颜色……

在我快要到家的时候，我几乎不抱什么希望地最后拨了一下方探长的手机，他居然接了！“喂？喂？”我焦急地喊着。

“喂，请问您是机主的朋友吗？”那声音不是他，那奇怪的声音吓了我一跳。

“是，你是谁？”

“你不认识我，你朋友喝多了，正跟人打架呢？谁也劝不开，他手机掉地上了……”

“啊？在哪儿，他在哪儿？他身边没有别人吗？他是一个人吗？”

“好像没别人，刚才就看见他一个人坐着，后来不知怎么……”

“这个地方在哪儿？”

“安居里您认识吗？这儿有个魔鬼城，是家不很大的饭馆……”

魔鬼城！烂名字！我挂上电话，跳上一辆出租急奔魔鬼城而去。

那人所说的魔鬼城在一个很不繁华的街区，甚至有些偏僻，也不是一个有名的饭馆，方探长为什么到那里去喝酒呢？而且还是独自一人？这真的很不寻常，他有很多朋友，他完全可以随便叫上一个什么人一起吃饭，可他却一个人，是因为克奇的事在……在自责吗？还是害怕？如果他很坦荡，在克奇遇害的问题上他很坦荡，在这种时候，他不会想一个人去什么魔鬼城喝酒。今天我要问个明白，一定要问明白，他今天喝了酒，也许正好！我催促着出租司机快点，再快点。

我还没下出租，就发现魔鬼城门口围了一些人，我看见方探长正揪住一个小伙子的脖领子把他推在墙上，那人的眼镜几乎是挂在鼻梁上，马上就要掉下来了，可他的双手揪着方探长的手，顾不上去扶那眼镜。

“你放手！你放手！”那个男人喊道。

“你说清楚，你究竟想干什么？谁派你来的？你说？”

我边奋力拨开人群边大声喊着：“别打了，别打了，快住手！”我冲到他们面前，用力拉住他们的胳膊，想将他们分开，但两人谁都不松手，那个男人抓住方探长的手使劲一挣，一拳挥到我的脸上，“哎哟！”我的鼻子一酸，眼泪都出来了，血顿时流了下来。

“还打呢？人都这样了。”人群中有人不满地说。

方探长松开了那人，狠狠地说：“我告诉你，给我闭上你的臭嘴！你要是再敢胡说八道，满嘴胡喷，老子对你不客气。”

那人也不依不饶地说：“你敢怎么样？怕了吧？你要是干净，有什么好怕的？”

方探长：“放屁！老子怕你？”

“行了吧，行了吧。”

方探长喘着粗气，脸色铁青地问我：“你怎么来了？”

我捂着鼻子看着他。

“有事吗？”他看着我还在流血的鼻子问。

我摇摇头。

男人走到方探长身边说：“你就等着吧，老大，这事没完，我一定会叫你臭名远扬的！”

“好啊，我等着，你可要说话算话。”

“行了，都少说两句吧，快看看这姑娘要不要去医院吧。”

方探长拉起我的胳膊朝一边走去。

一个小伙子跑过来，“这是您的手机。”

方探长愣了一下，接过手机。

小伙子看了我一眼，转身走了，我捂着鼻子说了声谢谢，估计他也没听见。

我和方探长走到一边没人的地方，他看着我，“要不要去医院？”

“不用。”我已经用纸巾堵住了鼻子。

“你吃饱撑的，大晚上跑来做什么？”他没好气地说。

我借着路灯的光亮看着他，他的嘴角挂着血迹，衣领被揪开了，嘴里满是酒气，“怎么回事啊？您为什么跟人家打架？”

“不知道从哪儿来了个狗屁记者，满嘴胡说。混蛋！”

“是记者？是特意冲您来的？”

“谁知他怎么来的，我不认识他，也没见过这个人。”

“他问您什么？”

“还能问什么好事。”

“是克奇遇害的事？”

“哼！他们的消息还真够灵通的。”他用手抹了一下自己嘴角上的血。

“他怎么知道您在这儿的？”

“谁知道？别去管他了。”他看我一眼，“你怎么知道我在这儿？”

“我给您打了好多遍电话，一直没人接，后来终于有人接了，他说您正在跟人打架。”

“妈的，混蛋……”他余怒未消地骂了一句。

“您没听见我的电话？”

“啊？哦，我听见了。”

“为什么不接？”

他掏出烟点上。

“不想见我啊？您喝酒了？”

“嗯。”

“一个人？”

“对。”

“为什么？”

他使劲吸了口烟，然后烟雾一缕缕从他嘴里转了出来。

“您心里好像很烦，是吗？是因为克奇的事？”

“很多事。你别问了。”他的确显得很烦躁，他皱着眉头，嘴里喷着烟说，“你找我有事吗？如果你想问我克奇的事，那还是改天吧，我脑子里的事情太多了，我现在什么也回答不了你。”

我看着他，生气地说：“您的态度真是让我失望，我真的很失望，您知道我们刚去医院看过克奇了，到现在他还没有醒过来，我……”

他没说话，只是抽烟。

“看他伤的那样子……我，我真的很难过，可您却在，在喝酒！”我声音有点哽咽。

“我也去过医院了，他们没让我靠近。我也很难过，和你一样。”

“您难过？是为了他吗？”

“你想说什么？”

“您以为我大晚上拼命地找您，只是想来哭的吗？”

他看看我，“那么你是来质问我的？嗯？你觉得这事是我干的？是吗？是我把克奇打成这样子？是吗？”

“不是我这么认为，是很多人都这么认为。”

“是啊，很多人……”他吐了口烟，烟雾在空气中慢慢飘散着。

“您不想解释什么吗？”

“解释？”他笑了一下，“连你都不信，我还解释什么？”

“您为什么一个人喝酒？”

他瞪着我说：“我告诉你，这事不是我干的，听明白了吗？我早就告诉过你，克奇这么瞎查，早晚会出事的，现在怎么样？我说得没错吧。”

“如果您什么都没做，您烦什么？您为什么一个人在这儿喝闷酒？是什么让您这么心烦？”

“干脆说，你认为我心里有鬼是吧？你以为……算了，你不明白，你什么都不明白，回家去吧。别给我添乱了！”

“我要是什么都明白就不跑来问您了。如果您心里没事，为什么不能让我知道您心里在想什么？”

他眼睛看着手上的烟，看着它慢慢地燃烧着。

“到底是怎么回事？”

“我脑子很乱，也不知该怎么跟你说。总之，该你知道的时候，你自然会知道的。”

此刻，我真的很恨他了。从知道克奇出事到现在，为了他，我的心都揪到天上去了，组织上、同事中那么多人在怀疑他，我在四方压力、八面猜疑之下还一心只想着替他开脱；离开医院以后，我跟疯了似的找他，他有那么多值得怀疑的地方，我还希望能得到他的解释，此时此刻，哪怕是一点点能消除我内心疑虑的解释，都会让我轻松许多，可他不仅一点体会不到我对他的好，却仍然拒我于千里之外，在他眼里，好像我和其他人，和那些怀疑他的人没什么区别。他的心真是太狠了，难怪丁瑶那么绝望。

我语气强硬起来，“您这样，我只能认为您心里什么都清楚，什么都明白，您就是在自掘坟墓！而且，克奇的事就是跟您有关。”

他笑了一下，“你这么说，也没什么错。”

“知道我为什么这么想吗？您还记得那天克奇回处里的事吗？您当时问我克奇跟我说了什么，我当时并没把他说的话都告诉您，虽然我很想那么做，可我没那么做，因为，因为说白了，您做的很多事真的很可疑，真的很让我怀疑！”

“那么现在呢？你开始信任我了？想告诉我他说什么了？”

“对，我现在是想说了，但那不是因为我信任您，是因为那正是我怀疑您的理由。”

“哦？”他轻弹了下烟灰，似乎对我要说的话很无所谓，“什么理由？”

“他当时告诉我一切就要尘埃落定了！”我重重地说出了那关键的四个字。

他的表情严肃起来，看来我的话正中他的要害了，他看着我，“尘埃落定？他指什么？”

“虽然他没具体告诉我那是什么意思，但我猜，他指的就是对您的调查。除此之外，您身上还有许多值得怀疑的地方，比如，克奇那次神秘的车祸，撞他的车为什么会是少义的车？再说马修的案子，虽然您赢了，但仍然不能排除您有想借那件事陷害唐安的动机。还有，为什么您那里会有一个写着克奇名字的信封，为什么只有空信封，却没有信，信到哪里去了，上面究竟说了些什么，等等等等，这些事都奇怪地发生在您身边，难道别人不该怀疑您吗？坦白说，现在最怀疑您的人不是别人，而是我！为什么克奇刚跟我说完那番话，他就出事了，这未免太巧了吧？而当他说那话时，您可能都听见了，因为当时您就在旁边。您是大探长，天下最聪明的人，换了您是我，您不会这样去怀疑吗？”

他又笑了一下，“是啊，真是太值得怀疑了，换了我是你，我也会这样怀疑的。那你现在想怎么样？想让我今天一晚上把你所怀疑的事都通通解释一遍？或者是坦白交代一遍？那恐怕讲到明天早上也讲不完。”

我气呼呼地看着他。

“好吧，先说‘尘埃落定’，他是指什么？”

“我不知道，但我想您肯定知道。”

“他没具体说吗？”

“他没说，也许他说了就好了，就不会……”

“这是你的错，如果你是个称职的警察，你就应该想办法问出个究竟来，那样他也许就不会躺在医院里了，况且你明明知道他背地里借走了录音机，却不去想他可能会去做什么，会不会有危险。”

“没错，这是我的错，我承认我不是称职的警察，我该为此后悔，为此羞愧！但您呢？您不为此羞愧吗？也许应该为此羞愧的人是您！”

“哼。”他用鼻子哼了一声，无奈地摇摇头，沉默了一会儿之后，“好了，时间不早了，回家去吧。”他捻灭手中的烟。

“不，您还什么都没告诉我呢。”
“回家吧，回家吧。这事你早晚会明白。”
“不。我不走。今天您别想就这么打发我走。”
“干吗？别耍孩子脾气啊。很多事，不是一句两句能说清楚的，何况我自己也还没完全想明白……”
“我不走，今天您不跟我说清楚了，我就不走！”
“你别那么拧了好不好？我不会逃跑的，”他笑笑说，“你要想抓我，还有的是时间，至少你还要找到证据是不是？总不能就凭你现在的那些怀疑就把我带去拘留啊。再说，看看你的鼻子，赶快回家拿冰水敷敷，不然明天就成皮诺曹了。”
这人怎么这样啊？真够气人的！我真的没想到，在我说了那么一大段打击他的话后，他还是这种态度，好像我找了他一晚上，是专为胡搅蛮缠来的。“您居然还能开这种玩笑，在这种时候，您居然……您是不是以为怀疑您对我来说很舒服啊？您以为我大晚上来找您，就是想调查您，审问您，然后拿您去立功受奖啊？”
“我可没这么想，行了，别烦我了……”
“您烦？难道我不烦吗？我是不想您有麻烦，知道吗？”说着，我的眼泪刷刷地掉下来，爱、怀疑、委屈争相涌到了嗓子眼儿，堵在那里，让我一句话也说不出来了，只有眼泪，它都替我说了。
“哎，哎，别这样，别这样，好，好，我不该开这样的玩笑。”
“您以为把您弄成坏蛋，我很高兴是吗？”
“当然不是，好了，好了，不说了，不说了，回家吧，我也回家好好反省自己……”
“您有什么可反省的，您不是什么都没做错吗？您既然什么坏事都没做，还反省什么？”
“哎呀，海棠……”
“我现在才知道您为什么落得这么倒霉的地步了，现在才知道为什么别人总是怀疑您了，因为您太自以为是了，太自负、太骄傲了，您以为世界上只有您自己最聪明，您不喜欢跟别人讲心里话，不愿意跟别人配合，把别人都当成废物、傻瓜，不配跟您沟通……”

“哎，我是那样吗？”

“现在我心里很清楚，而且是越来越清楚您是什么样的人了！退一万步说，您是被冤枉的，您根本就不是克奇说的那种人，您是好人……”

“不用退一万步，我就是好人。”

“哦，是吗？那都是别人不对了，都是别人毫无道理地怀疑您了，别人都有眼无珠，那您又相信过谁呢？您相信您身边的同事吗？”

“海棠……”

“方探长，不管以后的事情会怎么样，我都不会原谅您今天对我的态度。您太让我失望了。”

“哎，别，别，别……你可是我身边最信任的人。”

“不，我不是。我知道我不是。既然像我这样的人不配得到您的信任，也不配从您那里知道什么，那好吧，那我只好按自己想的去做了。”说完我转身就走。

“喂，喂，你要干什么去？”他追上我，“你是要回家去吧，啊？我送你。”

“那不一定。”我边走边说，“我以前顾及的东西太多了，太保守了，我一直不敢做什么，怕打乱您的计划，其实我有什么好怕的？”

“什么呀？你说什么呢？你想怎么着啊？”他紧张地跟在我身后。

“我不想怎么着，我现在只想像您一样，按照自己的方式去自行其是。”

“你要去哪儿？你别乱来啊？”

“您别管，那是我自己的事，既然您什么都不告诉我，我也什么都不说。我想干什么就干什么，谁也管不着。”

“海棠，别胡闹！你是警察，不是小孩子。”

“您不是说您是好人吗？那克奇的事一定也不是您做的了？那除了您就是唐安了，我现在就去找他……”

“你到底想干什么？”他突然大吼了一声，没等我的话音落地他狠狠地拉了我一把，把我拉了一个踉跄，我向后一退，一屁股坐在地上。“你疯了！想找死啊？!!”

我被他吓住了，坐在地上愣愣地看着他。

“几条人命了，还不够吗？”他狠狠地瞪着我说。

我慢慢地从地上站起来，眼泪跟决堤了似的……

“海棠，我知道你是为我好，这点我很清楚。可我不想你有危险，你懂不懂？而且其中有些事，我自己都看不明白了，凭你，你能应付得了吗？再说，我的处境也不允许我说得太多。”他走近我，“摔疼了？”他抬了抬手，似乎想来拉我，踌躇了一下又放下了，“对不起……”

“哼！”我把脸扭向一边，可其实，他刚说的这话已经让我心里舒服多了。

“你知道，在克奇出事前发生了什么吗？”他再次摸出烟点上，目光温和了许多，“我好不容易联系上了丁瑶的姐姐，她也答应我去酒店找她，可等我到那儿的时候，她却结账跑了，再怎么联系也联系不上了，紧接着，克奇就出了事。”

“她姐姐？”

“是同父异母的。以前听丁瑶说过她有这么个姐姐，小时候，她曾在丁瑶家住过一段时间，她们的关系很不好，所以丁瑶父母去世以后，她们就没有来往了。可她毕竟是丁瑶唯一的姐姐，我还是希望能找到她，没想到这个时候会发生克奇这样的事，真是……”

“您觉得克奇出事和她的出现有关？”

“从时间上看，是。”

“这就是让您心烦的理由？”

他再次拿出烟点上，长叹口气说："咳，最近这段时间，不知怎么搞的，我感觉我以前的判断好像出了问题。以前，我认为唐安一定跟某个国际走私集团有瓜葛，因为谭三死前正在替公安部侦查一起国际走私案，从他被火烧死，到丁瑶偷偷拿走档案中的照片，我始终怀疑，丁瑶是因为发现了唐安什么事，为了保护唐安才这么做的，但走私……好像不是这么回事……"

"为什么？您为什么改变了以前的推断？"

"从调查的情况看，唐安……"他困惑地摇摇头，"他跟谭三周围的那些嫌疑对象没有一点联系，甚至跟汪洋的地下赌场也没什么关系，那丁瑶当初从谭三的档案中偷走的照片又是为什么呢？如果唐安跟那些罪犯没有瓜葛，如果他完全是个守法公民，那丁瑶在掩盖什么呢？还有，如果唐安跟汪洋的地下赌场没任何关系，他为什么在汪洋有危险的时候，几次三番地跳出来解汪洋之围呢？"

"您是说他们是在互相掩护？"

他点点头，"不错，在相互掩盖，相互保护，那仅仅因为是老同学、老朋友？是因为哥们儿义气吗？不是，而且也绝不是因为赌场的事。"

"为什么您觉得不是赌场的事？"

"据我了解，丁瑶的姐姐跟他们这些人根本就没有来往，甚至她跟丁瑶都几乎是彻底不来往了，我这次跟她通话时，她连丁瑶去世的事都是头一次听说，而且相当惊讶，这么看，她对汪洋开地下赌场的事并不知道，可为什么，她答应得好好的，却突然消失了，手机也关了。"

"是不是有什么人威胁她了？"

"是啊，可为什么？这表明，这里面一定还有其他的事。"

"其他的犯罪？"

"你还记得丁瑶的养母曾经说过的那句话吗？丁瑶这辈子就是来讨债的，据我了解，她曾经不止一次地跟人说过这样的话，还说丁瑶就是一个灾星，为什么呢？难道丁瑶害过什么人吗？"

“丁瑶？害人？不会的。这怎么可能呢？”

“会不会……咳，我现在脑子很乱，今天，我第一次出现不想做警察的念头，将近二十年了，我做了将近二十年的警察了，以前我从没有过一次这样的念头。”他心情复杂地说。

“会不会什么？”

他没有回答。

“您想说什么呀？”

“嗯？”

“是什么让您出现不想当警察的念头了？”

“这他妈的鬼差事，真让人头疼！”

我看着他有点儿走神儿，他，我面前的这个男人，一个那么富有情感、又那么忧心忡忡的男人，怎么可能是害克奇的人呢？不会的。我肯定是错怪他了，肯定是。看他那一脸憔悴的样子，就像一个孤立无援地在漩涡中坚持了很久的人，他太难了！太累了！我竟然在这个时候和别人一样地去怀疑他，我太糊涂了！太不应该了！这一刻，我好想抱住他，请求他的原谅。

“海棠啊，答应我，不要乱来，这次你一定要听我的，不要自行其是，因为你没有经验，一旦有什么危险，你应付不了的，你真应付不了，这真不是我瞧不起你！不是这个意思！你别再让我着急了，好不好？一个克奇就够我累死的了！你再出点什么事，那我可……”

月光下，他的目光那么温柔，温柔得让人心碎。我不知道自己是怎么走近他的，我不敢相信自己真的这么做了，我抱住他，把脸靠在他的胸前，依偎在他怀里。

他没有动，既没有推开我，也没有抱住我，只是很犹豫地拍了拍我的肩背，“哎，让人看见，我又说不清了。”

我没有放开他，觉得自己像喝醉了一样，心疼和幸福在我的血液里如浪一般地翻滚，那一刻我真想告诉他，我有多爱他，我有多相信他的话，但我不敢说，我怕说出的话会冲开爱的大门，然后，我会像丁瑶一样掉进爱情深渊里去，那将是怎样的境况？

丁瑶为此崩溃了，我难道会比她坚强吗？

“相信我，我会把事情办好的，我会的。给我一点时间，我需要一点时间。”

我感觉他的身体有些沉，好像没有我的支撑他就会像一棵被锯断的树一样倒下去，矛盾、焦虑、痛苦，以及关爱和信任，似乎都加在那重量里了。“嗯。”我轻轻地答道，我在这儿啊，方探长，我在这儿！不要倒下去！

他去酒店门口开回汽车把我一直送到家。当我转身朝楼里走的时候，克奇的那句话突然在我脑子里闪了一下，“傻瓜，你又被人忽悠了吧？”我又相信他了，没错。谁曾经说过来的，“按照自己想要的结论来扭曲事实是人类的本性。”想到这句话，我浑身哆嗦了一下，我默默地在心里对自己说：“方探长，但愿你是好人，但愿你没有骗我。”

这夜，我又梦见丁瑶了。我听见门外有动静，于是开了门，在昏暗的灯光下，丁瑶出现在门口，她还是乱发披肩，还是那么憔悴，她来到我面前，伤心地跟我说着什么，泪光在她美丽的眼眸中闪动，我上去搂着她，想安慰她，可我搂着的那个人忽又变成了方探长，他也一样地温柔，一样地伤心，他的嘴贴在我的耳边，呼出暖暖的气息，那种甜蜜的感觉让人无法呼吸，好幸福啊，我感动得直想哭。方探长在我耳边轻声地说：“海棠，对不起，再见，我要走了，再见。”一阵心疼，好难忍的心疼！不！别走！这时，闵队长和欧海他们出现了，闵队长手里拎着一副手铐，方探长转身而去，闵队长朝他举起了手枪，我哭了起来。“不，不，不要！”……我被吓醒了，眼泪冰凉地挂在脸上，我再也无法入睡。我看了看表，那时已经是凌晨4点了，离天亮还有两个多小时，方探长这个时候也许还没睡吧？还在为什么事痛苦着，我想起方探长昨晚与我分手前说的话，“我需要一点时间。”他需要时间做什么呢？他是在顾虑什么？老天爷，我的老天爷！

请你别再为难他了，快点帮他把所有该想的都想好了吧，不要再让他那么痛苦了！老天爷，求你发发慈悲，帮帮他吧！

九

第二天上午，方探长没有来。

随着时间一小时一小时地过去，我越来越不安了，他为什么没有来？他为什么没有来？他去哪儿了？去做什么了？我的神经好像被一根根系在了时钟的指针上，被越拽越紧，整个一上午，只有我的手在工作，而脑子却跟着各种猜疑跑来跑去。昨晚那个梦，那个不吉祥的梦这个时候鬼一样地跑出来了，该不会是……“海棠，对不起，再见，我要走了……”他那是在跟我告别？是！那是梦吗？

快10点的时候，我遇见老爸，我问他方探长去了哪里，为什么没来，他说他出去办点事，没准什么时候回来。没准，当然，没准就不回来了，彻底不回来了，或者彻底回不来了。“你找他有事啊？”我回答没有，说完赶紧离开了老爸，我怕自己会禁不住把方探长可能已经跑了的想法说出来，多待一分钟，我就可能说出来，或者他多问我几句话，我也可能说出来。

我回到自己的办公桌前，不知自己要做什么，哦，对了，我在构思一篇给局长的分析报告——《当前几起新发外国人失窃案件的共性》，共性一是……

如果，方探长真是因为犯罪败露了，畏罪逃跑，我该怎么办？如果他真要是坏人，我该怎么办？假如他恳求我放过他，我会不会答应？如果我不答应，我会不会遭遇克奇那种厄运？万一我遇到了不得已的情况，我会不会朝他开枪？……呸！呸！呸！这些问题太可怕了！

共性一是……

昨晚那些话，那是关于他真是好人的保证，不仅是他亲口对我说的，还是当我依偎在他的胸前时，从他心里听到的，这些话不可能是骗我的，怎么又怀疑上了？太不应该了！真该把这些想法统统倒进厕所里去，用水冲走！他需要时间，他说过的，应该给他时间，也给自己时间。

共性一是……

克奇说了尘埃落定后，就出事了，他出事之后，方探长就去一个人喝闷酒，他说是因为怀疑自己以前的推断才……这是真话吗？还是他的缓兵之计？

共性一是……

时间伴着我六神无主地走到了下午，我开始绝望了，那些被我强关进“禁闭室”里的怀疑又蠢蠢欲动了，我一定是被他忽悠了，一定是被他骗了！

共性一是：丢东西的人都是容易上当的傻瓜！像我一样，都是傻瓜！

直到下午两点，我也没能完成那份只需花两三个小时就能完成的报告，我知道在这样的心理状态下我根本无法完成那份报告。我离开座位，告诉旁边的人我去健身房健健身醒醒脑，让他们有事打我手机，然后就离开了这个让我焦虑的办公室。

我来到健身房，这里，我平时很少光顾，因为它经常被那些有强烈的健身欲望的男警察们占着，不过，他们一般都是中午休息时间或下班以后来，而现在这个时间，这里一个人都没有。

我把手机放在附近一个我一眼就能看到的地方，先跟扩胸器较了一阵劲儿，弄得自己满头大汗之后又去捶沙袋，直到把手捶得感觉那已经不是自己的了，然后又上了跑步机。我不时看看手机，它静静地待在那里，我好几次怀疑它是不是自己关了。我在跑步机上跑啊跑啊，好像我是在追赶什么不可能追上的人，无论我费多大劲儿，我都无法接近那个目标，所有的努力既机械又徒劳，茫然！疲惫！

"哎哟，想把自己累死啊？"杜欣来了，她站在一旁看着我。

"你怎么来了？有事吗？"我边跑步边问。

"告诉你一个好消息！"

"什么好消息？"

"克奇醒了！"

我一走神，差点从跑步机上摔下来。

"嘿！当心点。不至于激动成这样吧？"

我关掉跑步机走下来，"你怎么知道的？医院来电话了？"

"我刚才听老爸说的。"

"他说什么了？是谁害的他？"

"不知道。老爸好像也不知道。"

"谁通知他的？"

"政治处的人吧。"

"那……方探长知道吗？他回来了吗？"

杜欣摇摇头，"没看见，他今天一整天都没露面。"

我用毛巾擦擦脸上的汗，"走吧，我们去医院看看克奇。"

"不行，老爸说了，这个时候除了侦案组的人谁都不让见。"

"真奇怪，方探长跑什么地方去了？"

下班的时候，我草草完成了那份报告，估计那里一定错字连篇，到处都是胡话。可就凭我现在的心理状况，能把它完成就够不错的了。

十

我以为这一天就这么喜忧参半地过去了，可我还没有到家就接到老爸的电话，"海棠，有个急事，要派你出差，现在你什么都别问，马上回家准备一下，汽车半小时后到你家接你，7点前务必赶到机场。你没问题吧？"

"没问题。"

我到了机场，真是喜出望外，我一眼就看见了方探长在那儿，他正和欧海在入口处说着什么。那就是说害克奇的人不是他！克奇醒了，一定说出了那个害他的人，但那人真的不是方探长！他没事了！他的黑夜过去了！“方探长！”我激动地走过去，差点没掉下眼泪来。

“来了？我们走！”他并没注意我的表情，急火火转身朝里面走去。

“我们去哪儿啊？”我跟在欧海后面问道。

“去青岛。”

“青岛？是去抓汪洋吗？”

“不是，是去见丁瑶的姐姐。”

我有一肚子问题想问他们，但飞机就要起飞了，我们必须抓紧时间冲进去，赶上这班飞机。反正一会儿就什么都知道了。

我们的机票订得太匆忙，我们3人在飞机上的座位都是分着的。本想借着飞机上这一个多小时再问问他们一些让我不解的事，看来也只好等到到了青岛再说了。方探长从飞机一起飞，就倚靠在椅背上闭着眼睛，但我肯定这个时候他不是在睡觉。虽然我脑子里的问题也很多，需要思考的事情也不少，可我刚一闭眼，竟然睡过去了，真困啊！今天我真不该去健身房那么折腾自己。

十

前来机场迎接我们的是个叫“墩子”的当地刑警，看他的身材，你就知道“墩子”这称呼有多么名副其实了。他看见方探长后，笑着迎过来，还伸手给了方探长一拳，“老大，好久不见，你想死我了。”

方探长用手捂着被他打了一拳的地方笑着说：“哎哟，报仇呢？”

墩子憨憨地笑着说：“欢迎光临本市指导工作。”

两人像政治首脑见面那样可笑地拥抱了一下，我和欧海都被他们逗笑了。

方探长：“我让你干的活干了吗?”

墩子：“你布的活我啥时候怠慢过呀，捞着机会，你还不整死我。”

我们跟着墩子走出机场。

方探长：“她人一直都没出去过吗?”

墩子：“从我们过去后，没看见她出去。”

方探长：“有什么人来找过她吗?”

墩子：“没有。我们来前不知道，我们6点到的，她这里一直很安静。”

墩子带我们来到一家离市中心较远的酒店，那里显得有些偏僻，就青岛这座不大的城市来说，给人感觉我们已经要出城了。

我们敲了半天门，屋里也没动静。墩子肯定地说：“她应该在里面。”他叫来服务员，和我们一起叫门。可里面就是没声音。我们让酒店服务员把房门打开了。一开门，就见一个中年女人站在房间里。从她看我们的样子看，感觉她被什么吓坏了。可她的样子，把我也吓得不善。她头发蓬乱，面无血色，腮下有一片红晕，好像有轻微的淤血。她用极惊恐的眼神看着我们。她就是丁瑶的姐姐?

“你是丁燕？我叫方哲，我们通过电话，你还记得吗?”

“哦，记、记得。”她有些不安地说。

“你上次答应过要告诉我一些事，可你没有守约。”

“我没答应过什么。你们还是走吧。”她姐姐态度生硬地回答。

方探长看见床上的衣物和箱子问：“你准备走?”

“是。”

“为什么？”

她没有回答。

“你的脸怎么了？有人打过你？”

她还是没有回答，转过身去，继续收拾着衣物。

“是什么人？唐安他们？”

“你怎么知道我在这儿？知道这里的人，不就只有克奇吗？可他前天刚对我说，让我别相信你。他又改主意了？”

“是啊，也许是吧。”

“他人呢？他怎么不来？”

“他出事了！”

丁燕收拾衣服的手停住了。

“自从他跟你分手后，他就被唐安他们挟持了，头部被人砸了好几下，差点就……”

她难以置信地看着方探长，“那他现在……”

“出事后他一直在医院里抢救，今天下午4点多才醒过来，以后怎么样也很难说，如果他没醒过来，恐怕我们也不会这么快就找到你。”

“他说是唐安他们干的？”丁燕问。

“是。”

“他们也太狠了！”

“他们已经杀了两个人了，对他们来说，杀两个人和杀三个没什么区别。你知道，克奇醒过来的第一件事就是让我来找你，他很担心你。所以，我希望从现在开始，你要相信我们，告诉我们事情真相，不然他们还有可能再来找你。”

“我真不知道我干吗要回来？干吗要跟你们这些警察扯上这些麻烦事，我本来只是想回来散散心，这下倒好，简直就是自找倒霉，我真不该回来，不回来什么事也没有。”

“可你已经跟我们扯上关系了，现在你除了跟我们合作没有其他选择了。”

“可要没你们，我什么事也没有。是你们让我卷进来的。我现在只想离开这里，我只希望你们能帮我尽快离开这是非之地。”

真没想到，丁瑶的姐姐是这样的人，显得既没教养，脾气又坏，跟丁瑶好像毫无相似之处，连长相也差得很多。

“我们可以帮你离开，但你必须把你所知道的事全部说出来，只有抓住他们你才能真正安全。”

“我还说什么？我就知道那么多，都告诉克奇了。他也录了音，他不是已经醒了，你们去问他好了。”

“他是录了音，可那盘录音带连同那个录音机都被人抢走了。”

她看着我们，愣了一会，摇摇头说：“我没想到他们会这样，真的没想到，几十年前的一件事，竟然发展到今天这个地步。”

“那就请你先把几十年前的那件事给我们讲讲吧。”

丁燕：“有烟吗？给我、给我一支。”

欧海将一支烟递给了丁燕，并帮她点上，“请坐下说吧。”

丁燕并没有坐下，她走到窗口，吸着烟，然后说：“丁瑶的命怎么这么苦，这么不好啊！咳！”停顿片刻，她说：“那是她上小学时候的事了，那时她才 8 岁，学校里有个 50 多岁的男老师，是个教数学的，暑假里的一天，他借着说给她补课，对她……是猥亵吧？或者是强奸未遂？反正就是那种缺德事，那个老师姓什么来的？”

“姓曹？”方探长说，他好像知道些什么。

“对，姓曹，好像是这个姓。”她看看方探长，接着说，“他在学校里好像很有威望，曾经教出过很多尖子学生。那件事给丁瑶的心理带来了极大的伤害，开始她不敢跟家里人说，那个时候，我们俩的关系不怎么好，从我父亲离开我母亲，娶了她母亲后，我对她和她母亲就有一种怨恨。当然，我也恨我父亲。因为他，我每年暑假都来这边住，但我和她们母女俩的关系一直很紧张，当然这不是冲丁瑶，这恨跟她没关系，可那时我不那么想。我记得，她出了那事以后，整天不说话，我父亲还以为是我欺负她了呢，还责问了我好几次，那阵子我也觉得奇怪，不知道她为什么突然变成那样子了，她本来是很爱说爱笑的。后来，不知是谁知道了这事，把它传了出去，传得满城风雨，那时我父亲他们才知道丁瑶为什么会变成那样子。于是他们就报了警。当时警察好像也找过那个老师，可能是他没承认，要么就是证据不足，反正后来看见他跟没事人一样。

“又过了一段时间，周围的人对这事的议论越来越多，有人甚至认为是丁瑶在撒谎，认为她是因为自己成绩不好，想报复那个老师。咳，人嘴两张皮，想怎么说怎么说，他们才不管你受不受伤害呢，也加上那姓曹的给人的印象实在是太好了，他确实教出过不少尖子生。事情搞得满城风雨之后，丁瑶因为害怕那些议论，不肯去上学了。我记得开学前，大家要返校，丁瑶哭着喊着，说什么也不肯去。我爸和她妈都是知识分子，都是很要面子的人，那么多风言风语，他们觉得实在有点待不下去了，而且丁瑶当时那种状态，再这么下去，她一定会疯掉的。于是，他们就开始联系到外地去工作，决定带丁瑶离开这里。可没过几天，我们就听说那个姓曹的被人杀了，尸体被人用麻袋裹着扔在一个臭水沟里，据说，他被发现的时候，看见他的头上、身上都有被人打过的痕迹。为了这事，警察还特意来我家问过我爸他们，好像有点怀疑那个姓曹的死跟他们有什么关系，当然这也，这也正常。但不正常的是唐安他们。

“有一次，我在街上遇见唐安、汪洋，还有一个外号叫兔子的，他们仨常待在一起，我顺嘴跟他们提到那人被杀的事。奇怪的是当时他们几个都显得很紧张，那时，我并没以为杀人这么大的事会跟他们有什么关系，他们都跟我差不多大，那时也不过才十五六岁，我以为他们是因为听到有人被杀觉得可怕才显得那么紧张呢。当时我没想太多，但看他们那么紧张，我当时想起了一个主意，我想趁机吓唬唐安，让他把收藏的那些邮票给我，因为以前他给过丁瑶好多很好的邮票，可我跟他要，他总是不给，我知道他不喜欢我，因为他觉得我老欺负丁瑶。我当时吓唬他说，如果他不把他的邮票给我几张，我就告诉警察说那老师是他们杀的。没想到，我这么一说，他们仨显得更紧张了，而且第二天，唐安就给了我几张非常好的邮票，那可是当时非常不好买的，我知道那都是他的心肝宝贝。我记得，当时他给我的时候很不情愿。当时我没想太多，只觉得他还真的被我吓住了，心里挺得意，但后来偶尔想起这事，心里有时也有点怀疑，可、可那时他们都那么小，他们几个虽然算不上很乖的孩子，但也不是很野、很淘气的那种，你想，他们平时连我都怕，怎么可能去杀人呢？”

方探长：“他承认过是他们仨把那老师打死的？”

丁燕：“没有。只是汪洋当时嘴硬说过这话‘就是我们干的，你去告诉警察吧。’那孩子平时就是个愣头青，总爱摆出一副天不怕地不怕的样子，所以我也只认为他是吹吹牛罢了。”

方探长：“嗯，你接着说吧。”

“那个暑假结束后，我就离开了，丁瑶和我父亲他们不久就迁到外地去了。”

“以后你就没再跟丁瑶见过面？”

她微微摇摇头，想着什么，“没有，我母亲在我爸和丁瑶的母亲因为塌方事故去世后，去参加过葬礼，那时，我还以为她会把丁瑶接来我们家住，但我母亲说，丁瑶不肯来我们家，说她跟着她母亲的一个老朋友走了，我猜，她一定是去唐安家了，因为丁瑶的母亲和唐安的母亲关系很好，丁瑶从小就经常泡在他家。”

“那以后，你们就没再有过任何联系？”

“嗯……一直没有，只是一年前，她突然给我打过一次电话，现在想起来，那个电话真有点奇怪。

“这之前，我们完全断了联系，谁都不找谁，后来也根本不知道谁在什么地方，中间，我曾想过去找她，但还是没去，因为我想她肯定也不想见我。可有一天，大概是一年前吧，丁瑶突然给我来了个电话。那个时候，我正在奥地利出差，我当时非常惊讶，非常惊喜，我小时候对她很不好，我想她一定很恨我，我真没想到她会主动给我打电话。她先让我猜她是谁，我猜了半天都没想到是她，她告诉我她费了好多周折才找到我父母，才知道我的电话的。开始我以为，她是想我这个可恶的姐姐了才打电话的，心里还真挺高兴的，但我们聊着聊着，我就感觉她好像找我有事，她这个电话好像不是……也许不完全是因为想我，因为在我们彼此问候的时候，我觉得她有些心不在焉，我问她唐安家人对她怎样时，她说挺好的，但好像有些勉强。她告诉我，唐安已经结婚住到国外去了，家里只有她和唐安的母亲，她说她心里很矛盾，总住在人家里，麻烦人家不是事，想搬出去自己过，可又觉得把老太太一个人放在家里不合适。总之，她总感觉自己欠唐家人很多，左右为难。我问她结婚了吗，有男朋友了吗，她说都没有，她告诉我她命中注定是要一个人过，她说这话的时候，有些悲伤。”

我看了一眼方探长，见他从丁燕的脸上移开目光，轻轻弹了弹烟灰，我猜此刻，他是我们中最理解丁瑶那“悲伤”的人了。

丁燕接着说：“我以前曾经想过，她和唐安是青梅竹马两小无猜，唐安又始终对她那么好，将来一定会娶她，可结果却不是这样。记得我当时也问她了，问她怎么没考虑跟唐安结婚。她说，她只是把唐安当哥哥看，说唐安也曾经有过这种表示，但他母亲不愿意。从她的谈话中，我觉得，她和唐安的母亲相处得并不怎么愉快，甚至好像很压抑，但又摆脱不了。于是我就劝她别给自己太多压力，多替自己想想。然后……”她停顿了一下，想着什么，“她突然问起那个老师被杀的事，她说，‘姐，你还记得我们学校那个流氓被杀的事吗?’我说，记得呀。说实话，她突然问到那个人，真让我意外，因为我知道，如果没有什么原因，打死她也不愿意想起那个流氓，她恨不得生活中就没这么个人才好呢，可她怎么想起问他了呢？我当时也是这么问的，她支吾了一阵说，她最近总是想起那个人，感觉自己好像一生也走不出那个人的阴影了。然后，她问我知道不知道那人是被谁杀的，我说不知道。然后，我也忘了是怎么说到邮票的事情上的，我跟她说，我还曾经用那件事从唐安那里骗出几张邮票呢，当时她非常惊讶，好像还不仅是惊讶，好像……反正她以前从没听说过邮票的事。然后，她一个劲地追问我那是怎么回事，问得非常细，什么时间，在什么地方，问我当时是怎么说的，唐安怎么答应给我的等等。我给她讲了一遍经过，然后她半天都没说话。我问她怎么了？是不是真的以为唐安他们跟这事有什么瓜葛？我让她别瞎猜，我说那不可能，当时他们都是小孩等等诸如此类的话。然后我们就聊别的了，聊什么我不记得了，但我觉得她根本没在听。没过一会儿，她说长途电话太贵了，以后有机会再联系，然后就挂了。”

“后来，你们又通过电话吗？”

“没有。”

“为什么？”

“当时，我跟她要过联系电话，她说她正考虑搬出去的事，所以等过几天再把电话号码告诉我，可后来，我一直都没接过她的电话。其实从那个电话以后，我还真的有点担心她，我也曾想过万一那个姓曹的要真是唐安他们杀的，丁瑶会不会受到什么牵扯，毕竟，她是在人家家住着，但那天她告诉我，她当警察了，所以我想，她该有能力处理这些事情。后来也因为我也一直国内国外地四处转悠，百分之八十的时间不在家，我也没脑子想太多她的事，也许她曾经又给我打过电话？我不知道。咳，真没想到那竟然是我和她通的最后一个电话……”

我们大家沉默了一阵，欧海问：“警察当时找过唐安他们吗？”

“不知道，没听说。”

欧海看着方探长，“我们该去找找当时调查这事的那些警察。”

“我去过了。”

“哦。”我和欧海都有些诧异地看着他。欧海问：“他怎么说？”

方探长想点烟，但他费了半天劲才把火打着，“还是先听她说吧。”他看着丁燕问：“那克奇是怎么找到你的？”

“那天，您在电话里告诉我丁瑶自杀的事后，我心里很不是滋味，我想起跟丁瑶通话时她曾经告诉我说是克奇建议她当警察的，而且她跟克奇就在一个分局里工作，所以，我想找克奇问问丁瑶去世前的情况。克奇家以前就住丁瑶家对面，关系也不错，可我去的那会儿，克奇不在，家里只有她母亲，没想到那么多年了，她居然还记得我。对丁瑶的事，好像她也不大愿意说，只说克奇对丁瑶的自杀很怀疑，觉得里面有什么事。她问我是不是知道些什么，我想她可能指的是以前唐安他们的事，所以我就说，您让克奇来酒店找我吧，也许我能提供些什么。我把电话号码留下后就走了。我回到酒店，刚洗过澡，想要睡觉，克奇就把电话打过来了，他听说我第二天要去跟你见面，非常紧张，就好像你是……他告诉我你跟丁瑶……”她看看方探长，“总之他不太信任你，让我千万别跟你见面，还让我马上换个住处。他的话，当时真把我吓坏了，我那一夜都没合眼。第二天一大早，我就先换了家酒店，电话通知了克奇。下午快5点的时候，克奇过来了，还带来了录音机，但当他听完我说的话后，好像傻了似的，他说，‘坏了，你不能在这儿住了。’我问他为什么，他说他已经把我回来的事告诉了唐安，唐安已经知道我住在这里了。他让我马上离开酒店，去别的地方等他消息，他帮我订好这儿的酒店和机票就匆匆离开了。走前他还一个劲儿地嘱咐我，不让我跟任何人接触。看他那紧张的样子，简直把我吓坏了！”她一脸茫然地摇摇头。“我后来想，克奇以前并不认识唐安，唐安和丁瑶熟，是因为他们父母的关系，怎么我一说到唐安，他好像很知道似的……”

“为调查丁瑶的事，克奇一直在跟唐安见面，而且，在跟您见面之前，唐安一直告诉他，丁瑶是因为我才自杀的，他也认为是这样，但他没想到你告诉他的竟是唐安他们杀人的事。”

“哦。那克奇被害是怎么回事？也是唐安他们……”

方探长点头说：“他从你那离开后，就在酒店门口遇见了唐安。他担心唐安会上来找你，为支走唐安，就假装有事跟他说，并跟他上了他的车，没想到汪洋也在车上。一路上，唐安和汪洋一直在跟他要那个录音机，克奇不肯，他们就翻脸了，把他拉到没人的地方，对他下了黑手，用铁器把他砸昏了。”

“哦，太可怕了。”

“那刚才来找你的是什么人？你认识吗？”欧海问。

“嗯……”她不确定地说，“我想可能是汪洋，因为我已经有二十多年没见过他们了，小时候接触也不是很多，可从说话的劲儿，我觉得很像他，汪洋以前就那样说话，愣头青似的。”

“他什么时候来的？”

“是中午1点多的时候。开始，快中午的时候，我先是接到了一个电话，是个陌生男人打来的，他说让我管好自己的嘴，让我老实点，少胡说八道，我顶了他几句。我正在想呢，难道唐安他们已经知道我住这儿了？不应该呀，除了克奇以外，不该有其他人知道这里呀？”

“估计唐安是从克奇的手机，或者身上字条之类的知道你住这里的。”

“我上午换酒店就好了，可我没跟克奇联系上，他的手机一直没人接，我怕他找不到我会焦急，我正犹豫这事呢，他就找到这儿来了。中午我出去了一趟，打听了一下别的酒店，我想回来以后再等等克奇的电话。嘿，没想到，我刚进来，他就跟着我进来了，他逼着我让我马上离境，不然，他们就对我不客气了。我让他出去，我说不然我就喊人了，他冲过来就掐我的脖子，跟疯了似的！我咬了他一口，他挥手给了我一巴掌，然后还拧着我的手说，反正他也杀过人了，再杀一个也无所谓。这混蛋！”她摸摸手腕上的伤说。

方探长回头对墩子说：“去调一下酒店的监控录像。”

墩子走了出去。

欧海说：“难怪唐安这么关照汪洋，因为他们都是一根绳上的蚂蚱。他是怕只要我们抓了汪洋进来，不管是因为什么原因，他们之间的这个秘密都有可能瞒不住。”

“那那个人呢？那个叫兔子的？唐安就不怕他会说出去吗？”我问。

“那个人说不了了，”方探长说，“他几年前就病死了。”

丁燕说：“我上次也听丁瑶说，那个兔子好像因为什么病，不到30岁就去世了。可，您刚才说他已经杀了两个人了，那除了那姓曹的，还有谁啊？”

方探长：“这人你不认识，他已经被火烧死了。”

“啊？为什么？也是因为这件事？”

“现在还不清楚，我们只知道他是兔子的朋友，两人曾一起做过生意。也许是兔子什么时候把他们杀人的事告诉了他，后来被汪洋或唐安知道了，所以才引来杀身之祸。”

丁燕：“我真不敢相信，那三个孩子……太不可思议！”

墩子很快把录像带调出来了，那人的确就是汪洋。墩子向方探长保证，只要汪洋还在青岛，一定将他抓捕归案。这时，闵队长也打来电话，说唐安已经抓住了，说他们最后是在丁瑶的墓碑前把他抓住的，克奇的那盘录音带已经被他毁了。

我们几个又在隔壁的房间里聊了好久，几乎一直聊到天亮。

“要说唐安也真是够贼的。”欧海说，“到现在小裴他们都没整明白他是怎么溜走的。那天，如果我在，根本就不会发生克奇遇害的事。没准当时还把汪洋抓了呢。不过，说实话，哥儿几个也实在太累了。”

方探长：“行了，就别给你们找借口了。”

欧海不好意思地笑笑，然后问方探长：“你说你已经去见过当时处理这案子的民警了？他还在以前的分局？”

“不，他早退休了，我也是今天上午才见到他。他也给我讲了丁瑶小时候的这段经历。要不是出了克奇的事，我还一直在另一条路上瞎跑呢。其实，在丁瑶刚自杀的时候，我曾闪过一个念头，怀疑她以前是不是遇到过什么事，让她……因为丁瑶曾跟我说过一句话，‘人要是能重生一次就好了，我就不那么招人讨厌了’。她说这话时，我还以为只是因为我呢。我怎么会想到像她这么一个人，怎么可能……加上谭三是我们用的人，她偷偷取走的又是谭三档案里的照片，我的注意力完全跑到另外一个方向去了。前不久，有人告诉我说，在网上发现了一个汪洋的博客，真没想到这么个家伙还会写博客，我进去看了看，真让我吃惊，他的文笔还相当好，有些还挺有、挺有激情的，看他这个人的外表，你真难想象他会写出那样的文字，那么充满抱负的文字。在他的文章里，有两篇都谈到了国际贸易上的欺诈手段，给我感觉他对这事还挺有研究，这点更让我觉得谭三的死可能跟发现了他们的黑道生意有关。事实上，我完全是被谭三的背景给误导了！”

“您瞄准唐安时，我们大家也都觉得您准是瞄上了什么国际大鳄呢。”欧海笑笑说。

方探长轻轻摇摇头，有些无奈地说：“坦白说，这样的结果让我觉得很不舒服。那个警察告诉我，在他们后来的调查中，又得知了不少关于那个流氓迫害小女孩儿的犯罪事实，这么个畜生，本来就该死！尤其，他说的最后那句话，让我听了心里很不是滋味。”

“什么话？”

“他说：‘因为一个流氓的死而毁掉几个孩子的人生是他们非常不想做的事。’”他声音低沉地说，“或许当时那些警察并没有很积极地去调查唐安他们，或许……不，这仅仅是我的想法而已。”

“咳，那么多人受害，查起来有困难可以理解。”欧海朝我挤挤眼睛。

“可我呢？”伴随着一声长叹他说，“我现在却在做着当时他们不想做的事。”

不知是不是我自己的心理作用，现在的方探长，看上去比昨晚的他似乎又消瘦了一圈儿。

是啊，站在他的角度去想，那些曾经被他当做危险的国际犯罪组织成员去奋力追捕的对象，竟然是几个为了义气而犯罪的孩子！难怪昨晚他会喝那么多酒，难怪他会发脾气动手打人，难怪他显得那么心烦意乱。因为我敢肯定，那个时候，他心里就已经意识到自己在做什么了，昨晚那句被他咽回去的“会不会……”其实那后面就是他已经得出的答案，只是他还不想在结论没有最后出来之前告诉我，早一分钟看见这样的结果他也不愿意，他始终希望事情有另外一种可能。我太能理解他了！尽管唐安他们现在已经不是孩子了，尽管他们今天所做的那些事仅仅是为了抹掉那段无法挽回的历史，可他们所犯下的罪行仍然是不可饶恕的，他们必须为他们少年时的过失而承担责任。这种事实，实在让人难过，让人痛心。再进一步说，假如方探长跟丁瑶之间真的有过更深一层的感情，那这个结果肯定让他加倍地难过和痛心，因为他接下来要做的事，就是要将丁瑶用生命去保护的恩人亲手送上断头台。

那晚，我脑子反复出现那种情景，夕阳下，唐安站在丁瑶的墓地前，回忆着小时候他们在一起的快乐时光，想着贝壳和珍珠的故事，想着他们年轻的生命如何被一个流氓的出现给彻底毁了，想着他们如何为对方一错再错，然后在错误的泥潭中越陷越深，最后只能是用自我毁灭来报答对方……

我真不明白，唐安为什么要回来？既然他知道我们已经注意他了，他干吗还要回来？是为了他母亲吗？也许还有汪洋。说句身为警察不该说的话，抓住他，我心里还真有点遗憾。

那个晚上，各种悬在心里的疑惑终于开始各就各位了，而那个晚上，是我有生以来心里最不平静的一个晚上。虽然，我们那家酒店并不在海边，可我却似乎可以听见那海浪一次次拍击礁石的声音，就像是有人在呜咽！那感觉直到今天我还记得，那呜咽声……

十一

我跟着方探长走进侦案组，这还是自他“回避”后第一次回来，进门的那一瞬，我竟有种凯旋的感觉。

方探长在门口站住脚，对一屋子人问：“我可以进来吗?”屋里立即响起一片欢呼声。闵队长看看他没有笑，等大家稍稍静下来后，说了句：“没人通知我对你的禁令已经解除了，但我可以允许你以案件协查人员身份出入这个房间。记住，你只是协查人员，而不是办案人员。”

“好的，大队长同志，我遵命。”

方探长对江浩说：“喂，还不快去给‘协查’倒点水来，这么冷落协查，还怎么协查啊?”

欧海端着杯水过来了，“这儿，喝吧，刚沏的。”

“嚯，还是欧海有眼力见儿，”他接过水杯看看，“不会是你的剩茶根儿吧?”

“上等好茶！绝对的。”

“唐安昨天说什么了吗?”方探长边喝着茶边问。

“没有。”闵队长说，“他什么也没说，他说他很困，希望能让他好好睡一觉，说等你回来后，把要说的都告诉你。”

“告诉我?”

“嗯。”

“为什么?”

闵队长：“谁知道。”

“你们就答应了?”

“为什么不?也许这样更好。”

方探长看看闵队长，“你没告诉他，我只是个‘协查’?”

“我想，你肯定也有很多问题问他，由你来审，也许更好，免得遗漏。你来问，让海棠帮你记录。我们几个就在幕后观战了。怎么样？”

“我没意见。”

在我看来，这种安排，说是一次审讯，但更像是一次方探长和唐安之间的对质。我真有点替方探长捏把汗。

他们两人互相对视着，不知在心里交流着什么。

我们在审讯室看见唐安时，他的脸色很苍白，经过昨晚一夜的“睡眠”，虽然有些状态不佳，但却没显出要崩溃的样子，而且依然是那样温文尔雅。用坦然形容此刻的他，或许不太合适，但至少可以说他并不惊慌。对今天这样的结果，甚至这样的环境，他也许不知曾经想过多少次了，这是他的归宿，他明白，早就明白。

方探长和唐安默默地对视了一阵，好像两只在黑暗中厮杀的雄师，当黎明到来之时，突然看清了对手，这时他们才开始真正地去审视对方，而此时，胜败已成定局，无须再说什么了，那黑夜中拼杀的激情也已经随着这无争的结局，潮退而去。

方探长平静地问：“听说，你想等我来了再谈你的问题。”

“对，我是说过。”

“那么我来了，你可以说了。”

“可我有个条件。”

“条件？什么条件？”

“你能答应吗？”

“不好说。你不觉得，到了今天这个地步，你已经完全失去讲条件的资格了吗？”

“你是一个非常精明的人。”

“精明的警察。”

“所以，我想，你的做事方法肯定跟一般的警察不一样。”

方探长：“有时候是。”

“我想让你知道，我们之间没有什么深仇大恨，我所做的一切，不过是出于对我妹妹的感情和自我保护而已。”

“这个我信。”

“那么至于我提的条件，请你也别用一般警察的思维去理解。”

“那要看你的条件是什么了。”

“关于我们的事，我想你大部分已经知道了，但我相信，这之中一定还有你所不知道的，如果你想彻底搞清楚一切，一定颇费周折，我想，还是别让你那么费劲了，你也实在是太辛苦了。如果你能答应我的条件，我相信这要比你去四处调查省事得多。”

“也许吧，我说过了，那要看你的条件是什么。”

“请你放过汪洋。”他的目光紧紧盯着方探长。

“你认为可能吗？”方探长平静地问。

唐安看着方探长，“如果你真的爱过丁瑶，我想你会考虑这个条件。”

这个题目出得真太有点将人了，我想象得出，在隔壁观战的警察，一定都屏住了呼吸，看方探长会如何回答。

方探长笑笑，“我和丁瑶之间是怎么回事跟别人没任何关系，跟你所犯的罪行更毫无关系，你用丁瑶来为汪洋脱罪，你不觉得这很荒谬吗？”

“你错了，她的死跟你有关系。”

“这个我们有时间讨论，到时候，我一定会给你充分的时间让你发言，现在，你还是先告诉我，我有什么理由要放过这么一个杀人犯吧。”

“他不是杀人犯，杀人的事跟他没有任何关系。”

“他跟哪件杀人的事没关系？请你说清楚。嗯？你们所涉及的人命案可不是一件。”

“那个姓曹的流氓是我把他打死的，谭三家的火也是我放的。”

“你的意思是说，当你做这些事的时候，他都不在场？”

“教训那姓曹的时候，我只说是让他跟我和兔子去办点事，他只是跟着我而已，但并不知道我让他去做什么，而事实上他也确实没做什么。”

“他只是在一旁看着来的，是吗?”

“我只是让他去看看周围有没有人看见我们，他根本没动手。”

“这符合他这个人的性格吗?”

“你并不了解他，他不是你们想象的那种人。他很热爱生活，为人也很慷慨友善，真的，他不是你们想的那种坏人。”

“好吧，但至少他当时在场，至少是在为你们望风了？虽然，我并不认为他仅仅做了这些。”

“他就只做了这些，这事完全是我的错，是我把他牵扯进来的。”

“你不会以为我抓不到他，你才这么说的吧?”

“方哲，我知道你是个重情义的人，不然我妹妹也不会爱上你。希望你是她希望的那种人，也希望你不要因为一个流氓而把所有你认为有罪的人都斩尽杀绝。”

“可身为警察，我不可能对哪个罪犯网开一面。”

“你真的没有对任何你认为有罪的人网开一面过吗？你真的能这么说吗?”

“我能。你对此有怀疑?”

“对。因为你对那个叫少义的人就曾经网开一面，他可是个毒贩子。”

“你是怎么知道的?”

“难道不是事实吗?”

“关于他的问题，我无权回答你，除非你有证据证明我和他之间有什么非法交易。否则，你怎么想都没有意义。”

他俩互相看着对方。

“是啊，你说得对，我没有证据，是我错了。”唐安笑了一下。

他这语气听上去是在退却，但似乎又有某种要挟的成分，难道说，他是想用有关少义的什么事在跟方探长做一种条件上的交换吗?

唐安停了停转变了话题,“你难道不觉得那个姓曹的家伙完全是死有余辜吗?”

“但如何处置他,不该由你们来决定。”

“但我们那时只是孩子,况且,我们也并没想杀死他。”

“可他毕竟死了。如果当时你们没有那样做,他照样可以依法受到惩罚。”

“我承认我当时太幼稚、太冲动了,我愿意接受任何处置,可汪洋真的没做什么。他的老母亲都已经70多了,身边只有他这么一个儿子,他还有一个哑巴女儿,今年才8岁,在她妈妈跟别人跑了之后,她就失语了。她在国外的一家康复医院已经治疗几年了,可一直都没效果,一个月前,汪洋刚刚接到消息,说她女儿终于开口说话了,其实,汪洋拼命挣钱都是因为她,如果汪洋出事了,她们祖孙俩就完了!如果他女儿知道自己的父亲被……请你别这么、这么……求你了!”他的嗓音哽咽,眼睛里闪着泪光。

“唐安,你是个大学生,在社会上也生活了快40年了,你提出这种要求跟警方做交易,你不至于幼稚到这个程度吧?况且,汪洋不仅参与了你们第一次杀人行动,而且还策划烧死了谭三。就算第一次你们是过失,是因为年轻莽撞,那第二次呢?”

“我刚说过了,那火是我放的,这事真跟他没关系。”

“可你当时并没在国内。”

“是我找人放的火。”

“找的谁?他是什么人?”

“这个我会告诉你,请你先答应我放过汪洋。”

“我没理由这么做,除非,你能向我证明这两起杀人案都跟他毫无关系。”

“我能证明。”

“好吧,那么你说说,你为什么要放火烧死谭三?”

“因为他一直在利用以前发生的那件事来敲诈我。”

“你们是怎么认识的？他是怎么知道你们的事的？”

“我和他是在汪洋的夜总会认识的，他以前和兔子一起做过生意，是兔子无意之中把我们的事告诉他的，所以他便用这件事来敲诈我。他说他的股票都套上了，需要钱来补仓，开始让我借给他 50 万，可他并不打算还，后来他又要 50 万，说如果我不给他钱，他就要把我们的事告诉警察，他说他在为警方工作，跟警察都很熟，说警察一定会相信他的话。我知道，他还会拿这个事做筹码来敲诈我，而且一直敲诈下去，所以我就找人把他……”

“这事谁能证明？”

“没有。但就是这么回事。”

“那个杀手是谁？你从哪儿找的？”

“是个南方人。”

“他叫什么？你在什么地方跟他说的这事。”

“我只知道他姓田，叫什么我不记得了。我是在去温哥华的机场认识他的，他当时把护照和钱都丢了，非常着急，我帮助了他，给了他一些钱，后来我们就认识了。他想让我帮他找个工作，说他在那里实在混不下去了，他说他什么事都愿意做。”

“然后呢？你就让他回国去杀个人？”

“是，我答应给他 50 万。”

“他有多大岁数？”

“嗯，30 多岁，也许 40 岁。我没问他年龄。”

“你们是什么时候认识的？”

“谭三死前一个多月？”

“你把钱给他了？”

“对。之前我给了他 10 万，后来又给了 40 万。”

“你给的一定是现金吧？一定没有通过任何账户吧？”

“是现金。”

“这两次钱你都是在什么地方给的？”

“在机场附近的一家饭馆……温哥华机场，说了你也不知道。”

“是啊，我还真没去过加拿大，我是不知道。那这么说，我们没处去找这个人了？”

“你们可以试试。”

“那一定是徒劳的。”方探长看了唐安一会儿，突然问：“你知道‘七厘散’这种药吗？”

“七厘散？”他有点发蒙，“不，不知道。”他困惑地看着方探长。

“那是一种活血的药。你吃过这种药吗？”

“没印象。”

“可我们在勘察现场的时候发现了这种药。”

“那又怎么样？”

“那是有人跑的时候，无意间掉在那里的。”

“你不是想说那是汪洋的药吧？我想，他还没老到需要用药来活血的程度，而且他一向不喜欢吃药。”

“没人喜欢吃药，但人有病的时候，吃药总比不吃药好得快些，比如，扭伤。”

唐安面无表情地看着方探长。

“你的这位老朋友肯定没告诉你，他在放火前曾去过谭三家踩点儿，也许不止一次，是为了他实施放火做准备，而放火前的那次，他被谭三家的狗发现了，跑的时候不幸把脚扭伤了。我们曾经到过汪洋家附近的医院查过，就在谭三家着火前的一天，汪洋因为脚踝扭伤曾到那里去看过病，他当时担心自己可能骨折，所以还去医院照了片子，但他并没骨折，医生当时给他开的就是这个七厘散。你能说这是个巧合吗？”

“就凭这个，你们就认为是他？可谁能证明那药就是他身上掉下来的？别人也可能会有这种药。当然，你可以凭你的想象去推测，但那也仅仅是推测，你还是证明不了什么。”

“石泉你认识吧？汪洋扭伤的那天是他把汪洋接去医院看病的，而且就是在谭三家附近，当时他好像真是走不了路了。”

“是石泉告诉你们的？打死我也不会信。他为保护汪洋，两次都差点儿送命，他会跟你们说这些？”

“你还真了解石泉，他是没直接告诉我们，但他有个坏习惯，喝酒！他喝酒的时候告诉别人，说谭三这人就该死，说他居然敲诈到汪总头上了。”

“酒话也能当证据吗？我还真没听说。”

方探长看着唐安笑笑没回答。

唐安的目光黯淡下去。

“你刚才说，我是个精明的警察对吧？”

“我说的是精明的‘人’，警察两字是你自己的修辞。因为我并不确定你所做的一切能否配得上这个称呼。”

“好吧，精明的人，可你并没把我当这样的人看待，你甚至把我当傻瓜了。我完全能理解你想救汪洋的心情，说实话，关于什么姓田的故事，你虽然编得很糟糕，恐怕连小孩子都骗不过，但我还是有点感动，因为你为了哥们儿彻底把自己豁上了。可你要知道，犯罪就要伏法，无论你的动机多么值得同情，也无论你的家人、你朋友的家人有多么可怜，或者你们有多少理由不该去死，但法律是无情的。这点，我想你很清楚。”

“这么说，我们除了等着挨枪子以外，没有其他选择了？”

“我很遗憾，是真的。”

“我真怀疑，在我们俩之间，谁更冷血？如果丁瑶现在还活着，真不知道她会怎么想。”

“她会做出正确的选择。我相信，如果没有你们这些人，你，也许还有你母亲，没有你们给她施加压力，她本来可以做出正确的选择。她走这步，归根到底是为了你！”

“也包括你。如果你没有让她爱上你，或者你能多站在她的角度想想，再怎么她也不会选择死的。是你把她逼到无法选择的地步的。”他气愤地说。

“如果这么说，能让你的良心好过一些的话，随便你。但在这个问题上，别说我当初并不知道这究竟是怎么一回事，即便我知道了，我也只能这么做。”

“丁瑶一直跟我讲你是一个多么有情有义的人，现在我算是领教了，你真是太有情有义了！你会为了立功，为了所谓的名誉，不惜去毁了两大家人的幸福，眼睁睁地看着两家人因为失去儿子而沦为孤儿寡母。你真是太有情有义了！那好吧，那你们就去抓汪洋吧，不过，你们最好快点儿，因为如果你们不尽快抓住汪洋，我怕他会继续做出什么不理智的事来。”

“你什么意思？”

“我就这个意思。”

屋里的气氛突然紧张起来，好像马上就要炸了。

“他要干什么？”

“我也不知道他会干什么，但他肯定不会束手就擒。”

“你这算是在威胁我们吗？”

“我是实话实说。”

“他究竟想干什么？”

“只有他自己知道。”

“他在什么地方？”

“那是你们的事，我现在除了等待你们送我上路，没什么可做的了。”

“你可以阻止他，是吗？”

“如果他肯听我的，也不会去开那个该死的赌场，去引火烧身了，我也不会跑回国来自寻死路了。”

“你已经害了很多人了，你难道就不想在临走前做点什么好事，别再让无辜的人受到伤害吗？”

“人生在世，谁都有无能为力的时候，你有，我也有。”

方探长看了他一会儿，忽地转身走出了审讯室。

唐安看看我，“我很可怜是吗？”

“可怜？唔……”

“你为什么那样看着我？”

“我是在想，你真的有那么坏吗？”当时我确实是在这么想，他给人的印象那么儒雅，那么充满善意，尽管他经常让我觉得他的脸上戴着面具，可我却始终没把他和一个杀人的恶魔挂在一起，在我知道了他们杀人的起因后，在我刚刚目睹了他为汪洋求情免死的经过后，我更不那么想了。可现在，他真有那么坏吗？他真能看着汪洋再去杀人而不去阻拦吗？我知道我在很多方面太幼稚了，我的问题也太不“警察”了。

唐安愣了一下，随即，我感觉他的眼圈似乎红了，不，那不是感觉，那一刻他的眼圈真的是红了，我真不知道我的这句大实话戳到他哪根神经了。

“你真有那么坏吗？”我又重复了一遍，“你想替汪洋开脱罪责，站在你的角度想，我能理解，可……如果为了自己或为了自己的家人，而去伤害其他无辜的人，这未免太恶了吧？太狠了吧？难道您就不去想别人也有家人？也有妻子儿女？别人也会因为失去亲人而痛苦吗？您就真的不想去阻拦他吗？”

他笑了一下，“你要知道你前面的人是个杀人恶魔！你竟然能有这么天真的想法。真难想象！”

“我不知道您现在把自己当成什么，杀人恶魔或者什么，我只是不相信，像您这样的人真有那么残忍。如果说，你们以前犯的那些罪都是、都是因为最初的无知，最初的冲动或者无奈，那现在呢？”

他平静地看着我，“我善良的女警官，你是真有那么天真吗？你真以为杀人恶魔会因为良心发现而放下屠刀、立地成佛吗？还是你想引诱我说出汪洋的藏身之地呢？”

“是，我认为会，我认为什么人都可能因为良心发现而放下屠刀、立地成佛。”

他直直地看着我没有说话，那嘲讽的笑容渐渐地从他脸上消失了。

“告诉我，汪洋藏在哪儿？别让他再去伤害任何人了。你如果真的在乎汪洋，就不该看着他罪上加罪。”

“你很在乎刚才那个人对吧？”

“谁？”

“你知道我指的谁。”

“啊？你是说方探长？”

“我猜，你爱上他了，没错吧？”

我看着他，不知该如何回答，况且，没准隔壁还有若干双眼睛在看着。

“可你并不完全信任他，对吧？”

“不，我信任他。”

“你说谎了。”他看着我笑笑。

我觉得自己的脸红了，有点不知所措。

“你爱他，但又因为很多原因你把握不住他，因为他所做的事，总不是你所希望的那样，你觉得你很了解他，但他所做的事却经常出乎你的意料……”

“您想说什么？”

“在很多事情上，我们都是无能为力的。丁瑶因为无能为力走了，尽管她是那么喜欢做警察，那么不愿意给警察的名誉抹黑，可她因为爱而走了，我想帮助汪洋远离儿时的噩梦，可他却越走越远，越陷越深。所以我说，在很多事情上，我们都是无能为力的，希望也只能是希望，但那往往都是徒劳的幻想。”

“你是说你阻止过汪洋了？”

“也许你不信，可我尽力了。”

我盯着他的眼睛，想印证他说的，他似乎回应了我。

“你刚才说了，你所做的一切都是为了自我保护，也就是说，关于方探长的那些不实之词都是你编造的。即便像是你说的，我曾经并不完全相信他，但现在我也可以相信他了，对吧？我想说的是，努力并非是徒劳的。”

“如果我和汪洋能彼此完全信任，事情就不会到今天这个地步。在这个世界上，没有人值得完全信任。”

“你和汪洋之间，与我和方探长之间，我觉得不存在什么共同点。”

“但愿你是对的，但愿，你能永远这么想。”

“你说‘但愿’是什么意思？你好像话里有话。”

“我想你懂我的意思。”

“你是在说，我不该去信任方探长吗？”

“这个问题还是让时间去回答吧。”

“我们还是说汪洋吧，他在哪儿？他究竟在哪儿？他要做什么？告诉我吧，我相信你原本是个好人，如果没有那个流氓的出现，你可能一直都是一个好人，请你再回到原来的你吧，我相信那个你一定不会忍心看着有人要出危险，可能要丢掉性命而无动于衷的。你曾经在丁瑶遭受屈辱的时候挺身而出，那么你就再为那些生命正在受到威胁的人做做好事吧。我相信，你也不希望再有人为你们过去的错误付出生命代价。”

“我劝过他，我一直都在劝他……”他的目光突然充满沮丧，“是我的错，我毁了他……”

“求您说出来吧，让我们一起去避免未来的悲剧吧。求您了！”我不知道如果我的同事听见我这样地恳求一个杀人犯，会不会说我有损警察的形象，会不会觉得我给他们丢脸，可我当时顾不上想什么词合适什么不合适，我是在求他，我确实是在求他，求我的犯人，求他快点告诉我汪洋那可怕的计划是什么，而且我心里有种感觉，他会被我打动，假如“求”可以让我阻止一场杀戮，让我用多少个“求”，我也会说的。“唐安，请您别再犹豫了，一旦……你会后悔的！”我的嗓音都变了，我怎么……该死！

他满脸犹豫地看了我半天，突然声音低低地说：“他想杀的人不是别人，而是他自己的女儿。”

“什么？他女儿？他要杀自己的女儿，可你刚才说他……为什么？”

“他只是不希望他女儿在失去他的保护之后在这世上受苦，也许是丁瑶的经历……咳！”

“可他女儿不是在国外吗？”

“不，半个月前，他就叫人把她带回来了。当他知道他肯定跑不掉的时候，他就……”

“这未免也太极端了吧？怎么能？他在哪儿？快告诉我他现在在哪儿？”

“昨天他还在上海他的一个朋友家，但现在我就说不好了。”

“上海？上海什么地方？”我的呼吸都急促起来。

“是他以前的一个同学家。”

“地址！告诉我地址！”

我拿着他给我的地址，顾不上再多问什么，飞快地冲出了审讯室。

方探长他们跟上海警方通了气后，确定了行动方案。

“是你去还是我去？”方探长问闵队长。

闵队长：“你怎么老是记不住自己的角色？你现在还只是协查，明白吗？”

“我怕你一个人难以胜任。”他不客气地说，“局面可能会很复杂。”

“我不是一个人，别总以为这世界上只有你能。”

“这事你需要我，我敢肯定！”

“你毛病太多，别逼我当着大家揭你的短。”

方探长笑笑，“别生气嘛，我想你还要接着审问唐安。我是协查，这事对我不合适。”

“对你当然不合适，但还有欧海，这事让他和海棠来做。就最后这一哆嗦了，你就别碍手碍脚的了，你立的功已经够让你光荣的了，就别再惦记着抢功了。”

“你不至于这么小心眼儿吧？把我协查的权力都剥夺了。”

“就算是吧。陆云病了你知道吗？这一两天内就要做手术。”

方探长：“做手术？什么病？我、我一点也不知道。”

“你当然不知道，你哪儿在乎她呀？”

“重吗？”

“是乳腺的事，医生担心会发展成乳腺癌，建议她切除。她不让我告诉你。”

方探长半天没说话。

闵队长说：“手术倒没什么，可对女人……换了我，我会留下。”他看着方探长，那目光就像暗中放了一箭。“抓人的事，我们有的是人。但陆云这边，你自己看着办吧，如果你想将功补过的话，我认为这倒是个机会。”

方探长嘴张了张，什么也没说出来。

闵队长：“陆云为你受的苦够多的了，你他妈的就做一回让她高兴的事吧。”

十二

两天里，我一直没闵队长的消息，听欧海说，他们的行动很不顺利。我每次看到汪洋那8岁女儿的照片，心里就说不出的着急。因为她不会想到，那个生她养她的父亲，那个曾经为了让她生活得更好而犯下很多不赦之罪的人，现在却正欲毁掉她。而她，一个一点自我保护能力都没有的小孩子，此刻也许还正在危险中幸福地傻笑呢。看这个小美人，椭圆的脸，大大的眼睛，还有一个精致的小翘鼻子，既乖巧又可爱，混血的结果更加强化了她娇媚的轮廓。在我们看了那么多狡猾丑恶的面孔之后，这纯真无瑕的表情真让人感动。如果她能好好地活下去，她将来应该很幸福，或许会成为老师、科学家、艺术家什么的，说不定会有很多不错的男孩子喜欢她，追求她，把她宠得像皇帝的女儿，可现在，他的父亲却要把这一切美好的前途无情地断送掉，而理由却是因为自己内心的一片阴暗。罪孽啊！真是罪孽！一切都始于那最初的冲动。厄运，难道真要这么一环套一环没完没了地延续下去吗？生活中可憎的一页难道真会将他们面前的阳光全部遮去吗？

唐安交代了一些问题，其中也包括第一次开车撞伤克奇以及这次袭击克奇的事。他交代说，最初那次撞伤克奇，主要是想将警方的注意力引到方探长身上，同时警告克奇别去调查这件事。而少义这个人，无论是他与方探长的关系还是他在社会上的角色都是一个很好的利用对象，只要把他扯进来，方探长就很难说清自己。加上少义经常会在固定的时间出现在红棉酒吧，这为他们的盗车行为提供了很大方便。一天晚上，他们在酒吧门口将少义的车盗走之后，先将它换了车牌，并把它开到“35号”隐藏起来。他们本想让唐安的母亲把克奇约出来，然后采取行动，但怕那样做会引起警方的怀疑，就没有马上动作。两天后，克奇就自己找上门来了。实事求是地说，唐安跟我们还算配合，只是越来越显得萎靡不振。这期间，大部分案件的来龙去脉我们已经清楚，剩下的就是丁瑶死前的一些情况了。

这天，唐安根据我的提问讲述着丁瑶死前的事，他显得十分消极，叙述起来就像是一个讨厌读书的孩子在老师的逼迫下背书，似乎敷衍的态度可以淡化什么，或缓解什么事带给他心理上的冲击。

“……我那次回来感觉她很奇怪，她总是跟我提起小时候的事，而且还专门问了丁燕骗我邮票的事和姓曹的被杀的事，好像是在试探我，她问我知道不知道姓曹的死是谁干的？我说不知道，我当时有一种不祥的感觉，感觉她好像知道什么了。紧接着，她又问到了谭三，问我认识不认识这个人？那时我想她一定知道什么了，一定发现了什么问题，不然不会那样问我。我怀疑是丁燕当时真看见了什么，后来告诉了她，我还问过我母亲，丁燕有没有跟她联系过。但我并不知道她是怎么想到谭三被火烧死的事跟我们有关系的，我猜一定是公安局怀疑到什么了，但我不敢问，我怕问多了让她更怀疑。在我走之前的一天晚上，我听见她一个人在房间里哭，我走进去想问她出什么事了，我进去的时候，看她正在用剪子剪着一张照片。那是她和你们几个同事去什么地方郊游的合影。”

他说的照片，一定就是我在他家看见的那张被剪得只剩下丁瑶一个人的那张。

“我问她哭什么？为什么把照片剪了？她只是哭，什么都不说。我猜准又是小时候的那件事在折磨她了，因为前几天，同事约她出去吃饭，她死活不去。她放下照片说，‘我怎么配和他们站在一起呢’，说这话的时候，她显得很伤心。我问她是不是谁说什么了，她说没有，然后就轰我走，说要一个人待着。后来……”

方探长进来了，唐安突然停住了。

欧海：“后来怎么了？”

“后来的事你们都知道了。我两天以后就走了，然后就听说她出事了。”他回答的时候，眼睛一直看着方探长，目光突然间亮了许多，内容似乎也丰富了许多。我觉得有点奇怪，因为好几次都是这样，只要方探长在，我就感觉唐安的状态很不一样。似乎方探长是唯一让他兴奋的信号。难道是因为棋逢对手了？是因为只有在棋逢对手的时候，他才会迸发激情？可到了这种时候，他已经毫无退路，再怎么挣扎怎么反击也都无济于事了。那他的激情究竟源于什么呢？可无论如何，我都不认为这是我的错觉。

欧海接着问：“丁瑶始终没告诉过你，她已经知道你们杀人的事了吗？”

唐安：“没有。”

欧海怀疑地看着他。

唐安：“在我看，她并不是因为知道了这件事才自杀的。”

欧海：“那你认为她是因为什么自杀？”

“我认为另有原因。”他转眼看着方探长，像是在说他就是那个另外的原因。

欧海：“什么原因？”

唐安：“自卑、逃避、恐惧、绝望，这些感受她可能都有，但其中只有一个是主要导致她……你选哪个？”

欧海：“选？唐安，这可是在公安局，不是在玩猜谜游戏。”

“我想是逃避。”方探长接过话题。

“答错了，但我相信那不是你智力的问题。”

“你认为什么是主要的？”

“是恐惧。”他目光咄咄逼人地看着方探长。

“因为什么恐惧？”

“因为你。”

“我为什么会让她恐惧？”

“我猜的。”

“你根据什么？”

唐安只是笑。

“是我做了什么让她感到恐惧，还是我威胁她什么了？”

“我想先听听你的判断。你说她是因为逃避，也许你对，那你是怎么判断的？”

方探长看了他一会儿，“你母亲知道你们杀人的事吗？”

“她不知道。”

“那她为什么说丁瑶这辈子就是来讨债的？她指什么？”

“我没听她说过这话。”

“你曾经向你母亲提出过要娶丁瑶，是吧？但你母亲反对？”

“是你们谈情说爱时她告诉你的？”他讥讽地说，“好吧，那又怎么样？”

“在她眼里，丁瑶就像是祸水、克星，她认为你和丁瑶结婚会给你们家带来麻烦，如果她不知道你们杀人的事，那她说的麻烦是什么？她害怕什么呢？”

“那不过是老太太一种迷信的想法，丁瑶的父母都意外身亡了，我母亲认为都是因为丁瑶的命不好，她怕我和她结婚会出类似的意外，这有什么奇怪吗？”

“但丁瑶刚到你家时，你母亲好像并不这样想，如果那时她就那样想，也许她就不会把丁瑶接到你家去了，对吧？所以我认为她把丁瑶接去你家的时候，还不知道你们杀人的事，但后来，她发现了。”

“任何母亲对自己的儿子应该娶什么样的人为妻，心里总是有她自己的期望的。她可以接受丁瑶成为我们家的成员，但那未必就等于她愿意让她成为她的儿媳妇，况且天天生活在一起的人总会有矛盾，尤其是女人和女人之间，开始怎么想，难道以后就不可以改变了吗?”

方探长问:“那是什么让她改变了呢?仅仅是日常矛盾?我们大家所了解的那个丁瑶好像挺能任劳任怨的。”他看着唐安，等他做出反应，但唐安没有任何表示。“据你家邻居说，在丁瑶去世前的有段时间，你母亲一直劝她辞掉警察的工作，为什么?”

“太累了，警察工作太累了。”

“是吗?可我认为，那是因为你母亲可能知道了你们杀人的事，或许还有放火的事，也许她担心做了警察的丁瑶终有一天会把它说出来，所以才想让她辞职的。”

“你是想说是我母亲把她逼死的?”

“为了保全自己的儿子，你母亲完全可能在丁瑶站在十字路口的时候，推她一把。也许当时丁瑶正在犹豫是报案还是沉默，也许就是那个时候，她的这种矛盾被你母亲发现了，于是你母亲给她施加压力，告诉她这个扫把星，你们对她有养育之恩，她不该把祸水引到你们这个对她有恩的家庭来，为了你和你们一家，她最终选择了逃避。我的判断对吗?”

唐安脸上的肌肉抖动了几下，像是什么利器戳到了他的伤处。

“从这种意义上说，丁瑶其实是你们这家人的殉葬品。”

“殉葬品?说得好，非常好!但她不是我们的殉葬品，而是你的殉葬品，她的死，完全是源于绝望，和对你的恐惧!如果你看过丁瑶的日记，你就知道我为什么这么说了。”

“这么说你看过那本日记?”

唐安突然转向我，“怎么?这事你没告诉他吗?你连你最信任的这个人都没告诉?对了，是我不让你告诉他的。”他笑起来，“你还真是挺守信用的。”

方探长看看我，我的脸“腾”地红了，我窘迫地说：“他是，他是说过他看过一部分。是那次在别墅……”

“日记本现在在哪儿？”方探长问唐安。

“我不知道，我已经告诉过你我不知道了。事实上，我一直以为它在你那儿，我以为是你把它收藏了。”

“你是说那里有对我不利的内容？”

唐安：“你说呢？不然你为什么那么害怕那个日记本？”

方探长：“害怕？我找它是因为我想搞清楚真相。既然你说你看过它，那你说来听听。”

唐安：“我没有心情去复述那些令人唏嘘的话。”

“我去哪儿能找到它？也许你可以给我点提示。”

“我不知道。但凭你的精明和执著，你肯定会找到它的。”

“那里面提到了少义，是吗？你好像认为这是丁瑶恐惧我的理由？她是怎么说的？”

“那并不能证明什么？”

“你什么意思？你这么来回兜圈子究竟想说什么？”

“我是说，关于少义和你，她也只是说很担心你们之间的关系，但为什么担心，我就不知道了。但你以为没有少义的事，你对丁瑶的死就什么责任都没有了吗？如果你没勾引她，让她无可救药地爱上你，在她发现了我们杀过人的时候，也许她还有其他选择。她或许会按照你们职业要求她做的那样去做，但事情不是这样，你先是勾引了她，让她觉得你是她生命中最最重要的人，然后，你却在她最痛苦、最无助的时候把她推开了！你拼命地追查谭三的死因，让她感到，她隐藏多年的耻辱就要被你发现了，被你看到了，对自卑、自怜、被人看不起的恐惧让她选择了自杀，归根到底是你害了她！”唐安的脸色变得很难看，愤怒从他脸上、脖子上、手上的每块肌肉上表现出来，“你知道她在日记中是怎样抱怨的吗？她质问老天，为什么让她蒙受了那屈辱的事后，还要将这屈辱展示给她唯一爱的人看？让她爱的那个人因此而可怜她！鄙视她！如果活着只能让她被人鄙视被人可怜的话，那死的意义远远大于她屈辱地活着，而她这样地苟且，还要以出卖她不想出卖的人为代价。”

方探长似乎有些诧异地听着，表情异常复杂。

“方哲，不管你用什么样的方式替自己辩解，她的死都和你有关！是你杀了她！你才是害死丁瑶的罪魁祸首！我是杀了人，我该挨枪子，但至少我杀的是本来就该杀的恶棍，我甚至不必为此而忏悔什么。可你呢？你占据了不属于你的爱，然后又堂而皇之地用所谓的家庭责任把她拒之门外，让她处于孤立无援的境地，你能说，对她的死，你没有责任吗？方哲，你推卸不了！你的罪孽是什么样的忏悔也不会让你解脱的，你永远也不会解脱了，到死也不会!！我会永远诅咒你！让你不得片刻安宁！”

欧海大声说：“唐安，你喊什么？”

唐安这是什么逻辑？我愤愤不平地说：“丁瑶死得的确很冤，很让人同情，但这不等于她爱上谁，谁就该为她的死负责。其实你很明白，丁瑶不为保护你们，她根本不会去死。”

“你知道什么？”唐安瞪着眼睛冲我说，“你除了想替这个人开脱以外，什么都不懂，你不过是下一个丁瑶而已！”

我的脸涨得通红，“人都为你们死了，为了守住你们的秘密，为了回报你们对她的养育之恩，她把自己的生命舍弃了，你怎么还好意思在这里指责别人？如果丁瑶听见你这样说，她不觉得自己死得冤吗？你也太没良心了吧？难道这就是你对她的忏悔？”

唐安毫不示弱地说：“你是想知道真相，还是怕知道真相？如果你是害怕知道真相的话，以后就什么都别问我，我没什么可安慰你的。对于丁瑶，我会用我的死去祭奠她，但我绝不会去代人受过！”他看着方探长，“不要以为，有我顶罪，你就可以心安理得地接着过你的好日子，告诉你，你不会再有好日子了！你再也不可能心安理得了！因为上天有眼，该遭报应的人，一定会遭报应的。至于你，小家伙，”他再次把头转向我，“我要提醒你一句，跟无情的人去玩儿感情的游戏，你输不起！”

“这就不用你操心了。”我小声反驳了一句。

抛开角色的意义，如果仅把这次对话看做是两只狮子间的战斗，那今天他们的厮杀绝对是两败俱伤。唐安面无血色地走了，也许是方探长理出了一个他不想承认的结论——丁瑶是他们家的殉葬品；而方探长一直都没再说话，甚至也没去摸桌子上的烟，只是呆呆地坐着。我看得出唐安的话深深地触到了他内心的痛点。

陆所长的手术做完了，听说很成功。这天下班以后，我跟胖子去医院探望克奇，顺便先去看了看陆所长。

我们到的时候，方探长正盯着吊瓶里快要输完的液体，看他紧张的神情，干这活儿，他显得实在是不在行。

陆所长轻声说："你不用那么紧张，不会马上就完的。"

这是我第一次见她那么温柔地说话，如果不是因为手术的虚弱让她这么硬的女人变得软了，那就是方探长将功补过的态度让她这么软了。我很不适应她这"咔嚓"就转过来的温柔，更不适应方探长这"咔嚓"就变得这么乖，不是因为我少见多怪，而是因为我心里有点那个。

陆所长抬眼看见我们进来，对方探长说："嘿，你们同事来了。"

方探长这才回头看见了我们。

胖子对躺在床上的陆所长说："您好点吗？别把我哥累坏了。"

陆所长笑笑，"最好你们赶快把这个笨蛋带走，他那笨样快烦死我了！"

胖子："嫂子说话，口不对心吧？一看您这笑，就知道我哥表现不错。"

"他？换个傻瓜来都比他利索。"她说着看了我一眼，我朝她笑笑，不知为什么，她的目光让我感觉有点儿心虚。

"你们跑来干什么？没事可做了？"方探长问。

胖子："看您说的，又想找我嫂子批评你。来看嫂子，这可是头等大事。”

“甭理他，假正经，混成这样了，还把自己当老大呢。”

方探长笑笑没反驳，他看着我问：“闵队长那边有消息吗？”

我说：“没有，他没跟您联系过吗？”

方探长：“昨天联系过，说没找到人，可今天到现在也没音信。”

“哦，看来不怎么顺利。唐安提供的信息会不会是假的？”

方探长想想说：“他不希望我们抓到汪洋是真，但他倒也不至于不关心那个女孩儿的死活……”

咳，方探长！到现在他还能把唐安往好处想，对他来说，也真不容易。不经意间，我发现在我和方探长说话的时候，陆所长的眼睛一直看着我，我急忙微笑着问她：“您、您就要出院了吧？”

陆所长有些心事地说：“还要再观察两天。你在跟他们一起查案子吗？”

“是。”

“听说你给方哲很多支持，谢谢你。他这人毛病太多了。”

我感觉她的目光就像探测器一样把我从里到外过了一遍，一定是丁瑶和方探长的绯闻让她神经过敏了，要不就是我的表情让她觉得可疑？我当然是可疑的，这还用说吗。

“哪有啊，我、我就剩添乱了。”陆所长可是个经验丰富的老警察，她的每个问话都有可能是一种变相的审问，在她面前我心慌得嘴都不利索了，看着她审视的目光，我的脸不自觉地红了。真糟糕！

胖子说了一句，“哎，这瓶好像要输完了。快去叫医生吧！”

方探长“哦”了一声，急忙跑了出去。真感谢那瓶药液，是它及时地解救了我。

陆所长嗔怪地说：“方哲这个人，你们不了解，看着精明，其实就是个傻蛋！”

胖子：“嫂子，您可别这么说我哥，他能把您这么优秀的女人骗到手，那可不是一般的精明。”

“他就骗我有本事。”

看着陆所长和方探长之间那种略显不自然的交流，让我心里有种感觉，这对老夫妻的关系肯定会随着陆所长身体的恢复而恢复的，他们很快就会破镜重圆、和好如初。可能是因为他们的基础太好了，好得足以把中途的任何危机转化成再度复合的黏合剂，也许根本就没人能动摇这从小建立起来的感情。陆所长这次手术，或许就是老天在给他们一个和好的机会，真正不希望他们分开的是老天爷，这是天意，无人能够违抗，连他们自己都不能。从今以后，他们除了继续好下去以外，没有其他选择。

陆所长看看我说：“你们是来看克奇的吧？快去吧，不然又要到饭点儿了。”

我和胖子起身告别，走出病房很远了，我还觉得自己的脸在发烧呢。还好，胖子并没发现什么，欧海肯定已经从唐安那些话里，感觉到我对方探长怎么了，胖子真要看出什么，再大惊小怪地一咋呼，那我和方探长怎么了的传闻准会长腿跑了。没想到，我这么辛苦地缩着脖子，捂着心里的秘密，可还是渐渐被一些人感觉出来了。看来，心里只要有秘密，不是你想藏就能藏得住的。

十三

半夜，我被急促的电话铃惊醒，那会儿大约是凌晨两点了吧，那几天里，我都睡得很虚，总好像一直悬着心等着什么似的，可这时候它一响，我还是被吓了一跳，我快速抓起电话，“喂？你好。”

“海棠吗？”电话既不是方探长，也不是闵队长，而是我们老爸，“我是老韩，这么快就接电话了？你还没睡吗？我还怕吵醒你呢。”他有点喘息地说。

"老爸？怎么了？"

"有点事需要你到分局一趟，方便吧？"

"现在？"

"对，就是现在。我现在已经到你家门口了，你穿好衣服出来吧。"他的声音听起来怪怪的，像是刚被惊醒的不是我，而是他似的。

"什么事这么急啊？是汪洋吗？"

"你出来说吧。"

"好。"我急忙穿上衣服，脑子里一直在想着他这时候来找我的各种可能。

我姐姐走进来，显然她也被这半夜铃声惊醒了，"什么事啊？"

"局里有事。"

"这会儿？你一个人？"她担心地问。

"他们的车已经到楼下了，没事，你睡去吧。"

"我能睡得着吗？你整天这么一惊一乍的。就剩跟你担心了。有事给家里来个电话啊！"

"知道。"

"真是一群夜猫子……"

我刚走出家门，就见老爸和一个30多岁的陌生男人站在那里，不是楼的门口，而是我家的门口。我姐家在6楼，这里的电梯到零点就关，显然他们是从楼梯走上来的，老爸已经60岁了，腿脚还不好，居然……

"您干吗还上来呀？不嫌累呀？我又不是没腿。"我责怪老爸说。

"怕你一个人下楼害怕。"那个操着南方口音的男人笑着替老爸回答了。

我看了看说话人，他看我的目光里有种我读不懂的东西，"出什么事了？您三更半夜的亲自跑来？"

“这是昆明市局的叶同志。”老爸介绍说。

昆明？难道是汪洋跑昆明去了？

“他找你来是为少义的事。”

“少义？他怎么了？”

“他今天跟你联系过吗？”

“跟我？没有。”

昆明的叶同志用一种审视的眼神看着我，“我们回局里说吧。”

我隐约觉得，我好像有麻烦了。

在楼门口，停着一辆警车，但它不是我们分局的车，因为那车牌号不是本地的，我坐进那辆外地警车后，心里一直有种很奇怪的感觉，跟平时坐我们自己的警车感觉完全不一样。

“少义怎么了？”路上，我见他们都不说话，忍不住问。

叶同志开着车回答：“你经常跟他接触，就没发现他有什么问题吗？”

“经常？谁说我经常跟他接触？”他的语气让我听着很别扭。

“他在贩毒，你知道吗？”

“您说的是以前的事吧？他早就服刑出来了。”

“你觉得我们会因为以前的事半夜来问你吗？”

“你的意思是说，他现在还在贩毒？你们不会搞错吧？”

叶同志：“搞错？我们已经注意他很久了。不然也不会抓他。”

“啊？抓他？”

“他拒捕跑了。”

“啊？”

“所以我问今天他跟没跟你联系过。”

“为什么要跟我联系？”

老爸说：“哦。海棠，他们找你是想了解点情况，你别太紧张，一会儿到了局里，你实话实说就是了。”

紧张？难道我做过什么坏事吗？我突然意识到，他们亲自爬到楼上来“接”我，也许是怕我跑了，笑话！真亏他们想得出来。可他们为什么会这么想，总是有些理由的吧？那么少义究竟是怎么回事？他真的又贩毒了？还是……他们怎么不去问问方探长？难道方探长又……所以他们想到了我？曾几何时，很多人都因为他跟少义的交往怀疑过他，也包括我，可那些怀疑都已经随着丁瑶事件的水落石出而烟消云散了，难道说，少义这个在方探长倒霉录上最惹眼的人果然有事？如果没事，他为什么要拒捕逃跑呢？从叶同志的口气上听起来，少义犯罪的事完全不是“可能”，而已经是板上钉钉的事了，方探长啊，这究竟是怎么回事啊？这不是在做梦吧？我看看坐在车前面的两个人，一个陌生人和一个有些让我陌生的熟人，在漆黑的夜里，他们就像两个影子一样在我眼前晃动，很不可思议，但这确实不是梦。接下来，他们一定会问到我方探长和他的接触，那么在这个阶段，我不需要为他担心什么了吧？可万一他们问我，我该怎么说？

警车驶进分局大门，但他们没带我回我们的办公室，而是朝缉毒处所在的那座办公楼走去。

缉毒处的那层楼里，多数办公室都亮着灯，在岗的人员几乎跟白天一样多，凭我两年多做警察的经验，今天，在这儿，一定有一场大行动。但感觉告诉我，此刻我来这里，绝对不是被邀请加入这火红的战斗的，而很大成分是作为嫌疑犯被押送来的。假如我姐姐当时就知道我半夜三更的离开家是这个原因，非吓死不可。咳！警察！真是一个让你爱也不是、恨也不是的职业。

叶同志把我带进一间空着的办公室后，叫着老爸一起走了。临走前，老爸第二次对我说了那句话：“别太紧张，实话实说就是了。”

“嗯。”我点点头，也许这是他老人家在这种情况下唯一能对我说的话，“我知道。”我尽量轻松地说。他走前的那一瞥，似乎充满同情，但他离开的背影，似乎更让我觉得同情。这个老头儿，在这种充满压力和变数的工作环境中已经一阵明白一阵糊涂地度过几十年了，我们这些自以为是的毛孩子新手真给他添了不少麻烦，我真不希望因为我再让他有任何担心了。

在这间陌生的办公室里，我第二次感受到了那种被人怀疑的滋味，那种被同行怀疑的滋味，这与做警察的滋味落差实在是太大了，尤其是当你必须去面对那些怀疑的目光和受审的口气的时候，那种感觉实在让人受不了。以前，因为方探长的处境，我只是想象过他的痛苦，但现在，这终于不仅仅是想象了。

我不知道想问我问题的人为什么还不来，难道是想把我独自放在这里默默地体会倒霉是个啥滋味？还是他们正在讨论对付我的方案？或是想用时间来增加我的心理压力以防我不好好交代？以前我们对犯人使用过这招，我们称之为“熬鹰”，有时还挺灵的，可我与少义之间有那么复杂吗？那么方探长现在又在哪里呢？是不是此刻也正一个人待在另一间空屋子里“反省”呢？或者，他已经开始交代他的“罪行”了？

“你很在乎刚才那个人对吧？”

这个时候，我脑子里想起我和唐安的一段对话。

“我猜，你爱上他了，可你并不完全信任他，对吧？”

“不，我信任他。”

“你说谎了。你爱他，但你又因为很多原因把握不住他，因为他所做的事，总不是你所希望的那样，你觉得你很了解他，但他所做的事却经常出乎你的意料……”

“您想说什么？”

“我想说，在很多事情上，我们都是无能为力的。丁瑶因为无能为力走了，尽管她是那么喜欢做警察，那么不愿意给警察的名誉抹黑，可她因为爱而走了，我想帮助汪洋远离儿时的噩梦，可他却越走越远，越陷越深。所以我说，在很多事情上，我们都是无能为力的，希望也只能是希望，但那往往都是徒劳的幻想。”

“你刚才说了，你所做的一切都是为了自我保护，也就是说，关于方探长的那些不实之词都是你编造的。即便像是你说的，我曾经并不完全相信他，但现在我也可以相信他了，对吧？我想说的是，努力并非是徒劳的。”

“如果我和汪洋能彼此完全信任，事情就不会到今天这个地步。在这个世界上，没有人值得完全信任。”

“你和汪洋之间，与我和方探长之间，我觉得不存在什么共同点。”

“但愿你是对的，但愿，你能永远这么想。”

唐安这话……当时我觉得他是想说明他对汪洋有多么无奈，但现在想起来，更像是在说我和方探长。唉！从我回到分局以后，方探长究竟是什么人的问题就一直翻来覆去地困扰着我，好像老天爷要故意耍我。假如现在我干脆就再把他想成坏人，老天爷是不是又会捅出个什么事来告诉我“你又猜错了”？老天要干什么呀？看我猜错了，他好像很开心似的。真无奈！算了，还是等着有人来审问我好了，那样我也可以同时“审问”他们。

来问话的或者说是来审问我的是一大帮便衣，除了缉毒处的关处长和刚才接我的叶同志以外，我谁也没见过，我猜他们可能都是昆明来的警察，此刻，他们个个都红着眼睛，明显缺觉的样子，我知道睡眠不足会让人脾气不好，我就这样，那丢了“大鱼”的沮丧和缺觉加起来肯定会让他们脾气更不好，我不该去惹他们，可现在我也睡眠不足，而且还正被人莫名其妙地怀疑着，恐怕我的脾气也好不到哪儿去。

关处长直截了当地问：“海棠，你最后一次是什么时候见到少义的？”

我看看那些人，“他们是……”

“哦，他们都是昆明的警察，一直在追踪少义和他的同伙。”

我可不是少义的同伙，我心想。“一直”这个词真让我冒虚汗，虽然我和少义的接触为数不多，但赶巧都可能被人看成“非正常接触”了，我控制住自己不安的情绪回答：“我最后看见他是两星期前，在他开的酒吧，红棉酒吧。我是为调查我们的案子才去的。”我把最后那句话说得很重，唯恐他们听不清。

“你是说关于唐安的案子？”关处长问。

“对，开始是一个叫马修的外国人的案子，后来牵扯到唐安。因为在调查的过程中，有些问题涉及少义，所以我才去找的他。”

一个便衣操着南方口音问：“有其他警察知道你去找少义吗？”

“没有。”

“你们不是在搞案子吗？他们就派你一个人去找他？”

“我没说是谁派我去的，只是我自己认为应该去。”

关处长：“我听说，闵队长是你们这案子的组长？”

“对。但我去找少义的事，他并不知道，我没告诉任何人，因为少义的事跟我们的案子没有直接关系，我不过想验证一下唐安说的是不是实话。”

叶同志问：“唐安是谁？他说了什么？”

我真的不想再重复他的那些话，尤其在这种时候，“他是个杀人犯，已经被抓了，以前，他曾经听说少义在贩毒，但他只是听说。”

“从什么地方听说的？”

“从他妹妹的日记本里看过，但那本日记，我们现在还没找到。”

“他妹妹？”

天呢！他是不是要我把整个案子从头讲一遍啊？我就是个录音机，倒带子也得倒上一阵子啊！“我们有卷宗，你们可以去查卷宗。”

关处长：“这事回头再说。海棠，你那天是几点到红棉酒吧的？”

"大约8点，我去的时候，他正在台上唱歌。"

"那天你注意没注意到这几个人？"他把一张照片递给我。

我看着上面的几个男人，摇摇头，"没有，我没印象。"

那几个人用本地话嘀里嘟噜互相说了几句什么，我一句也没听懂。

关处长："你再好好想想，也许你忘了。如果你能证明8点左右，你看见了这几个人了，这将对我们的案子很有帮助。"

8点左，我还没到呢；8点右，我正跟着疯狂的娱乐者们"合唱"呢；那么多人挤在一个屋子里，没人看见我就不错了，我哪儿还顾得上张望别人。"没有，我真的没见过照片上那些人。"

关处长："你除了那次去红棉酒吧，还什么时候见过他？"

我想想，我总共见过少义四次，第一次是在我姐姐同事孩子的"百日宴会"上，那个难忘的"方哲之夜"；第二次是我奉方探长的指示去取石泉的照片；第三次是方探长的女儿在超市惹了麻烦之后，我远远地看见他和方探长他们一起；第四次，就是我在红棉酒吧跟他谈话的那次，当时他觉得有人在给我们拍照，看来，他可能真说对了，也许当时真有人给我们拍照。我跟关处长讲了其中的三次，超市那次我没说，我不想说。

叶同志："嗯，上星期三你没去过红棉酒吧？"

"上星期三？"

"晚上，大约七八点钟吧？"

他说的是克奇出事的前一个晚上，我的确去过，那天克奇向刘兰借了录音机，我心里不安，曾经鬼使神差地到过那里，可这时候，如果我说我是鬼使神差去的，这些已经红了眼的警察还不得跟我拍桌子。我点点头，"对，我是去过，我是散步经过那里，顺便进去看看，但那天我并没看见少义。"我感觉自己快要说不清楚了，从他们的眼神里，我也看出了这点。我心里忽然变得抵触起来，因为他们不是我，他们没有我对方探长那种复杂的感情，更不知道我从丁瑶事件发生之后直至今天，在经历了调查马修的案子，经历了唐安的案子之后，我所走过的心路历程，艰辛的心路历程！所以我说不清楚，我也懒得说了，如果他们只从少义案子的角度来看我的话，即便我说了，他们也理解不了。

关处长看看手表，“你肯定在你跟少义接触的这几次都没见过这几个人？”

“没有，肯定没有。”

“你听他提过耗子这个人吗？”叶同志问。

“耗子？没有。他是谁？”

“给他送货的人，那天他弟弟在红棉酒吧出现过，像是要和少义接头的，但不知为什么，他只待了几分钟就走了。他俩后来没见面。”

乖乖，那天我去的可真是时候！当他们都用疑问的眼神看着我的那一刻，我才知道，如果你什么都不知道，可人家偏认为你知道，没准还以为你故意装糊涂的时候是多么让人恼火。很多嫌犯可能就是这样，在这种压力下，那被问的人一定恨不得真知道点儿什么，或者恨不得给那个怀疑他的家伙鼻子一拳。

“我一直认为少义是在为我们工作，关于这事你们可以去问问方探长。”

关处长看着我，“他也许是为我们工作过，但不等于他做的所有的事都是为了我们。”

听这话的意思，他们认为他们已经毫无疑问地掌握了一切。

“你这几次去见少义，方哲都知道吗？”

“不知道，事先不知道，事后，我好像也没对他说过。你们肯定少义真的不是在为我们工作吗？你们不会搞错吗？”

有人探头跟他们说了句什么，好像是谁来电话了，他们呼呼啦啦地出去了，屋里又只剩下我一个人了，我能听见外面一阵阵匆忙的脚步声和电话铃声。我这是被拘禁了吗？虽然到现在为止还没人明明白白地告诉我，我现在算是什么，没人告诉我我被拘押了，可我觉得是。就在我等着快哭的时候，门被推开了，老爸走进来。

“海棠。走吧，回家去吧。”

“回家？不把我抓起来吗？”我委屈地说。

“谁说要抓你了？我不是说人家只是想跟你了解情况。”

哼！我可没这么觉得。“方探长呢？”

“别问那么多了，赶快回家睡觉去吧。”

我看了看他，他那张被岁月中的是是非非拧得皱皱巴巴的脸，此刻真像是一个磨损过度的足球，还是一个撒了半肚子气的足球。

在我快走到电梯口的时候，他来了，是他，方探长！日光灯下的他，就像一座移动着的雕塑，周身的每个细节都好似用刀刻上去的，冰冷、苍劲！他的身后还跟着两个穿便衣的警察。表情同样地冰冷，他被捕了？还是……他看见我时，目光中划过一丝诧异，瞬息便被无奈给替代了。“方探长”我叫了一声，但那声音微弱得连我自己都好像没听到。他瞥了一眼我身后的老爸，什么也没说，默默地走了过去，然后转身走进了一间亮着灯的办公室，然后楼道里一片空寂。

我晕晕地回到家，浑身绵软，四肢无力，只有脑子还在乱麻般的思绪中坚决地痛苦着。这夜，好难熬，一切都那么乱七八糟的，人和事都那么虚幻！

十四

睡了不知多久，电话的铃声烦人地响了起来，又出什么事了？我惊慌地抓起电话。

“还睡呢？方哲怎么回事？为什么不接电话？”

我恍惚地问：“谁啊？您是……”

“怎么了你？我的声音听不出来啊？”

“哦，是、是闵队长，”我这时似乎才完全醒过来，“您找方探长啊？他在缉毒处。”

“缉毒处？去那儿干吗？”

“少义跑了，昨晚我们都被叫到缉毒处去了。”

“跑了？怎么回事？”

“我也不大清楚，是昆明的警察把我找去的，他们说少义还在贩毒，抓他的时候，他跳楼跑了。”

“哦……那方哲……”

“我走的时候，他刚到，也许现在还在那儿。”也许已经被拘留了，“您找他有急事吗？”

“是啊，我是想让你们去提唐安，问问他汪洋在杭州有没有什么落脚点，因为有线索说他可能去那儿了。找欧海，欧海病了，找方哲，又找不到。”

“那我去吧。”

“好，你先过去，到那儿之后，给我回个电话。”

“好的。”

我看了看表，才睡了两个小时，太困了！这两个小时的睡眠，不仅没让我清醒，反而好像把我的困倦彻底勾出来了，我在床上赖了几秒钟，感觉自己像被人打了麻醉剂。能再睡一会儿有多好，哪怕就多睡几分钟，但也许就因为这几分钟，汪洋就又可能从杭州跑到另外什么地方去了，起来！出发！哎哟，我的妈呀！

自从那次提审唐安激怒他后，后来几次提审，他都很不痛快，我真担心今天他会为难我。想想看，对他，一个杀人犯而言，态度好或坏，又能改变什么呢？为难为难你，至少还能解解气。一缺觉，我的想法就很消极，况且此刻还不仅仅是缺觉让我消极。

“早上好。很高兴看见你。”他朝我笑笑，好像精神还不错，可能不至于为难我。

“是吗？请坐吧。”我嗓音沙哑地说。

“我猜你今天准会来。而且，我也期望你来。”

“为什么？你有话说？”

“如果太寂静了，我就老是听到死神的脚步声，有人过来跟我说点什么，哪怕是骂我一顿、打我一顿，也比自己待着强。以前，我好像没感觉自己这么害怕死亡，真是，人有时候并不了解自己。幸好那边有丁瑶。”

我看了看他，不禁有点可怜他。

“你看上去很累。好像一夜没睡。是因为汪洋，还是因为……方哲？”

方哲？为什么他会这么问？难道他已经听说什么了？在这里？

“你用不着这么惊讶，一个小时前，有几个警察来这里‘拜访’过我。”

“是吗？”

“我以为他们是来问汪洋的事，可他们问的却是方哲和少义的事。”

“哦……”

“我猜这是你没睡好的原因吧？”

没睡好？我几乎一夜没睡！虽然我很想从他嘴里知道那些警察都问了他些什么，但又觉得有些不妥，“我不是来问方探长的事的，只是想问问你，汪洋，他在杭州有熟人吗？”

“杭州？没听说。怎么？他们去杭州了？”

“我们那边的同事找到一些线索，认为他有可能去那儿。”

“是吗？去地狱之前先到天堂走走？呵呵。”

“您真的不知道他在杭州有什么地方可去吗？”

“不知道。我从没听说他在那边认识什么人。”

“请您再好好想想。”

我边问着唐安，边拨通了闵队长的电话，但他没有接，可能正为什么事忙着，我着急地拨着，接连不断地拨着……

唐安看着我的动作说："失眠会让人思路混乱。"

"你觉得我现在思路很混乱？"

"当一个人心目中的偶像忽然变得面目全非的时候，我想谁都会感觉混乱。"

他好像一直都想把话题引到方探长身上去，是不是他知道什么关于少义和方探长的更多的事，而一直没说？我把这个想法说了出来，"您是不是还知道些什么他们之间的事？但以前没都说？"

"关于方哲吗？你刚说过你并不想谈他的事。其实，我知道的我都说了，只不过，同样的问题，站在不同的角度去想会得出不一样的结论。你，我，他们，每个人的角度都不同。"

"严格地说，站在自己角度上得出的东西，那不叫结论，那只能算推断。"

"可只要是被大家接受的，不管它是不是真正的结论，它仍然可以产生跟结论一样的效果。"

"那是暂时的。"

"我看得出来，你对我的说法很抵触。你不愿意听，是吗？可当警察，不是什么话都得听的吗？"他停顿了一下说，"你就不想知道你的同事怎么问我的吗？"

"你说吧，我又没说不让你说。"我假装不关心地说。

"他们问我丁瑶都说过什么有关他们的事，还提到了什么景园大厦。"

"什么景园大厦？"

"听说那是少义经营的一个地产项目，虽然他们没告诉我什么，但我推断他们一定是怀疑方哲从中挣了黑钱。"

"那么丁瑶跟你说过这事吗？"

"没有。可她那么担心方哲和少义的关系，不排除她知道这件事的可能。常在河边走，哪能不湿鞋？"我看看他，倒没看出他因为自己的妄想而喜形于色。

我笑笑说："关于方探长的流言，我听得太多了，只不过现在又多了一个什么大厦而已，树大招风，这谁都明白，何况，嘴长在人身上，想怎么说，这很容易。但事实未必如此。”

“那你就没什么好担心的了，对吧？”

“……”我想反驳他，但潜意识中好像有什么东西把我的思路冲散了，朝着不同的方向飘去，想抓都抓不住，好困啊！我觉得自己好困。

“想听听我是怎么看这两个人的吗？你不觉得少义作为一个生意人，而且还算是个大生意人，他显得太热衷于警察的事了吗？说白了，是太热衷于方哲的事了。而方哲呢，也太过重用这个人了。”

“所以呢？”

“他方哲是个自以为聪明的人，他以为自己可以控制别人，但人只要有欲望，也同样会被别人所控制。”

“不，你说得不对，因为你不了解方探长，不了解他们之间的关系，所以你会那么想。方探长为了挽救少义，付出很多辛苦，他绝对不是你说的那种人。”

“挽救？你把方哲当成圣人了。世界上需要挽救的人很多，凭什么只挽救他？”

“你怎么知道他只挽救他一个人？我敢说你并不真正了解方探长这个人，你只是根据你自己的心理去想他，拿你自己的想法去套他。”

“丁瑶，你看见了吧，你当时就跟面前的这个人一样傻！”他看着我，突然这样说，“你就是这么固执，这么没脑子！这么执迷不悟！我现在明白了，不是别人害了你，是你自己害了你自己！”

我的身上顿时起了一身鸡皮疙瘩。“您在说什么？我真的感觉您好像知道什么，至少比您告诉过我的多，我想得对吗？”

“只能说，我比你理智得多。在这件事上我帮不了你什么，但或许丁瑶可以。”

“她怎么帮我？她不在了。”

“可她的日记本还在。我劝你还是去找找丁瑶的那个日记本吧。”

“您能给我提供一点线索吗？建议也行，请告诉我我该去什么地方找？”

“如果你很虔诚的话，也许有一天，老天爷会帮你。”

闵队长的电话来了，他听我简单说了两句后，让我把电话交给唐安。

“不！我没听说过他在杭州有什么人，”唐安回答闵队长说，“我也想不出他为什么会去那里。据我所知，他这个人是不喜欢那种地方的。‘虎跳峡’？”他的表情有些变化，“说他去了虎跳峡？嗯，不知道……”电话中，闵队长还在焦急地追问，唐安却平淡地说：“对不起，我不知道，没什么告诉你的。”然后把电话递给我。

“您并不是不知道，是吧？只是您不想说。”

“反正你们早晚也会抓住他的，只不过是时间问题。”

“可多耽误一分钟，他就要多杀一个人，这你一点不在乎？”

“杀人不都是坏事。对有些人来说，死要比生更有意义。”

“告诉我，他要去什么地方？也许他说的‘虎跳峡’指的不是杭州？也许你知道那是哪儿？请告诉我！”

“Sunk Cost。”他忽然蹦出了句英文。

“什么？”

“我说Sunk Cost，你听说过吗？中文的意思是沉没成本。”

“没有，没听说过。”

“这是经济学上的一个概念。简单地说，就是不可收回的成本。比如，你费了很多时间精心淘到了一样宝贝，比如说是一个昂贵的瓷器吧，但你无意中把它摔坏了，不论你多么伤心，多么沮丧，也无论你曾经为此付出过多少金钱，多少精力，但它已经碎了，你怎么都不可能再收回成本了，这就是沉没成本。在这种时候，你的选择只能是放弃！继续为它所困、为它伤心、为它付出，那将毫无意义。”

他看着我，目光非常坦然，好像突然间他什么都想明白了，什么都放下了，就像今天我一来时感觉的那样，他似乎比任何时候都显得释然。

“可从另一个角度来说，沉没成本毕竟也是成本，尽管它和零看上去很相像，但它并不是零，它是有记忆、有痕迹、有代价的，所以它叫做‘成本’，认识这种成本是非常有意义的事。”

“什么意义？”

“明智。”

什么呀？他究竟在说什么呀？困！我真的太困了，不然为什么我完全不明白他这番话的意思？“我不明白你在说什么。”

他笑笑说：“我说了，失眠会让人思路混乱，我劝你还是回家好好睡一觉吧。”

我又沮丧又茫然地看着他，真希望他能再把话说明白点儿，他是在说汪洋，在说他自己，还是在说我，或者是方探长？“沉没成本”？他是在暗示我该放弃对方探长的幻想吗？真搞不懂现在究竟是我的思路混乱还是他的思路混乱了。

“不会再有意外了。”他说，“故事马上就要结束了，我终于可以去见丁瑶了。”

什么呀？简直驴唇不对马嘴！

办公室里，同事在交头接耳地议论着什么，靠近门的桌子上放着一张通缉令，通缉令上少义两个字赫然醒目。

杜欣走过来，小声对我说：“海棠，方探长叫你。”

“方探长？在哪儿？”我有点发蒙，他不是已经被缉毒处的人……我以为自己听错了。

杜欣表情阴郁地说：“他在他的办公室呢。”

方探长的办公室显得很乱，桌上堆满了各种文件，政治处的梁政委正低头看着什么。“方探长呢？”我的话音没落，就听“哗啦”一声，一串钥匙被扔到桌上，吓我一跳，方探长随之从门后走出来，对梁政委说："都在这里了，还要看什么，随便吧。"他看见我进来，问："睡醒了？"

"啊？"他还以为我刚从家里来呢，"我刚从看守所回来。"

"看守所？怎么了？是闵队长那边有什么事吗？"我正要回答，他紧接着说，"哦，算了，这不关我的事了。我找你，是想让你禀告闵队长一声，我不再当你们的协查了，汪洋和唐安的事，以后让他们自己办吧。"

"那您呢？"

"我要休假去了。"

"休假？"

"对。不过这是我自己的叫法。"他笑笑。

"哦，您要离开多久？"

"要看组织安排，我说了不算。我最近的'假'真是不少，我自己都不好意思了。"

我难过地看着他，不知说什么好，"我能为您做点什么？"

"你？"他看了看我说，"嗯……也许可以帮我浇浇那盆花，别让它死了。"他朝窗台上的花盆看了一眼，那是盆绿箩，是他办公室里唯一的一盆花。"跟着我它也真是够倒霉的。"

"我会的。"

"另外，还有……"他正要说什么，桌上的手机响了，他拿起手机看了看，然后问梁政委说，"是少义母亲的电话，我可以接吗？"梁政委微微点点头。方探长接起电话，"阿姨吗？叔叔怎么样了？醒过来了，太好了！……见我？哦，恐怕、恐怕不行，我是说现在不行，我……嗯，我正……叔叔找我有事吗？对不起？哪里话，您告诉他不必这么想，这不是您二老的错，少义是大人了，这是他自己的事，您二老也已经尽到责任了，无论他做了什么，都跟您二老没关系，"他听着电话，转身坐到旁边的一把椅子上，似乎知道这个电话的时间肯定不会短，他低着头默默听着，不时说上几句安慰的话，"我理解，是，我能理解。是我这个做大哥的不好，我也没想到……"

尽管我听不清楚对方在说什么，但我却可以从那不时传出来的啜泣声里感到她已经难过到家了。方探长在尽量轻松地安慰着她，但我看得出来，他自己也沮丧到家了。我真是搞不懂，方探长似乎一直都在努力地做着职责要求他做的事，跟其他警察相比，他不仅付出的比别人多，投入的感情也比别人多，有时他给我的印象他感情用事的程度甚至超过我，可他却总把自己弄得狼狈不堪，还跟诡计多端的罪犯似的。我感到我一直是从多棱镜里看他，从这个角度看，他是好人，是个精明的警察；而从另一个角度看，他完全像个隐藏很深的阶级敌人，而且还是个老谋深算的阶级敌人。更奇怪的是，你越走近他，你就越看不清楚他，倒不如你远远地望着他，还能不时从“战功”“传说”什么的，把他当成个英雄。真是太不可思议了！

“嗯，我？我没事，您二老不必担心我，我只是觉得有点累，睡一觉就好了。哦，少义后来跟你们通过电话吗？嗯，嗯，谢谢，谢谢您能这么说，您先别想那么多了，叔叔的身体要紧，我抽空会去看你们的。他是他，我们是我们。总之，我去不了的话，我的同事也会去看你们，有什么事，您可以跟他们讲，他们会帮你们的。我没事，真的没事，谢谢您打电话过来。”他挂上电话，垂着头，沉思着。

“少义的父亲住院了？”

“嗯。”

“您想让我去看看他们？”

“不。别人会去的。你跟我沾的‘光’已经不少了。”

咳，这话说的！

“少义真像他们说的吗？”我忍不住小心翼翼地问，“他真的又贩毒了？”

方探长瞥了梁政委一眼，“嗯”了一声，然后用忧伤的眼神看着我。

“可您一点都不知道？您一直什么都没看出来吗？”我不相信地问。

梁政委抬头看看我说："我说，你们还是别聊这个话题了，这个话题不太合适在这儿说。"

方探长表情复杂地笑笑，目光暗淡下去，而不是像以前那样神秘地朝我挤挤眼睛，或做点其他暗示。我的心凉了！彻底凉了！可怕的答案像一盆凉水一样扑灭了我心里最后一点希望。我真是难以置信，他这么智慧过人、洞察一切的人，竟然对自己身边这么熟悉的人这么大的犯罪动作毫无觉察，他真有那么愚蠢吗？这事，估计一百个人里，有百分之九十九的人都不会相信，连我都不信，谁还会信？他栽了！我难过地想，无论他是好人还是坏人，这回他都是真的栽了，是好人，那他是被人耍了；是坏人，那他这下暴露了。

方探长："哦，没事了，你可以走了。"

"可您刚才的话还没说完呢。"

"我？"

"是啊。"

"什么话？我说什么了？"他有些茫然地看着我。

"您说'还有'。"

"'还有'？"

"刚才您接电话前，您好像要对我说什么。"

他笑了，"是吗？我想说什么？呵呵，不知道，忘了。"他用手使劲胡噜了一把脸，像是要换下目前那副让他自己不太满意的表情，"嗯，也许我是想说谢谢你吧？谢谢，为了……嗯……一切！"

我愣愣地看着他，真想问他："您不是一直都在帮助少义吗？不是一直因为工作在跟他秘密接触吗？您不是很信任他的吗？那么您对他的信任和帮助都等于零了？还是那些不过是幌子？"

方探长似乎看出我心里的疑问，他轻叹了口气说："人这个动物真是太复杂了，也太难感化了，比狼还难感化，闵建说过，'假如这个世界上的坏人都能因为感化而改邪归正，那么天底下的监狱至少可以少一半。'呵呵，这家伙，比我明白。"

“那当然了，有些人的灵魂早已经被魔鬼控制了，他们的一切只服从魔鬼，是绝对不可能被感化的。”我看着他的眼睛说，真想从他的眼中看出他的灵魂是不是也被魔鬼控制了。

“还有?”他看了看我手里正拿着的手机，“哦，对了，我想起来了，我想说的是你的手机，我刚才给你打手机，怎么说你没开机?”

“啊?”我急忙看看手机，“哦，又没电了……”

他用责怪的眼神看着我，“老毛病又犯了！我不知道你把手机当什么，可它对我来说，就跟枪一样，没有它就没法打仗。当然，这次我没什么要紧事找你，可要万一有急事，你不把人急死？就像上次。跟那么危险的人跑那么远，还拿着个没用的手机……”

“我、我以后注意。”我的眼泪一下子涌上了眼眶，他要走了，他再不会为我着急了。

梁政委站起身，“你们的事谈完了吗？我去韩处长那儿打个招呼，回来咱们就走。”

“嗯。”方探长应了一声，等梁政委出去后，他对我说，“你也走吧，免得招嫌疑。”

“哦。可有件事，我还想问问您呢。”我犹豫地说，其实，当我知道他还在的时候，我就想把唐安给我出的那个难题告诉他了，刚才脑子里的事情太多，差点就给忘了。

“什么事？不涉及敏感话题吧?”他笑了笑，“我现在可是一级嫌疑犯。”

“我想不是。”我笑了笑说，“刚才，我去提审唐安，他跟我说的话，我好像一点都不懂。”我把我问唐安的事告诉了他，我说，“从他说话的表情和态度，我总觉得他好像知道汪洋去了什么地方，可我问他，他却说了一番‘沉没成本’什么的，我越听越糊涂……”

“沉没成本？什么意思?”

“他说，这是个经济学上的名词，意思是不可收回的成本。

比如说我得到了一个昂贵的瓷器，无意中把它摔了，不论多么伤心，都不可能再收回成本了，他说在这种时候，如果继续被它困扰，将毫无意义。”

“他指什么？”

“不知道，我想了半天，他这话跟汪洋去哪儿了一点不沾边啊。可不知为什么，我又觉得他好像是在告诉我什么。特别是最后那句话，他说，沉没成本和零看上去很相像，但它并不是零，它是有记忆、有痕迹、有代价的，说它的意义是，可以让你明智地对待未来，也可以让你坦然地埋葬过去。”

“这是他的原话吗？”

“是，差不多是他的原话。”

“嗯……”方探长沉思了一阵，微微摇摇头。

梁政委走进来，“我们走吧。”

“虎跳峡？沉没成本？”方探长好像没听见梁政委的话。

“什么？”梁政委不解地问。

“你知道虎跳峡吗？”他回头问梁政委。

“叫虎跳峡的地方多了，杭州就有一个。这谁都知道。”

“还什么地方有？”

“多了，这都是当地人看着地形起的名字，就像仙女峰，我去江西的时候，人家就告诉我哪座山哪座山叫仙女峰，我去武夷山、长江三峡，也都有人告诉我哪座山哪座山叫仙女峰，太多了，问这干吗？”

“一道作业题。”

“哦，我小时候，我家附近就有一个山峰叫仙女峰，那时候我们常给它胡编故事……”

他们收拾好桌上的东西，走出办公室。

我站在楼道里，看着方探长离去的背影，心里真是难过极了。这一刻，我突然想起那次他告诉我的哑语手势，我叫了一声“方探长！”他转过身来，我朝他比划了一遍那个“有我们在，你不用害怕”的手势，他笑了，点点头，转身走了。转身，在人生的道路上意味着很多，而很多转身可能就意味着永别。这回呢？肯定不是永别，当然不是！当他的身影在我眼前消失后，我的眼泪流了下来，然后巨大的失落就像雨后的潮气一样从我脚下的地面升腾开来，它们缠绕在我身上，让我感到阵阵寒冷，我转身回到了办公室。

我刚在椅子上坐下，估计也就几分钟，方探长突然又返回来了，他进门就说："海棠，我知道唐安那话是什么意思了！"

他的话一下子集中了全屋人的目光，不等我反应，他已经冲到我的面前，"他的意思应该是说，汪洋已经回来了！"

"啊？"我惊讶地看着他。

"你想他最后那句话，沉没成本的意义：既可以明智对待未来，也可以坦然地埋葬过去。我记得以前丁瑶看过的一本书，嗯，叫《风的追求》，她在上面曾勾过一句话，'当你失去了方向后，你该回到原点，在那里，未来和过去将都不存在，你将重新启程！'而前不久，汪洋也在博客里用过这句话。那唐安的这句话会不会指的也是'原点'？"

我脑子里像有个色子在赌盘上跑着，那么眩惑，却又那么接近结果。

"那么原点是哪儿？有两个可能的解释，一个是生命的原点：死亡，一个是人生旅途的原点：故地！"

"哦……"

"刚才梁政委的话，给我很大启发，很多类似'虎跳峡''仙女峰'这样的名字并非哪个地方专有，而往往是当地人根据地貌形状来命名的，我估计汪洋所说的'虎跳峡'并不是指杭州的或者其他什么地方的虎跳峡，而是一个唐安和汪洋都知道的地方，一个处于'原点'的'虎跳峡'，所以唐安才会有你形容的那种表现，他所说的'沉没成本'不过是在暗示你，一切就要结束了，一切也将重新开始。"

“是呀，他当时确实是这么说的，他说‘不会再有意外了，故事马上就要结束了’，还说‘我终于可以去见丁瑶了’。”

“应该错不了！”

随后跟进来的梁政委禁不住插话说：“我们家乡的仙女峰，其实就是我给它起的名字。”

正说着，方探长的手机又响了，当时他脑子一定还在想着我们的分析，接那个电话时，他是漫不经心的。谁都没有想到，那个电话会瞬间把我们带进紧张状态；瞬间把故事中的两个逃犯一并推到我们面前；瞬间把我们对“原点”的推断证实了；我们更没有想到，也就是那个电话，改变了好几个人以后的命运，也包括我的命运。

由于我们当时的脑子都在想着别的，方探长是怎么接那个电话的，我没太注意，但他突然的一嗓子把全屋的声音都压下去了，“少义？你在哪儿？”

大家的目光“刷”地转向他，空气被紧张的气氛凝住了，大家有些怀疑是不是自已听错了，那个从他嘴里喊出来的名字，会是早上下发的通缉令上的那个人的吗？

“我问你在哪儿？”方探长大声问道，他的表情异常专注，目光里射出两道剑一样的光芒。没错，应该是他！办公室里有些骚动，人们小声议论着。

梁政委朝大家“嘘”了一声。

方探长对身后的梁政委说：“去找人确定少义打电话的方位。”然后，没说上两句，又更加惊讶地问，“你说什么？你看见汪洋了？”

他的话，再次震惊了所有在场的人。他大声问着：“你在哪儿看见他的？火车站？哪个火车站？我听不清楚，你大点声说。”我想他一定是希望我们都能听见正在发生什么事，因此每句问话都几乎是喊着说的，“南站？你说南站吗？”方探长堵住话筒，对身边的人说，“通知刑警队，告诉他们，汪洋在南站！”

我忘了旁边当时站着的是谁了，总之，当时所有屋里的人都有点惊傻了。

“他现在在干什么？是一个人吗？有个女孩儿？还有别人吗？”

我心里明白应该做点什么，可却急得不知该做什么，我看着方探长，等待，等待……

“……你在那儿干什么？去哪儿？……我问的是你！好了，我不管你怎么想，我告诉你，你哪儿也不许去，赶快回来给我自首！什么？汪洋？”他突然笑了一下，“他妈的，都这时候了，你还知道盯着别人！好，好，你盯着，给我盯住了，算你有立功表现。”

我们都知道是怎么回事了，相信您也听明白了。事情就是这么凑巧，就在少义想逃跑的时候，他在火车站遇见了汪洋，也就是说两个分别被通缉的犯人此刻遇到了一起，而少义，他似乎放弃了逃跑计划，决定盯着汪洋。这真太富有戏剧性了，太让人哭笑不得了。

“我告诉你，别关掉手机，我要你随时跟我保持联系。好，好。”他放下电话，“这可真是他妈的邪了，他们俩居然撞上了！”他问走上前的老爸：“通知刑警队了吗？”

梁政委从外面走进来说：“刑警队今天人手不够，黄局已经调防暴队的人过去了。”

方探长对老爸说：“我带胖子走，有什么情况，我随时跟你们联系。”然后，他朝胖子一挥手，“胖子！去开车！带上对讲机！”

老爸看看梁政委，“你没意见吧？”

梁政委怎么回答的，我没听见，因为我也跟着他们跑出了办公室。

方探长看我跟在身后，“你干吗？”

“我也去。”

“不行！”

“为什么？”

“少啰嗦，不行就是不行！别添乱啊！”他坚决地说。

我跟着他们来到楼下停车场，真想跟他们去，可没准我真会添乱，说实话，我这人可真是没少给人添乱。这可是一次不同寻常的行动，情况那么紧迫、那么复杂，如果真因为我这废物出点什么差错，那可就坏了！我犹豫着，转眼，胖子开车带着方探长驶出了大门。完了，没机会了！

这时，又一辆警车驶了过来，开车的人我认识，是防暴队的洪队长，我不知道自己怎么突然脑子一热，拦了洪队长的车，洪队长猛地刹住了车，恼火地说：“干什么？想吓死我啊？”

我拉开车门就坐了上去，“我跟你们去。少义和汪洋我都认识。”

洪队长来不及跟我啰嗦，一踩油门，警车驶出了大门。

警车呼啸着朝南站方向疾驶。我听到对讲机里不断传出方探长的声音，“各行动组注意，我是方哲，汪洋抢了一辆越野，朝南郊方向去了，估计他发现什么了，注意，车上有他的女儿，少义开的车是红色本田。情况可能随时发生变化，大家注意保持联系。”

“明白。”

“明白。”

……

众警车纷纷向南驶去。一场激烈的追车就要开始了。

此刻，我的每个细胞都因为紧张在收缩，神经拉得越来越紧，好像快要绷断了，四肢也感觉越来越凉。这是我有生以来第一次抓人，第一次追车，第一次感觉自己像个真正的警察。冷！很冷！原来紧张能让人变得这么冷，但脸却在发烧，发烫！

“洪队长，洪队长在吗？”过了一会儿，对讲机里传出方探长的声音。

“在，我在。”洪队长急忙回答。

“你现在车里几个人?”

“3个。”

怎么是3个?明明是4个，难道我不算人啊?估计洪队长是按战斗力报的人数，可这也太不尊重人了，可这个时候，谁有心情去关心我“是人不是人”的问题。

方探长在对讲机里说：“武警正往云桥路口设卡，你现在顺高速路赶过去，协助他们一下。”

“他们会到云桥吗?”

“差不多，他们现在前进的方向到处都是收费站，估计他们一定会转向云桥方向的。”

“明白。”洪队长说着一打把，拐了一个方向，对着对讲机说，“我说，老兄，今天可能是一场恶战，你准备好了吧?”

“这话说的，好像你不了解我似的。”方探长语气很是兴奋。

“今天你没穿错制服吧?你可别指望自己总像2·18那么幸运，今天兜里可没人给你备着子弹。”

“哈哈，谢谢提醒!你就是我的幸运之星，有你跟着就行!”

什么?什么?2·18那次枪战，方探长穿错了制服?所以他意外地发现了子弹?

“这老兄!那天不知脑子里想什么，一顺手把我警服穿走了!”

“是吗?这么回事，听说闵建因为这事对他意见大了。”旁边的警察说。

“我说把这事告诉闵建，可他不让我说，我知道他是不想我倒霉，这话要是传到头儿耳朵里，知道我敢把子弹随便放兜里，我那次晋级就泡汤了。但不管怎么说，我一时的疏忽，还救了他一命。这真是天意!”

原来如此!没想到在我们这么紧张地追逐罪犯的时刻，我解开了2·18子弹之谜，我顿时振奋了。从昨晚到现在，我只睡了两个多小时，又经历了那么多几乎可以让我精神错乱的事件，身体里那些支撑我生命的养分估计已经严重缺失了，而这个秘密的破解，好像帮我重新蓄积了很多能量。我激动地想，等将来有机会，我一定要好好问问洪队长，问问他究竟是怎么回事，方探长怎么会穿错了制服？而且，他还宁可背着贪生怕死那么大的骂名隐藏着这个秘密。

街上行人不时向警车投来惊诧的目光，也有不满的。或许有人会想，警车开那么快不过是想要威风吧？世界上，误解无处不在，好多事不是一时能说清楚的。“既然说不清楚，那我们只好先去做我们认为对的事。”这是方探长的话，“案情的发展不允许我们先把自己说清楚再去行动！”此刻，他这话清清楚楚地出现在我的脑子里，顷刻间，我对他的所有怀疑荡然无存。我告诉自己，一定要牢牢记住这一刻的想法，这是上天给我的启示，无论今后再遇见什么事，无论是丁瑶这样的事件，还是“刑讯逼供”或什么“景园大厦”这类的传言，我只需要记住今天上天给我的启示：相信方探长！相信正义感是他骨子里的东西，是属于他本质的东西，那是不会改变的，尽管他办案中，有些做法不那么被人理解，不那么遵守规矩，但本质的东西是不会变的。无论世上再起什么样的灰尘去欺骗人们的双眼，至少它们不会再欺骗我了。我一定要相信，那些尘埃最终都会灰飞烟灭，呈现出本来的面目。我对自己说，等这次行动结束，我一定要毫不犹豫地告诉方探长：“我完全相信你了！永远相信你了！”

我们到达云桥的时候，武警一个支队已经严阵以待了。武警支队长是个不到30岁的虎头虎脑的小伙子，他听洪队长快速地介绍了情况后，就快速而彻底地糊涂了，“你是说一个罪犯在追另一个罪犯？”

“对。是一个罪犯在追另一个罪犯。”

“前面那是杀人犯？后面的是毒品犯？”

“这么说吧，那个越野车里是两个人，其中一个是人质，也是罪犯的女儿，后面红色本田车里是一个人，他们都是罪犯，一个也不能跑掉。”

“是火并吗？”

“电影看多了吧？记住，其中一个正在帮我们。”

“哪一个？”

“就是开红色本田的那个。”

“可他也是罪犯？”

“没错。是毒品犯！”

“哦……”他一脸茫然。

“那再后面就都是我们的人了？”

“对……”

“哦……”

洪队长好像还要解释，支队长也好像还想再问，但他们都放弃了。

果然，汪洋放弃了原来的路线，朝云桥方向驶来。守在这里的警察们听到对讲机里的报告都紧张起来。

这时，天已经完全黑了，路边的指示灯好像一双双惊恐的眼睛。黑夜模糊了所有色彩，任何车辆看上去都是黑的。尚能辨认的只有车型。

越野车出现了……

本田出现了……

数辆警车出现了……

武警们开启了探照灯，顿时，眼前成了白昼，汽车像彩色的保龄球一样朝我们的方向急速滚滑过来。我的心马上就要从身体里跳出来了！

越野车放慢了车速，它走投无路了，对，因为我们这道铁壁铜墙，让它走投无路了。

方探长的警车加速超过了少义的本田，驶到了前面，就要追上越野车了。突然，那越野车掉转车头向回开去，怎么了？它干什么？天呢！方探长！越野车驶足马力向前冲去，向方探长和胖子开着的那辆警车冲去。血“呼”地冲到了我的头顶，“方探长——”

一道红光闪了一下，那么耀眼！那红光在我浑浊的视线里穿插！

“方探长——”一个尖厉的喊声，剑一样地刺向那亦真亦幻、亦远亦近的混乱。

“砰”的一声巨响，一片火光！所有的喊声瞬即被吞没了，好像一块乌云突然从头顶上砸下来，彻底糊住了我，然后是一片黑暗……

十五

我醒来的时候是在医院里。我是醒过来了，可记忆却完全丢失了，我什么都不记得了。除了我的家人外，我谁都不认识了。听我家里人说，我在失忆的状态里已经度过3个月了。开始我不明白，为什么在这段时间里，来看我的人大多是警察。有个叫杜欣的女警察，每次看见我都掉眼泪，还有一个叫克奇的人，一个叫胖子的，他们总说我曾经是他们的同事，说我也是警察，真奇怪，为什么我一点印象都没有呢？

一天，克奇来看我，他给我讲了很多以前的事，还说我当警察的时候老爱笑，问案子的时候，经常会被犯人的话逗笑，还为此经常挨训。还说，我对什么事都好奇，喜欢没完没了地追问，是吗？我原来是那个样子的啊？那我可真挺喜欢那个当警察的我的。他走了之后，我问我妈：“他们说的是真的吗？我真的曾经当过警察？”

“是。你就是他们说的那个样子，傻乎乎的。”我妈说。

“我怎么会想起当警察的呢？咱家也没警察，我怎么会想起做这个职业呢？”

“小说！都是那些小说闹的。要知道你会成这个样子，以前真该让你少读几本小说。你刚毕业的时候，跟中了邪似的，非吵着要去报名当警察，我们不想让你去，你不干，你说你想做侦探，想去破案，哎呀，那个拧啊，说什么也要去。咳！你要是不当警察该多好！”妈妈又难过地说这句话了，这些日子里，她总是重复这句话：“你要是不当警察该多好！”跟中了魔似的。

“那……”我很犹豫地问，“我出什么事了？我是怎么住进医院里的？为什么我什么都不记得了？”每当我问这个问题时，都觉得心里很犹豫，好像是谁逼我问的，而不是我自己。

我妈把我搂进怀里，“你是受惊吓了，孩子，你是受惊吓了。”

“受惊吓？我是一个很胆小的人吗？我那么胆小怎么当警察呢？”

“不，不是。你并不胆小，只是因为你看见了一个你不想看见的场面，那场面让你……”

“我看见了什么？”

“你看见……”

“不！不要说了。”我捂住妈妈的嘴，“我不想听了。以后你再告诉我吧。以后……”

妈妈没有往下说，只是伤心地擦了擦眼泪。

我看着母亲，心里隐隐作痛。不知为什么，每次有人要告诉我这件事，我就觉得心里很难受，好像大难临头随时都会掉下悬崖的感觉，我会突然觉得头疼、心慌、发冷，还有恐惧。有一次，那个叫胖子的胖子，非要告诉我这事，那个叫杜欣的女警察怎么拦也拦不住他，结果被我粗暴地赶出去了，我恨死他了！当时我的感觉，就好像他要一脚把我踹火坑里去似的。我知道我表现得很不好，很没有礼貌，可我就是不想听，我宁愿什么都不知道，像现在这样，尽管我现在像是站在一个孤岛上，与世隔绝，但我觉得这样很安全。

当我一个人待着的时候，我也想过他们说的一些事情，我意识到自己是把一个很可怕的事紧紧地封存在记忆的某个角落了，很多知道我那段记忆的人都想去揭开它，他们认为那样好，那样有助于我恢复健康，可我不这么想，因为我还没做好准备。我感觉那潜伏在我记忆中的东西很容易破裂，一旦破裂了，痛苦将像洪水一样溢满我的大脑，然后，我将彻底被苦水淹没……哦，不！还是这样吧，就这样吧，这样挺好，就当我没有过那些记忆吧。

夏天马上就要过去了，秋天在渐渐到来，周围的一切让我变得越来越不安，我总感到我记忆的闸门会在秋天的某一天里被打开，我开始变得焦虑不安……

这天，我在病房里睡午觉，蒙眬中感觉有人走了进来，我听姐姐说："我叫醒她吧，她睡了两个多小时了。"

"不要。"是个男人的声音。

我偷偷睁眼看了一下，进来的是个快40岁的男人，魁梧的身材，黝黑的皮肤，棱角分明的嘴唇和深邃的目光……又是他！我突然感到一阵强烈的心痛，他每次来看我，我都会心痛，难道以前我欠他什么？或者他欠过我什么？我闭上眼睛，努力压抑着自己，记忆开始挣扎，好像就要冲出我的重重封锁了。为什么？为什么我会这么心痛？我在被子下，紧紧抱住自己，用身体的力量反抗着记忆，不要想！什么都不要想！

"您有些日子没来了。"

"是啊，最近有些事情要处理，比较忙。"那男人来到我的床前，问道："她最近还好吗？"

我感觉他在低头看着我，我闭着眼睛，使用睡着后才会发出的那种长而均匀的气息，我以前经常这样骗我姐，每次都能骗过她。

“还是老样子，这些日子似乎显得有些焦虑。”我姐回答。

“是吗？怎么回事？”

“我也说不清楚。可能，嗯，可能跟季节有关吧。”

“我真不知道能帮她什么忙。她总是拒绝回忆。真不知道该怎么才好……”

“咳，慢慢来吧。哦，那个人的父亲怎么样了？那个叫少义的，听说他的父亲病得很重？”

“他前几天出院了。病情基本稳定了，只是身体还很虚弱。”

少义？少义是谁？这个名字像电流一样在我心里划过，好像触碰到了我心里的某个痛点。

“您没时间就不要过来了。忙您的吧。”

“我想跟她好好谈谈，真不甘心看她总是这样。”

“找合适的机会吧，她不想听，说什么也没用，上次胖子跟她说了几句，她跟人家发了一大通脾气，她也显得很痛苦，咳！”

“其实谈清楚了就好了，总回避也不是事儿。”

“嗯。”沉默片刻，我听姐姐说，“听说您要去外地工作了，这事定了吗？”

“嗯，定了。所以，今天我想跟她谈谈，我走了以后就没时间过来了。”

“她最近的情绪一直不太好，还是算了，等您回来再……哦，您是去哪儿啊？是临时出差还是正式调动？”

“也许一两年，也许更久……”他们小声说着走出病房。

我这个时候才感觉自己可以真正呼吸了。我睁开眼看着那个背影，好熟悉的一个背影！那背影让我心里涌上了一种奇妙的感觉。他究竟是谁啊？我是不是以前爱过他？如果是，那为什么他一来我就觉得痛苦，如果不是，为什么那痛苦中又夹杂着一丝幸福呢？还有，刚才他们谈到的少义，我想我一定是认识他的，而且不仅是认识……也许他也是警察，可为什么没人跟我提起过这个名字，没人告诉我他是谁？哦，对了，上次那胖子提了一下，我没让他把话说下去。他说什么来的？“少义开着本田车紧跟着汪洋的越野……”“汪洋突然掉头……”“眼看就要撞上了……”撞上什么了？我的头又开始疼了，胸也开始堵了，我不能再往下想了。我发现少义这个名字就像是“方探长”三个字一样，对我来说，是个痛苦的符号。

不久，我听姐姐说那个叫方探长的已经走了，他来向我告别的时候，正赶上我妈妈带我去外面逛商店了。他走的时候给我留了一个字条。我看着那字条，上面写了一句话，很莫名其妙的一句话：“海棠，不知你能否想起那个秃顶的老孙头，他来过几次，可你不记得他了。他让我替他向你问好。你也许不知道，他一直对你评价很高，说你是个很好的警察坯子。他说得很对！海棠，希望你尽快渡过这个难关，回到我们大家中来。方哲。”

尽管我还是想不起来他的事，可看见这个没头没尾的字条我还是哭了。因为，我越来越相信他曾经是我最好的朋友，很可能是我爱过的人，尽管我记忆的大门还没打开，可我能够感觉到，在那扇大门里，一定有我们的故事。可现在，他，这个总让我感觉心痛的人，这个我可能爱过的人去了远方，我可能再也见不到他了。那我和他的故事也许只能在我的记忆中永远沉睡了。

在最迫不及待地想唤醒我的人中，杜欣也是其中的一个，她一有时间就来跟我谈话，故事一开头，我想躲着的那个人就是她。其实，就在我什么都想不起来的时候，我也感觉挺喜欢她的，如果她不总是逼我回忆的话，我就更喜欢她了。她经常告诉我，以前我们就是好朋友，看来，喜欢一个人是骨子里的事。无论你和她分开多久，被什么事分开、无论分开多少次，只要有机会再遇见，你仍会喜欢她。她那天穿着咖啡色的条绒西服和牛仔裤，整个人看上去都特别舒服。

我们在花园里的长椅上坐下，她问我记不记得我们一起去北戴河旅游的事，我们去滑沙前坐缆车的时候，我回头逗她，还把照相机给掉山下去了。我不记得了，还有诸如此类的事，她说了很多，可我都不记得了，但那些事听着真好玩儿，我要是记得就好了。我们正说得高兴的时候，她忽然问我记不记得丁瑶这个名字，我也不记得了。

“这名字让我觉得这是个美女。是吗？”

“对呀。”杜欣似乎有点兴奋，“你还有什么感觉？”

“嗯……”我摇摇头，“我是在学校里见过她的吧？我有种感觉，好像我们是同学。”

杜欣：“学校？不是。你们不是同学。”她想了想说，“哦，对了，你是在学校进修的时候听说她的事的。”

“她的什么事？”

“她自杀的事。”

“自杀？”我困惑地问，“她自杀了？”

“你记得我们一起去过她的墓地吗？”

我摇头。

“你记得唐安这个名字吗？”

我还摇头。

“那方哲呢？”

我又摇摇头。

“那方探长这个称呼呢？”

我感觉自己的心好像被什么东西扎了一下，因疼痛而收缩着。

“你记得吗？”

“不，我不记得了。”

“真不记得了？”

“不记得。”

杜欣：“好好想想嘛，我知道这很难，但你要坚持想下去，千万别回避。”

“我没有回避，真的想不起来。”

“你不记得那时有人因为丁瑶的死怀疑他，还说他是‘黑白

两道’什么的？”

我的脑子里似乎亮了一下，但不知是什么东西跑出来阻断了我的记忆，我摇摇头。

“其实大家并不知道，他这个人最擅长的就是收拾那些谁都搬不动的人，是个很狡猾很狡猾的人，呵呵。他很精明，也能干，就是做事太我行我素，太不按常规行事，所以总是被别人误会。”

“那我一定很敬佩他吧？或许，我有点喜欢他？”

“呵呵，你不仅喜欢他，简直为他着迷。”

“哦？”

“你不记得那次，你从楼梯上滚下来，是方探长把你背上楼的？”

我咧了下嘴，“啊？有这事？”

杜欣把我非要去侦案组的事讲了一遍。我觉得自己真幼稚，真可笑。“方探长来看过你很多次，可你不认识他了。”

“是吗？我现在成了废物了。”

“前几天他还来过，他当时很想找你谈谈，可听他说，你当时正在睡觉。”

“是一个30多岁，皮肤黑黑的人吗？”

“是啊。你看见他了？”

“我看见了一眼。”我回忆着那天偷偷看他和姐姐说话的情景，“不知为什么，我每次看见这个人，都觉得心里好难过。现在也是，咱们换个话题吧。”

杜欣看着我叹了口气。

“少义是谁啊？”我忽然想起这个名字。

杜欣眼睛又亮了，“少义？你是怎么想起这个名字的？”

“不是我想起来的，是那天听他们说的。他也是警察吗？”

“不是。”

“那他是什么人？”

“他，嗯，他以前是罪犯。”

“罪犯？我认识他？”

杜欣点点头，表情严肃地说：“认识。”

“我搞过他的案子？”

她摇摇头，想了想，又点点头，“算是吧，你办的是一个外国人的案子，后来不知怎么把他牵扯出来了。”

“我们抓住他了？”

“嗯……怎么说呢？抓他的时候他跳楼跑了，后来就出事了。”

“出什么事了？”

“他死了。”

“哦……”不舒服，我不想再问了。

“他是为了救方探长死的。”

我的耳边忽然出现一个声音，“为了方哥，我可以死。”紧接着，我的脑子里划过一道红光。我站起身对杜欣说，“我们走吧，我想回去了。”

杜欣起身拉住我，“海棠，你又在回避了，我看得出来。”

“不是，我只是觉得冷了。”

“你听我把这个事说完我们就回去。”

“我不听。”我要走，被杜欣拉住。

“就这一次，你就听我讲这一次，以后我绝不再讲了，我保证。”

我很想逃，可杜欣死死拉着我，其实，我很犹豫，我感觉自己心里似乎渴望听完这个故事。

“那天，我们都在办公室，方探长刚刚把对唐安一段话的分析告诉了你，这时，方探长接到少义的电话，说他在火车站发现了汪洋。你还记得汪洋吗？”

“不。”

“他是你们那时正追捕的人，一个杀人犯。少义那时也因为贩毒而受到了我们的通缉，”她语速很快地说，仿佛她不这么快，我就会跑掉似的，“他本来是想逃跑的，可当他发现了汪洋之后，他却放弃了，他告诉方探长，他将一直盯着他直到警察来……”她正发愁怎么才能把一个复杂的关系在有限的时间里跟我阐述清楚，却听我很明白地问了句，“他做过特情？”

“对。太对了。真好，你真聪明！”她哄孩子般地鼓励我，“抓捕行动开始的时候，也不知道你怎么就上了洪队长的车，你们到了云桥，和武警一起设卡，不久，他们的车开了过来……”

我已经听不见杜欣的声音了，仿佛失聪了一样，眼前，出现了很多张紧张的面孔，然后一会儿是追逐，一会儿是探照灯，一会儿是越野车，一会儿是红色本田，还有警车的刹车声和警笛的尖叫声，响成一片！太乱了！恐怖的感觉开始从脚底下爬了上来，钻进我的心里，突然一道红光在我眼前闪过，“砰！”我的脑子里一声巨响，“不！”我蹲在地上，放声哭起来，“不！方探长！不！”

杜欣紧紧抱着我，轻声呼唤着：“海棠，海棠！你想起来了吗？方探长没有死！他没有，是少义救了他，是少义开车拦住了汪洋的车……你想起来了吗？海棠……”

·

那之后的很多天里，我没说一句话，其实，我什么都想起来了，可我还没有准备好，我不想在大家的目光下去访问记忆中的我，因为不知道为什么，我总有点搞不清我和丁瑶是怎样一种关系，我有时恍恍惚惚地觉得我就是她，但又好像不是。可为什么她所经历的某些痛苦正在被我延续着呢？也许我就是她，只是我还没有想起来？那扇小门还关着？我装作自己什么也没想起来，我真的还需要一点时间。我知道这样不好，而且我还有很多问题想问问杜欣他们，比如汪洋的那个美丽的女儿是不是已经死了？唐安后来判了吗？判的什么刑？还是被遣送出境了，现在正蹲在外国的监狱里？丁瑶的日记后来找到了吗？闵队长和方探长的关系现在怎么样了？方探长的爱人怎么样了？还有，方探长的那个墓碑是谁立的，现在有结果了吗？我有很多问题想问，可记忆中的很多东西确实已经被搅乱了，我需要时间重新将它们梳理一下。我感觉自己好像去了一趟外星球，并独自在那里生活了一段时间，现在就要返回地球了，在我的飞船即将着陆的那一刻，我需要做好充分的准备。

十六

我记忆恢复后没两天，克奇就又来了，只不过那时我仍然不想让人知道我已经“回到地面了”。

当时我是在花园的长椅上看书，可其实我并不想看，我只想用这种方式躲开所有的人，好让自己静静地把过去的事一件一件梳理一遍。我把头靠在椅背上，让阳光穿过树叶照在我的脸上，可不知不觉中，我好像睡着了。恍惚中，我听见有人坐到了我的边上，然后轻轻地叫了我一声：“海棠。”我睁眼去看他，克奇冲我笑笑，“真够会享受的啊。”

“你怎么来了？今天不上班？”

“今天是星期天。”

“哦。”

“听杜欣说，你好多了，我想看看你是不是已经想起我来了。”他仔细地看了看我。

“没有。我还是想不起你是谁。”

克奇狡猾地说：“真的？真遗憾！本来我是想给你讲一个关于我的秘密的，可你什么也想不起来，说了你也听不明白是怎么回事。”

“什么秘密？”

“你想听？”

“想听。”

“如果我说一件事，你能想起来，我就讲。”

“好吧，我试试吧。”

他又仔细看了看我问：“那封信的事你还记得吗？我曾经告诉

过你方探长那里有一个信封，可里面却没有信的事，还记得吗？”

“我记得。”

“真的假的？”

“我隐隐约约地记得，你就说吧，也许你说完了，我就都想起来了。”

“这可是绝对隐私啊。我只告诉你一个人。”他真能炒作！

我点点头。

“这件事，是方探长的爱人在做手术前告诉我的。那天，她来看我，告诉我有件事她想让我知道，我猜她是担心她做手术的时候万一出点意外，那这个秘密就没人知道了，所以……”他看我很认真地在听，于是接着说，“她告诉我，那封信是丁瑶写给我的，那是，那是她拒绝我的信。”

“拒绝你？”

克奇点点头，“你知道，有段时间，我一直在追求她，可她不肯接受，后来，她就给我写了这封信。信就在我身上，你想看吗？”

“嗯。”

克奇边从口袋里掏出信递给我，边笑着说：“我就知道，只要能勾起你的好奇心，你就什么都能想起来。”

信是这样写的：“克奇，对不起，你送我的礼物，我收到了，谢谢你……”

“你送她什么了？”

“一个小项链。”

“是真金的？”我逗他说。

“看不看？不看算了。”

后面是这样写的：“可你的礼物太贵重了，我不能接受，项链我已经还给你母亲了。我知道你对我好，也相信你那些表白，对于这份感情，我很感激，可坦白说，我不爱你，也从没爱过你，你总这样对我，真让我觉得有压力。童年的事应该只属于童年，跟现在毫无关系，请你把以前都忘了吧，彻底忘了吧。我讨厌回忆。如果你真对我好，就让我们做好同事吧。是你建议我来当警察的，并让我遇见我喜欢的人，我现在觉得很开心，对于这点，我永远都感激你。可说到爱，我们不适合，这并不是说你这个人不好，你其实真是一个好人。可我心里很清楚，我们之间不可能有那种感情，那也不是我想要的。请给我一点空间让我自己得到我想得到的东西吧。克奇，你是个聪明人，希望你明白我的意思。愿我们都能找到自己爱的并也爱我们的人。”

“看上去是挺让人伤心的啊。”

“她老说我给她压力，可我觉得我并没做什么给她压力的事啊。”

“你准是天天盯着人家看来着，这还不算是压力？”

“我可没天天盯着她看，我不过就是请她吃了几回饭。这也有错啊？”

“可不，你这么有目的性地请人吃饭，还不如饿着舒服呢。”

“我反思过这事，我想可能是因为我知道她小时候被欺负的事，于是我在她眼里就是一种符号，一种让她想起过去不幸的符号。其实，她是在自己给自己施加压力。”

我点点头，“这信是谁给你的？”

“它难道在陆所长手里？”

克奇鬼精地说：“你刚才是说陆所长了吗？”

“你不是告诉我说陆所长……。”

“我说的是方探长的爱人，我可没说是陆所长！”

“是吗？你刚才没说吗？你别拿我练习破案啊，我现在害怕刺激。”

“好吧，那你先装着傻吧。我先接着说。”他笑笑，停了停说，“以前我也不明白丁瑶给我的信怎么会跑到他那儿去了，而且还只有信封没有信，我一直怀疑丁瑶在那封信里跟我说什么了，也许是关于方探长做的一些坏事，陆所长告诉我后，我才明白是怎么回事。当时，丁瑶在写完这封信后，她把信给方探长看了，她告诉方探长，她觉得自己的措辞过于严厉，怕我可能会接受不了，但如果不严厉，又怕我不死心，所以，她想让方探长帮她拿个主意。但我觉得，她一定是想让方探长知道我也在追求她，也许她希望方探长知道有的是人在追她后，更在意她吧。反正她这个人也属于鬼主意挺多的那种人，有时候，我觉得我都跟不上她的脑子。”

“那后来呢？方探长看了？”

“嗯，他看了以后，认为不妥，就没让丁瑶寄给我，后来丁瑶生了几天病，他一忙也就忘了把它还给丁瑶了。丁瑶自己也没再跟他要过。丁瑶死后，调查小组的人曾让方探长将所有与丁瑶有关的信件、笔记都上交组织，他都交了，唯独这封信没有交。他告诉陆所长，他不希望因为这封信引起组织上对我的审查，说我还年轻，没必要惹上这个麻烦。但陆所长认为，他不该向组织隐瞒，万一丁瑶的死真跟我有关，那不就说不清楚了吗？她劝过方探长几次让他把信交了，他始终没同意。陆所长怕万一丁瑶的死真跟我有关系，方探长会跟着背黑锅，就想自己偷偷把信拿走上交组织，可她又担心方探长知道了会骂她，所以就趁方探长不在的时候，偷偷把信从里面取走了，只留下了信封。但犹豫来犹豫去，陆所长最终也没有把信交给组织。后来，他们俩光顾闹离婚了，陆所长也就忘了把偷信的事告诉他了。”

“方探长一直都不知道这事？”

“现在知道了，陆所长做手术前也把这事告诉他了。不然，他也一直被蒙在鼓里呢。他没准还得怀疑是我把那信偷走了呢。方探长这人真挺哥们儿的。”

“这事真是太感人了！”

“是！陆所长跟我说完这事，我差点掉眼泪，我这个人从来不掉眼泪，可当陆所长跟我说了这事后，我真是太感动了，太惭愧了，真觉得自己是个小人！”

“你是被爱情给弄晕了。加上出生的时候脑袋还被夹过。”

“这话以前我可就听你说过。”

我笑了，我真想马上告诉他我已经什么都想起来了，但我还是忍着没说，我要听听克奇会不会因为我还失忆着，再向我袒露点别的什么隐私。

克奇说："我想，当时丁瑶把信拿给方探长，也许还有一个想法，也许她是希望方探长能意识到她童年发生过什么事。人有时很矛盾，有些秘密他很不想别人知道，可日久天长，那些秘密会在他心里形成一个疙瘩，一种压力，那时他又很想释放出来，很想找人倾诉，但选择的倾诉对象，一定是与那秘密毫不相干的人。"

"嗯，有可能。"

"其实丁瑶去世后，方探长也确实问过我们俩的事，可我没告诉他。我要早告诉他就好了，也许就不至于兜那么大圈子了。"

"咳，这个方探长啊，胆子也太大了，竟会因为你敢欺骗组织。万一你要真是害死丁瑶的帮凶呢？换了我是他，我可能就交了。"

克奇："开始，我也想不明白，我跟他没有太多接触，可他凭什么那么信任我？他走之前，我去送他，我问他当时是怎么想的，他告诉我，他并不是一开始就完全相信我，他说他当时没有把信交给组织，只是因为他不希望在没有证据的时候，让我无端受到怀疑。"

"哦？这么说，他后来有证据了？"

"嗯，他说他后来相信我跟丁瑶的死没关系，也是建立在他充分调查过的基础上的。"

"哦，你们俩……"

"不管怎么说，在他面前，我还是觉得无地自容。虽然，他也调查过我，可他是在认为我无罪的前提下调查的，而我调查他，完全是在认定他有罪的前提下进行的，我们的心理完全不同。"他看看我，笑着说，"嘿，我把隐私都告诉你了，以后你可别拿这事敲诈我啊。"

"你不用担心，等我恢复记忆了，我就会把今天你告诉我的话全忘了。"

"是真的？"他狡黠地眯起眼睛。

* * * *

前天，我一个人偷偷从医院溜出去了，我先去了丁瑶的墓地，给她献上了一束郁金香，可我仍然不知道该对她说什么，在我知道了所有她的故事之后，我发现自己更不知该对她说什么了。她的选择当然不是最好的，也并不值得称赞，却让人有点感动，她最后抽刀断水这笔，写得真太有情义了！

我想我能说的一句话就是：如果人生真能像电影那样就好了！

如果，人，真能像电影里的那样，穿过时空隧道回到从前某个时间位置，只要改变一下当时的做法，就可以改变后来的结局，那就好了！一切就会不一样了！比如，唐安他们没把那个流氓打死，只是狠狠地教训了他一下，或者倒退得再早一点，丁瑶因为什么事没去补课，没遇上那个流氓，或者因为什么原因她及时跑掉了，因此躲过了那不幸的一劫，那后来的一切就都不会发生了。遗憾的是，那只是电影，如果人生没有这些让人痛悔、让人惋惜的事，没有一招棋错满盘皆输，错了就再也无可挽回的悲剧，恐怕那些写作的人也就不会产生“回到过去”这样的构思了！因为做不到，所以只能去幻想。不知未来的人会不会真有可能“穿越时空”，但在我们这个时代，我们所能做的，只有好好把握自己，别让自己陷进“沼泽”中去。

给方探长立过墓碑的地方现在还空着，还没有人占据那个位置，上面已经长了些杂草和野花。不知为什么，那被“空”起来的地方，依旧让我感觉沉重，也许是因为它依然是个谜，是个让人担心的谜。这个世界上有太多太多的谜，牵扯着太多太多的秘密，那些秘密就像沉睡在某个角落里的炸弹，一旦它们于某年某月醒来，就会以它们的形式告诉世人它们的存在，除非有人在它们还沉睡时就发现它们，排除它们……

就在那天，我也去看过少义，他的墓地离丁瑶的墓地不算太远，我也为他献了一束鲜花。从他畏罪逃生到舍身赴死，这之间的距离远得让人无法想象，我相信那绝非灵魂突然开窍的顿悟，那是一种力量的驱使，一种魅力的感召，那后面凝聚着的是爱、尊重、信任和付出。纪伯伦说过："爱不仅使爱者尊严高贵，而且使被爱者尊严高贵。"

在他的墓碑前，我唱了那首歌："丢，丢，丢手绢儿，轻轻地放在小朋友的后面，大家不要告诉他，快点，快点抓住他……"我默默地祈祷，希望他来世做个完全的好人。我对他说："今后，我会像方探长一样去帮助那些丢失了'手绢'的孩子，让他们不要太贪玩，不要天黑了还不回家，我要帮助那些已经迷路的孩子迷途知返！"

方探长，我真希望某一天，您能看到我的故事，看到我对您的描述，对您的评价，对您的崇拜与敬意！还记得您曾经因为少义的失足而感悟到的一句话吗？"假如这个世界上的坏人都可以被感化，可以改邪归正，那么天底下的监狱就会少一半。"我理解您当时的心情。可您知道克奇后来怎么说吗？"假如警察都能像方探长一样懂得爱，那天底下的监狱就可以少一半。"

我的故事就要结束了，最后我还想告诉大家的是，也许因为在那次抓捕行动中我表现得太软弱，因为我的身体和心理的状况不符合警察的条件，也许今后我将做不成警察了。如果结果真是这样，我真的非常难过。可我也不得不承认我那次的表现确实很差劲，很不坚强，作为警察来说，在关键时刻那样表现确实说不过去，虽然你们明白那是怎么回事。好了，不说了，再说，我就要哭了。

跋

丁瑶的日记被人匿名寄到了分局，里面记录了很多她所经历的事，酸甜苦辣汇集其中，那里提到了发生在她小时候的那场悲剧，也提到了她发现唐安竟然因替自己报仇而杀了人后的痛苦，以及她对生活中很多人和事的看法……奇怪的是，厚厚的一本日记中，找不到一条有关她和方探长之间感情纠葛的文字。因为其中有几页被撕掉了，所以大家对那撕掉的部分充满猜想……关于少义，就是一直被唐安大加兜售的人物情报，内容也不过只是简单的一句，她认为方探长不该跟这样的人交往过密，仅此而已。

警察们没有从这本日记中找到遗书，却发现了她从纵火案里偷走的那张照片，那是一张好友聚会的照片，几乎所有“少年报复杀人案”的成员都在上面。据此，警察推断，丁瑶自杀的原因虽然是多方面的，但最主要的还是因为她既不愿意看见唐安他们的毁灭，又不愿意违背警察的职责，于是她选择了逃避。

日记的最后有这样几句话：“亲爱的，我去重新投胎了，来世，我一定是个纯洁、健康和快乐的女人，那个时候的我将会好好爱你们!”

最让人意想不到的是，在那本日记里，丁瑶竟然提到了关于方探长的墓地，她说：“真不明白方探长怎么得罪了高师傅，提到方探长，他那么咬牙切齿？还说，有人早就想给他修个墓碑咒他下地狱，让他去给冤死的人陪葬。真可怕！我一定要找时间好好问问这事，这里怕是有什么误会。”

朋友，生活就是悬念！判断往往是滞后的，但无论如何不要忘了，这个世界上永远存在着值得我们去相信的东西。一切概念都可能被颠覆，别以为聪明能怎么样。

图书在版编目（CIP）数据

亲爱的罪人／和平著．—北京：同心出版社，2009
ISBN 978－7－80716－766－2

Ⅰ．亲…　Ⅱ．和…　Ⅲ．长篇小说—中国—当代
Ⅳ．I247.5

中国版本图书馆CIP数据核字（2009）第016775号

亲爱的罪人

出版发行：同心出版社
地　　址：北京市东城区朝阳门南小街6号楼303
邮　　编：100010
电　　话：发行部：（010）65255876　65251756
总编室：（010）65252135
网　　址：www.bjd.com.cn/txcbs/
印　　刷：北京才智印刷厂
经　　销：各地新华书店
版　　次：2009年3月第1版
2009年3月第1次印刷
开　　本：880×1230　1/32
印　　张：14
字　　数：410千字
定　　价：28.00元
